比较文学与世界文学 研究丛书

主编 曹顺庆

二编 第 **17** 册

叙事与形式——
普罗普学术思想及其在中国的接受研究

杨 淳 伟 著

花木兰文化事业有限公司

国家图书馆出版品预行编目资料

叙事与形式——普罗普学术思想及其在中国的接受研究／杨
浡伟 著 －－ 初版 －－ 新北市：花木兰文化事业有限公司，2023
〔民 112 〕
目 4+222 面；19×26 公分
（比较文学与世界文学研究丛书 二编 第 17 册）
ISBN 978-626-344-328-0（精装）
1.CST：普罗普 2.CST：文学 3.CST：学术思想
810.8 111022123

ISBN-978-626-344-328-0

比较文学与世界文学研究丛书
二编 第十七册 ISBN：978-626-344-328-0

叙事与形式——
普罗普学术思想及其在中国的接受研究

作　　者	杨浡伟
主　　编	曹顺庆
企　　划	四川大学双一流学科暨比较文学研究基地
总 编 辑	杜洁祥
副总编辑	杨嘉乐
编辑主任	许郁翎
编　　辑	张雅淋、潘玟静　美术编辑　陈逸婷
出　　版	花木兰文化事业有限公司
发 行 人	高小娟
联络地址	台湾 235 新北市中和区中安街七二号十三楼
	电话：02-2923-1455 ／传真：02-2923-1452
网　　址	http://www.huamulan.tw 信箱 service@huamulans.com
印　　刷	普罗文化出版广告事业
初　　版	2023 年 3 月
定　　价	二编 28 册（精装）新台币 76,000 元

叙事与形式——
普罗普学术思想及其在中国的接受研究

杨淳伟 著

作者简介

杨渟伟（1979-），内蒙古呼伦贝尔人，满族，内蒙古大学教师。曾师从著名学者曹顺庆先生攻读博士，后入四川大学新闻传播学博士后流动站工作。作者多年来一直致力于比较文学、文艺学、文化传播学等方向的教学与研究，已发表文章20余篇，其中7篇被CSSCI刊物收录；出版专著1部，编著1部，参与编著3部；主持、参与各类课题多项，其中国家重大课题2项，主持省级课题1项，参与省部级课题3项。

提　　要

　　俄罗斯民俗故事学家弗拉基米尔·雅可夫列维奇·普罗普（俄文：Владимир ЯковлевичПропп；英文：Vladimir Propp，1895-1970）一生著述颇丰，经后人整理有近百种，主要集中于六本专著及四本论文集中，涉猎民俗学、故事学、喜剧理论和美学等多个领域。普罗普最主要的著作《故事形态学》和《神奇故事的历史根源》在国际学界引起广泛关注的同时，也成就了他国际学术大师的美誉。本书以普罗普一生所坚持的故事学研究方法为切入点，在对比研究普罗普与同时代文论思想家如维谢洛夫斯基、格雷马斯、列维—斯特劳斯、泽列宁和日尔蒙斯基等思想关联性的基础上，深入阐释了其故事学论著中蕴含的学术思想、方法论及学术价值，以此更为全面地探寻这位被结构主义者奉为先师的文艺大家的思想世界。除此之外，本书还对普罗普另一本喜剧美学著作——《滑稽与笑的问题》展开了细致入微地分析与探究，指出了普罗普以不笑故事和果戈里喜剧著作为基点的美学理论的重要价值。

　　本书的特色在于将普罗普学术思想置于比较文学视野中进行重新阐释，在反复研读普罗普一生学术思想著述基础上，力图弥补学界对其解读的欠缺和误读的影响；在整理对其接受运用的基础上，拓宽对其学术思想研究的视阈。本书虽力求细致全面，但仍有未尽之处，期待学界大家批评指正。

比较文学的中国路径

曹顺庆

自德国作家歌德提出"世界文学"观念以来，比较文学已经走过近二百年。比较文学研究也历经欧洲阶段、美洲阶段而至亚洲阶段，并在每一阶段都形成了独具特色学科理论体系、研究方法、研究范围及研究对象。中国比较文学研究面对东西文明之间不断加深的交流和碰撞现况，立足中国之本，辩证吸纳四方之学，而有了如今欣欣向荣之景象，这套丛书可以说是应运而生。本丛书尝试以开放性、包容性分批出版中国比较文学学者研究成果，以观中国比较文学学术脉络、学术理念、学术话语、学术目标之概貌。

一、百年比较文学争讼之端——比较文学的定义

什么是比较文学？常识告诉我们：比较文学就是文学比较。然而当今中国比较文学教学实际情况却并非完全如此。长期以来，中国学术界对"什么是比较文学？"却一直说不清，道不明。这一最基本的问题，几乎成为学术界纠缠不清、莫衷一是的陷阱，存在着各种不同的看法。其中一些看法严重误导了广大学生！如果不辨析这些严重误导了广大学生的观点，是不负责任、问心有愧的。恰如《文心雕龙·序志》说"岂好辩哉，不得已也"，因此我不得不辩。

其中一个极为容易误导学生的说法，就是"比较文学不是文学比较"。目前，一些教科书郑重其事地指出：比较文学不是文学比较。认为把"比较"与"文学"联系在一起，很容易被人们理解为用比较的方法进行文学研究的意思。并进一步强调，比较文学并不等于文学比较，并非任何运用比较方法来进行的比较研究都是比较文学。这种误导学生的说法几乎成为一个定论，

一个基本常识，其实，这个看法是不完全准确的。

让我们来看看一些具体例证，请注意，我列举的例证，对事不对人，因而不提及具体的人名与书名，请大家理解。在 Y 教授主编的教材中，专门设有一节以"比较文学不是文学比较"为题的内容，其中指出"比较文学界面临的最大的困惑就是把'比较文学'误读为'文学比较'"，在高等院校进行比较文学课程教学时需要重点强调"比较文学不是文学比较"。W 教授主编的教材也称"比较文学不是文学的比较"，因为"不是所有用比较的方法来研究文学现象的都是比较文学"。L 教授在其所著教材专门谈到"比较文学不等于文学比较"，因为，"比较"已经远远超出了一般方法论的意义，而具有了跨国家与民族、跨学科的学科性质，认为将比较文学等同于文学比较是以偏概全的。"J 教授在其主编的教材中指出，"比较文学并不等于文学比较"，并以美国学派雷马克的比较文学定义为根据，论证比较文学的"比较"是有前提的，只有在地域观念上跨越打通国家的界限，在学科领域上跨越打通文学与其他学科的界限，进行的比较研究才是比较文学。在 W 教授主编的教材中，作者认为，"若把比较文学精神看作比较精神的话，就是犯了望文生义的错误，一百余年来，比较文学这个名称是名不副实的。"

从列举的以上教材我们可以看出，首先，它们在当下都仍然坚持"比较文学不是文学比较"这一并不完全符合整个比较文学学科发展事实的观点。如果认为一百余年来，比较文学这个名称是名不副实的，所有的比较文学都不是文学比较，那是大错特错！其次，值得注意的是，这些教材在相关叙述中各自的侧重点还并不相同，存在着不同程度、不同方面的分歧。这样一来，错误的观点下多样的谬误解释，加剧了学习者对比较文学学科性质的错误把握，使得学习者对比较文学的理解愈发困惑，十分不利于比较文学方法论的学习、也不利于比较文学学科的传承和发展。当今中国比较文学教材之所以普遍出现以上强作解释，不完全准确的教科书观点，根本原因还是没有仔细研究比较文学学科不同阶段之史实，甚至是根本不清楚比较文学不同阶段的学科史实的体现。

实际上，早期的比较文学"名"与"实"的确不相符合，这主要是指法国学派的学科理论，但是并不包括以后的美国学派及中国学派的学科理论，如果把所有阶段的学科理论一锅煮，是不妥当的。下面，我们就从比较文学学科发展的史实来论证这个问题。"比较文学不是文学比较""comparative literature is not literary comparison"，只是法国学派提出的比较文学口号，只是法国学派一派的主张，而不是整个比较文学学科的基本特征。我们不能够把这个阶段性的比较文学口号扩大化，甚至让其突破时空，用于描述比较文学所有的阶段和学派，更不能够使其"放之四海而皆准"。

法国学派提出"比较文学不是文学比较"，这个"比较"（comparison）是他们坚决反对的！为什么呢，因为他们要的不是文学"比较"（literary comparison），而是文学"关系"（literary relationship），具体而言，他们主张比较文学是实证的国际文学关系，是不同国家文学的影响关系，influences of different literatures，而不是文学比较。

法国学派为什么要反对"比较"（comparison），这与比较文学第一次危机密切相关。比较文学刚刚在欧洲兴起时，难免泥沙俱下，乱比的情形不断出现，暴露了多种隐患和弊端，于是，其合法性遭到了学者们的质疑：究竟比较文学的科学性何在？意大利著名美学大师克罗齐认为，"比较"（comparison）是各个学科都可以应用的方法，所以，"比较"不能成为独立学科的基石。学术界对于比较文学公然的质疑与挑战，引起了欧洲比较文学学者的震撼，到底比较文学如何"比较"才能够避免"乱比"？如何才是科学的比较？

难能可贵的是，法国学者对于比较文学学科的科学性进行了深刻的的反思和探索，并提出了具体的应对的方法：法国学派采取壮士断臂的方式，砍掉"比较"（comparison），提出比较文学不是文学比较（comparative literature is not literary comparison），或者说砍掉了没有影响关系的平行比较，总结出了只注重文学关系（literary relationship）的影响（influences）研究方法论。法国学派的创建者之一基亚指出，比较文学并不是比较。比较不过是一门名字没取好的学科所运用的一种方法……企图对它的性质下一个严格的定义可能是徒劳的。基亚认为：比较文学不是平行比较，而仅仅是文学关系史。以"文学关系"为比较文学研究的正宗。为什么法国学派要反对比较？或者说为什么法国学派要提出"比较文学不是文学比较"，因为法国学派认为"比较"（comparison）实际上是乱比的根源，或者说"比较"是没有可比性的。正如巴登斯佩哲指出："仅仅对两个不同的对象同时看上一眼就作比较，仅仅靠记忆和印象的拼凑，靠一些主观臆想把可能游移不定的东西扯在一起来找点类似点，这样的比较决不可能产生论证的明晰性"。所以必须抛弃"比较"。只承认基于科学的历史实证主义之上的文学影响关系研究（based on scientificity and positivism and literary influences.）。法国学派的代表学者卡雷指出：比较文学是实证性的关系研究："比较文学是文学史的一个分支：它研究拜伦与普希金、歌德与卡莱尔、瓦尔特·司各特与维尼之间，在属于一种以上文学背景的不同作品、不同构思以及不同作家的生平之间所曾存在过的跨国度的精神交往与实际联系。"正因为法国学者善于独辟蹊径,敢于提出"比较文学不是文学比较",甚至完全抛弃比较（comparison）,以防止"乱比",才形成了一套建立在"科学"实证性为基础的、以影响关系为特征的"不比较"的比较文学学科理论体系,这终于挡住了克罗齐等人对比较文学"乱比"的批判,形成了以"科学"实证为特征的文学影响关系研究,确立了法国学派的学科理论和一整套方法论体系。当然,法国学派悍然砍掉比较研究,又不放弃"比较文学"这个名称,于是不可避免地出现了比较文学名不副实的尴尬现象,出现了打着比较文学名号,而又不比较的法国学派学科理论,这才是问题的关键。

当然,法国学派提出"比较文学不是文学比较",只注重实证关系而不注重文学比较和文学审美,必然会引起比较文学的危机。这一危机终于由美国著名比较文学家韦勒克（René Wellek）在 1958 年国际比较文学协会第二次大会上明确揭示出来了。在这届年会上,韦勒克作了题为《比较文学的危机》的挑战性发言,对"不比较"的法国学派进行了猛烈批判,宣告了倡导平行比较和注重文学审美的比较文学美国学派的诞生。韦勒克作了题为《比较文学的危机》的挑战性发言,对当时一统天下的法国学派进行了猛烈批判,宣告了比较文学美国学派的诞生。韦勒克说："我认为,内容和方法之间的人为界线,渊源和影响的机械主义概念,以及尽管是十分慷慨的但仍属文化民族主义的动机,是比较文学研究中持久危机的症状。"韦勒克指出："比较也不能仅仅局限在历史上的事实联系中,正如最近语言学家的经验向文学研究者表明的那样,比较的价值既存在于事实联系的影响研究中,也存在于毫无历史关系的语言现象或类型的平等对比中。"很明显,韦勒克提出了比较文学就是要比较（comparison）,就是要恢复巴登斯佩哲所讽刺和抛弃的"找点类似点"的平行比较研究。美国著名比较文学家雷马克（Henry Remak）在他的著名论文《比较文学的定义与功用》中深刻地分析了法国学派为什么放弃"比较"（comparison）的原因和本质。他分析说："法国比较文学否定'纯粹'的比较（comparison）,它忠实于十九世纪实证主义学术研究的传统,即实证主义所坚持并热切期望的文学研究的'科学性'。按照这种观点，纯粹的类比不会得出任何结论，尤其是不能得出有更大意义的、系统的、概括性的结论。……既然值得尊重的科学必须致力于因果关系的探索，而比较文学必须具有科学性，因此，比较文学应该研究因果关系，即影响、交流、变更等。"雷马克进一步尖锐地指出，"比较文学"不是"影响文学"。只讲影响不要比较的"比较文学"，当然是名不副实的。显然，法国学派抛弃了"比较"（comparison），但是仍然带着一顶"比较文学"的帽子，才造成了比较文学"名"与"实"不相符合，造成比较文学不比较的尴尬，这才是问题的关键。

美国学派最大的贡献，是恢复了被法国学派所抛弃的比较文学应有的本义——"比较"（The American school went back to the original sense of comparative literature——"comparison"），美国学派提出了标志其学派学科理论体系的平行比较和跨学科比较："比较文学是一国文学与另一国或多国文学的比较，是文学与人类其他表现领域的比较。"显然，自从美国学派倡导比较文学应当比较（comparison）以后，比较文学就不再有名与实不相符合的问题了，我们就不应当再继续笼统地说"比较文学不是文学比较"了，不应当再以"比较文学不是文学比较"来误导学生！更不可以说"一百余年来，比较文学这个名称是名不副实的。"不能够将雷马克的观点也强行解释为"比较文学不是比较"。因为在美国学派看来，比较文学就是要比较（comparison）。比较文学就是要恢复被巴登斯佩哲所讽刺和抛弃的"找点类似点"的平行比较研究。因为平行研究的可比性，正是类同性。正如韦勒克所说，"比较的价值既存在于事实联系的影响研究中，也存在于毫无历史关系的语言现象或类型的平等对比中。"恢复平行比较研究、跨学科研究，形成了以"找点类似点"的平行研究和跨学科研究为特征的比较文学美国学派学科理论和方法论体系。美国学派的学科理论以"类型学"、"比较诗学"、"跨学科比较"为主，并拓展原属于影响研究的"主题学"、"文类学"等领域，大大扩展比较文学研究领域。

二、比较文学的三个阶段

下面，我们从比较文学的三个学科理论阶段，进一步剖析比较文学不同阶段的学科理论特征。现代意义上的比较文学学科发展以"跨越"与"沟通"为目标，形成了类似"层叠"式、"涟漪"式的发展模式，经历了三个重要的学科理论阶段，即：

一、欧洲阶段，比较文学的成形期；二、美洲阶段，比较文学的转型期；三、亚洲阶段，比较文学的拓展期。我们将比较文学三个阶段的发展称之为"涟漪式"结构，实际上是揭示了比较文学学科理论的继承与创新的辩证关系：比较文学学科理论的发展，不是以新的理论否定和取代先前的理论，而是层叠式、累进式地形成"涟漪"式的包容性发展模式，逐步积累推进。比较文学学科理论发展呈现为层叠式、"涟漪"式、包容式的发展模式。我们把这个模式描绘如下：

法国学派主张比较文学是国际文学关系，是不同国家文学的影响关系。形成学科理论第一圈层：比较文学——影响研究；美国学派主张恢复平行比较，形成学科理论第二圈层：比较文学——影响研究＋平行研究＋跨学科研究；中国学派提出跨文明研究和变异研究，形成学科理论第三圈层：比较文学——影响研究＋平行研究＋跨学科研究＋跨文明研究＋变异研究。这三个圈层并不互相排斥和否定，而是继承和包容。我们将比较文学三个阶段的发展称之为层叠式、"涟漪"式、包容式结构，实际上是揭示了比较文学学科理论的继承与创新的辩证关系。

法国学派提出，可比性的第一个立足点是同源性，由关系构成的同源性。同源性主要是针对影响关系研究而言的。法国学派将同源性视作可比性的核心，认为影响研究的可比性是同源性。所谓同源性，指的是通过对不同国家、不同民族和不同语言的文学的文学关系研究，寻求一种有事实联系的同源关系，这种影响的同源关系可以通过直接、具体的材料得以证实。同源性往往建立在一条可追溯关系的三点一线的"影响路线"之上，这条路线由发送者、接受者和传递者三部分构成。如果没有相同的源流，也就不可能有影响关系，也就谈不上可比性，这就是"同源性"。以渊源学、流传学和媒介学作为研究的中心，依靠具体的事实材料在国别文学之间寻求主题、题材、文体、原型、思想渊源等方面的同源影响关系。注重事实性的关联和渊源性的影响，并采用严谨的实证方法，重视对史料的搜集和求证，具有重要的学术价值与学术意义，仍然具有广阔的研究前景。渊源学的例子：杨宪益，《西方十四行诗的渊源》。

比较文学学科理论的第二阶段在美洲，第二阶段是比较文学学科理论的转型期。从 20 世纪 60 年代以来，比较文学研究的主要阵地逐渐从法国转向美国，平行研究的可比性是什么？是类同性。类同性是指是没有文学影响关系的不同国家文学所表现出的相似和契合之处。以类同性为基本立足点的平行研究与影响研究一样都是超出国界的文学研究，但它不涉及影响关系研究的放送、流传、媒介等问题。平行研究强调不同国家的作家、作品、文学现象的类同比较，比较结果是总结出于文学作品的美学价值及文学发展具有规律性的东西。其比较必须具有可比性，这个可比性就是类同性。研究文学中类同的：风格、结构、内容、形式、流派、情节、技巧、手法、情调、形象、主题、文类、文学思潮、文学理论、文学规律。例如钱钟书《通感》认为，中国诗文有一种描写手法，古代批评家和修辞学家似乎都没有拈出。宋祁《玉楼春》词有句名句："红杏枝头春意闹。"这与西方的通感描写手法可以比较。

比较文学的又一次危机：比较文学的死亡

九十年代，欧美学者提出，比较文学作为一门学科已经死亡！最早是英国学者苏珊·巴斯奈特 1993 年她在《比较文学》一书中提出了比较文学的死亡论，认为比较文学作为一门学科，在某种意义上已经死亡。尔后，美国学者斯皮瓦克写了一部比较文学专著，书名就叫《一个学科的死亡》。为什么比较文学会死亡，斯皮瓦克的书中并没有明确回答！为什么西方学者会提出比较文学死亡论？全世界比较文学界都十分困惑。我们认为，20 世纪 90 年代以来，欧美比较文学继"理论热"之后，又出现了大规模的"文化转向"。脱离了比较文学的基本立场。首先是不比较，即不讲比较文学的可比性问题。西方比较文学研究充斥大量的 Culture Studies（文化研究），已经不考虑比较的合理性，不考虑比较文学的可比性问题。第二是不文学，即不关心文学问题。西方学者热衷于文化研究，关注的已经不是文学性，而是精神分析、政治、性别、阶级、结构等等。最根本的原因，是比较文学学科长期囿于西方中心论，有意无意地回避东西方不同文明文学的比较问题，基本上忽略了学科理论的新生长点，比较文学学科理论缺乏创新，严重忽略了比较文学的差异性和变异性。

要克服比较文学的又一次危机，就必须打破西方中心论，克服比较文学学科理论一味求同的比较文学学科理论模式，提出适应当今全球化比较文学研究的新话语。中国学派，正是在此次危机中，提出了比较文学变异学研究，总结出了新的学科理论话语和一套新的方法论。

中国大陆第一部比较文学概论性著作是卢康华、孙景尧所著《比较文学导论》，该书指出："什么是比较文学？现在我们可以借用我国学者季羡林先生的解释来回答了：'顾名思义，比较文学就是把不同国家的文学拿出来比较，这可以说是狭义的比较文学。广义的比较文学是把文学同其他学科来比较，包括人文科学和社会科学'。"[1]这个定义可以说是美国雷马克定义的翻版。不过，该书又接着指出："我们认为最精炼易记的还是我国学者钱钟书先生的说法：'比较文学作为一门专门学科，则专指跨越国界和语言界限的文学比较'。更具体地说，就是把不同国家不同语言的文学现象放在一起进行比较，研究他们在文艺理论、文学思潮，具体作家、作品之间的互相影响。"[2]这个定义似乎更接近法国学派的定义，没有强调平行比较与跨学科比较。紧接该书之后的教材是陈挺的《比较文学简编》，该书仍旧以"广义"与"狭义"来解释比较文学的定义，指出："我们认为，通常说的比较文学是狭义的，即指超越国家、民族和语言界限的文学研究……广义的比较文学还可以包括文学与其他艺术（音乐、绘画等）与其他意识形态（历史、哲学、政治、宗教等）之间的相互关系的研究。"[3]中国比较文学早期对于比较文学的定义中凸显了很强的不确定性。

由乐黛云主编，高等教育出版社 1988 年的《中西比较文学教程》，则对比较文学定义有了较为深入的认识，该书在详细考查了中外不同的定义之后，该书指出："比较文学不应受到语言、民族、国家、学科等限制，而要走向一种开放性，力图寻求世界文学发展的共同规律。"[4]"世界文学"概念的纳入极大拓宽了比较文学的内涵，为"跨文化"定义特征的提出做好了铺垫。

随着时间的推移，学界的认识逐步深化。1997 年，陈惇、孙景尧、谢天振主编的《比较文学》提出了自己的定义："把比较文学看作跨民族、跨语言、跨文化、跨学科的文学研究，更符合比较文学的实质，更能反映现阶段人们对于比较文学的认识。"[5]2000 年北京师范大学出版社出版了《比较文学概论》修订本，提出："什么是比较文学呢？比较文学是一种开放式的文学研究，它具有宏观的视野和国际的角度，以跨民族、跨语言、跨文化、跨学科界限的各种文学关系为研究对象，在理论和方法上，具有比较的自觉意识和兼容并包的特色。"[6]这是我们目前所看到的国内较有特色的一个定义。

---

1 卢康华、孙景尧著《比较文学导论》，黑龙江人民出版社 1984，第 15 页。
2 卢康华、孙景尧著《比较文学导论》，黑龙江人民出版社 1984 年版。
3 陈挺《比较文学简编》，华东师范大学出版社 1986 年版。
4 乐黛云主编《中西比较文学教程》，高等教育出版社 1988 年版。
5 陈惇、孙景尧、谢天振主编《比较文学》，高等教育出版社 1997 年版。
6 陈惇、刘象愚《比较文学概论》，北京师范大学出版社 2000 年版。

　　具有代表性的比较文学定义是 2002 年出版的杨乃乔主编的《比较文学概论》一书，该书的定义如下："比较文学是以跨民族、跨语言、跨文化与跨学科为比较视域而展开的研究，在学科的成立上以研究主体的比较视域为安身立命的本体，因此强调研究主体的定位，同时比较文学把学科的研究客体定位于民族文学之间与文学及其他学科之间的三种关系：材料事实关系、美学价值关系与学科交叉关系，并在开放与多元的文学研究中追寻体系化的汇通。"[7]方汉文则认为："比较文学作为文学研究的一个分支学科，它以理解不同文化体系和不同学科间的同一性和差异性的辩证思维为主导，对那些跨越了民族、语言、文化体系和学科界限的文学现象进行比较研究，以寻求人类文学发生和发展的相似性和规律性。"[8]由此而引申出的"跨文化"成为中国比较文学学者对于比较文学定义所做出的历史性贡献。

　　我在《比较文学教程》中对比较文学定义表述如下："比较文学是以世界性眼光和胸怀来从事不同国家、不同文明和不同学科之间的跨越式文学比较研究。它主要研究各种跨越中文学的同源性、变异性、类同性、异质性和互补性，以影响研究、变异研究、平行研究、跨学科研究、总体文学研究为基本方法论，其目的在于以世界性眼光来总结文学规律和文学特性，加强世界文学的相互了解与整合，推动世界文学的发展。"[9]在这一定义中，我再次重申"跨国""跨学科""跨文明"三大特征，以"变异性""异质性"突破东西文明之间的"第三堵墙"。

　　"首在审己，亦必知人"。中国比较文学学者在前人定义的不断论争中反观自身，立足中国经验、学术传统，以中国学者之言为比较文学的危机处境贡献学科转机之道。

三、两岸共建比较文学话语——比较文学中国学派

　　中国学者对于比较文学定义的不断明确也促成了"比较文学中国学派"的生发。得益于两岸几代学者的垦拓耕耘，这一议题成为近五十年来中国比较文学发展中竖起的最鲜明、最具争议性的一杆大旗，同时也是中国比较文学学科理论研究最有创新性，最亮丽的一道风景线。

---

7 杨乃乔主编《比较文学概论》，北京大学出版社 2002 年版。
8 方汉文《比较文学基本原理》，苏州大学出版社 2002 年版。
9 曹顺庆《比较文学教程》，高等教育出版社 2006 年版。

比较文学"中国学派"这一概念所蕴含的理论的自觉意识最早出现的时间大约是 20 世纪 70 年代。当时的台湾由于派出学生留洋学习，接触到大量的比较文学学术动态，率先掀起了中外文学比较的热潮。1971 年 7 月在台湾淡江大学召开的第一届"国际比较文学会议"上，朱立元、颜元叔、叶维廉、胡辉恒等学者在会议期间提出了比较文学的"中国学派"这一学术构想。同时，李达三、陈鹏翔（陈慧桦）、古添洪等致力于比较文学中国学派早期的理论催生。如 1976 年，古添洪、陈慧桦出版了台湾比较文学论文集《比较文学的垦拓在台湾》。编者在该书的序言中明确提出："我们不妨大胆宣言说，这援用西方文学理论与方法并加以考验、调整以用之于中国文学的研究，是比较文学中的中国派"[10]。这是关于比较文学中国学派较早的说明性文字，尽管其中提到的研究方法过于强调西方理论的普世性，而遭到美国和中国大陆比较文学学者的批评和否定；但这毕竟是第一次从定义和研究方法上对中国学派的本质进行了系统论述，具有开拓和启明的作用。后来，陈鹏翔又在台湾《中外文学》杂志上连续发表相关文章，对自己提出的观点作了进一步的阐释和补充。

在"中国学派"刚刚起步之际，美国学者李达三起到了启蒙、催生的作用。李达三于 60 年代来华在台湾任教，为中国比较文学培养了一批朝气蓬勃的生力军。1977 年 10 月，李达三在《中外文学》6 卷 5 期上发表了一篇宣言式的文章《比较文学中国学派》，宣告了比较文学的中国学派的建立，并认为比较文学中国学派旨在"与比较文学中早已定于一尊的西方思想模式分庭抗礼。由于这些观念是源自对中国文学及比较文学有兴趣的学者，我们就将含有这些观念的学者统称为比较文学的'中国'学派。"并指出中国学派的三个目标：1、在自己本国的文学中，无论是理论方面或实践方面，找出特具"民族性"的东西，加以发扬光大，以充实世界文学；2、推展非西方国家"地区性"的文学运动，同时认为西方文学仅是众多文学表达方式之一而已；3、做一个非西方国家的发言人，同时并不自诩能代表所有其他非西方的国家。李达三后来又撰文对比较文学研究状况进行了分析研究，积极推动中国学派的理论建设。[11]

继中国台湾学者垦拓之功，在 20 世纪 70 年代末复苏的大陆比较文学研

---

10 古添洪、陈慧桦《比较文学的垦拓在台湾》，台湾东大图书公司 1976 年版。
11 李达三《比较文学研究之新方向》，台湾联经事业出版公司 1978 年版。

究亦积极参与了"比较文学中国学派"的理论建设和学科建设。

季羡林先生 1982 年在《比较文学译文集》的序言中指出："以我们东方文学基础之雄厚，历史之悠久，我们中国文学在其中更占有独特的地位，只要我们肯努力学习，认真钻研，比较文学中国学派必然能建立起来，而且日益发扬光大"[12]。1983 年 6 月，在天津召开的新中国第一次比较文学学术会议上，朱维之先生作了题为《比较文学中国学派的回顾与展望》的报告，在报告中他旗帜鲜明地说："比较文学中国学派的形成（不是建立）已经有了长远的源流，前人已经做出了很多成绩，颇具特色，而且兼有法、美、苏学派的特点。因此，中国学派绝不是欧美学派的尾巴或补充"[13]。1984 年，卢康华、孙景尧在《比较文学导论》中对如何建立比较文学中国学派提出了自己的看法，认为应当以马克思主义作为自己的理论基础，以我国的优秀传统与民族特色为立足点与出发点，汲取古今中外一切有用的营养，去努力发展中国的比较文学研究。同年在《中国比较文学》创刊号上，朱维之、方重、唐弢、杨周翰等人认为中国的比较文学研究应该保持不同于西方的民族特点和独立风貌。1985 年，黄宝生发表《建立比较文学的中国学派：读〈中国比较文学〉创刊号》，认为《中国比较文学》创刊号上多篇讨论比较文学中国学派的论文标志着大陆对比较文学中国学派的探讨进入了实际操作阶段。[14]1988 年，远浩一提出"比较文学是跨文化的文学研究"（载《中国比较文学》1988 年第 3 期）。这是对比较文学中国学派在理论特征和方法论体系上的一次前瞻。同年，杨周翰先生发表题为"比较文学：界定'中国学派'，危机与前提"（载《中国比较文学通讯》1988 年第 2 期），认为东方文学之间的比较研究应当成为"中国学派"的特色。这不仅打破比较文学中的欧洲中心论，而且也是东方比较学者责无旁贷的任务。此外，国内少数民族文学的比较研究，也应该成为"中国学派"的一个组成部分。所以，杨先生认为比较文学中的大量问题和学派问题并不矛盾，相反有助于理论的讨论。1990 年，远浩一发表"关于'中国学派'"（载《中国比较文学》1990 年第 1 期），进一步推进了"中国学派"的研究。此后直到 20 世纪 90 年代末，中国学者就比较文学中国学派的建立、理论与方法以及相应的学科理论等诸多问题进行了积极而富有成效的探讨。

---

12 张隆溪《比较文学译文集》，北京大学出版社 1984 年版。

13 朱维之《比较文学论文集》，南开大学出版社 1984 年版。

14 参见《世界文学》1985 年第 5 期。

刘介民、远浩一、孙景尧、谢天振、陈淳、刘象愚、杜卫等人都对这些问题付出过不少努力。《暨南学报》1991 年第 3 期发表了一组笔谈，大家就这个问题提出了意见，认为必须打破比较文学研究中长期存在的法美研究模式，建立比较文学中国学派的任务已经迫在眉睫。王富仁在《学术月刊》1991 年第 4 期上发表"论比较文学的中国学派问题"，论述中国学派兴起的必然性。而后，以谢天振等学者为代表的比较文学研究界展开了对"X+Y"模式的批判。比较文学在大陆复兴之后，一些研究者采取了"X+Y"式的比附研究的模式，在发现了"惊人的相似"之后便万事大吉，而不注意中西巨大的文化差异性，成为了浅度的比附性研究。这种情况的出现，不仅是中国学者对比较文学的理解上出了问题，也是由于法美学派研究理论中长期存在的研究模式的影响，一些学者并没有深思中国与西方文学背后巨大的文明差异性，因而形成"X+Y"的研究模式，这更促使一些学者思考比较文学中国学派的问题。

经过学者们的共同努力，比较文学中国学派一些初步的特征和方法论体系逐渐凸显出来。1995 年，我在《中国比较文学》第 1 期上发表《比较文学中国学派基本理论特征及其方法论体系初探》一文，对比较文学在中国复兴十余年来的发展成果作了总结，并在此基础上总结出中国学派的理论特征和方法论体系，对比较文学中国学派作了全方位的阐述。继该文之后，我又发表了《跨越第三堵'墙'创建比较文学中国学派理论体系》等系列论文，论述了以跨文化研究为核心的"中国学派"的基本理论特征及其方法论体系。这些学术论文发表之后在国内外比较文学界引起了较大的反响。台湾著名比较文学学者古添洪认为该文"体大思精，可谓已综合了台湾与大陆两地比较文学中国学派的策略与指归，实可作为'中国学派'在大陆再出发与实践的蓝图"[15]。

在我撰文提出比较文学中国学派的基本特征及方法论体系之后，关于中国学派的论争热潮日益高涨。反对者如前国际比较文学学会会长佛克马（Douwe Fokkema）1987 年在中国比较文学学会第二届学术讨论会上就从所谓的国际观点出发对比较文学中国学派的合法性提出了质疑，并坚定地反对建立比较文学中国学派。来自国际的观点并没有让中国学者失去建立比较文学中国学派的热忱。很快中国学者智量先生就在《文艺理论研究》1988 年第

---

15 古添洪《中国学派与台湾比较文学界的当前走向》，参见黄维梁编《中国比较文学理论的垦拓》167 页，北京大学出版社 1998 年版。

1 期上发表题为《比较文学在中国》一文，文中援引中国比较文学研究取得的成就，为中国学派辩护，认为中国比较文学研究成绩和特色显著，尤其在研究方法上足以与比较文学研究历史上的其他学派相提并论，建立中国学派只会是一个有益的举动。1991 年，孙景尧先生在《文学评论》第 2 期上发表《为"中国学派"一辩》，孙先生认为佛克马所谓的国际主义观点实质上是"欧洲中心主义"的观点，而"中国学派"的提出，正是为了清除东西方文学与比较文学学科史中形成的"欧洲中心主义"。在 1993 年美国印第安纳大学举行的全美比较文学会议上，李达三仍然坚定地认为建立中国学派是有益的。二十年之后，佛克马教授修正了自己的看法，在 2007 年 4 月的"跨文明对话——国际学术研讨会（成都）"上，佛克马教授公开表示欣赏建立比较文学中国学派的想法[16]。即使学派争议一派繁荣景象，但最终仍旧需要落点于学术创见与成果之上。

比较文学变异学便是中国学派的一个重要理论创获。2005 年，我正式在《比较文学学》[17]中提出比较文学变异学，提出比较文学研究应该从"求同"思维中走出来，从"变异"的角度出发，拓宽比较文学的研究。通过前述的法、美学派学科理论的梳理，我们也可以发现前期比较文学学科是缺乏"变异性"研究的。我便从建构中国比较文学学科理论话语体系入手，立足《周易》的"变异"思想，建构起"比较文学变异学"新话语，力图以中国学者的视角为全世界比较文学学科理论提供一个新视角、新方法和新理论。

比较文学变异学的提出根植于中国哲学的深层内涵，如《周易》之"易之三名"所构建的"变易、简易、不易"三位一体的思辨意蕴与意义生成系统。具体而言，"变易"乃四时更替、五行运转、气象畅通、生生不息；"不易"乃天上地下、君南臣北、纲举目张、尊卑有位；"简易"则是乾以易知、坤以简能、易则易知、简则易从。显然，在这个意义结构系统中，变易强调"变"，不易强调"不变"，简易强调变与不变之间的基本关联。万物有所变，有所不变，且变与不变之间存在简单易从之规律，这是一种思辨式的变异模式，这种变异思维的理论特征就是：天人合一、物我不分、对立转化、整体关联。这是中国古代哲学最重要的认识论，也是与西方哲学所不同的"变异"思想。

---

16 见《比较文学报》2007 年 5 月 30 日，总第 43 期。
17 曹顺庆《比较文学学》，四川大学出版社 2005 年版。

由哲学思想衍生于学科理论，比较文学变异学是"指对不同国家、不同文明的文学现象在影响交流中呈现出的变异状态的研究，以及对不同国家、不同文明的文学相互阐发中出现的变异状态的研究。通过研究文学现象在影响交流以及相互阐发中呈现的变异，探究比较文学变异的规律。"[18]变异学理论的重点在求"异"的可比性，研究范围包含跨国变异研究、跨语际变异研究、跨文化变异研究、跨文明变异研究、文学的他国化研究等方面。比较文学变异学所发现的文化创新规律、文学创新路径是基于中国所特有的术语、概念和言说体系之上探索出的"中国话语"，作为比较文学第三阶段中国学派的代表性理论已经受到了国际学界的广泛关注与高度评价，中国学术话语产生了世界性影响。

四、国际视野中的中国比较文学

文明之墙让中国比较文学学者所提出的标识性概念获得国际视野的接纳、理解、认同以及运用，经历了跨语言、跨文化、跨文明的多重关卡，国际视野下的中国比较文学书写亦经历了一个从"遍寻无迹""只言片语"而"专篇专论"，从最初的"话语乌托邦"至"阶段性贡献"的过程。

二十世纪六十年代以来港台学者致力于从课程教学、学术平台、人才培养，国内外学术合作等方面巩固比较文学这一新兴学科的建立基石，如淡江文理学院英文系开设的"比较文学"（1966），香港大学开设的"中西文学关系"（1966）等课程；台湾大学外文系主编出版之《中外文学》月刊、淡江大学出版之《淡江评论》季刊等比较文学研究专刊；后又有台湾比较文学学会（1973 年）、香港比较文学学会（1978）的成立。在这一系列的学术环境构建下，学者前贤以"中国学派"为中国比较文学话语核心在国际比较文学学科理论、方法论中持续探讨，率先启声。例如李达三在 1980 年香港举办的东西方比较文学学术研讨会成果中选取了七篇代表性文章，以 *Chinese-Western Comparative Literature: Theory and Strategy* 为题集结出版，[19]并在其结语中附上那篇"中国学派"宣言文章以申明中国比较文学建立之必要。

学科开山之际，艰难险阻之巨难以想象，但从国际学者相关言论中可见西方对于中国比较文学学科的发展抱有的希望渺小。厄尔·迈纳（Earl Miner）

---

18 曹顺庆主编《比较文学概论》，高等教育出版社 2015 年版。

19 *Chinese-Western Comparative Literature：Theory & Strategy*，Chinese Univ Pr.1980-6

在 1987 年发表的 *Some Theoretical and Methodological Topics for Comparative Literature* 一文中谈到当时西方的比较文学鲜有学者试图将非西方材料纳入西方的比较文学研究中。（until recently there has been little effort to incorporate non-Western evidence into Western com- parative study.）1992 年，斯坦福大学教授 David Palumbo-Liu 直接以《话语的乌托邦：论中国比较文学的不可能性》为题（*The Utopias of Discourse: On the Impossibility of Chinese Comparative Literature*）直言中国比较文学本质上是一项"乌托邦"工程。（My main goal will be to show how and why the task of Chinese comparative literature, particularly of pre-modern literature, is essentially a *utopian* project.）这些对于中国比较文学的诘难与质疑，今美国加州大学圣地亚哥分校文学系主任张英进教授在其 1998 编著的 *China in a polycentric world: essays in Chinese comparative literature* 前言中也不得不承认中国比较文学研究在国际学术界中仍然处于边缘地位（The fact is, however, that Chinese comparative literature remained marginal in academia, even though it has developed closely with the rest of literary studies in the United Stated and even though China has gained increasing importance in the geopolitical world order over the past decades.）。[20]但张英进教授也展望了下一个千年中国比较文学研究的蓝景。

新的千年新的气象，"世界文学""全球化"等概念的冲击下，让西方学者开始注意到东方，注意到中国。如普渡大学教授斯蒂文·托托西（Tötösy de Zepetnek, Steven）1999 年发长文 *From Comparative Literature Today Toward Comparative Cultural Studies* 阐明比较文学研究更应该注重文化的全球性、多元性、平等性而杜绝等级划分的参与。托托西教授注意到了在法德美所谓传统的比较文学研究重镇之外，例如中国、日本、巴西、阿根廷、墨西哥、西班牙、葡萄牙、意大利、希腊等地区，比较文学学科得到了出乎意料的发展（emerging and developing strongly）。在这篇文章中，托托西教授列举了世界各地比较文学研究成果的著作，其中中国地区便是北京大学乐黛云先生出版的代表作品。托托西教授精通多国语言，研究视野也常具跨越性，新世纪以来也致力于以跨越性的视野关注世界各地比较文学研究的动向。[21]

---

20 Moran T . Yingjin Zhang, Ed. China in a Polycentric World: Essays in Chinese Comparative Literature[J].现代中文文学学报,2000,4(1):161-165.

21 Tötösy de Zepetnek, Steven. "From Comparative Literature Today Toward Comparative Cultural Studies." CLCWeb: Comparative Literature and Culture 1.3 (1999):

以上这些国际上不同学者的声音一则质疑中国比较文学建设的可能性，一则观望着这一学科在非西方国家的复兴样态。争议的声音不仅在国际学界，国内学界对于这一新兴学科的全局框架中涉及的理论、方法以及学科本身的立足点，例如前文所说的比较文学的定义，中国学派等等都处于持久论辩的漩涡。我们也通晓如果一直处于争议的漩涡中，便会被漩涡所吞噬，只有将论辩化为成果，才能转漩涡为涟漪，一圈一圈向外辐射，国际学人也在等待中国学者自己的声音。

上海交通大学王宁教授作为中国比较文学学者的国际发声者自 20 世纪末至今已撰文百余篇，他直言，全球化给西方学者带来了学科死亡论，但是中国比较文学必将在这全球化语境中更为兴盛，中国的比较文学学者一定会对国际文学研究做出更大的贡献。新世纪以来中国学者也不断地将自身的学科思考成果呈现在世界之前。2000 年，北京大学周小仪教授发文（*Comparative Literature in China*）[22]率先从学科史角度构建了中国比较文学在两个时期（20世纪 20 年代至 50 年代，70 年代至 90 年代）的发展概貌，此文关于中国比较文学的复兴崛起是源自中国文学现代性的产生这一观点对美国芝加哥大学教授苏源熙（Haun Saussy）影响较深。苏源熙在 2006 年的专著 *Comparative Literature in an Age of Globalization* 中对于中国比较文学的讨论篇幅极少，其中心便是重申比较文学与中国文学现代性的联系。这篇文章也被哈佛大学教授大卫·达姆罗什（David Damrosch）收录于《普林斯顿比较文学资料手册》（*The Princeton Sourcebook in Comparative Literature*，2009[23]）。类似的学科史介绍在英语世界与法语世界都接续出现，以上大致反映了中国学者对于中国比较文学研究的大概描述在西学界的接受情况。学科史的构架对于国际学术对中国比较文学发展脉络的把握很有必要，但是在此基础上的学科理论实践才是关系于中国比较文学学科国际性发展的根本方向。

我在 20 世纪 80 年代以来 40 余年间便一直思考比较文学研究的理论构建问题，从以西方理论阐释中国文学而造成的中国文艺理论"失语症"思考

---

22 Zhou, Xiaoyi and Q.S. Tong, "Comparative Literature in China", Comparative Literature and Comparative Cultural Studies, ed., Totosy de Zepetnek, West Lafayette, Indiana: Purdue University Press, 2003, 268-283.

23 Damrosch, David (EDT)*The Princeton Sourcebook in Comparative Literature*: Princeton University Press

属于中国比较文学自身的学科方法论，从跨异质文化中产生的"文学误读""文化过滤""文学他国化"提出"比较文学变异学"理论。历经 10 年的不断思考，2013 年，我的英文著作：*The Variation Theory of Comparative Literature*（《比较文学变异学》），由全球著名的出版社之一斯普林格（Springer）出版社出版，并在美国纽约、英国伦敦、德国海德堡出版同时发行。*The Variation Theory of Comparative Literature*（《比较文学变异学》）系统地梳理了比较文学法国学派与美国学派研究范式的特点及局限，首次以全球通用的英语语言提出了中国比较文学学科理论新话语："比较文学变异学"。这一新概念、新范畴和新表述，引导国际学术界展开了对变异学的专刊研究（如普渡大学创办刊物《比较文学与文化》2017 年 19 期）和讨论。

欧洲科学院院士、西班牙圣地亚哥联合大学让·莫内讲席教授、比较文学系教授塞萨尔·多明戈斯教授（Cesar Dominguez），及美国科学院院士、芝加哥大学比较文学教授苏源熙（Haun Saussy）等学者合著的比较文学专著（Introducing Comparative literature: New Trends and Applications[24]）高度评价了比较文学变异学。苏源熙引用了《比较文学变异学》（英文版）中的部分内容，阐明比较文学变异学是十分重要的成果。与比较文学法国学派和美国学派形成对比，曹顺庆教授倡导第三阶段理论，即，新奇的、科学的中国学派的模式，以及具有中国学派本身的研究方法的理论创新与中国学派"（《比较文学变异学》（英文版）第 43 页）。通过对"中西文化异质性的"跨文明研究"，曹顺庆教授的看法会更进一步的发展与进步（《比较文学变异学》（英文版）第 43 页），这对于中国文学理论的转化和西方文学理论的意义具有十分重要的价值。（"Another important contribution in the direction of an imparative comparative literature-at least as procedure-is Cao Shunqing's 2013 *The Variation Theory of Comparative Literature*. In contrast to the "French School" and "American School" of comparative Literature, Cao advocates a "third-phrase theory", namely, "a novel and scientific mode of the Chinese school," a "theoretical innovation and systematization of the Chinese school by relying on our *own* methods" (*Variation Theory* 43; emphasis added). From this etic beginning, his proposal moves forward emically by developing a "cross-civilizaional study on the heterogeneity between

---

24 Cesar Dominguez,Haun Saussy,Dario Villanueva Introducing Comparative literature: New Trends and Applications，Routledge,2015

Chinese and Western culture"(43), which results in both the foreignization of Chinese literary theories and the Signification of Western literary theories.)

法国索邦大学（Sorbonne University）比较文学系主任伯纳德·弗朗科（Bernard Franco）教授在他出版的专著（《比较文学：历史、范畴与方法》）*La littératurecomparée: Histoire, domaines, méthodes* 中以专节引述变异学理论，他认为曹顺庆教授提出了区别于影响研究与平行研究的"第三条路"，即"变异理论"，这对应于观点的转变，从"跨文化研究"到"跨文明研究"。变异理论基于不同文明的文学体系相互碰撞为形式的交流过程中以产生新的文学元素，曹顺庆将其定义为"研究不同国家的文学现象所经历的变化"。因此曹顺庆教授提出的变异学理论概述了一个新的方向，并展示了比较文学在不同语言和文化领域之间建立多种可能的桥梁。(Il évoque l'hypothèse d'une troisième voie, la « théorie de la variation », qui correspond à un déplacement du point de vue, de celui des « études interculturelles » vers celui des « études transcivilisationnelles . » Cao Shunqing la définit comme « l'étude des variations subies par des phénomènes littéraires issus de différents pays, avec ou sans contact factuel, en même temps que l'étude comparative de l'hétérogénéité et de la variabilité de différentes expressions littéraires dans le même domaine ».Cette hypothèse esquisse une nouvelle orientation et montre la multiplicité des passerelles possibles que la littérature comparée établit entre domaines linguistiques et culturels différents.) [25]。

美国哈佛大学（Harvard University）厄内斯特·伯恩鲍姆讲席教授、比较文学教授大卫·达姆罗什（David Damrosch）对该专著尤为关注。他认为《比较文学变异学》（英文版）以中国视角呈现了比较文学学科话语的全球传播的有益尝试。曹顺庆教授对变异的关注提供了较为适用的视角，一方面超越了亨廷顿式简单的文化冲突模式，另一方面也跨越了同质性的普遍化。[26]国际学界对于变异学理论的关注已经逐渐从其创新性价值探讨延伸至文学研究，例如斯蒂文·托托西近日在 *Cultura* 发表的（Peripheralities: "Minor" Literatures, Women's Literature, and Adrienne Orosz de Csicser's Novels）一文中便成功地将变异学理论运用于阿德里安·奥罗兹的小说研究中。

---

25 Bernard Franco La littératurecomparée: Histoire, domaines, méthodes，Armand Colin 2016.
26 David Damrosch Comparing the Literatures,Literary Studies in a Global Age,Princeton University Press,2020.

国际学界对于比较文学变异学的认可也证实了变异学作为一种普遍性理论提出的初衷，其合法性与适用性将在不同文化的学者实践中巩固、拓展与深化。它不仅仅是跨文明研究的方法，而是一种具有超越影响研究和平行研究，超越西方视角或东方视角的宏大视野、一种建立在文化异质性和变异性基础之上的融汇创生、一种追求世界文学和总体问题最终理想的哲学关怀。

以如此篇幅展现中国比较文学之况，是因为中国比较文学研究本就是在各种危机论、唱衰论的压力下，各种质疑论、概念论中艰难前行，不探源溯流难以体察今日中国比较文学研究成果之不易。文明的多样性发展离不开文明之间的交流互鉴。最具"跨文明"特征的比较文学学科更需要文明之间成果的共享、共识、共析与共赏，这是我们致力于比较文学研究领域的学术理想。

千里之行，不积跬步无以至，江海之阔，不积细流无以成！如此宏大的一套比较文学研究丛书得承花木兰总编辑杜洁祥先生之宏志，以及该公司同仁之辛劳，中国比较文学学者之鼎力相助，才可顺利集结出版，在此我要衷心向诸君表达感谢！中国比较文学研究仍有一条长远之途需跋涉，期以系列丛书一展全貌，愿读者诸君敬赐高见！

曹顺庆
二零二一年十月二十三日于成都锦丽园

目

次

绪　论……………………………………………………………… 1

第一章　普罗普故事学思想研究………………………… 9

　第一节　普罗普生平及著述……………………………… 10

　　一、普罗普生平……………………………………………… 10

　　二、普罗普的著述情况…………………………………… 12

　　三、普罗普学术思想的总体评价……………………… 14

　第二节　从对故事的分类谈起………………………… 18

　　一、思考的缘起——故事分类的混乱……………… 19

　　二、维谢洛夫斯基的启示………………………………… 21

　第三节　形态学研究的范畴和体系………………… 22

　　一、关于功能项体系的创建…………………………… 23

　　二、故事形态学与结构主义神话学研究………… 40

　　三、按照角色建立故事结构分析体系…………… 41

　第四节　故事作为一个整体…………………………… 42

　　一、整合：分解的目的…………………………………… 42

　　二、功能项的变化………………………………………… 44

　第五节　故事学研究与国际学界的误读………… 46

　　一、与列维—斯特劳斯的论战………………………… 47

　　二、"道不同不足与谋"………………………………… 48

第六节　故事的历史性研究……………………… 50

　一、《神奇故事的转化》——沟通的桥梁…… 51

　二、研究的前提………………………………… 53

　三、故事与历史往昔…………………………… 56

　四、故事再次被作为一个整体………………… 59

小结……………………………………………………… 62

第二章　普罗普喜剧美学思想特征………………… 65

第一节　问题的出现和方法论选择……………… 66

　一、神奇故事的母题——思考的缘起………… 67

　二、方法论的选择……………………………… 68

第二节　"不笑公主"与生命象征……………… 70

　一、笑与大地丰收……………………………… 70

　二、农业与女性………………………………… 71

第三节　"不笑公主"与宗教观念……………… 74

第四节　"不笑公主"与生死观解读…………… 76

　一、笑——生与死的界限……………………… 76

　二、复活仪式中的笑…………………………… 77

第五节　滑稽与笑的问题………………………… 79

　一、滑稽是引起笑的重要原因………………… 80

　二、笑的含义…………………………………… 82

第六节　普罗普与"笑"的哲学历程…………… 85

　一、普罗普与古代哲学对"笑"的研究……… 86

　二、普罗普与现代哲学对"笑"的研究……… 90

第七节　嘲笑与滑稽的类型……………………… 94

　一、精神本质掩盖自然本质引起滑稽………… 95

　二、相似或差别引起滑稽……………………… 96

　三、喻人引起的滑稽…………………………… 99

　四、讽刺与夸张引起滑稽……………………… 103

　五、愚弄与意志受辱引起滑稽………………… 109

　六、谎言引起滑稽……………………………… 114

第八节　滑稽的语言手段………………………… 118

小结…………………………………………………… 123

第三章　普罗普思想的传入与研究 ……………… 125

　第一节　结构主义与叙事学传入中国 ………… 126

　　一、结构主义的主流地位 ……………… 126

　　二、当代西方叙事学的风靡 ……………… 132

　第二节　90 年代以前普罗普学术思想研究 ……… 137

　　一、结构主义文论研究中出现的普罗普 …… 137

　　二、新的转机 ……………………………… 139

　第三节　90 年代至新世纪前普罗普学术思想研究 · 144

　第四节　新世纪以来普罗普学术思想研究 ……… 152

　　一、新世纪的翻译情况 …………………… 152

　　二、新世纪的研究情况 …………………… 155

　小结 ……………………………………………… 166

第四章　普罗普思想的译介与接受 ……………… 169

　第一节　普罗普学术著作在中国的译介研究 …… 170

　　一、杜书瀛与《滑稽与笑的问题》 ……… 171

　　二、贾放的翻译 …………………………… 173

　第二节　普罗普学术思想与中国民间文学研究 … 178

　　一、刘守华的民俗学研究 ………………… 178

　　二、刘魁立的民俗学研究 ………………… 180

　　三、关于民俗学的其他研究 ……………… 182

　第三节　普罗普学术思想与小说叙事学研究 …… 184

　　一、许子东与叙述文革 …………………… 184

　　二、小说类型研究 ………………………… 186

　　三、关于小说的其他研究 ………………… 188

　第四节　普罗普学术思想与多类型叙事文学研究 · 190

　　一、戏剧叙事形态学研究 ………………… 191

　　二、新闻叙事学研究 ……………………… 193

　　三、影视叙事学研究 ……………………… 195

　小结 ……………………………………………… 197

结　语 …………………………………………… 199

参考文献 ………………………………………… 205

绪 论

一

弗拉基米尔·雅可夫列维奇·普罗普（俄文：Владимир Яковлевич Пропп；英文：Vladimir Propp，1895-1970），二十世纪俄罗斯最著名的文学理论家之一，举世公认的民间文学、文艺学研究的一代宗师，他的名字"与苏联民间文艺学发展进程中的整整一个时代联系在一起"[1]，其研究主要集中于对俄罗斯民间故事的研究，同时涉及了民俗节日、喜剧理论等多个领域。其一生学术思想集中于《故事形态学》、《神奇故事的历史根源》、《俄罗斯故事论》等六本著作和大量相关论文中。

就民俗故事学研究而言，普罗普的理论建树是任何一个民俗学家的学术研究无法绕开的，他的理论为二十世纪语言学研究打开了一个方向。在结构主义尚在摸索的时候，普罗普以民间故事为基点，以结构形态分析为先导，以历史起源为旨归，辐射到文学理论、喜剧美学、英雄史诗、节日民俗的研究思路，形成了一个完整而严密的思想体系，"体现出对研究对象所做的多向度解读故事的内部结构，背后是视为世界范围内同类研究的滥觞和高峰"[2]。普罗普的六本专著、众多学术论文、撰写的书评和研究报告、以及编写校订的民间作品

---

1 叶列米纳（В·И. Еремина）：(Книга В.Я.Пропп Исторические корни волшебной сказки и её значение для современного иследования сказки) .见《Исторические корни волшебной сказки》，第 5 页，Исдательство Спетербургского университета，1996.

2 贾放：《普罗普故事学思想研究》，博士论文，北京师范大学，2002 年，第 7 页。

—1—

集，所有的成果奠定了普罗普在俄罗斯民俗故事研究史以及世界叙事学研究史上的卓越地位。

对于普罗普学术思想的研究并未首先在俄罗斯本土引起广泛重视，只是少部分学者对其故事学研究的方法感到震惊并给予肯定。直到 20 世纪中期，其英译本开始在俄罗斯以外的西方国家得到广泛关注，中国对于普罗普学术思想研究的第一篇文章是由王智量翻译后发表在 1956 年《民间文学》第 1、2 月号上的其重要论文《英雄叙事诗研究中的一些方法论问题》。但是随后由于中国和苏联关系的紧张，普罗普的名字在中国刚刚被介绍就随即消失了 20 多年，直到 80 年代以后才重新为中国文艺学界和民间文学界所知。近些年，无论是在俄罗斯或是西方世界，对于普罗普学术思想的研究不断深入，其在中国的接受也呈现出不断扩大的趋势，目前在国内已经有三本专著被翻译成中文，即《故事形态学》、《神奇故事的历史根源》和《滑稽与笑的问题》。前两本书是普罗普主要思想的集中体现，也是成就普罗普世界地位的主要支撑，在 2006 年由贾放翻译出版，一时间引起了学界热议。国际学界对于普罗普学术思想的研究主要集中在以《故事形态学》和《神奇故事的历史根源》所阐述的故事学研究上，尤其以结构主义者对于他的关注最多、批评也最多。国内学界的大部头研究大致只有两本书，一本是贾放的博士论文《普罗普故事学思想研究》，另一本就是赵晓彬《普罗普民俗学思想研究》，也主要以故事学阐释为主，只是后者较于前者更注重民俗学方向的研究，并简单梳理了《滑稽与笑的问题》的基本结构和内容，而前者则更为深入、详细、系统地对普罗普故事学思想展开研究。

事实上，国内学界翻译的第一本普罗普著作就是这本由杜书瀛翻译的名不见经传的小册子，1998 年由辽宁教育出版社出版发行。至今对于此书的研究只有一篇文章，且篇幅不长。对"笑"的问题展开研究并不是偶然的兴趣所致，这是普罗普谨慎思考多年的问题，他甚至还专门写过关于探讨"不笑公主"的民间故事母题历史根源的文章。在对"滑稽与笑"进行研究时，普罗普延续了形态分析和历史阐发的方法论。所以，这本书既是喜剧美学研究的专著，也是故事学研究的延伸。对于这本书的深入探讨，既可以把握普罗普一生的思想动态，也可以充实对其故事学理论的研究范畴，补充学界对于普罗普学术思想研究的空白。

2002 年贾放的博士论文《普罗普故事学思想研究》通过答辩，这本在阅读大量俄文资料基础上成就的高水平论文,已经将国内的普罗普学术思想研究推向了一个高峰,且《故事形态学》和《神奇故事的历史根源》也由贾放翻译出版;2007 年,赵晓彬的《普罗普民俗学思想研究》也随即出版。

由于普罗普关于"滑稽与笑"的喜剧美学延用了其故事学结构分析和历史阐发的方法,所以本书首先从普罗普最重要的故事学分析入手,在第二章通过对《故事形态学》、《神奇故事的历史根源》和《俄罗斯故事论》具体内容的解读,主要阐释了普罗普故事学研究方法,并在对比维谢洛夫斯基的历史诗学基础上,追溯了普罗普故事学来源。普罗普之所以能在《故事形态学》出版之后写就了《神奇故事的历史根源》,就缘于他对维谢洛夫斯基历史诗学的肯定与借鉴。而普罗普的故事学思想在形式主义和结构主义研究中产生的影响,是其成为国际著名学者的重要支撑。

尽管普罗普一生的学术思想涉及众多领域,但整体而言没有脱离民俗学和结构研究的框架,不管是故事学研究还是喜剧美学。《滑稽与笑的问题》的开篇第一章就是"略谈方法论问题",在普罗普看来,一切的创作都有科学的依据可循。所以,尽管"理论首先具有认识的意义,而对它的认识则是科学世界观的一个要素。"[3]鲍·艾亨鲍姆也曾在《"形式方法"的理论》一文中指出:"所谓'形式方法'的理论,并不是形成某种特殊'方法论的'系统的结构,而是为建立独立和具体的科学而努力的结果。"[4]这种以科学世界观分析社会文化的做法,在某种程度上缩小了"方法"这一概念的范围,而将重点集中在了研究对象的文学性问题上。但任何的科学总结离不开理论,任何的理论阐述更离不开方法。所以在普罗普看来,以往对于"滑稽与笑"的本质研究都因被研究者本身坚持的哲学理论框架所束缚而采用了"演绎法",这是以最大能力去证明假说的方法。普罗普并不是要否认"演绎法"的错误,但他认为这种方法是在事实不足情况下采取的逼不得已手段。在普罗普看来,"凡是实际可能的,都应当采用归纳的方法"[5],因为"滑稽与笑"问题的研究是一个拥有大量材料、需要不断提出问题和筛选资料的研究,这是一个事实存在,只有归纳的方

---

3 [俄]普罗普:《滑稽与笑的问题》,杜书瀛译,沈阳,辽宁教育出版社,1998 年版,第 1 页。

4 [俄]托多罗夫编选:《俄苏形式主义文论选》,蔡鸿滨译,北京:中国社会科学出版社,1989 年,第 19 页。

5 [俄]普罗普、杜书瀛译:《滑稽与笑的问题》,辽宁教育出版社,1998 年版,第 2 页。

法才能进行可靠的判断，而不是假设理论存在后的演绎。

普罗普的研究方法不仅体现在《滑稽与笑的问题》上，其故事学研究更是在整理、分析 100 个俄罗斯民间故事的结构中获得的，他对故事结构中功能的认识是在众多、庞杂的资料中提炼成就的。《滑稽与笑的问题》中提出的一个问题就是：如何对"不笑公主"的故事进行研究，并应该为这类故事的研究做些什么？在普罗普看来，仅仅凭借搜集大量资料进行归纳和比较是远远不够的，因为类似的研究在波利夫卡以往的著作中已经完成。对此类故事的研究还应在搜集和对比的基础上勾画出情节的扩展图，"确定情节扩展的不同说法和程度等"[6]。从某种层面上说，《滑稽与笑的问题》既是故事学研究方法论在喜剧理论中的应用，又是对故事学理论的充实。

本书在剖析文本结构的同时搜集关于"笑"的问题的相关研究史，从古希腊神话和《圣经》中对于"笑"的论述开始谈起，到中世纪、文艺复兴直至现当代研究"笑"的理论，主要借鉴了阿里斯托芬、亚里士多德、让·诺安、巴赫金、诺斯罗普·弗莱、柏格森等著名理论家的研究，在对"笑"的研究史进行梳理的过程中对比普罗普的理论，评析其理论价值和不足。普罗普认为以往的研究对喜剧的价值没有给予足够的重视，他非常明确地指出："在亚里士多德看来，通过喜剧的对立面悲剧来解说喜剧的本质是非常自然的，因为在古希腊的实践和意识中，只有悲剧才具有首要的意义。但是，当这样的对照延续到十九至二十世纪的美学中时，它就具有死板的和空洞的性质了。"[7]二十世纪的美学，或者说在普罗普之前，就已经有学者把喜剧当做崇高的反面进行研究了，别林斯基早早就认为喜剧的价值早已经超出了悲剧对立面，柏格森更是认为只是简单地给滑稽一个定义是微不足道的，我们应该把它看作一个"活生生的东西"[8]来加以考察和研究，所以他提出了"倒置"的审美情境，而黑格尔则以"自毁灭"的方式开始研究喜剧的美。所以，当喜剧同样被当做一种重要的美的表现形态来进行研究的时候，笑也同时具有了别样的价值，而不仅仅是一种简单的心理反应。也正因为此，普罗普的喜剧美学理论在二十世纪的西方理论中没有得到充分的关注和研究，是一个不公正的待遇。本书正是在这样的

6　Пропп ВЯ Проблема комизма и смеха. Ритуальный смех в фольклоре. Лабиринт. М.1999，222 页。

7　［俄］普罗普著、杜书瀛译：《滑稽与笑的问题》，辽宁教育出版社，1998 年版，第 4 页。

8　［法］柏格森著、徐继曾译：《笑》，北京：北京出版社，2005 年版，第 1 页。

文化语境中对《滑稽与笑的问题》展开研究的，并在正文部分的第四章梳理和总结了喜剧理论的研究史。

本书在最后一章对普罗普学术思想的传播与影响做了比较研究，全面考察了其思想在中国及国际上的影响与接受，并以变异学研究中的译介学和接受学理论为支点，重点分析了《滑稽与笑的问题》中俄译本之间的差别，评价了杜书瀛先生翻译本的重要价值和不当之处，探讨了《滑稽与笑的问题》应在当代文学理论研究中的价值和影响。尽管"不是为了比较而比较"，但在东西观念汇合、碰撞时，比较不但不可避免，而且已成为必须。互动认知（reciprocal cognition）是从自身文化发展的需要出发，在窥其原貌过程中看待西方文论中国化的问题。既然材料、文献都是俄罗斯的，就必须从跨文化的角度，运用比较文学的方法来分析、研究，只有这样才能对中国接受西方文论过程中的"误读"和"变异"给予一个合理解释。重视差别，认识"不同"是事物发展的根本。

二

科学意义上的故事学研究发轫于十九世纪初期，以格林兄弟为代表的德国神话学运用历史比较方法，从语言教学角度探讨了包括故事在内的民间文学的源头，而以本菲为代表的流传学派则因地域的不同探寻了民间文学最初的发祥地，泰勒、安德鲁·郎和弗雷泽却将神话与原始初民的宗教信仰和仪式联系在一起。待人类学产生后，以克伦父子和阿尔奈为代表的芬兰学派曾将神话学研究推进到一个新的阶段，阿尔奈编撰的《故事类型索引》是这一阶段重要成果，直到后来的阿尔奈—汤普森体系成为世界范围内故事学研究的经典。通过这个梳理可以看出，二十世纪之前的有关民间故事学的研究基本上局限于对起源问题的探寻，尽管他们见解不一。在此期间，俄罗斯的故事学研究甚至一度走在了整个欧洲的前列，十九世纪后半期到二十世纪初期的一段时间内，如索科洛夫兄弟、泽列宁、阿扎多夫斯基等著名民间文学理论家的研究曾在世界故事学界作出了有价值的贡献，而作为与这些研究者同时期或可称为继承者的普罗普的最大贡献在于，他将故事的形态研究作为了最主要出发点，这在西方文学理论对于故事学的研究中开辟了一条令人震惊的光明大道。

普罗普作为世界知名的民俗故事学研究专家，其思想引起了国际学界的高度重视。虽然1926年其首部专著《故事形态学》在俄罗斯出版时并没有引起大范围的轰动，但当时国际知名的文学理论家泽列宁、日尔蒙斯基和埃依亨巴乌姆还是对故事形态学的研究方法表示出了极大的兴趣。而当 1958 年英译本在欧美出现的时候，法国结构主义大师列维—斯特劳斯则提出了严厉的批评，认为其故事学研究并没有脱离形式主义的框架，多年后学界对《神奇故事的历史根源》深入而全面解读后证明是一种误读，但斯特劳斯的批评却在某种程度上加大了对普罗普的关注度。美国著名民俗学研究者阿兰·邓迪斯也从不从不同的角度接受并研究了普罗普的故事学思想，并对其进行了创造性运用。邓迪斯对普罗普和列维—斯特劳斯的方法论也作了某些区别。他把前者描述为"静态"的结构主义，认为前者研究的是包含在故事情节中的线性有序结构；而把列维·斯特劳斯的方法论描述为"动态的"结构主义，认为后者的方法论是对材料重新排列，以探讨能给出作为故事整体模式的结构对立。[9]这种区别可以从两位学者分析各自的材料所用的不同处理方式中看得出来。此后，几乎是当结构主义将普罗普奉为理论先师的同时，他的思想也在俄罗斯引起了极大重视。

关于普罗普，在国内的研究虽然不多，且主要集中在八十年代之后出现了较有价值的研究，甚至目前被翻译成中文出版的三本专著《故事形态学》、《神奇故事的历史根源》和《滑稽与笑的问题》都出现在 90 年代末以后，这在很大程度上阻碍了国内对于普罗普学术理论的研究和接受。中国最早关于普罗普的研究是在 1956 年，而普罗普的名字在中国刚刚露头就随即消失了 20 多年，而即使重新被研究，也多是通过英译本的转手资料而实现的，故而其理论面貌一直罩着层层结构主义的面纱。直到 80 年代末 90 年代初，国内对于普罗普故事学思想的研究才开始触及细节部分，并对于叙事学理论的论述也逐渐增多，已将普罗普的故事学研究内化为自身的思维方式。但总体而言，这一时期仍不是俄文的一手资料研究，所以貌似全面解析的过程，实质则未识其"真面目"。进入 90 年代末，国内对于普罗普的研究基本进入成熟阶段，1998 年《滑稽与笑的问题》中译本的出版，是国内翻译的第一本普罗普的专著，但却未得到应有的重视和研究，这个忽视一直持续到今天。新世纪以来，对于普罗普的研究开始日渐增多、遍地开花，并且延伸到影视创作研究、小说叙事学研究、儿童文学创作等众多领域。为纪念普罗普逝世 30 周年，2000 年第 2 期

9　[美]阿兰·邓迪斯《费拉迪米尔·普罗普（民间故事形态学）第二版述评》奥斯丁，1968 年，第 XI-XII 页。

《俄罗斯文艺》上刊登 B·Я·普罗普的《在 1965 年春天纪念会上的讲话》、A·H·玛尔登诺娃的《回忆弗·雅·普罗普》和贾放的专论《普罗普：传说与真实》等三篇有关普罗普的文章。2002 年，贾放的博士论文《普罗普故事学思想研究》通过答辩，这是通过俄文原始资料对于普罗研究的第一本系统的专著性论文，这篇论文的成稿使国内第一次全面而真实地了解了普罗普的故事学思想。但这仍不是全部，因为这部论文只涉及到其六本专著中的三本和部分文章，而对于《滑稽与笑的问题》则几乎没有提及，大概也是由于这本书在俄罗斯并没有研究资料所致。2006 年，贾放的《故事形态学》和《神奇故事的历史根源》中译本在中华书局的出版，结束了我国学界长时间通过二手、三手资料了解普罗普学术思想的时代。2007 年，何芳在《民族论坛上》发表了《普罗普喜剧理论探讨》的文章，为国内的普罗普研究打开了一个新的视域，同时在这一年，赵晓彬的《普罗普民俗学研究》则是从民俗学角度研究普罗普的一本极为厚实的著作。进入 08、09 年，学界对普罗普的研究持续升温。

以上提及这么多，却很少涉及《滑稽与笑的问题》，这是个非常尴尬的事情，我们所能找到的研究资料甚少，升至俄罗斯学术研究史中也是如此。尽管普罗普的这本小册子没有得到学界的关注，但是 20 世纪以来学界对于喜剧的研究却并不止于普罗普一个人。美国学者乔治·桑塔耶纳、梅尔文·赫利茨、马丁·格罗强、H·沃茨，英国学者怀利·辛菲尔、C.C.帕克、J.L.斯提安以及德国的路德维格·简克尔、加拿大的诺思罗普·弗莱都有自己对于喜剧理论的见解。2009 年法国学者让·诺安的《笑的历史》由人民日报出版社出版，作为一本通俗的读物，这本书研究了"笑"这个人体本能所包含的历史和时代意义，并从人类学角度阐述了笑的功能。而真正在 20 世纪引起重视的是法国直觉主义大师柏格森的《笑》，柏格森的理论也是《滑稽与笑的问题》中被参照的重要理论之一。

第一章　普罗普故事学思想研究

　　19 至 20 世纪，西方文艺理论经历了一个质的变化。19 世纪的西方文学理论突破了古典主义文论的束缚，建立了以浪漫主义和现实主义为主流的西方文学理论和批评；20 世纪则在人本主义和科学主义两大哲学思潮的冲击下形成了具有鲜明反传统特性的现代主义和后现代主义文学理论学派，而当代西方科学主义文论中较早出现的就是俄国形式主义及其布拉格学派。1914年至 1915 年冬天，以雅各布森为代表的几个大学生建立了莫斯科语言学学会，在提交给科学院秘书、著名语言学家沙赫马托夫的纲领中说，莫斯科语言学会的宗旨是促进语言学和诗学的研究。随后，1917 年初，以什克洛夫斯基为代表的青年学者在彼得堡成立了新的"诗歌语言理论研究会"，后简称"опояз"，两个学会之间一直进行着密切地交流与合作。所谓形式主义学派和后继者是在接受瑞士语言学家索绪尔现代语言哲学思想的基础上形成的。其主张抛弃以往对作家和作品的关注，提出以严密的科学方法研究文学的语言、语义、修辞、结构等内在规律，着手于文学"内在问题"的深入分析，揭示文学之为文学的内在性，所以俄罗斯形式主义最终要的概念就是"文学性"和"陌生化"。雅各布森在《诗学科学的探索》一文中曾肯定地说，形式主义者的研究"毫不犹豫地强调诗歌的语言问题"[1]。俄国著名民俗学家普罗普虽然不是俄国形式主义学派中的一员，但他于 1928 年出版的《故事形态学》一书在研究方法上与形式主义有相通之处，所以也被看作是 20 世

1　［法］茨维坦·托多罗夫编，蔡鸿滨译，《俄国形式主义文论选》，中国社会科学出版社，1989 年，第 1 页。

纪形式主义思潮的一个推波助澜者。

第一节　普罗普生平及著述

一、普罗普生平

弗拉基米尔·雅可夫列维奇·普罗普（俄文：Владимир Яковлевич Пропп；英文：Vladimir Propp），俄罗斯著名的民俗学家、文艺理论家、故事学家，甚至被奉为结构主义的先行者，他的名字"与苏联民间文艺学发展进程中的整整一个时代联系在一起"[2]。普罗普一生致力于学术研究，其研究范围涉及民间故事、史诗、民歌、礼俗、文学理论、美学和喜剧理论等诸多方面，而其在故事学研究上取得的成果最为丰厚，并因此在国际学界遭到了批评，也获得了声誉。

弗拉基米尔·雅可夫列维奇·普罗普 1895 年 4 月 16 日出生在俄罗斯圣彼得堡一个含有德国血统的俄罗斯平民家庭，出生后就受到了宗教的洗礼，父亲约恩·雅可夫·普罗普是一个事务所的办事员，1919 年离开了人世；母亲安娜·伊莉莎维塔·弗里德利霍夫那·贝泽尔是一个家庭主妇，她一个人操持着拥有四个孩子的家庭，非常辛苦。普罗普晚年的一部分说起过家事的信件中写着，早些时候还有一个保姆，而且尽管家庭境况并不富裕，父母还是聘请了家庭教师，教孩子们法语和钢琴，这为后来普罗普的学术研究奠定了一定的语言基础。普罗普非常聪明，在学生时代已经非常出色，1913 年在安涅舒列中等技术学校毕业后，考入彼得堡大学文史系攻读俄罗斯文学和德国文学；同时出于对语言的热爱，他在罗曼语系的日耳曼语专业学习了两年之后，又转入斯拉夫语系——俄语专业深造了三年，1918 年出色地完成了学业后曾在彼得堡的多所高中担任俄语、德语和文学课的教学工作。1926 年起，普罗普开始应聘在几所高校任教，先是在彼得堡工业大学经济系担任德语教师，后因该系停办，转入规划学院担任外语教研室主任，不久后又在第二外国语师范学院德国语文教研室担任主任。1932 年，普罗普受聘担任列

2　［俄］弗·伊·叶列米纳，《普罗普〈神奇故事的历史根源〉一书及其当代故事研究的意义》，（Книга В·Я Пропп Исторические корни волшебной сказки и её значение для современного иследования сказки）．见《Исторические корни волшебной сказки》，第 5 页，Исдательство Спетербургского университета，1996.

宁格勒语文语言历史学院罗曼语系——日耳曼语文教研室副教授,后随着该学院改为国立列宁格勒大学语文系而在列大的民间文学教研室从事教学工作,也正是在这一时期,普罗普开设了民间文学课程,并担任过几年民间文学教研室主任。1938 年,普罗普获得了教授称号,第二年以优异的成绩在列宁格勒大学通过了博士论文答辩,而给普罗普授过课的教师多是当时俄罗斯非常著名的学者如 С·Ф·奥尔登堡、В·Н·别列杰茨,В·М·日尔蒙斯基、Д·К·泽列宁、В·В·斯特鲁维、Л·Я·什捷恩别尔格、И·Г·弗朗克—卡梅涅茨基、Э·К·别加尔斯基、В·И·车尔尼雪夫斯基和 И·И·托尔斯泰,后来又与形式主义学派学者 Б·М·艾亨鲍姆和俄罗斯故事结构研究者 А·И·尼基弗罗夫成为近友。此后他在列宁格勒大学工作了将近四十年的时间,直到 1966 年退休后还在兼任顾问教授。普罗普整个的任教生涯是非常充实而丰满的,并且在教学中展示出卓越的才能,是被公认的出色教学法专家。但普罗普一生最喜爱的仍是从事学术研究,并对多门专业表现出浓厚的兴趣,他教书期间还曾在国家地理学会、东西方语言研究所、艺术史研究所、科学院文学研究所担任过职务。1970 年,普罗普病逝于列宁格勒。如果从普罗普的生平来看,他的一生非常平凡而简单,仅仅是一个从事过教书和学术研究的书斋型学者。然而,当我们慢慢解读普罗普的精神世界,就会发现他的卓越与辉煌。

事实上,普罗普精通德语,具有深厚的德国文学素养,始终愿意同大学生和研究生一起从事科研活动,早年发表了一些德语教学方面的专业文章,而且"直到他生命的尽头都未丧失对德国语言学问题的兴趣"[3]。但是普罗普是一个对多个专业感兴趣的学者,他还专门研究过普遍的文学理论和文艺美学中"滑稽与笑"的问题,可以毫不夸张地说,普罗普"具有不同寻常的渊博学识,高超的语文学修养,在交叉学科中娴熟的取向,始终一贯地对方法轮、理论问题的青睐,使普罗普——一位民俗学家的活动与众不同,贯穿于全部研究中。"[4]。他始终认为自己主要的学术专业为民间文学的创作与研究,他最早从事和坚持一生的学术研究也集中在民俗学问题上。在高等学校执教

3　[俄] Б·Н·普济洛夫,《民间文学与现实·序》,(фольклор и действительность. Предисловие),М.1976 年,第 7 页。

4　[俄] Б·Н·普济洛夫,《民间文学与现实·序》,(фольклор и действительность. Предисловие),М.1976 年,第 7 页。

的几年间，与艺术历史研究院、科学院民族志研究所、科学院俄罗斯文学研究所（普希金之家）进行过广泛合作，从事了大量的学术研究活动。普罗普学术生涯中最初的学术报告和最早的几篇有关民俗学的文章也正是在这里发表的，研究过普罗普的俄罗斯著名学者 Б·Н·普济洛夫曾在《民间文学与现实·序》中这样写到："普罗普以自己的研究和各种学术报告，以及卓有成效的教育活动，极大地促进了民俗学在其他一系列语文、历史学科中的地位的壮大，促进了民俗学科的自我确定和研究方法的发展，以及青年学术界对他的兴趣的日益增长。"[5]从此民俗学成为了普罗普终生追求的事业。这一时期，普罗普的学术研究受到诸如 А·Н·佩平（1833-1904）、Ф·И·布斯拉耶夫（1818-1897）、А·Н·维谢洛夫斯基（1838-1937）等许多大学者思想的影响，奠定了民俗学和民族志学研究的基础，其中对其影响最大的是以研究历史诗学著名的 А·Н·维谢洛夫斯基。普罗普最重要的著述《故事形态学》和《神奇故事的历史根源》就是在吸纳了历史诗学的基础上写成的，以至于后来被结构主义奉为开山之作。

进入 20 世纪，在索绪尔《普通语言学教程》的影响下，西方语言哲学的发展呈现巅峰时代，20 世纪 20 年代的俄罗斯在世界语文学科蓬勃发展的环境影响下，出现了形式主义文学艺术和学术研究的方法论学派，反对俄国革命前处理叙述材料的传统方式，转而重视艺术语言形式的重要性，认为文学之所以为文学在于它的文学性，而文学性存在于形式之中，这里的形式主要指语言形式。也就是说，文学之所以能够吸引读者，在于文学语言的陌生化，它改变了日常生活中被人们共识的作品和理论结构，可以说俄罗斯形式主义方法论为结构主义者的研究提供了最早借鉴。尽管普罗普一直强调自己不是一个形式主义者，但其《故事形态学》的成型确是在形式主义最蓬勃发展的阶段。

二、普罗普的著述情况

普罗普一生治学勤勉、严谨，著述颇丰。根据其研究者 Б·Н·普济洛夫 1975 年整理的著述目录来看，普罗普生前发表的各类学术报告、论文、著作、编辑的文选等达 96 种之多，若加上其去世后有他人代为整理出版的部分，

5　[俄] Б·Н·普济洛夫，《民间文学与现实·序》，（фольклор и действительность. Предисловие），М.1976 年，第 7 页。

已超过百种。除去早年的德语出版物，其余的部分都和普罗普的民俗学相关。共撰写了 6 部专著，即 1928 年出版的《故事形态学》（Морфология сказки），此书后来引起了结构主义者的广泛关注，在 1969 年发行了第二版；1946 年出版的其姐妹篇《神奇故事的历史根源》（Исторические корни волшебной сказки）；1955 年出版的《俄罗斯英雄史诗》（Русский героческий эпос）该书在 1958 年进行了第二次出版；1963 年出版的《俄罗斯的农事节日》（Русские аграрные праздники）；以及其去世后由他的遗孀 Е·Я·安济波娃于 1976 年筹备出版的《滑稽与笑的问题》（Проблемы комизма и смеха）和 1984 年出版的《俄罗斯故事论》（Русская сказка）。其中《俄罗斯英雄叙述诗》至今仍是俄罗斯史诗学界一座里程碑，而《俄罗斯农事节日》也是俄罗斯民间岁时节日研究史上一部很难被超越的扛鼎之作。可以看出有关民间故事学的研究占据了大部分，其发表的论文中很大一部分也是和故事学研究相关的，可见民间故事学研究是普罗普成用心最多，取得成就最大的部分。而关于他的《滑稽与笑的问题》似乎只是对喜剧美学的一个简单的爱好，但是当我们深入研究时，却发现这部著作依然和他的故事学研究有着千丝万缕的联系，同时又涉及了新的领域，包括俄罗斯在内的整个国际学界都没有对这本著作引起关注，是一个损失，研究普罗普的俄罗斯学者 А·Н·玛尔迪诺娃认为"该书没有得到应有的评价"[6]。

　　另外一个主要的部分是普罗普的学术论文，这些论文是在不同时期撰写的，大致可以划分为两个方面：一方面是和普罗普的民俗学研究相关的，甚至可能是以上著述的部分章节，重要的有：《神怪故事的转换》（1928）、《关于神奇故事的起源问题》（1934）、《民间文学中仪式化的笑（关于不笑公主的故事）》（1939）、《楚科奇人的神话与基里亚科人的叙事诗》（1945）、《奇异诞生的母题》（1941）、《从民间文学的角度看俄狄浦斯》（1944）、《俄罗斯英雄叙事诗发展的基本阶段》（1958）、《神奇故事的结构研究与历史研究》（1966）等。另一个方面则是有关方法论问题的研究，主要涉及民间文学基本理论和民间创作基本特征等方面的研究，这类文章中重要的有《民间文学的特征》（1946）、《民间文学与现实》（1963）、《民间文学体裁分类的诸原则》（1964）、《俄罗斯民间文学的体裁构成》（1964）、《积小成大的故事》（1967）、《论俄罗斯民间文学的

6　Пропп В·Я. Поэтика фольклора (Собрание трудов В·Я Проппа). Лабиринт.·М. 1998 年，第 15 页。

历史主和研究方法》(1968)、《奇迹诞生的主题》、《关于可怕儿子愤怒的歌》、《俄罗斯人民的抒情诗》、《编辑索引中集合的童话故事》、《民间文学艺术文本编辑录音》等。后来学术界将这些文章收集、整理成不同版本的论文集,包括《民间创作与现实》(1976)、《民间创作诗学》(1998)、《故事·史诗·歌曲》(2001)、《民间创作·文学·历史》(2002)、等。

专著和专业论文是普罗普学术思想成就的主要承载,除此之外还可从另外一些资料中找到他思想的痕迹。例如普罗普曾经写过一些研究报告和为众多民间文学论著撰写过书评及杂论,这些都为研究和阐释普罗普学术思想提供了参考。此外普罗普还编选校订过一些民间作品集,主要有《А·Н·阿法纳西耶夫收集的俄罗斯民间故事三卷本》(1957)、《勇士歌两卷本》(与普济洛夫合编1958)、《民间抒情歌谣》(1961)、《А·И·泥基弗洛夫收集的俄罗斯北方故事》(1961)。

可以说,普罗普一生的著述非常丰厚,而他对民间文学研究的兴趣是早在读大学的时候就培养起来的,但真正从事民间故事学的研究则是在工作之后。他曾在日记中写过这样一段话"大学毕业后,在帕夫洛夫斯克,还是在别墅里,在一个犹太人家庭里做教师,我拿起阿法纳西耶夫的书开始阅读。开始阅读第五时期和其他期上的内容。突然发现所有情节的结构都是一样的"[7]。尽管普罗普一再地想将自己与形式主义者划清界限,却也不得不承认,自己对任何事情,一眼看上去就立即会看到形式。正是这样的天赋,促使他开始着手进行故事形态学的研究,并影响了他的一生,也正因为此,今天的读者才认识了一个伟大的思想家。

三、普罗普学术思想的总体评价

评价普罗普是一个很难的问题。他的学术活动虽然集中于民间故事学的研究,但同时涉猎了美学、喜剧、文学理论、民俗学等多个领域,而最难的就是他的很多思想还并没有被认识和阐释,例如《滑稽与笑的问题》。尽管我们一再提及,尽管研究普罗普的学者大加肯定,尽管在中国最早被翻译的普罗普专著就是这本小册子,但是对其的研究依然是个空白。而我们只能从众多的介绍普罗普民间故事学研究的著述中不全面地把握这个俄罗斯思想家。

7　Пропп В · Я. Руский аграрные праздникии:Опыты историко-этнографического исследования.2-еизд.,СПб. 1995 年, 第 338 页。

　　整体上说，普罗普是一位个性鲜明的思想家，勤勉、刻苦、严谨，具有非凡的艺术感染力。将语言哲学与民俗学相结合进行研究，是普罗普学术研究中最成功的选择，当然也是他最下功夫的地方。他一生中最重要的著作是《故事形态学》，是他十年寒窗、夜以继日的成果。写作完成后他立即将书稿拿给了当时著名的俄罗斯形式主义大师Б·М·艾亨鲍姆和Д·К·泽列宁，艾亨鲍姆阅读完整本书稿后认为此项研究是一件大快人心的事，泽列宁也认为这个研究很有意思，而当普罗普把书稿拿到当时国际著名的文艺学家、《语文学》杂志主编В·М·日尔蒙斯基手里时，日尔蒙斯基干脆地说"我们要出版这本书"[8]。1928年，该书出版后并没有使官方认可书中提出的独特的研究方法。《故事形态学》真正引起学界关注是 1958 年该书被翻译成英语后在苏联境外得到了高度的评价，结构主义者看到这本书的时候感到非常诧异，发现他们正在苦苦探寻的理论，竟在三十年前被一个俄罗斯的文学理论家认识的如此深刻。也正因为此，国际学术界习惯将普罗普奉为结构主义研究的先驱。随后，这本书连续被翻译成意大利语、德语、法语等多种语言在世界各地出版，而在本国却依然没有掀起大的波澜，也就没有学者沿着普罗普的研究思路走下去。直到普罗普去世后，苏联学界才开始大量出版，并很快召开了普罗普国际学术研讨会。

　　如今的《故事形态学》已为世界每一个民俗学者、文艺学者、语言学者和民族志学者所熟知，在当代民俗学家的学术研究中，很少有著作不提到他的名字、不引证他的观点，他的思想甚至影响到国际著名学者如丹吉斯、格雷马斯、波普、玛兰德、巴尔特、托多罗夫的学术研究。国际著名语言学家、文艺学家Р·О·雅各不逊和法国结构主义大师列维—斯特劳斯也肯定了普罗普故事学研究的价值，尽管之后斯特劳斯批评普罗普的《故事形态学》只是对故事分析的形式主义，缺乏历史性的批判，并在《结构与形式——关于弗拉基米尔·普罗普一书的思考》指出《神奇故事的历史根源》才是普罗普学术道路上的转向，而普罗普也对斯特劳斯的批评做出了回应，1966 年在为《故事形态学》的意大利语一本写前言时说自己不能接受对其的"形式主义指责"。事实上列维—斯特拉斯对普罗普的认识是从 1958 年出版的《故事形态学》英译本开始的，而《神奇故事的历史根源》是在 1946 年出版的，这两本著作本身就是一部大型著作的两卷本。而普罗普在《故事形态学》开篇第一章也说"在阐述故事是

8　Пропп В · Я. Руский аграрные праздникии:Опыты историко-этнографического исследования.2-еизд.,СПб.1995 年，第 9 页。

从何而来这个问题之前，必须先回答是什么这个问题"[9]。正如普济洛夫所说"普罗普首次将结构类型与历史类型联系起来，并获得了独一无二的结果。他证实了神怪故事的结构是以其历史生成为前提，而故事作为一种口头文学现象，完全是有规律地产生自神话意识的土壤之上，再经过成年礼仪和对死亡的原始认识转换成为叙事作品。"[10]可以说，对于普罗普"形式主义"的误读是从斯特劳斯开始的。尽管斯特劳斯和普罗普最终走上了不同的研究道路，但是不得不承认，结构主义学派研究的突出成就和局限，都明显地表现二者对民间叙事文学的两种方式中。

普罗普的第二本著作《神奇故事的历史根源》在苏联遭受的命运更为糟糕，这本在其博士毕业论文基础上修改出版的专著，被苏联官方学界冠上了"反马克思主、唯心论、倾心于资本主义传统"等政治高帽子，而完全忽视了其学术价值。而恰恰是这本遭受不公平待遇的著作，得到了斯特劳斯的大加赞赏，在当代的民俗学文献研究中也是值得深入研究和思考的。早期对《神奇故事的历史根源》表现关注的只体现在俄罗斯文艺理论家日尔蒙斯基和梅列金斯基的些许著作中。日尔蒙斯基认为该书的取证和研究方法比 П·辛吉关于 Ш·别罗的故事研究走的更远，但是普罗普从成年仪式中单一地退出故事生成的处理方法却具有明显的夸张性。梅列金斯基的《神怪故事的主人公》一书中既发展了普罗普的理论，又限制了其结论的通用性。此后在《故事形态学》第二版的《后记》中和名为《苏联的结构主义和符号学》的文章中，梅列金斯基都对这个问题继续展开了相关论述。

而与以上两本书一样，和神话故事结构分析相关的专著是开始写作于1930 年并于 1984 年在其遗孀安吉波娃筹备下出版的《俄罗斯故事论》。这本书首先面对的是人文高校的大学教师和学生，但最终却引起了民俗学界的广泛关注。契诃夫为该书写作序言时说"任何一位民俗学者……都会在此书中为自己找到新的东西"[11]，以十分赞赏的语气肯定了此书构思的独特性及其在世界民间故事学研究中的地位和作用。而也由其遗孀为其整理出版的《滑稽与笑的问题》则完全没有得到应有的重视，甚至在俄罗斯学界都没有找到相关的重要研究资料，只是马尔迪诺娃在其著作《民间创作诗学》前言中提到过，但是

9　［俄］弗·雅·普罗普著，贾放译，《故事形态学》，中华书局，2006 年，第 3 页。

10　Путилов Б·Н От сказки к эпосу .М.1995 年，第 352 页。

11　Пропп В·Я русская сказка.Л.1984.第 20 页。

她同时指出"书中许多关于滑稽及滑稽美学特征的有趣的论辩性观点有待于进一步研究"[12]。可以说,普罗普的很多学术成就在生前没有得到任何关注,都是在其去世后由学术界的友人为其整理出版的,《民间创作和现实》就是其中一本重要论文集。书中主要收集了普罗普在不同时期撰写的有关各种问题的文章,主要涉及民间创作的问题、民间故事的产生与现实关系的问题。正如为这本书写序言的普济洛夫所总结的,普罗普的思想与其他学者的不同之处在于"他力图揭示的是有关民间创作产生的方法、功能特点、美学原则以及社会作用的所有特性所在"[13]。

总体而言,普罗普的学术研究是以民俗学和故事学为重点的,而且他对两者结合的研究打开了国际学界新的视野,也正因为此,普罗普的名字被国际学界所熟知。然而他的思想被每一个民俗学家作为经典细读的原因不仅仅是以上我们提到的著作,还有其民俗学研究的专门著作。在《神奇故事的历史根源》问世后不久,普罗普专注于英雄史诗来源的研究,最终在1955年出版了《俄罗斯英雄史诗》,这本书是"唯一的一部写俄罗斯壮士歌,并对以往积累的材料进行全面阐释,对情节和形式加以综合论述的专著。书中第一次揭示了每一种情节的思想内涵,对其进行了系统化的研究,指出壮士歌创作的规律,对壮士歌的诗学特性进行了尝试性描写。"[14]И·П·拉皮茨基毫不吝啬地说,普罗普的贡献在于他"不仅竭力挖掘了爱国主义壮士歌内容的人民性,而且发觉了壮士歌形式的人民性,以及民间讲述人独具魅力和高超的语言艺术"[15]。正是这本书的独特魅力和在苏联科学领域的重大意义,使得这本书在1958年被再版。关于民俗学的第二本著作是出版于1963年的《俄罗斯的农事节日》,该书中普罗普在回顾农历节日的研究史时发现,以前的神学家们对民间创作根源研究不是归为宗教信仰,就是追溯为外族传入,并没有从根本上探寻到俄罗斯民俗节日的起源。普罗普则是继续了В·И·契切罗夫认为农历礼仪来自农民

---

12 Пропп В·Я. Поэтика фольклора (Собрание трудов В·Я Проппа). Лабиринт.·М. 1998,第20页。

13 [俄]Б·Н·普济洛夫,《民间文学与现实·序》,(фольклор и действительность. Предисловие),М。1976,第9页。

14 Мартынова А·Н Пропп В·Я.:Жизненый путь. Научная деятельность. С.-Петербург. Дмитрий Буланин.2006年,第194页.

15 Мартынова А·Н Пропп В·Я.:Жизненый путь. Научная деятельность. С.-Петербург. Дмитрий Буланин.2006年,第182页.

劳动的研究，揭示了节日产生的根源，描述了节日的日常形式，探讨了节日的原始意义。正如著名学者 С·Б·阿多尼耶夫在《俄罗斯的农事节日》第二版的前言中所认为的，这本书"一方面是俄罗斯传统文化领域的一部经典之作，另一方面成为当今科学领域对俄罗斯历法礼俗有着完整的思想体系，同时也含有一些值得争论的问题的少见的研究之一"[16]。

普罗普是举世公认的结构主义故事学研究的奠基人，他的学术研究主要集中于故事学和民俗学两个领域，其主要采取的研究方法则是语言逻辑和历史分析相结合，不管他怎样否定自己是"形式主义者"，他总是从故事的结构入手，展开了一生的学术研究。他所拥有的渊博的知识和民俗学研究的独特而高卓的研究技巧，为民间文艺理论的探索敲开了一扇崭新的大门。直到今天，他对于故事结构剖析的方法都使人惊诧。在意识形态控制真理的年代，在不被认知的孤独中，普罗普对民俗故事学研究的坚持和痴醉，才有了新一代学者沿着一串清晰的足迹，不断开拓和延续民俗学研究的道路。对此，普罗普的同行叶列米纳也做过评价："弗·雅·普罗普的著作从来不曾被单一地接受，人们总是对它们议论纷纭，它们有拥护者也有反对者，但任何时候任何人都不会漠然置之。弗·雅·普罗普的著作激发着创造性的思想，人们不断回到这些著作上来，并且还会有后代学者来此长久地流连。"[17]毋庸置疑，普罗普的思想是经得起实践检验的，他的理论来自于对所搜集的大量研究资料的分析，他曾鼓励学者不要对繁琐庞杂的资料感到懊恼，要静心于对研究资料的分析和归纳，才能得到令人兴奋的结果。这个思维敏捷、知识渊博、刻苦勤勉的民间文艺理论家"饱经了世界所给予他的一切：既有粗暴的意识形态攻击的狂风暴雨，也有对他那'超前'的处女作深刻内涵长期的不理解，还有一个语文学学者所可能获得的真正的世界声誉。"[18]

第二节　从对故事的分类谈起

在国际学界，对于普罗普故事学思想进行系统阐析的文章和专著已经很

---

16 Пропп В·Я Русские аграрные праздники，Опыты историко-этнографического исследования. 2-е изд.СП6.1995.第 12 页.

17 ［俄］弗·雅·普罗普：《神奇故事的历史根源》，贾放译，中华书局，2006 年，封底。

18 《古风今存》，莫斯科 1995 年第 3（7）期，第29-30 页。

多，国内则有贾放的博士论文《普罗普故事学思想研究》和赵晓彬的专著《普罗普民俗学思想研究》两本大部头的著作。一个思想家一生的学术研究基本上会坚持一种原则，他可能不断改正或推进，但是绝对不会违背，普罗普一生一以贯之的学术研究方法论来自于对民间故事结构的关注，他的故事学研究的方法论延续到对其他领域的关注，包括喜剧美学的论证，也是从故事开始的。

一、思考的缘起——故事分类的混乱

普罗普的故事学思想最主要体现在 1928 年出版的专著《故事形态学》中，国内最初在俄文基础上对普罗普学术思想进行全面、真实细读的学者贾放在其博士论文中谈到《故事形态学》写作的缘起时认为，它的完成旨在对"欠缺"的弥补，一方面是作者知识结构的自我完善，另一方面是作者在研究过程中发现故事学研究方法上的不足。普罗普在第一章确实指出，对于故事学的学术研究不是很丰富的文献资料中，"文本出版的最多，谈论局部问题的文章亦很可观，整体性的著述则相对较少。这类著述如果说有的话，那大多也没有严格意义上的研究性质，只是玄想式的空法之论而已。"[19]他认为对故事结构"精准的观察、分析和结论"[20]才是最重要的。以往对于民间故事研究的资料中，确实缺少从形态学入手的研究，但是如果从"欠缺"的角度上说，任何一种理论家的学术研究都是以此为开端的，如果不是以对"欠缺"和"空白"的弥补为目的，其所做的研究也就成为重复性的，是经不起考究的。在这里并不是完全否定"欠缺"观点的失误，重点在于指出其不能代表普罗普学术研究的独特之处，只是普罗普弥补的"欠缺"源于对民间故事研究方法的另一途径的认识。

原始的民间文学相对于小说、散文、寓言或者杂文等任何文体，是一种原生态的存在，作者、来源、形式等等一切都不是固定的，具有我们通常所说的"混元性"，将它们分类是后代学者进行研究必须承担的复杂工作。古往今来，对故事分类和分类标准的确定，直接关系到故事研究的方向，而"正确的分类是科学描述的初阶之一"[21]。在普罗普看来，以往的故事学研究之所以没有采用形态学研究的方法，是研究者对故事的分类造成的。他列举了三种已有的故

19　[俄] 弗·雅·普罗普，《故事形态学》，贾放译，中华书局，2006 年，第 1 页。

20　[俄] 弗·雅·普罗普，《故事形态学》，贾放译，中华书局，2006 年，第 1 页。

21　转引自贾放，《普罗普故事学思想研究》，博士论文，北京师范大学，2002 年，第 18 页。

事分类方法并逐一进行了分析。最常见的分类方法是按照内容的不同将故事分为"神奇内容的故事、日常生活故事、动物故事"[22]。这种方法乍看起来非常合理，但是仔细分析就会发现动物故事中包含着神奇的因素，而一些在俄罗斯故事中出现的动物形象，在其他的西方异文中变成了"鬼"，对于这样的故事则没有办法归入任何一类。在普罗普看来，故事中常常赋予人、物件和动物以相同的行为，而这不仅仅存在于神奇故事中，所以使用这种分类法常常会遇到难题，最终可能造成西方异文中关于"鬼"的故事无法划入任何一类。但是普罗普只是提出了质疑而非完全否定了这种分类，因为研究者的本能致使其所言与所感不尽一致的现象是必然存在的。研究者们以为自己是在按照故事的内容进行分类，而实际上却是按照故事的结构进行处理。第二种分类主要体现在文特的《民众心理》中，文特将故事划分为神话寓言故事、纯粹的神奇故事、生物的故事和寓言、纯粹的动物故事、起源故事、滑稽的故事及语言和道德寓言七大类。但是这种划分方法和前一种实质上遇见了同样的难题，尽管它更为丰富了些，却仍然没有解决类似"纯粹的动物寓言"和"道德寓言"的区别。

与以上两种不同的是按照情节对故事划分类别，普罗普认为这种划分比前两种更为混乱，并断言按照情节划分神奇故事，实际上是根本不可能的。这是由"一个故事的组成部分可以原封不动地搬入另一个故事中"[23]的特点决定的，比如在各式各样的故事和各式各样的情节中都会出现"老妖婆"一样。显然我们将所有的"老妖婆"划入一类是不科学的。由于对情节的定义并不明确和分类整理的基本原则首尾不一，造成这样的分类法总是歪曲被研究材料的实质。普罗普以沃尔科夫在《故事·民间故事情节构成研究》（1924）中的分类来说明了这种划分的混乱。沃尔科夫认为幻想故事有 15 个情节，普罗普列举了前 10 个已经说明了问题的存在。

（1）关于无辜的被逐者。

（2）关于傻子主人公。

（3）关于三兄弟。

（4）关于斗蛇妖勇士。

（5）关于获得未婚妻。

22　[俄] 弗·雅·普罗普，《故事形态学》，贾放译，中华书局，2006 年，第 3 页。

23　[俄] 弗·雅·普罗普，《故事形态学》，贾放译，中华书局，2006 年，第 6 页。

（6）关于聪明的姑娘。

（7）关于中魔咒者和中魔法者。

（8）关于拥有护身符者。

（9）关于拥有神奇物件者。

（10）关于不忠实的妻子。

沃尔科夫的划分方法导致研究找不到一定的原则，我们不知道这是按照开场的顺序？还是按照主人公的性格？或是按照主人公的数目？也可能按照情节进程中的环节？如此等等，我们很难找到可靠的标准。普罗普指出在讲到按照情节对故事类型进行划分的时候，必须对安吉·阿尔奈的故事索引进行说明，因为被称作芬兰学派奠基人之一的阿尔奈是按照单个情节的异文在世界上的传播范围来进行采集和比较的，"材料按照事先编定的系统根据地理民族志分组，然后得出关于情节的产生、传播和基本结构的结论。"[24]在阿尔奈的著作中，将情节成为类型，给每个类型编上了号码，并附有简短说明，而其最主要的贡献还在于"完全客观地将情节划分开来并对异文加以择取"[25]，而"划分出类型和变体在他之前还不曾有人做过"。但普罗普认为阿尔奈与沃尔科夫的分类法存在同样错误，因为情节间的相似是不能被完全客观分开的，更主要的是根本"不存在精确的类型划分，它常常只是一个虚构的东西。如果说有类型的话，它不存在于阿尔奈所说的那个层面，而是存在于相似故事结构特殊性的层面。"[26]但阿尔奈也有背离自己原则的时候，竟也用母题的划分代替情节划分，这个无意识的背弃，恰恰"走了正途"。

二、维谢洛夫斯基的启示

普罗普否定以往所有对故事分类的方法，却对十九世纪维谢洛夫斯基的历史诗学较为全面地接受。对于维谢洛夫斯基而言，母题是故事的最小组成部分，是原生的，一组母题的交织就组成了情节，情节是派生的。普罗普认为，如果故事学研究者能划清母题和情节问题的界限，那么之前含混不清的疑问也就全部消失了。在接受维谢洛夫斯基关于母题是最初叙事单位的观点同时，又列举了大量的材料证明母题还可以继续分解为若干要素，且每个要素还可

24　［俄］弗·雅·普罗普，《故事形态学》，贾放译，中华书局，2006年，第6页。

25　［俄］弗·雅·普罗普，《故事形态学》，贾放译，中华书局，2006年，第8页。

26　［俄］弗·雅·普罗普，《故事形态学》，贾放译，中华书局，2006年，第9页。

以有不同的变体。这个在维谢洛夫斯基没有解决的问题却让贝迪耶更感兴趣。他认为故事由一些稳定因素和可变因素组成，而且两者之间总是存在着某种关系。稳定因素可以称为"要素"，用希腊字母（ω）表示，其余可变因素则用拉丁字母表示，这样一个故事的公式就可能变成 $\omega + a + b + c$，也可能变成 $\omega + d + F + g + h$ 等等。但是非常遗憾的是，本质上正确的思想却因为无法确定 ω 是什么东西而半途而废。在普罗普看来，是人们的观念将故事作为了一个现成的、既定的东西，却忽略了对其故事形式描述的追究。尽管一切研究故事的方法在普罗普看来都不尽如人意，但维谢洛夫斯基和贝迪耶的切入点还是让他有所启发，他们的形式研究在本质上是正确而新颖的，而此时盛行的形式主义研究也为普罗普的研究提供了环境。他认为"研究所有种类故事的结构，是故事的历史研究最必要的前提条件"[27]，只有认清这一点，故事学研究才有进行下去的可能，所以他将自己的研究定位在"形态学"问题上。他渴望将故事分解成一个个组成部分，在分解的基础上进行比较和分类，只有这样才能看到俄罗斯神话故事和西方异文之间的共同点，才能更深入地探讨神话故事与宗教、与日常生活之间的关系。

第三节　形态学研究的范畴和体系

尽管普罗普认为全世界的故事具有共通性，但他还是将自己的研究限定在"神奇故事"范围内，而更具体的是指归在阿尔奈和汤普森故事类型索引中的 300—749 号故事，在此人为划定的范围内"按照组成成分和各个成分之间、各个成分与整体的关系对故事进行描述"并做情节间的比较。他首先列举了四个故事：

（1）沙皇赠给好汉一只鹰。鹰将好汉送到另一个王国。

（2）老人赠与舒申科一匹马。马将舒申科驮到了另一个王国。

（3）巫师赠给伊万一条小船。小船将伊万载到另一个王国。

（4）公主赠给伊万一个指环。从指环中出来的好汉们将伊万送到另一个王国。

在这四个故事中，普罗普找到了相对应的可变因素和不变因素。变换的是角色的名称，不变的是角色的行动或功能。故事往往喜欢将相同的行动分派给

27　［俄］弗·雅·普罗普，《故事形态学》，贾放译，中华书局，2006年，第13页。

不同的人物，"这就使我们有可能根据角色的功能来研究故事"[28]。无论故事中的人物是谁，但是最终的行为或功能是一致的，这是形态学研究的基础。所谓功能，是《故事形态学》的中心概念，是类似于维谢洛夫斯基的"母题"和贝迪耶的"要素"那样的组成部分。功能是众多故事中重复的、不变的因素，所以众多故事展现出惊人的相似性；而由于角色和功能实现方法的多变，形成了故事的千姿百态。这样说来，角色的功能就充当了故事的基本成分，对角色的功能进行定义就显得尤为迫切。在界定之前，普罗普首先对功能的范围做了规定：第一是功能在任何情况下都不可以考虑作为完成者的人物；第二是行动不能超出其叙事过程中的状态，而应更多地关注其在行动过程中的意义。在此情况下，功能指的就是"从其对于行动过程意义角度定义的角色行为"[29]。紧接着，普罗普对功能的定义从四个方面进行了概括性阐释，这也成为了统领全书的理论阐述。

第一，角色的功能充当了故事的稳定不变因素，他们不依赖于由谁完成以及怎样完成。他们构成了故事的基本组成部分。

第二，神奇故事已知的功能项是有限的。

第三，功能项的排列顺序永远是同一的。

第四，所有神奇故事按其构成都是同一类型。

一、关于功能项体系的创建

在对故事结构进行详细分析之前，普罗普认为由于功能项的有限性使得形态学研究没有必要针对世界上现存的所有故事材料进行分析，而当我们在新的材料中不能发现新的功能项时，材料的掌握就足以说明问题了。鉴于此，他只是选择了 100 个包含各种情节的俄罗斯故事，这些故事出自于阿法纳西耶夫《故事集》中的第 50—151 号故事。能在如此有限的材料中总结深刻的理论问题是必然遭到质疑的，这对于一向重视在材料堆里分析问题的普罗普来讲也是非常大胆的，但他坚持地认为研究"问题不在于材料的数量，而在于对其进行研究的质量"[30]。由于功能项的有限性，所以我们可以很清晰地列举出所有功能项的具体内容。他认为在 100 个故事中只能总结出 31 个功能项，这

---

28 [俄] 弗·雅·普罗普，《故事形态学》，贾放译，中华书局，2006 年，第 17 页。

29 [俄] 弗·雅·普罗普，《故事形态学》，贾放译，中华书局，2006 年，第 18 页。

30 [俄] 弗·雅·普罗普，《故事形态学》，贾放译，中华书局，2006 年，第 21 页。

些功能项并不会在一个故事中全部出现，但总会出现大部分。故事通常以某种初始情境为开端，最主要目的是介绍人物或引出主人公，这并不是一个功能项，但却是一个重要的形态要素，作为初始情境的代码为"Ⅰ"。按照故事发展的脉络，在初始情境之后各项功能便会依次展开。（对于代码一词，有不同的翻译，有学者翻译成符号标志，但由于我们参考了贾放翻译出版的中译本《故事形态学》，所以这里采用"代码"一词。）为方便起见，本书以表格形式表现如下：

编 号	功能项描述	定义	代 码	例 证（本书所有例证均采自阿法纳耶夫编辑的故事集中第50—151）	说 明
一	一位家庭成员离家外出。	外出	"e"		
1	外出的可以是一位长辈。		"e¹"	父母去干活。 公爵出远门。 商人远走他乡。	外出的形式（或目的）一般为：去干活、去树林里、去做买卖、去打仗、去办事。
2	外出的强化形式是双亲亡故。		"e²"		
3	有时也有晚辈外出。		"e³"	他们走路或骑马去做客。 去捉鱼。 去散步。 去采浆果。	
二	对主人公发出禁令。	禁止	"б"		
1	禁止做某类事情。		"б¹"	不能看这间屋子。 看好弟弟，别让他出院子。 公爵严禁她下楼。	
2	禁令的变相形式是命令或建议。		"б²"	把早饭送到田里去。 带弟弟去树林里。	

三	禁令被违反。	破禁	"b"	公主去花园。(e3)回家迟了	出现相对应要素：禁止一违反。但是二者并不必同时具备。禁令被违反往往引出一个新角色——加害者破坏和谐局面，制造不平衡因素，带来灾难和不幸。
四	对手试图进行刺探和侦查	刺探	"B"		
1	刺探的目的在于了解被害者的行踪。		"B¹"	熊想知道皇帝的孩子跑哪去了。公主想从伊万那得知他的智慧在哪里?	
2	刺探的变相形式是受害者反过来探问加害者。		"B²"	科谢依，你的命根子在哪?	
3	个别情况下市通过其他人刺探。		"B³"		
五	对手得知受害者的信息。	获悉	"w"		此项与第四项是相对应的功能项：刺探—获悉。
1	对手直接获知问题的答案。		"w¹"	多罗托回答熊说，请你把我送到院子里扔到地上，我扎进哪里，哪里就有一群孩子。母亲因扯着嗓门叫儿子而向妖怪走漏了儿子的消息。老人在得到的包囊中掏出吃的来款待亲家而暴露了宝物。	但也可能存在没有直接"刺探"而获得答案的情况。镜子回答后母自己是否很美的问题时说，"你很美，没的说，但你有一个继女，住在密林里德勇士们那儿，她更美。"
2—3	相反的或其他的刺探引出相应的回答。		"w²" "w³"	科谢依泄露了他的命根子——快马的秘密。	

六	加害者企图其欺骗受害者，以掌握他或者他的财富。	设圈套	"r"	恶龙变成一只金山羊。 恶龙变成一个俊小伙。 女妖变成善良老太太。 牧师披上山羊皮。 小偷扮成乞丐。	为了让受害者相信，加害者必须伪装自己。
1	加害者进行劝诱。		"r¹"	女妖建议带上指环。 亲家建议洗蒸汽浴。 女妖建议脱去连衣裙。	
2	加害者直接施加魔法。		"r²"	后母让继子吃下毒饼，对其催眠。 后母给继子的衣服上插上一枚针。	
3	加害者采用其他欺骗和强迫手段。		"r³"	恶毒的姐妹们将小刀和带尖的东西放在菲尼斯特要飞过的窗口。 恶龙挪动了姑娘去哥哥家路上用来指路的刨花。	
七	受害者上当，并无意中帮助了加害者。	协助	"g"		
1	主人公接受加害者的劝诱，禁令被打破		"g¹"	去洗蒸气浴。 戴上了指环。	
2—3	因魔法的作用，受害者机械地受加害者摆布		"g²"、"g³"	公主突然睡着了。	
八	加害者给一个家庭成员带来危害和损失。	伤害	"A"		
1	加害者掠走一个家庭成员。		"A¹"	恶龙掠走国王的女儿。 女妖拐走男孩。 哥哥拐走弟弟的未婚妻。	

2	加害者偷走或强占宝物	"A^2"	掠走宝箱。 公主偷走了有魔力的衬衫。	
3	毁坏或偷光庄稼	"A^3"	熊偷走了燕麦。 母马吃光了一垛干草。	
4	加害者窃取了白昼的光亮，	"A^4"		这种情况只是在第75个故事中出现了一次。
5	加害者以变化多端的形式窃取，这只是按照对象划分的一种窃取的亚类。	"A^5"	火鸟偷走了金苹果。 将军窃取了牛的剑(非神剑)。	
6	加害者给受害者造成肉体伤害。	"A^6"	女仆剜下女主人双眼。 公主砍下卡托美的双脚。	
7	加害者导致受害者或其宝物突然失踪。	"A^7"	后母给继子实施催眠术，他的未婚妻从此消失了。 姐妹们把刀子和带尖的东西放在菲尼斯特将要经过的窗口,他被划伤了后永远消失了。	
8	加害者胁迫或诱骗受害者。	"A^8"	海王胁迫王子,于是王子离家。	
9	加害者驱逐某人。	"A^9"	后母赶走继女。 牧师赶走孙子。	
10	加害者下令将某人扔进海里。	"A^{10}"	沙皇把女儿和女婿放在大桶里,然后吩咐把桶扔进海里。 父母将睡着的儿子搁在小船上推入海里。	
11	加害者使某人或某物中魔。	"A^{11}"	后母将继女变成了一只猞猁然后将她赶了出去。	

12	加害者偷梁换柱。		"A¹²"		
13	加害者下令杀人。		"A¹³"	后母吩咐仆人在散步时杀掉继女。 公主命令差役把丈夫送到树林里然后杀掉他。	
14	加害者自己动手杀人。		"A¹⁴"	姐姐夺走了弟弟的浆果并杀死了他。	
15	加害者囚禁主人公。		"A¹⁵"	公主将伊万关进监狱。 海王监禁谢苗。	
16	加害者威逼成婚。		"A¹⁶"	恶龙要公主做妻子。	
16a	亲人之间威逼成婚。			哥哥要妹妹做妻子。	
17	加害者以吃人相威胁。		"A¹⁷"	恶龙吞下了整个村子的人,同样的命运威胁着最后一个活着的男人。	
18	加害者每到夜里来折磨人.		"A¹⁸"	恶龙、女妖飞到姑娘那里吃她的奶。	
19	加害者宣战。		"A¹⁹"	邻国的国王宣战。	
八 a	家庭成员之一缺少并想得到某种东西。	缺失	"A"		
1	缺失未婚妻。		"a¹"		
2	需要宝物。		"a²"		
3	需要神奇之物。		"a³"		
4	特殊形式		"a⁴"	弄不到装着科谢依命根子的神蛋	
5	合乎常情的形式。		"a⁵"	比如缺钱。	
6	其他各种形式。		"a⁶"		

九	灾难或缺失被告知，向主人公提出请求或发出命令，派遣或允许他出发。	调停	"B"		故事的主人公可以是寻找着也可以是被劫持者，可以充当主人公的角色是双重的。
1	发出求助呼吁，接种而来是主人公被派遣。		"B¹"		
2	主人公直接被派遣。		"B²"		
3	主人公被允许离家。		"B³"		
4	灾难被告知。		"B⁴"	母亲告诉了儿子在他出生之前女儿被劫走的事，但并未就此事要他做什么。儿子出发去寻找。	
5	被逐的主人公被送走。		"B⁵"		
6	就要送命的主人公被秘密送走。		"B⁶"	厨子或弓箭手可怜姑娘（男孩），放走了他们，杀了一只动物来代替，好弄到肝和心来证明杀死了他们	
7	唱哀歌。		"B⁷"		
十	寻找着应允或决定反抗。	最初的反抗	"C"	请允许我们去寻找你的公主们	
十一	主人公离家。	出发	"↑"		必须注意，这个是作为寻找者的离家，与落难者的离家时两码事。主要在强调故事主人公的离家，至于是寻找着还是被驱逐者则没有固定的约束。

十二	主人公经受考验，遭到盘问，遭受攻击等等，以此为他获得魔法或相助者做铺垫。	赠与者的第一项功能	"Д"	
1	赠与者考验主人公。		"Д¹"	老妖婆让姑娘干家务。林中勇士们让主人公服役三年。	
2	赠与者问候主人公并盘问他。		"Д²"	
3	垂死者或死者求助。		"Д³"	母牛请求说："你别吃我的肉，把我的骨头归拢起来，包在头巾里，把它们埋在园子里，你到什么时候都别忘了我，每天早晨给骨头浇点水。	
4	被囚者请求释放。		"Д⁴"	铜汉做了俘虏，他请求放了他。鬼被关在塔里，它请求士兵放了它。	
5	向主人公求情。		"Д⁵"	主人公捉了一条狗鱼，狗鱼请求他把它放了。	
6	纷争双方请求为他们仲裁。		"Д⁶"	两个巨人请求帮他们分拐棍和掸子。野兽们不会分尸体，主人公给它们分开了。	
7	其他请求。		"Д⁷"	老鼠们请求给它们吃的。小偷请求被偷的人把被窃的东西给他送来。	
8	对对方企图小妹主人公		"Д⁸"	巫婆企图把主人公关进炉子里。巫婆企图在夜里割下主人公的脑袋。	
9	敌对方与主人公交战。		"Д⁹"	

10	想主人公展示有魔力之物，并提议跟他交换。		"д10"	强盗展示大棒子,商人们展示稀奇古怪的东西,老人展示宝剑。	
十三	主人公对未来赠与者的行动做出反应。	主人公的反应	"Г"		
1	主人公经受住了（未经受住）考验。		"Г1"		
2	主人公回答（未回答）问候。		"Г2"		
3	他为死者效劳（未效劳）。		"Г3"		
4	他放走被囚者。		"Г4"		
5	他怜悯求情者。		"Г5"		
6	他为纷争双方分东西并使他们和解。		"Г6"		
7	主人公提供某种效劳。		"Г7"	姑娘款待过路的乞丐。主人公为颂神燃烧小桶盛着的神香。	
8	主人公使自己遭迫害，并对敌手以牙还牙。		"Г8"	他迫使老妖婆说出怎样钻进炉子去之后,把她关进了炉子里。	
9	主人公战胜（为战胜）敌手。		"Г9"		
10	主人公同意交换，但立刻运用该物的魔力对付原主。		"Г10"	老人向一个绿林好汉用能自动挥舞的宝剑换一个神桶,绿林好汉一换到手,立刻就下令让宝剑砍掉老人的脑袋,用这种方法夺回神桶。	

十四	宝物落入主人公的掌握之中。	宝物的提供、获得	"Z"	
1	直接转交宝物。		"Z^1"	
2	指点宝物在何处。		"Z^2"	
3	现造出宝物。		"Z^3"	巫师走上岸,在沙地上画了一只小船然后说:"喏,弟兄们,你们看见这条小船了吗?""看见了!"那就上船吧!"
4	宝物被买卖。		"Z^4"	主人公买下神鸡。主人公在铁匠那儿订做了一条链子。
5	宝物偶尔落入主人公手中(被他发现)。		"Z^5"	伊万在田野上看到一匹马,就骑了上去。他发现了一棵长着金苹果的树。
6	宝物突然自行显现。		"Z^6"	突然出现上山的梯子。
7	宝物被喝下去或被吃下去。		"Z^7"	三种饮料给你以非凡的力量。被吃下去的鸟内脏赋予主人公以各种神通。
8	宝物被盗。		"Z^8"	主人公从老妖婆那里盗走一匹马。主人公盗走了争吵者的东西。
9	各色故事人物自己供主人公驱使。		"Z^9"	
十五	主人公转移,被送到或被引领到所寻之物的所在之处。	在内国之间的空间移动	"R"	

1	他在空中飞翔。		"R¹"	骑在马背上。 被鸟驮着。 化作鸟的形象。 乘飞船。 坐在飞毯上。 伏在巨人或精灵的背上。	
2	他在陆地或水中行驶。		"R²"	骑着马或狼。无手人背着无脚人。 猫坐在狗的背上渡过了河。	
3	他被引领而行。		"R³"	小线团引路。狐狸领着主人公去见公主。	
4	给他指路。		"R⁴"	刺猬告诉他去被掠走的兄弟那里的路。	
5	他使用固定不变的通行工具。		"R⁵"	他顺着梯子攀登。他找到一条地下通道并利用它。	
6	循着血迹前行。		"R⁶"		
十六	主人公与敌手正面交锋。	交锋	"Б"		
1	他们在野外作战。		"Б¹"	首先可以归入这里的是与蛇妖或怪物之类的战斗，还有与敌军、与勇士等等的交战。	
2	他们进行比赛。		"Б²"	一个茨冈人挤出的不是石头，而是一块奶渣，他凭呲呲声照着后脑勺打了一棒子，令蛇妖狼狈逃窜等等。	
3	他们玩纸牌。		"Б³"	主人公与蛇妖（鬼）玩纸牌。	
4	特殊形式：过秤			让伊万王子跟我一起过称——看谁重。	比重量，这种情节只出现过一次。

十七	给主人公做标记。	做标记	"K"		
1	在身体上留下印记。		"K¹"	主人公作战受伤。公主在作战前叫醒他时,用小刀划伤他的面颊。	
2	主人公得到一个指环或一条手巾。		"K²"		
3	其他形式。				
十八	敌手被打败。	战胜	"Π"		
1	敌手在公开的战斗中被打败。		"Π¹"		
2	敌手输了比赛。		"Π²"		
3	敌手输了牌。		"Π³"		
4	敌手过秤时输了。		"Π⁴"		
5	敌手还没作战就被杀死了。		"Π⁵"	蛇妖在睡梦中被干掉。兹米乌兰藏在树洞里,他被杀死了。	
6	敌手直接被赶走。		"Π⁶"	被魔鬼控制的公主把圣像挂在脖子上。恶魔的力量就化作一团气飞了出去。	
十九	最初的灾难或缺失被消除。	灾难消除	"Л"		
1	运用力气活计谋窃取所寻找的对象。		"Л¹"	伊万的马变成了一个乞丐行乞。公主给它施舍。伊万跑出灌木丛,抓走公主把她带走了。	
1a	有时谋取是有两个故事人物完成的。				

2	数个故事人物迅速交替行动，立即获得所寻找的对象。	"Л²"	西梅翁七兄弟把公主弄到了手:小偷盗来了她——她变成天鹅飞走了;射手射中了她,另一个兄弟代替狗将她从水里弄上来等等。	
3	借助幼儿获得所寻找的对象。	"Л³"	被弄瞎双眼的姑娘绣了一顶奇妙的王冠,将它交付给心怀歹意的女仆;女仆以眼换取王冠,眼睛就这样失而复得。	
4	所寻之物的获取是先前行动的直接后果。	"Л⁴"		
5	通过运用宝物的方法瞬间获取所寻找的对象。	"Л⁵"	(从魔书中现身的)两个好汉旋风般地捉到了金角鹿。	
6	运用宝物摆脱贫穷。	"Л⁶"	神鸭下了金蛋。按狗鱼的吩咐,遵照神的祝福,摆好桌子备好午饭。	
7	所寻找的对象被捕捉到。	"Л⁷"	主人公捉到了偷干草的马。他捉到了偷豌豆的鹤。	
8	中魔法者被解除魔法。	"Л⁸"		
9	被杀者复生。	"Л⁹"	从脑袋里拔出来发针或致人于死命的牙。给主人公喷起死回生水。	
9a	特殊的亚类:通过另外的行动迫使。		狼捉到了渡鸦并迫使它的母亲去送起死回生水。	
10	被囚者获释。	"Л¹⁰"	马撞碎牢门,放出了伊万。	
11	获区寻找对象是以获取宝物的形式完成的。	"ЛZ¹"		

二十	主人公归来。	归来	"↓"		
二十一	主人公遭受追捕。	追捕	"Пp"		
1	追捕者尾随主人公飞着追他。		"Пp¹"	蛇妖追赶伊万。 巫婆飞着追一个男孩。 几只鹅飞着追一个小姑娘。	
2	追捕者要求抓住罪犯。		"Пp²"	蛇妖之父派出一条飞船。 人们在船上喊："抓住罪犯！抓住罪犯！"	
3	他追捕主人公，迅速变成了各种动物及其他东西。		"Пp³"	巫师化身为狼、狗鱼、人、公鸡追捕主人公。	
4	追捕者变成诱人之物放在主人公必经之路上。		"Пp⁴"	"我跑到前边去给他把天气弄得炎热，我自己变成一片绿色的草场，在这片绿色的草地上变出一眼井，在这眼井里放上一只银盅……这时就把他们撕得粉碎……"	
5	追捕者试图将主人公吞下。		"Пp⁵"	母蛇妖变成一位姑娘来诱惑主人公，然后又变成了一头母狮子想把伊万吞下去。	
6	追捕者试图杀死主人公。		"Пp⁶"	他使劲把致人于死命的牙齿扎进主人公的脑袋。	
7	追捕者使劲咬断主人公藏身其上的树木。		"Пp⁷"		
二十二	主人公从追捕中获救。	获救	"Сп"		
1	他在空中逃脱。		"Сп¹"	主人公骑马腾空而去，骑鹅飞走。	

2	主人公逃跑时给追捕者设下障碍。		"Сп²"	维尔托戈尔与维尔托杜伯搬山拔树,将它们搁在母蛇妖经过的路上。	
3	主人公在逃跑时化身为令人认不出的东西。		"Сп³"	公主把自己和王子变成了水井和水罐、教堂和牧师。	
4	主人公在逃跑时隐藏起来。		"Сп⁴"	小溪、苹果树、炉灶藏起了姑娘。	
5	主人公藏在铁匠那儿。		"Сп⁵"	伊万藏在了铁匠那里,铁匠抓住母蛇妖的舌头,用锤子砸它。	
6	主人公迅速变成其他东西以获救。		"Сп⁶"	主人公逃跑时化身为一匹马、一只刺猬、一个指环、一粒种子、一只鹰。	
7	主人公躲避变身后的蛇妖的诱惑。		"Сп⁷"	伊万劈斩花园、水井等等。从这些东西上流出血来。	
8	主人公努力不让自己被吃掉。		"Сп⁸"	伊万骑着自己的坐骑跃过母蛇妖的血盆大口。他在母狮子的身上认出了母蛇妖并杀死了它。	
9	主人公从追捕者的谋害中脱险。		"Сп⁹"	野兽们及时从他的脑袋里拔出致人死命的牙齿。	
10	他跳到了另一棵树上。		"Сп¹⁰"		
二十三	主人公变换面貌回答家中或到达另一个过度。	不被觉察的抵达	"Х"		
二十四	假冒主人公提出非分要求。	非分要求	"Ф"		
二十五	给主人公出难题。	难题	"З"		
二十六	难题被解答。	解答	"Р"		

二十七	主人公被认出。	认出	"y"		
二十八	假冒主人公或敌手被揭露。	揭露	"O"		
二十九	主人公改头换面。	改头换面	"T"		
1	直接靠相助者的神技改头换面。		"T¹"		
2	主人公造出一座奇妙的宫殿。		"T²"	他自己以王子的身份在宫殿里走动。 姑娘一觉醒来神在奇妙的宫殿里。	
3	主人公穿上新衣。		"T³"	姑娘穿戴上了有魔力的衣裙和装饰,突然变得美丽动人,令所有人惊异。	
4	合理化的与幽默的形式。		"T⁴"		
三十	敌手受到惩罚。	惩罚	"H"		
三十一	主人公成婚并加冕为王。	举行婚礼	"C*"		
1	逐渐或立即获得未婚妻和王国。		"C*"		
2	结婚,但新娘不是公主,加冕没有发生。		"C*"		
3	主人公只是得到王位。		"C*"		

4	如果故事在加冕前不久被新的加害行为打断，那么第一回合就以订婚或许婚结束。	"C^1"		
5	主人公找到失去的妻子，破镜重圆。	"C^2"		
6	以主人公获得金钱等其他形式的补偿，以取代公主的许婚。	"C^3"		

在分析过以上表格中所列三十一个功能项后，故事到此收场。但不是所有的故事都能在以上的功能列表中找到对应项？如果我们去找，肯定能找到不能归属的例证。普罗普也承认，一些特殊的例证是没办法收入关于故事功能分析行列的，他将其定位为"不明成分"，其代码为"N"。但这并不能影响我们对于神奇故事结构一般规律的掌握，而且这些规律具有普遍的适用性。他认为通过对这些功能的系统分类，可以了解如下事实：

第一，神奇故事的功能项是有限的。

第二，出于逻辑和艺术的需要，一个功能项总能引出下一个。

第三，很多功能项是对比排列的，而有些功能项是成组排列的，也有一些功能项是单个存在的，他们总是根据需要组成了完整的段落。

普罗普故事形态学分析的方法中设定的重要概念角色的"功能"，将维谢洛夫斯基和贝迪耶无意识的故事类型分析推到了意识的层面，用逻辑的体系规划了艺术的结构。当然，不能说普罗普坚持的方法论就是故事学研究的最佳方法，也不见得形态学的分析可以涵盖对全世界所有故事结构的研究。任何的理论都需要不断更新和推进，文化范畴的宽广不是依靠一个理论家的能力而解读完整的。但不得不肯定的是，普罗普学术研究所打开的新视野，确实让国际学界眼前一亮，他的独特魅力在于其创建了符合自己个性的研究方法。

二、故事形态学与结构主义神话学研究

当《故事形态学》英译本出版近三十年后在美国学界传开的时候，结构主义研究者感到惊讶——自己尚在摸索的东西，已经形成了如此成熟的系统，而法国结构主义大师列维—斯特劳斯在其《结构人类学》一书中提到了对普罗普的质疑，这个批评不断被后人解读为误读，在此先不对误读做任何追究。但这本在 1963 年由美国 Basic Books 出版公司出版的专著中，也提到广泛收集的神话故事之间有着惊人的相似性，但相似性并不是来自内容，内容只是偶然出现的，没有任何逻辑的连续性可以追踪，只是存在于浅表的虚假联系，那么真正的问题就在于，除了内容是否还能找到可以用来承担故事意义的载体？斯特劳斯从现代语言学中寻找出路，但他意识到神话语言却远比普通语言更为复杂，所以神话既像"语言的其余部分一样，是由一些构成单位组成的"，但又不能完全在"音素、词素或义素"中找到神话的构成单位，而只能在"句子的层面上寻找他们"[31]。从斯特劳斯的论述中，可以看到斯特劳斯同样意识到，由于神话故事的特殊形式，在内容的分析中总结对神话的认识是徒劳无功的，这正如普罗普否定类型和情节的划分是一致的一样。可以说斯特劳斯和普罗普在出发点上有着共同的意识，都将对神话故事结构的分析放在了内容和情节之外的结构上，这也是结构主义研究者将普罗普奉为先驱的重要原因，令人感到遗憾的是两位文论家最终还是走上了不同的道路。尽管斯特劳斯肯定并接受普罗普的研究，但却并没有从功能的角度继续做补充研究，而是开辟了一条新的途径。他将每一个神话故事尽可能分解成最短的句子，并将这些句子写在卡片上并标上号码。前者从角色的功能出发，后者从句子的意义出发，在同一个始点起航走上两条互不交叉的路，却得出类似的结论，这也许就是科学研究的魅力所在。

在对神话故事进行结构分析的路上，远远不只斯特劳斯和普罗普两个人，格雷马斯甚至比他们都要走的更远些。格雷马斯在《结构语义学》一书中强调，在理论意义上将了解神话的组织和结构确定为解读神话信息的前提是没有错误的，但进入实践层面则是不完全的。作为与美国皮尔士系统、瑞士索绪尔理论系统和意大利艾柯一般符号学并肩成为二十世纪最通行的一般符号学理论四大体系之一的格雷马斯符号理论系统，在分析神话故事时认为"描述这时看

---

31 叶舒宪编选，《结构主义神话学》，陕西师范大学出版社，1988 年，第 19 页。

来就成了一种活动，它与信息——语言符号、与结构和规约的类型共同起作用，能够同时增进我们对信息和信息内在类型的理解。——因此我们只能从显示出来的作品提纲及其各种同质变换着手，同时设法找到信息的唯一结构性同质变换，并尽可能确定使我们得以完成这一过渡的步骤"。[32]在这里，格雷马斯首先按照内容将神话故事文本划分为相关内容和切题内容、倒置内容和顺置内容四个序列，这四个序列并不是平行排列的，而是倒置内容和顺置内容中分别包含着相关内容和切题内容，这样就包含两个切题内容和两个相关内容。而切题内容似乎还可以分成四个叙事序列，即远征精灵巢、远征鹦鹉巢、主人公的回程和复仇，加上相关内容下面的开始序列和结束序列，整个故事被分为六个叙事序列。但是这些序列并不是故事的最小组成部分，格雷马斯认为神话故事中"叙述陈述句"才是最小组成部分，每个叙述陈述句有他的功能和一个或几个行动者。这就和普罗普的功能和角色的分析是类同的，只是格雷马斯是在普罗普的基础上更为简化和细化了。

斯特劳斯和格雷马斯的研究尽管是在《故事形态学》出版之后，但不见得比普罗普更全面。如果说格雷马斯是对普罗普神话故事形态分析方法论的精细化处理，那么斯特劳斯完全走上了不同的路。奇怪的是，他们的出发点和落脚点竟然是如此的相似，都从结构形式入手力图划分出神话故事的最小组成部分，然后再一次将这些组成部分组合起来，构成一个故事的整体。

三、按照角色建立故事结构分析体系

普罗普对于神奇故事的形态学分析有一个中心概念——功能，在这个中心概念的前面有一个定语"角色"，尽管普罗普一再地强调他只关心功能，而不是功能的实现者和功能所涉及的对象，但在《故事形态学》的第六章他却换了角度，将功能按照角色在此进行了归纳性划分，提出了"行动圈"概念。他认为很多的功能从逻辑上还可以连接在一起，形成一个共同体。于此，他归纳出七种角色的行动圈，这七个角色的行动圈可以涵盖故事中各色人物。这就是：

（1）加害者的行动圈。

（2）赠与者的行动圈。

---

[32] 伍蠡甫、胡经之主编，《西方文艺理论名著选编》（下卷），北京大学出版社，1987年，517页。

（3）相助者的行动圈。

（4）公主及其父王的行动圈。

（5）派遣者的行动圈。

（6）主人公的行动圈。

（7）假冒主人公的行动圈。

功能项和角色的行动圈是两个相互交叉，相互补充的概念体系，如果说功能项是一个非常复杂而细微的系统，那么按照角色的行动圈对功能项进行排列则可以让神奇故事的结构更为清晰和明确。在单个故事中，我们可以对应地连接功能与角色两个体系。但是一个人物不一定非常固定的属于一个行动圈，也不能非常固定地属于一个功能项，普罗普将单个故事中的人物排列到上述行动圈时发现存在不同的情形：

（1）行动圈与人物之间的完全对应，即一个人物属于一个行动圈。

（2）单个人物涉及几个行动圈，即一个人物属于不同的行动圈。

（3）一个行动圈分布在几个人物身上，即几个人物同时属于一个行动圈。

在此情形下，对单个故事分析的标准变得更为清晰，归纳法在故事形态学分析中再次被使用，在这一点上普罗普的方法超越了结构主义者和形式主义者的研究范畴，所以普罗普再谈到自己学术研究的归属时，只承认自己是一个擅于使用归纳法的经验主义者而不是形式主义者。而他不是形式主义者的原因，还因为他的第二本专著《神奇故事的历史根源》的出版，关于此在后面还将提及。

第四节　故事作为一个整体

分解、找到故事结构中最小的成分是普罗普故事形态学研究最初、也是最重要的工作，而和分解同样重要的是各个成分之间的组合，因为故事毕竟是一个整体。所以在《故事形态学》的第九章，普罗普示范性地选取具体文本再次将拆分了的故事结构成分进行整合，还原故事文本，同时也对故事形态学分析理论作了全面总结，并提出了下一步将要进行的研究任务。

一、整合：分解的目的

普罗普在这一部分首先提出了一个棘手的问题：神奇故事指的是什么？

对于这个问题的认识，直接关系到怎样着手分析故事。按照形态学分析，故事首先产生于加害行为或缺失，这一点在贾放的博士毕业论文中被借用到普罗普《故事形态学》创作的缘起中。既然故事产生于缺失，那么弥补缺失就显得尤为重要，而每一个缺失都会产生一连串的行动，普罗普称其为"回合"。一个故事可能是一个回合，但更难的是由几个回合共同组成的故事，所以在对故事进行形态学分析之前，必须确定由几个回合构成，以及回合之间是怎样结合的。这在神奇故事中可能出现以下情形：

（1）整个故事由一个回合构成。

（2）故事由两个回合构成，其中一个是正面的结尾，另一个是反面的结尾。

（3）当整个回合三重化时，例如蛇妖劫持了姑娘。

（4）如果在第一回合中就获得了宝物，在第二回合才使用它。

（5）如果在彻底消除灾难之前突然感到某种缺乏和不足，引发了新的寻找，即出现新的回合，但不构成新的故事。

（6）一个故事的开场就出现两种加害行为。

（7）在一些故事中存有主人公与加害者交锋，宝物被窃取和假冒主人公的形态，但仍是一个故事。

（8）主人公们在路标处分手后各自做自己的事情，也是一个故事。

以上分析在于指明，故事是一个整体，无论包含多少功能，由多少个角色完成行动，分作多少回合，都是一个完整的集合体。关于这一点，普罗普以《天鹅》故事的个案形式进行了解答。他将这个故事分解成了 27 个部分，按照他给出的功能代码进行结构组合，公式为：

$$Iб^1e^1b^1A^1B^4C \uparrow \{Д^1Г^1 negZ^1 neg\}R^4Л^1 \downarrow Пр^1[Д^1Г^1Z^9=Сп^4] \times 3$$

普罗普认为将整体的故事分解成为各个组成部分是故事形态学研究必须的工作，也是对故事研究最科学的方法。而在对照图示的过程中，那些在《故事形态学》绪论中提出的问题也会一一得到解答。诸如我们此前提到的分类问题、局部结构与整体构成间接关系的问题以及结构与情节、情节与异文之间的关系问题。普罗普认为在此基础上再对故事进行分类处理，就显得轻松而没有歧义了。而我们在做分类工作之前，必须明确是要将神奇故事从其他故事类别中区分出来，还是要对神奇故事本身的多样性进行分类，这主要看对于神奇是如何定位的。按照普罗普的意见，形态学分析的根据在于掌握故事的本质，但为了避免逻辑上的错误，要严格按照图标进行结构分析才能准确而客观地划分出故事的类别。正确的分类方式可以根据以下三个途径分别进行：（1）根据同一标志的不同变体；（2）根据同一标志的有无；（3）根据互相排斥的标志。但在一种分类法的范畴之内，分类可以按照类体和变体或其他层级变换的方式进行，但必须前后一致，形式上也要整齐划一。那么是否还能依据互相排斥的特征进行分类呢？普罗普认为互相排斥的功能实际代表了两种结构的故事，根据这样的方法进行分类显然是符合规律的。

　　普罗普采用结构图示的方法对故事加以分析，首先的目的是要给分类找到一个他认为科学而客观的方法，他使用的方法就是按照结构的最小组成部分将故事先分解，然后再进行整合，这是独一无二的选择。列维—斯特劳斯在结构人类学中接受了这样的方法，尽管他们得出的最小组成部分不是完全一致的，但是斯特劳斯也认为这些都是故事的"整体性构成单位"[33]，一个整体性构成单位不是孤立存在的，必须组成一个关系群，构成单位之间的和谐关系才是成就故事和故事意义的基础。

　　对故事进行分类性处理显然已经不能成为故事形态学研究的最终目的，普罗普将思想延伸到更为深远的地带，展开局部与整体关系的研究。在仔细研究故事的每一个形式后，记录了故事之间的所有图示。最后的结论是多数的神奇故事具有完全一致的结构，不稳定的特殊形式只占少数，但是并不能破坏掉这种方法合法性的稳定状况。尽管不是特殊形式的结构，我们也很难将所有故事划定出同样的图示，图示总是变化不定的，功能项的序列可能并非按照类别的图示所显示的那样完全一致，但是对于故事结构分析的规律确是不曾改变的，只是顺序安排的不同罢了。另外的一个状况就是，并不是所有的功能项在一个故事的结构图示中得到完全的展示，所有的故事中都会存在一定功能项的缺位，缺位可能来自功能项的遗漏，也可能只是故事构成的需要，但这并不影响单个故事本身的结构完整性，只要各功能项可以准确地守住自己的位置。这和斯特劳斯对于故事整体性构成单位和谐关系的认识是相得益彰的。

二、功能项的变化

　　神奇故事经过历代传承，故事结构中的功能项被确定为 31 个，那么是否

---

33 叶舒宪编选，《结构主义神话学》，陕西师范大学出版社，1988 年，第 19 页。

意味着新故事中不会产生新的功能项呢？如果所有的神奇故事都能按照一定的结构图示进行归类，是否说明神话故事的结构已经固定，不会有任何创新和变化了呢？普罗普这个天才的思想家显然并不僵化，他认为完全"可以准确地划分出民间故事讲述着从不进行创造的那些领域"和"或多或少能自由创造的那些领域"。[34]在故事中只能按部就班、循规蹈矩，不能按照作者的意愿自由创造的功能项有：

（1）在诸功能项的一般性序列中，是按照固定的图示展开的。在这里可以理解为 31 个大的功能项及其序列是不会产生变化的。

（2）在那些其变体以绝对或相对依存地位联系在一起的成分替代中，故事的创作者并不能添加新的成分。

（3）如果从人物标志物方面选择某些人物，并且这种选择是确定功能项的要求，创作者也不自由。

（4）在初始情境和随后的功能项之间有相当的依存性，创作者仍然不能随意添加新的成分。

可以变化或被重新创造的功能项包括：

（1）创作者可以选择使用或者不使用哪些功能项。

（2）创作者可以选择功能项在故事中实现的形式。

（3）创作者可以自由地选择角色的名称及其标志物来创造自己的故事。

（4）创作者可以自由地选择创作故事的语言手段和风格。

在普罗普看来，神奇故事功能项的确定是不可能有新的增加的，故事的丰富多彩并不在于也不可能会出现新功能项的创造，而是在有限功能项和角色的选择上。普罗普所认为的涵盖一切、包括西方异文故事在内的神奇故事都会遵守这样的规律进行创造。这是不是真实的情况？维谢洛夫斯基的一段话似乎可以证明他的结论："现代叙事性文学，以其虚构繁复的故事情节和拍照式的再现现实"，似乎排除了新结构产生的可能性，而随着时间的流逝，矗立于遥远古代的东西渐渐在我们的生活和思想中淡化成一个点或者一条线的时候，"图示化和重复性的现象就会获得全方位的确立"[35]。

34　［俄］弗·雅·普罗普著，贾放译，《故事形态学》，中华书局，2006 年，第 109 页。

35　［俄］弗·雅·普罗普著，贾放译，《故事形态学》，中华书局，2006 年，第 113 页。

尽管早在维谢洛夫斯基的"历史诗学"理论中早已显现出故事形态学分析的火花，普罗普也非常坦诚地承认自己的思想在很多时候是对其借鉴、衍生的结果，但毕竟在维谢洛夫斯基的历史诗学理论中还仅仅是一些思想的片段，普罗普的研究充实和挖掘了历史诗学中关于故事结构研究的价值。不得不承认的是，普罗普的故事形态学既开了先河，也较为客观地找到故事的科学分类法，是俄罗斯的天才文论家让故事学研究者第一次跳开故事内容的视线，找到了消解类别划分分歧的方法。正如赵晓彬在《普罗普民俗学思想研究》一书中总结的那样，普罗普的《故事形态学》更多是学术研究道路中的启示，对于故事的研究可以从内容和结构两个层面进行，而且作为叙事结构基本要素的叙事功能基总是可以将结构从文本中分离出来进行整合归类。

无论普罗普的思想是天才的、科学的还是需要批判的，至少他对于学术研究方法的使用是值得我们借鉴的。而从更为广阔的层面上也可以认为普罗普一直坚持的学术研究方法是归纳的方法，而非演绎法。他不主张首先设定一个假想，然后对着这个假想推理出一套学术理论。尽管他的《故事形态学》只分析了阿法纳西耶夫故事集索引中的 100 个俄罗斯神话故事，但对于世界上绝大多数的神话故事却是一个适用的方法，当然这也是其以一种独特方法分析神话故事的初步尝试。之后格雷马斯方阵的出现，也再一次证明了这一途径选择的正确。

第五节　故事学研究与国际学界的误读

如果说以功能项的排列为主来研究神奇故事的方法是普罗普被国际学界知晓的重要原因，那么从历史性角度对神奇故事进行探源性研究则使其成为故事学领域最受关注的学者。也就是说，普罗普不仅从形态学角度对神奇故事做了内部解剖，同时也在宏观角度上探索了神奇故事的历史起源问题。科学研究是一项严谨的工作，不是每个人都能在自己的研究领域中取得辉煌的成就，但是总有一部分人的思想中闪耀着这方面的天赋，能在细微而复杂的东西里找到规律，于是他们成功了，普罗普就是这样一个能不断给国际学界带来巨大惊喜的天才文论家，在《故事形态学》让人惊叹于他的成就之余，1946 年他的第二本专著《神奇故事的历史根源》一书问世，这本书的出版再一次丰富了国际学界对于神奇故事的认识，同时消减了国际学界对普罗普的误读，甚至为普罗普反对将其定义为"形式主义者"提供了有力的证明。

一、与列维—斯特劳斯的论战

　　尽管普罗普在《故事形态学》的开篇对其学术研究的思路和方向有着明确的计划，但直到二十世纪末西方学界中仍流传着一种广泛的说法，认为《神奇故事的历史根源》一书是由于《故事形态学》出版后受到了国际学界和官方的质疑与批评，从而致使普罗普不得已放弃了结构主义研究方向，转而求助于历史探源性研究的结果。

　　列维—斯特劳斯的质疑集中反映在其批评普罗普的形态学研究缺乏认识语境上，他认为普罗普对角色功能的分类至少存在两个方面的不完整性。首先故事内部结构研究中，在不考虑语境和相关内容的情况下，则很难将两个表面相似的"功能项"妥善地区分，这也是普罗普担心的危险之一。斯特劳斯认为，普罗普对民间故事角色的功能研究缺乏科学系统性，31 个功能中有几个是可以合并为相同功能的，而且每个角色在一个"行动圈"中都身兼数个而非一个功能。普罗普在后来对斯特劳斯批评的回应中，似乎绝少提到这方面的问题。斯特劳斯以一位法国结构主义大师的眼光对普罗普的批评，在某种程度上进化了故事形态学的研究。

　　斯特劳斯的另外一个质疑则可能摧毁"故事形态学"存在的基础，但也不乏其主观臆断的嫌疑。斯特劳斯认为，普罗普的《故事形态学》是一部形式主义的著作，他将内容情节抛离在形式研究之外、认为内容是形式不必要的附属品的做法，使得普罗普的研究成了单纯的骨骼式研究，从而造成"形态学"研究脱离历史，没有连贯性。他说："一个人们在那里只顾堆积未经分类的形式的抽屉并不构成一个'种'……除非偷偷摸摸地使内容重返形式之中，否则后者就注定仍然处在抽象层次上（它既不再意味着任何事物，也不具有任何启发意义），形式主义摧毁了它的客体。"而且斯特劳斯认为，普罗普只是对 100 个俄罗斯民间故事进行了深入的分析，这种具体的分析是否能涵盖所有母题，对此应深存质疑。

　　普罗普并没有对斯特劳斯的诘问保持沉默，而是积极回应了这个问题。1966 年，他在为《故事形态学》的意大利译本写前言时，以《神奇故事的结构与历史规律》为题，对斯特劳斯文章中重点部分进行了辩驳，称自己对民间故事的研究"体现了横向组合、'水平的'结构，而不是抒情诗式的联想的'垂直的'的结构"。³⁶在此，似乎"历史起源"问题被暂时搁置。然而，我们返回来看《故事形态学》，普罗普已经明确提出："形态研究应该与历史研究联系起来。"只是他认为从研究的顺序来说，"只有在对某个现象做出描述之后才可以谈论它的产生"。也就是说，普罗普对于民间故事的研究是一种文学角度的研究，他强调研究对象的"构成与结构方面"，问题探讨的重心主要集中在"系统描述"方面，正如他自己所说，研究所有种类故事的结构，是故事的历史研究最必要的前提条件。"形式规律性的研究是历史规律性研究的先决条件"³⁷。他要在"阐述故事'是从何而来'这个问题之前，先回答'它是什么'这个问题"³⁸。"并且，在其《故事形态学》的姐妹篇《神奇故事的历史根源》第一章，普罗普就直接陈述道："什么是具体的研究故事，研究又从何入手呢？如果我们局限于故事的相互对比，那么我们会停留在历史比较的范围之内。必须扩展研究范围并找到使神奇故事得以产生的历史根基。"³⁹

二、"道不同不足与谋"

从时间上看，《神奇故事的历史根源》一书在 1946 年出版，但在 19 世纪 30 年代末已经写成，只是因为战争的原因没有被及时出版，而其出版后所遭受的官方意识形态的打压，也是其在国际学界沟通不畅的一个原因。当斯特劳斯对《故事形态学》提出批评的时候，已经是《神奇故事的历史根源》出版后的十几年，当然也可能由于翻译偏差或其他客观原因所致，造成了误读。总之国际学界没有给予普罗普公正而客观的评价是不争的事实。普罗普不是被迫而改变了自己的学术研究方向，他的《故事形态学》中本来还有第十章，就是关于故事起源问题的研究，但付梓出版时日尔蒙斯基建议将这样重要的问题单独扩展为一本专著更为恰当。普罗普的弟子、汉学家李福清在接受采访时说，"实际上在《故事形态学》中普罗普研究神奇故事结构。现在有许多误解，以为他研究所有的故事，不注意故事的内容及发展。……很多人不知道他的第二本书《神奇故事的历史根源》，这本书主要讲述神奇故事母

---

36 ［法］托多罗夫，《巴赫金、对话理论及其他》，蒋子华、张萍译，百花文艺出版社，2001 年，第 67 页。

37 ［俄］弗·雅·普罗普，《故事形态学》，贾放译，中华书局，2006 年，第 13 页。

38 ［俄］弗·雅·普罗普，《故事形态学》，贾放译，中华书局，2006 年，第 3 页。

39 ［俄］弗·雅·普罗普，《神奇故事的历史根源》，贾放译，中华书局，2006 年，第 1 页。

题的起源，用比较法表现出许多故事母题情节与原始仪式等。普罗普教授自己每次都强调这两本书是有连贯性的，代表了他的神奇民间故事研究的两个方面。"[40]

当然，斯特劳斯作为结构主义的大师，对普罗普的误读不可能简单地用忽略来掩饰，很可能像普罗普反驳斯特劳斯时所说的那样，他们研究的角度存在差别。普罗普认为自己的研究是对神话故事的文学性研究，而批评者完全是从哲学层面来解剖故事和形态学的，出发点是存在着偏差的。关于此，列维—斯特劳斯在 1960 年发表的评论普罗普《民间故事形态学》的文章中说他从形式与结构的基本区别入手，认为"与形式主义相反，结构主义拒绝建立和抽象对立的具体，也拒绝承认抽象中的特殊价值。形式由除了形式本身以外的材料所定义，而结构没有内容差别，它的内容就是结构本身，在为现实特性的逻辑组织中被理解。"[41]在这方面，阿兰·邓迪斯对结构主义方法论进行系统分析时做了大量工作，也对普罗普和列维—斯特劳斯的方法论也作了某些区别。他把前者描述为"静态"的结构主义，认为其是包含在故事情节中的线性有序结构；而把列维·斯特劳斯的方法论描述为"动态的"结构主义，是对材料的重新排列，以探讨能给出作为故事整体模式的结构对立。[42]这种区别可以从两位学者分析各自的材料所用的不同处理方式中看得出来。普罗普从一组民间故事着手，将全组民间故事的元素归纳为两大类：可变的和不变的。列维—斯特劳斯的方法则是从单个神话入手，在具体故事特征的对立中进行抽象化研究，并且这些抽象总是建立在特定神话具体要素之间的联系之上。也就是说，普罗普研究的是神话故事，而斯特劳斯却从宏观的故事层面展开批评；当普罗普从 101 个俄罗斯神话故事中分离出 31 种角色功能时，斯特劳斯强调的是具体故事特征的对立元素与民族文化重建之间的联系。

"道不同不足与谋"，二者虽然都围绕故事展开论争，但其方法论和对象范围界定的偏差，最终造成了难以调和的误读。而邓迪斯再一次将问题简单

40　夏忠宪，《俄罗斯著名汉学家李福清访谈录》，《俄罗斯文艺》，2000 年 07 期，第 81 页。

41　[法]列维—斯特劳斯《结构与形式，关于弗拉迪米尔·普罗普著作的思考》，《结构人类学》第二卷，纽约，1976 年，第 115 页。

42　[美]阿兰·邓迪斯《费拉迪米尔·普罗普（民间故事形态学）第二版述评》奥斯丁，1968 年，第XI-XII页。

化，他把二者本质上是决定性和理论性的差异描述成一般性和实践性的差异。事实上，普罗普的故事形态学和斯特劳斯的结构主义存在根本分歧。在普罗普的著作中，认为形式和内容不但存在差别，而且内容被形式所决定而达到最终效果，所以在他的体系中允许对形式进行独立的研究。对于列维—斯特劳斯来说，形态学研究是不可能成立的。所有人类的结构都根植于人具体的实践与观念之中，这一点继承其导师马歇尔·莫斯的观点。按照斯特劳斯的方法论推断，普罗普民间故事形态学研究脱离了产生它的社会，而斯特劳斯的神话结构研究则根植于特定的文化，他们似乎在水平轴和垂直轴两个完全不同的轨迹上运动。当然，普罗普似乎比斯特劳斯更有远见，或者他也考虑到了"形态学"研究必将招来质疑，所以他在横向研究的同时强调自己也在做纵向研究。也许，正如贾放在其博士论文《普罗普故事学思想研究》中阐述的一样，"斯特劳斯从结构主义者的立场出发，认为'不可理解'的历史，在普罗普眼中是可以追索求证并与故事文本参照阅读的现实存在"[43]。斯特劳斯对普罗普的批评与质疑，完全是"距离误读"[44]。所以，"尽管普罗普被西方结构主义奉为先驱，但是在对待历史的态度上，他们有着根本的分歧。"[45]这在实际上涉及了变异学研究的一个课题——"误读"的概念是美国文学理论家哈罗德·布鲁姆在《影响的焦虑》中论诗时提出的。在他看来，任何阅读都是一种"误读"，曹顺庆的《比较文学概论》将"误读"的思想借鉴到比较文学中，对其进行了延伸性研究，认为"'误读'是'文化过滤'过程中诸多因素合力的产物"[46]，结构主义对普罗普的接受与误读，或许和文化的差异及思想家脑海中传统的前理解有关。上世纪末以来，随着学界对于普罗普学术思想考证和研究的增多，误读不断在重新阐释中被消解。在这样的背景下，对于普罗普整体思想的解读才能更为客观和公正。

第六节　故事的历史性研究

之所以再次将斯特劳斯对普罗普学术思想的误读进行说明，只是为了证明普罗普的故事学形态学研究是具有连贯性的学术研究，而并非因什么外力

43 贾放，《普罗普故事学思想研究》，博士论文，北京师范大学，2002 年，第 66 页。
44 贾放，《普罗普故事学思想研究》，北京师范大学，博士论文，2002 年，第 65 页。
45 贾放，《普罗普故事学思想研究》，北京师范大学，博士论文，2002 年，第 66 页。
46 曹顺庆主编，《比较文学教程》，高等教育出版社，2006 年，第 106 页。

而造成的断裂和转型。事实上，除了上文我们提到的《故事形态学》中本应就存在的第十章，在已经出版的部分也有两处提到了故事的历史起源研究。一处是论及故事神奇故事的同一性时，看似一语带过地指出"若所有神奇故事就其形式而言如此单一，那是否意味着它们都出自同一源泉？对此形态学家无权回答，将其结论转交给历史学家，或者自己应该变成历史学家"[47]。另一处是在该书的结尾涉及第九章整体思路的部分，他指出"大量故事元素起源于远古的生活、文化、宗教或其他方面的现实，应该将这种现实用于比较。在单个元素的研究之后应该进行所有神奇故事建构其上的那个轴心的起源研究。接下去应该进行研究的是变体的形式和标准。只有在此之后才应着手研究某个情节如何被创造出来以及他们是什么的问题。"[48]以此可见，对于神奇的历史性研究是早在普罗普规划之内的事情，他之所以那么坚决地反对斯特劳斯将他定义为"形式主义者"，确实不是一意孤行的固执。

一、《神奇故事的转化》——沟通的桥梁

《神奇故事的历史根源》一书开始写于 1928 年。在这一年，普罗普发表了一篇重要的论文《神奇故事的转化》，可以看作是衔接故事内部结构研究与历史根源探究之间一个标识性的沟通桥梁。此文在对《故事形态学》思想再一次概括总结的基础上提出了接下来的研究任务，即指出将神奇故事作为一种体裁的诸多衍化形式，及决定这些衍化形式的历史制约因素放在历史运动过程中进行考察的必要性和必然性。普罗普认为，相似性结构是故事形态学存在的基础，但研究的目的不仅在于了解相似的结构，还必须明确产生相似的原因，因为这些直接关系到神话故事结构的变化。在普罗普看来，尽管神奇故事的深层结构具有惊人的相似性，但毕竟不是每个故事中都完整地具备其所列的 31 个基本角色功能项，故事的千差万别正是这些功能项排列组合变化无穷的结果，那么为什么故事会出现千变万化的可能呢？功能项的变化是随意的还是存在着某些制约因素？解决这个问题，找到制约因素，确立一个重要的标准，"以便据此将基本形式和派生形式区分开来"[49]就成为既形态学研究之后新的任务。

---

47 Пропп В.Я, (Морфология сказка)-л, 1928, 116.

48 Пропп В.Я, (Морфология сказка)-л, 1928, 127.

49 ［爱沙尼亚］扎那·明茨、伊·切尔诺夫编著，王薇生编译，《俄国形式主义文论选》，郑州大学出版社，2005 年，第 108 页。

普罗普曾在日记中提到，自己有一个不好的毛病，喜欢给不同的事物分类。分类的基础是找到事物之间某种联系和相似性，所以相似性的研究成为普罗普整个故事学研究的重要出发点。在他看来，相似性本身就是一个重要的问题，因为世界的万事万物中总能找到相似的事物，而相似的事物总是能引起科学的研究。无论是神奇故事的研究还是自然界的发生都遵循着同样的规律，而规律的形成是有原因的，普罗普在追寻相似性规律的同时探讨了产生相似性的原因。他认为，可能有两种原因制约着相似性规律的产生和作用，即"或者是两种外部不受约束而又无联系的现象的内部相似性，并非来源于共同的遗传根源——物种单生源论；或者这种形态学上的相似性是某种遗传关系的结构——通过某种原因引起变态或变化的起源论"[50]。在这样的观点支撑下，普罗普首先必须阐明神话内部结构的相似性问题——故事形态学理论，接着就必须研究影响故事相似性产生的起源论。

他认为神奇故事是远古先民创造的一种体裁，由于距离现代时间久远，有些故事情节因不断被创造而发生着变化，所以神奇故事可以区分为基本形式和派生形式。其区分标准总的原则有两条。第一，"可以做这样的假设：如果同一种形式记载宗教文献中，也在故事中碰到，那么宗教形式是原生的，而故事是次生的。"第二，"如果同一种因素在两种变体中碰到，一中变体源于宗教形式，而另一种源于日常生活，那么宗教变体是原生的，而日常生活变体是次生的。"[51]普罗普提醒，运用这个原则存在一定的危险，所以要格外谨慎，不能将所有原生形式都归为宗教，将所有派生形式都归为日常生活。为了防止这样的错误出现，我们就需要对故事与宗教和故事与日常生活的阐述上采用比较的方法。这在更为扩大范围内细化了故事与宗教、故事与日常生活的形式，从而揭示了故事中各种转换形式发生的外因和历史演变过程，从而转入了历史起源研究的领域。普罗普的研究者们显然注意到了这篇文章作为其方法论转折中的价值，因此称他为"桥梁"[52]。

---

50 ［爱沙尼亚］扎那·明茨、伊·切尔诺夫编著，王薇生编译，《俄国形式主义文论选》，郑州大学出版社，2005 年，第 106 页。

51 В.Я Пропп，（Трансформация волшебных сказок）普罗普，《神奇故事的转换》，载《民间文学与现实》1976。Фольклор и действительность :Избраные статьи）Л.第 156 页，1976）。

52 普济洛夫《民间文学与现实》（Фольклор и действительность），М.1976，附注。

二、研究的前提

《神奇故事的历史根源》作为普罗普的博士毕业论文在 1939 年通过答辩。在这本书中他采用的方法已经跳出了故事内部结构的研究，而是就其内容情节联系到远古时代一定的历史阶段和初民的宗教、信仰、仪式、习俗、生产、生活中来追溯神奇故事的起源，至此普罗普对故事的研究视野已经由文本扩展到了人类学领域。贾放认为，普罗普研究方法的转换是符合事物规律的必然性要求的，而非个人的喜好和外力因素所致，而这本身就与《故事形态学》是一部大型著作的上下卷。

此书共分十章对神奇故事的历史根源进行了深入追踪，其中第一章是问题的提出和方法论的阐释，第十章是对此书的概括性总结，其余八章则全部是通过具体的实例对神奇故事历史性研究方法论的说明。

和《故事形态学》的研究相同，《神奇故事的历史根源》开篇就提出了此书将要解决的基本问题，即它不在于对历史事实的猜测和考证，也不着力证明研究对象与民间创作内容和方法的一致性。重点在于找到故事（主要是俄罗斯神奇故事或北方故事）与历史往昔中存在的现象在何种程度上的关联性，即从起源学的角度上"阐明神奇故事在历史现实中的根源"[53]。尽管是在历时角度上追溯神奇故事的产生，但关键并不是沿着历史的脉搏去把握其发展的过程，对此普罗普有着非常明确的界定，他认为起源学是朝着历史研究方向迈出的第一步。也许可以这样理解，普罗普的此项研究只是为神奇故事的历史研究指出了一个明确的方向，并打开了一扇门，至于之后的路还很长。尽管普罗普一直非常崇拜维谢洛夫斯基的思想，但在基本方向上还是提出了差别。维谢洛夫斯基在其专著《历史诗学》中指出历史诗学的任务就是"从诗歌的历史演变中抽象出诗歌创作的规律和评价它各种想象的标准——以取代至今占统治地位的抽象定义和片面的假定的判决"。[54]虽然普罗普也一直强调自己是在寻找一种可以用来阐释神奇故事起源的规律，但是这个规律是在故事产生前期的原始思维形式和社会形式，而非在历史演变过程中去梳理。这是普罗普与其影响者之间最大的区别。

在着手研究之前，普罗普首先确定了研究的前提，这是任何一个科学研究

53　［俄］弗·雅·普罗普，《神奇故事的历史根源》，贾放译，中华书局，2006 年，第 2 页。

54　［俄］维谢洛夫斯基，《历史诗学》，刘宁译，百花文艺出版社，2003，第 585 页。

者必要的准备工作。在他之前，对神奇故事进行历史研究的学者不乏其人，神话学派和芬兰学派等也取得过成就，起始点却大相径庭。而在普罗普看来，这些研究都存在着一个同样的错误，即他们都是在追寻一种表面形式的相似性，而没有更为深入到故事产生之前的历史中去研究，这可能受制于他们本身所处的时代和阶级。在这本书中，普罗普不只一次提到了"资产阶级观念的问题"，这可能也恰恰是其这本书出版后一直受到官方打压的原因。普罗普对于自己的历史研究设定的前提是非常明确的，大致分为三个方面。

第一，他将神奇故事作为一种独特的体裁单列出来进行研究，以此将自己的研究限制在动物故事、寓言故事等故事之外。早在《故事形态学》中，普罗普对什么是神奇故事就有了一个初步的定义，认为神奇故事是在结构上符合 31 个功能项中大部分的那些故事，这些故事之所以能够被分解出来，不仅仅缘于他们符合故事形态学的图示列表，因为少部分的动物故事或者仙境幻想故事等非神奇故事也符合。神奇故事似乎可以归入七个角色公式的故事，然而要从历史角度给这些故事下定义，那么"适合它们的就是现今已经弃置不用的神话故事。"这里所说的"神话故事"并非一般意义上所理解的有关于人类产生之前的神灵的故事，但却与之有着或多或少的联系。在《神奇故事的历史根源》中，他更为详细地说明神奇故事就是建立在"那种始于遭受某种损失（被劫或被逐等）或希望拥有某种东西（国王派儿子去找火焰鸟），接着通过主人公离家而展开，碰到赠他宝物的相助者或赠与者，并借此找到了所寻找的对象。后来故事里出现了与敌手的决战（他的重要形式为与蛇妖作战），归来和被捕"的"建立在众多纷繁情节基础上的结构主干所做的一个简短的公式化叙述"的那一种体裁的故事。普罗普将自己的研究圈定在一个非常确定的范围内，这个范围相对于整个故事研究而言仅仅是一小部分。日尔蒙斯基后来对普罗普的限定提出了批评，认为只是对神奇故事的体裁进行研究会因为过于单一而不能准确定位对故事历史根源研究的规律的把握。且对故事的研究不可能终结于神奇故事的历史根源，日后还将有对其他故事的研究的出现。正因为此，他的研究才能具体到从一个母题或情节出发，"尽可能地搜集所有被记录下来的异文"，对照着进行比较研究。[55]我们更愿意这样理解，普罗普将自己的研究限定在一个看似狭窄的范围之内，

55　[俄] 弗·雅·普罗普，《神奇故事的历史根源》，贾放译，中华书局，2006 年，第 5 页。

体现了一个学术研究者谨慎和负责任的态度。

第二，原始思维的现实而不是日常生活的现实是神奇故事历史根源的研究对象。基于起源学的特点，神奇故事的历史根源研究就不可能局限于追究与历史事件表面相似性的推测。无论神话或仪式等固然表现出神奇故事与之相符合的形式，但这些都不是神奇故事产生的根源，最终决定这些形式产生的都是原始初民的思维。原始思维形式由于没有抽象概念的印记，所以往往直接表现在那个时代人们的活动和社会组织形式、民间文学和语言中，但要通过这些具体的时间阐释神奇故事的历史根源，则流于神话学派的舍本逐末，找不到问题的根本。原因在于"某些母题的基础是与我们所习惯的理解不同的另一种空间、时间和集合的理解"，跳离一种固定的思维模式，才能深入到事物本来的样子中。由此想到，曹顺庆教授曾就当代中国文论的断裂指出，要重建当代中国文论，必须回复到古代的思维方式中去解读古代文论。阐释学理论曾认为任何一种阅读都是对原文的阐释，因为个人传统的前理解造成了阐释的创新。尽管普罗普和曹顺庆研究的方向各不相同，但其研究定位却十分相似。

第三，研究不必等搜集完世界上所有的故事资料再进行，在材料尚未穷尽之时开始研究是可能的。前面我们说过，普罗普一直坚持的是归纳法而不是演绎法。归纳法主要的途径就是在掌握更多材料的基础上进行总结分析后得出规律性的结果，这种方法要求研究者占有资料越完备越好。但普罗普在此却一反常态地指出，不必占有更多的资料就可以开始研究，而且他也主要针对俄罗斯故事、尤其是俄罗斯北方故事展开研究。普罗普为何要背弃自己的研究方法？事实上并非如此。普罗认为神奇故事有一个庞大的故事群组成，显然这是一个国际性的研究，不能局限在一国或一个民族的狭小空间中，以往的研究者往往因为资料的繁杂而对自己的研究画地为牢，这是不能找到共同规律的。但是要想把世界上所有的神奇故事都收集完整再进行研究显然又是不可能的。所以他选择了对俄罗斯神奇故事进行研究，原因在于他认为俄罗斯神奇故事具有比其他国家的民间故事更"多样、丰富、罕见的艺术性及保存完好"等特点。任何规律的东西总是逐渐被认识清楚的，总结之后需要不断在实践中得到认证，"如果规律是正确的，那么它在任何一种材料中都是正确的，而不仅仅是在被提到的哪一种之中"[56]。或许也可以说，普罗普在使用一贯坚持的归纳

56　[俄]弗·雅·普罗普，《神奇故事的历史根源》，贾放译，中华书局，2006年，第5页。

法的同时，也同意了演绎法的效用。

三、故事与历史往昔

《故事形态学》和《神奇故事的历史根源》尽管被看作是一部大型著作的两卷，两者的研究对象是一致的，但其研究参考资料范围和方法还是有了相当大程度上的扩展和改变。前面我们提到，在《故事形态学》中普罗普只是从单个故事文本的内部结构切入，而且只是针对阿法纳西耶夫故事集中的 100 个俄罗斯故事进行了研究。而在第二本著作中，尽管他还是着重研究了俄罗斯北方的神话故事，但是同时也探讨了非洲、美洲、大洋洲和亚洲的故事，将对神奇故事的探究扩展到一个国际性的社会文化层面，而没有局限在一个国家、地区或民族，这本书还在方法上跳出了故事文本的内在规律，转而关注历史性研究、所以两本著作从研究对象上来说是一致的，从研究方法和资料范围上看又各自独立。我认为《神奇故事的历史根源》既是对《故事形态学》的发展，更是对其的充实。

1. 历史往昔的再阐释

对神奇故事的历史性研究，并非是普罗普最早坚持的，历史也不是一个陌生的概念。之前的神话学派等早在此项工作中取得了成绩，而维谢洛夫斯基更是从诗学角度探索了历史性研究的重要价值。普罗普认为自己对于神奇故事的研究主要是要探寻影响故事发生的那些"历史往昔"，"须将故事与往昔的历史现实进行比较，并在其中找寻故事的根源"，才是他对故事的历史性研究。事实上，早在 1917 年俄罗斯历史学派的代表人物斯佩兰斯就在《俄罗斯口头文学》中说过"在研究壮士歌时，我们努力去猜测作为其基础的历史事实，并且以这一推测为根据，来证实壮士歌情节与我们所知道的某个时间或其整个过程的一致。"[57]该学派中另一位重要人物弗谢沃洛德·米勒也曾将"布雷尼亚、尼基季奇与恶龙争斗的故事认定为是在诺夫哥罗德城洗礼的历史事实基础上编出来的。"[58]但是人们对于时时刻刻谈论的历史仍然没有一个固定的标准，普罗普时刻提醒着读者，他的研究和历史事件无关，与历史起源相关。

---

57 Сперанский М.И. (Руская устная словесность) 斯佩兰斯基，《俄罗斯口头文学》，第 222 页。

58 ［俄］弗·雅·普罗普，《神奇故事的历史根源》，贾放译，中华书局，2006 年，第 8 页。

普罗普再次提出了"历史往昔"的概念，但与弗谢沃洛德·米勒的理解完全不同。他借用马克思和恩格斯的辩证唯物主义观点，指出"物质生活的生产方式制约着整个社会生活、政治生活和精神生活的过程"，而"随着经济基础的变革，全部庞大的上层建筑也或快或慢地发生变革"。[59]故事作为一种文化现象，具有上层建筑的性质，被那个时代的生产方式所决定，但上层建筑并不一定在第一时间与生产方式的变化相适应。所以要破译"历史往昔"的概念中到底包括着什么样的内容，故事在那个时代被讲述，到底反映了那个时代怎样的生产方式？普罗普认为尽管故事的讲述受那个时代生产方式所影响，但神奇故事产生于悠远的那个时代的生产方式主要包括农耕和狩猎，如果我们仅仅在对象和技术的层面上去考察故事中的生产方式，不免流于神话学派的窠臼，重点关注的应该是与当时生产方式相适应的社会制度。鉴于此，《神奇故事的历史根源》的研究目的就在于"故事的各个单独母题及所有故事是在什么样的社会制度下被创造出来的"[60]。但是社会制度又是一个过于笼统和宽泛的概念，社会法规作为社会制度的具体表现形式也就成了普罗普重点研究的对象。

2. 影响神奇故事的历史往昔

在本节的第二部分已经探讨过普罗普为自己研究设定的前提，原始初民思维的现实而不是日常生活的现实才是决定故事诉说什么的根源。思维产生于那个时代社会生产的发展水平，表现为对那个时代社会、自然的认识。社会法规作为具体表现形式，涵盖着那个时代的思维方式。所以，讲故事与往昔的社会法规进行比较，并在其中找寻故事产生的缘由，故事情节为什么是这些而不是那些是必要的。在文中他举例进行了说明：主人公为什么是出走到很远的地方而不是在周边找寻自己的未婚妻？主人公为什么继承了岳父的王位并杀死了岳父，而不是继承自己父亲的王位？在他看来，前者可能是当时外族通婚的衍化，后者则反映出那个时代政权继承的某些形式。

除了社会法规是神奇故事母题根源之外，普罗普认为宗教法规也是其母题根源之一。宗教和社会制度一样，都是一个宽泛的概念，宗教作为意识形态的组成部分影响了故事的产生，是没有任何值得质疑的，也没必要下功夫去证

59　《马克思恩格斯选集》第二卷，人民出版社，1972，第223页。

60　［俄］弗·雅·普罗普，《神奇故事的历史根源》，贾放译，中华书局，2006年，第8页。

明，重点在于宗教中的什么影响了故事？也就是说宗教的具体表现形式是什么？普罗普认为是那个时代的仪式和习俗等活动影响了神奇故事的讲述。事实上习俗和仪式是既相互区别又相互关联的两种活动，我们很难将二者界限分明的割裂开。但一般情况下，仪式总是伴随着某种习俗而产生的，而习俗不一定非要有仪式相陪衬，但大多情况下习俗和仪式是联系在一起的。普罗普认为故事总是保存着相当多仪式和习俗的痕迹，我们要做的是在故事的母题中找到那些与之相类似的仪式。他肯定这是非常困难的工作，但是大致可以从三个方面来阐释故事母题与仪式的关系。

第一，故事与仪式之间的对应关系。这种关系最简单也较为罕见，因为找到仪式及习俗与故事之间的完全吻合是非常困难的事情。例如在故事中出现国王的孩子被囚禁在地窖中的现象，在那个年代的现实中也曾发生过。但是这是否出于一种仪式或者习俗，还是只是单纯的历史事件？这和宗教是否存在一定的关联性？普罗普为什么会将这些作为习俗和仪式，需要完整地考证那个时代的民族历史才能知晓。这里我们暂时保留对于这个例证的看法。但是我们却不能否认这个理论的正确性。例如宗教中有些仪式是为了预示未来发生的事情，这个在蒙古族和满族的萨满教的仪式中就存在，而在神奇故事中，主人公获得女巫或者其他相助者的指路，事实上就是一种仪式性的。

第二，故事对仪式的重解。这种方式在故事中是非常容易见到的现象，同时也是最容易被认出的现象。所谓重解，"是指仪式的某个因素（或某些因素）由于历史的变迁而变得无用或者费解，被故事以另外一些东西，一些更容易理解的东西所替代，这样的重解通常是与变形、形式的变化联系在一起的。"[61]例如将死者缝入皮囊是古代的一种习俗，而在故事中也出现了主人公将自己缝入牛皮或者其他动物的皮里，最后有鸟儿抓起皮囊将其运送到依靠他本身的能力无法达到的那个遥远的地方。两者都是被装进皮囊，到了自己不能到达的地方，不同的是一个是被自己缝进去的，一个是被别人缝进去的；一个到了另外一个凡人无法到达的地方，一个到达了活人无法达到的地方。重解是一种超越真实状况的解释，或是一种对现实的升华。我们在故事中看到的只是或远或近的类似性，而不是完全的吻合。

第三，仪式的反用。这一母题表现出对某种仪式以反对或反面的形式表现

61　［俄］弗·雅·普罗普，《神奇故事的历史根源》，贾放译，中华书局，2006年，
　　第12页。

出来。在远古时期，由于对大自然认识的局限和生产力低下的限制，曾存在某些令人不解的习俗，这些习俗随着人们认识和生产水平的提高，逐渐被摒弃或改变。例如远古时代曾有杀死老人或者抓来年轻美貌的姑娘祭祀河神的做法，而在故事中却出现将要被杀死的老人放出或在怪兽口中救出姑娘的片段。出现这种状况的原因可能是故事被叙述的时候，那种仪式或习俗已经被重新认识。但不管怎样，普罗普需要做的工作只是确定"那些母题起源于这些或者那些仪式，以及它们处于怎样的关系中"[62]。

如果社会法规、宗教仪式或者民俗被看作是神奇故事母题的主要来源，那么神话也是一种无法绕开的体现形式。这里所说的神话是关于信仰上的神或者神性人物。但是普罗普对于神话的认识却不想从心理上进行，而是作为一个历史现实进行考察。神话与神奇故事不同，神奇故事中大多数人物角色还是普通的凡人，而神话本身只是一种拟人化的想象，不能用理性思维进行规划，具有含混性特点。然而尽管神话作为先民一种信仰的体现，表现为社会普遍性，但神话的社会功用并非一成不变，在文明程度不同的国家和民族那儿总是表现出神话信仰上的差异。普罗普认为对于神话研究最重要的材料不是来自欧洲或者相邻的亚洲，而是来自美洲、非洲和大洋洲。在他看来亚洲和欧洲的文明程度远高于非洲、美洲和大洋洲，在文明程度较高的地域生长起来的神话由于其民族性的特点，使其反而不能代表原始初民的思维方式，反而是尚未形成国家的那些民族的神话对于研究神奇故事母题的起源有着更多的比较价值。

四、故事再次被作为一个整体

《故事形态学》一书中，普罗普对 100 个神奇故事文本结构采取了分解后阐释的方法，总结出 31 个功能项，然后将故事对应的功能项按照图示表进行排列，组成一个故事的整体。普罗普早年时也曾说，自己有着一种特殊的才能，就是看到什么总是有进行归类的习惯。在《神奇故事的历史根源》中普罗普在此将神奇故事看作了一个整体进行总结性阐释。只是这次阐释的范围和出发点显然有些变化。在这一部分，他认为从神奇故事的起源来看，社会制度、宗教仪式或习俗、神话与其母题相对应，具有多样性。但是其中成年礼的受礼仪

62　［俄］弗·雅·普罗普，《神奇故事的历史根源》，贾放译，中华书局，2006 年，第 13 页。

式占据了特殊的地位。

成年礼是氏族制度所特有的法规,这个仪式在青年人进入性成熟伊始时举行,大抵是让男孩通过一定类似死而复生的仪式考验,表示给予男孩第二次生命。通过成年礼受礼仪式的年轻人才能被氏族组织接纳,成为组织的一员,获得参与商讨、处理组织的各项事务和结婚的权利。在氏族制度实行时期,成年礼是最重要的制度形式之一,所以非常严格且形式多样。在普罗普看来,"这些形式由仪式的思想基础来确定,假定男孩是在举行仪式时死而复生成为新人,这就是所谓的假死。被描绘为怪兽吞噬孩子的情节导致死亡与复活,孩子好像是被怪兽吞入腹中,在怪兽的腹中呆若干时间后又返回,即被吐出来或喷出来。为了举行这个仪式,有时要搭建专门的动物外形的房子或窝棚,门用来象征动物的嘴,割礼就在这里举行。"[63]普罗普对成年礼的受礼仪式描写的非常详细,主要在于说明人们相信这个仪式,似乎这个仪式总是使人尽量相信这是真正的死亡和复活,而之所以人们如此重视和关注这个仪式,在于这个仪式对于整个组织的重要性,这是由那个时代的社会生产利益所决定的。

成年礼作为影响故事母题的一个特殊形式,在很多神奇故事中都有所体现,比如孩子们被送到或被驱逐到森林里,主人公遭到老妖婆毒打、获得宝物或神奇的相助者,改头换面并学会树林里师傅的绝技,如此等等。这些神奇故事的情节在成年礼中总能找到相对应的形式。普罗普得出的结论是"故事结构的一致性并非隐藏在人类心理的某些特点中,也不是在艺术创作的特殊性中,它隐藏在往昔的历史现实里。"[64]

与成年礼受礼仪式相伴随而成为神奇故事母题的还有关于"死亡"的观念。于此相关的神奇故事的母题有姑娘被蛇妖劫走、形形色色奇异的诞生、死者如何归来、穿着铁鞋之类的东西上路、作为进入另一个王国入口的树林、主人公的气味、往小木屋的门上洒水、老妖婆的款待等等。前面已经提到,参加成年礼就是经受暂时死亡的过程,反过来死者所经历到的一切也正是接受仪式的被受礼者所经历的。在氏族制度起作用的社会形态结束之后,成年

63 [俄]弗·雅·普罗普,《神奇故事的历史根源》,贾放译,中华书局,2006年,第54页。

64 [俄]弗·雅·普罗普,《神奇故事的历史根源》,贾放译,中华书局,2006年,第467页。

礼的受礼仪式已经消亡，但是关于死亡的观念却至今还保留着。随着社会生产力的不断发展和变革，很多东西在不断的消失、改变，也有很多新的现实不断充实着人们的思维内容，古老的仪式和观念变成了一种与现实交错不清、复杂化了的存在，这些东西制约着故事的讲述，也同时影响着我们对故事的理解。尤其在新的生产方式和思维观念中创造出来的新故事，已经完全脱离了神奇故事母题产生的那个思维现实，不能与神奇故事笼统归纳为一个整体进行研究了。鉴于此，我们必须将神奇故事作为一个单独的体裁进行母题渊源的探究。

　　日尔蒙斯基曾批判过普罗普将神奇故事单列为一个体裁进行研究的做法，因为这样缩小了研究的范围，割裂了故事作为一种体裁的整体性，怀疑这种研究方法下总结出来的规律的普遍适用性。而斯特劳斯也曾尖锐地指出："对普罗普来说，结果就是发现：实际上只存在一个故事。从此以后，解释的问题就被排除了。我们知道故事是什么，但因为经验放在我们面前的不是一个原型故事，而是许多具体故事，因而我们一点都不知道如何对它们分类。在形式主义以前我们当然不知道这些故事共同具有的东西，自形式主义以后，我们丧失了任何手段来理解它们是如何区别的。人们从具体上升到抽象，但不再能从抽象下降到具体。"[65]

　　那么，为什么普罗普执意要将神奇故事作为一种体裁进行研究呢？原因在于普罗普认为神奇故事的起源总是和氏族制度下部落的整个生活制度息息相关。神奇故事在被讲述的同时，也"构成了部落最珍贵的财富。他们与部落尊为圣物最核心的东西相关。最重要的神话之为那些热衷于珍藏起秘密的老人们所知……这些秘密只是的年长的守护者们呆在村子里，沉默不语，如斯芬克斯一般，在不招致危险地前提下，他们决定在多大程度上可以把祖先的知识托付给年轻一代，并且在什么时刻这一秘密的转角才会是最有效的……"神话之所以具有神秘性，在于其不仅是一个社会生活的组成部分，而且也是生活在其中的个人生命的组成部分。所以在他看来，神奇故事之外的那些故事，可能在情节上也能或多或少地找到与神奇故事相类似的情节，但是在那些故事中只是保留了"与人民的整个现实、生产、社会制度及形象的活生生的联系"中残余的内容，而并没有从本质上或者根源上与原始初民的思维形态相关。而

65　［法］列维·斯特劳斯，《结构与形式——关于弗·普罗普一书的思考结构人类学》，文化艺术出版社，1989年，第131-132页。

这些故事需要专门的著作进行研究，而不能与神奇故事混为一谈。在这一点上普罗普遭到了批评，但也恰恰是他成功的所在。

小结

　　普罗普的故事形态学研究是支撑其在国际学界享有声誉的主要学术思想，学界记住弗拉基米尔·雅可夫列维奇·普罗普的名字也是源于对《故事形态学》和《神奇故事的历史根源》两本书中体现的故事学思想的肯定和赞赏。这两本书的出版不仅是俄罗斯学界的骄傲，更如同一块巨石投入到二十世纪西方文学理论大河中激起千层浪。进入新世纪，当代西方文学理论的各学派和各种思潮都在被狂热追求和解读之后有了更为深刻的反思，有些理论思想则在辉煌一时之后进入了冷冻期，成为过时的理论。但普罗普的思想经过半个多世纪的传播，一直在国际学界保持着它不温不火的热情，尤其近年来中译本的出现，中国学界对其故事形态学的关注再次迎来高潮。这个曾被称作当代叙事学创始者、结构主义先师、形式主义继承者的文学理论家，始终保持着自己民俗学研究的路线和严谨客观的态度，在神话学研究领域中尽情演绎着独具魅力的学术思想。

　　《故事形态学》和《神奇故事的历史根源》两本巨著，洋洋洒洒几十万字，只是针对一种文学体裁——神话故事展开的结构阐释和历史母题分析，以往的任何文学理论著作不敢这般大胆的设想和规划，在这样一个边缘而单一的体裁中，建立一个为世人震惊的理论体系，更是文学理论界不曾想到的结果。普罗普一生致力于民俗学研究，强调自己是民俗学家，如今他的名字也为每一位民俗学研究者所熟知。但不曾预料的是，他的故事学理论却让普罗普这个名字在二十世纪文学理论界一度登上了塔顶，他的六本专著中有三本与故事学理论直接相关，而每一本著作的重量级别都超越了产生它的那个时代理论家思考的界限。当然，这些也成为了普罗普学术思想被误读和批判的证据，或许是意识形态作用下的结果，也可能是思想高度的无可匹及，更有可能是理论思想跨国旅行中时间差与理论变异的情况所致。无论如何，对于普罗普故事学思想特征的把握是了解这位理论家的重要途径，也是客观评判当代文学理论界对其思想研究科学性的可靠依据。

　　普罗普作为当代故事学研究的创始者是目前国际学界的共识，但成功理论家的思想永远不可能是单一的直线运动，普罗普的故事学思想尽管只抓住单一的神话故事题材展开丰富研究，但其一生的兴趣却并不局限于神话故事和形态学，他的六本专著中还涉及民俗学和喜剧理论的阐述。作为普罗普学术思想的组成部分，放弃对其这部分思想的解读，将不足以称是对普罗普学术思想全面而系统的阐释。

第二章　普罗普喜剧美学思想特征

对神奇故事的形态学和历史性研究是支撑普罗普成为享誉世界文学理论家的重要理论,但普罗普一生的成就却不仅于此,他还对民俗学颇感兴趣,并从民俗角度出发,将其学术研究的藤蔓伸向了更多领域。对喜剧美学的研究就是其中一个重要部分,其专著《滑稽与笑的问题》便是对这一领域研究的集中载体。乍看起来,这本仅有 200 余页的小册子和普罗普一生主要学术研究毫无相干,因此无论是在俄罗斯本土还是在国际上,这本书几乎没有引起任何关注,只是被作为普罗普偶尔的兴趣被欣赏或搁置。在中国,除了单篇被翻译的论文和依靠英译本被介绍的普罗普学术思想,由杜书瀛翻译并在 1998 年被辽宁教育出版社出版的中译本《滑稽与笑的问题》,却是我国学界第一本翻译的普罗普专著。遗憾的是,这本书直到现在也没有引起任何的反响,只是有一篇短小的文章对其进行了简单的概括性评述。而其研究者——俄罗斯学者 А·Н·玛尔迪诺娃却认为这本书反映出"讲述人独具魅力和高超的语言艺术"[1]。

这本小册子没有被关注的原因是什么呢?为什么普罗普执意要写这样一本看似趣味读物的书?难道只是出于一种偶然的灵动?这本书和他一生的学术研究是否存在相关性?应该怎样认识这本书在喜剧美学研究中的价值?这些都是必须要解决的问题,而全面深入地解读这本书也是全面了解普罗普一生学术思想必不可少的一部分。

---

1 Пропп В ·Я. Поэтика фольклора (Собрание трудов В ·Я Проппа).Лабиринт. ·М.1998 年,第 15 页。

　　《滑稽与笑的问题》被看作是普罗普学术思想的一部分，主要基于两方面考虑。第一，普罗普的喜剧美学理论是在民俗学研究基础上发展而来的。普罗普一直认为自己是民俗学研究者，其一生最感兴趣的也是民俗学研究，被认为是其核心思想的"故事形态学"研究中时时刻刻闪烁着民间文学的影像，尤其是第二本著作《神奇故事的历史根源》更是一本追溯原始初民思维现象的民间性探索。在《滑稽与笑的问题》写作之前，普罗普就发表过《民间创作中礼仪的笑》（1939）的文章和《果戈里滑稽的本质》的学术报告。同时还专门写了探讨"不笑公主"民间故事的母题根源的文章，"该文揭示了笑的种类之一，即礼仪、宗教之笑的基础。"[2]第二，对于"笑"采用的分类法和归纳法是普罗普一直坚持的学术研究方法。一个思想家学术研究的成功主要在于其研究对象、研究范围和研究方法选择上的正确性。普罗普是一个善于在形式上对研究对象分类的天才，他的日记中记载："我有一个令人讨厌的天赋：在任何事情上，我一眼看上去或立即会看到的都是形式"[3]。在《滑稽与笑的问题》研究中，普罗普保持了一贯在大量材料堆里总结出真理的归纳方法，同时也继续了对"笑"进行分类性研究。正是在两点上，我认为，尽管《滑稽与笑的问题》推动普罗普的研究进入了一个崭新的领域，但也并非与其思想结构背道而驰，而是有着千丝万缕的相关性。

第一节　　问题的出现和方法论选择

　　普罗普的喜剧美学理论始于对"笑"这一人们司空见惯现象的研究。他在对神奇故事母题历史根源进行探索的时候，发现了一个关于"不笑公主"的母题，对包含这一母题的神奇故事资料进行搜集和归纳后，他发现了一个出乎意料的现象，即这些母题的内容都包含着这样或那样的笑的现象，但"该母题并不是直接地包含任何过去的历史现实痕迹。数以百计的这类故事都像每一单个文本一样神秘莫测"，但是这类故事中的笑还总是伴随着一定的礼仪或者宗教意义，这引起了他的极大兴趣。所以问题就摆在了面前，为什么神奇故事中包含着很多"不笑公主"的情节或母题？这些母题是否和原始初民的思维观念

2　赵晓彬著，《普罗普民俗学思想研究》，黑龙江人民出版社，2007 年，第 168 页。

3　Пропп В · Я. Руский аграрные праздникии:Опыты историко-этнографического исследования.2-еизд.,СПб.1995 年，第 338 页。

—66—

有所联系？逗笑公主的意义何在？我们应该用怎样的方法解读不笑公主的母题与笑本身的含义与类别？抓住这些问题，普罗普展开了自己关于"滑稽与笑"的喜剧美学理论研究。

一、神奇故事的母题——思考的缘起

普罗普对"笑"的关注始于神奇故事的民间创作，溯源于原始初民宗教和礼仪的表现形式。据他研究，民间故事中出现的幽默化创作和当代喜剧家创作的幽默是完全不同的，而恰恰是民间创作能为笑的研究提供典型的素材和鲜明的参照。所以，笑可能不是人类独有的表情，但至少在人类表情中得到了最丰富的展示。它之所以丰富，是因为笑的表情和人的社会行为及伦理行为相关，它不仅表现为一种行为，同时还是人类心理的外化形式。历史上很多关于笑的研究，都是从哲学和心理学角度完成的，而抽象新恰恰是十九世纪至二十世纪初多数美学著作的通病。普罗普切换了研究角度，在对尽可能搜集的一切材料——凡是能引起笑或者微笑的资料，尽管与滑稽的关系不大，也应该统统思考，哪怕是日常生活中的报纸和杂志——进行归纳总结后，从民间创作的历史层面赋予"笑"了新的解释与分类，阐发了有关笑的整体特点。因为研究需要做的是"在每一个别情况下都应该确定喜剧性的特点，应该检验一下同一现象在怎样的程度上、在怎样的条件下是否永远具有滑稽性。"[4]当然，由于资料的繁杂，将流传下来的资料全部收集完全显然是不可能的，但这也并不影响对笑的规律的把握，规律本来就是从具体材料中总结出来并普遍适用的。所以普罗普认为，从最伟大、最丰富、最经典的作家作品着手研究是再正确不过的选择，因为这些能最鲜明地表现出滑稽和幽默，而在俄罗斯作家中具备这些要求的是果戈里的作品。但由于他渴望从社会学和人类学的层面对笑的本质和历史根源进行解读，所以他的研究依然从神奇故事的情节母题开始。

作为一种经常会发生在每一个人身上的表情，对于"笑"的研究在历史上有很多，但普罗普并不赞成在哲学上对"笑"进行抽象的演绎，而是要将其放在历史中进行重新审视，"要仔细地审视笑的变化和发展的情况，审视它与我们所观察的民族生活的具体联系"[5]。这是一种应遵循"联系原则"与"变化

4　[俄]弗·雅·普罗普，杜书瀛译，《滑稽与笑的问题》，辽宁教育出版社，1998 年，第 5 页。

5　Пропп В.Я.Проблема комизма и смеха. Ритуальный смех в фольклоре. Лабиринт. М.,1999.第 223 页。

原则"的整体性研究，所以我们必须跳离"不笑公主"的故事，转而研究一般的笑，否则将不可能得出令人信服的答案。

二、方法论的选择

普罗普之所以反对研究者对笑进行哲学分析和演绎，是从哲学家对喜剧与悲剧划分开始的，而这一点始于亚里士多德。亚里士多德是最早研究悲剧的哲学家，同时也是最早研究喜剧的哲学家。亚里士多德的《诗学》在研究和总结古希腊三大悲剧作家创作实践基础上，指出"悲剧是对于一个严肃、完整、有一定长度的行动的模仿；他的媒介是语言，具有各种悦耳之音，分别在剧的各部分使用；模仿方式是借人物的动作来表达，而不是采用叙述法；借引起怜悯与恐惧来使这种情感得到陶冶。"相反在《诗学》中也谈到喜剧的特征，他认为：喜剧模仿"比我们今天的人坏的人"，"所谓'较差'并非指一般意义上的'坏'，而是指具有丑的一种形式，即可笑性（或滑稽），可笑的东西是一种对旁人无伤，不至引起痛感的丑陋或乖讹。"[6]在他以后，亚里士多德派的佚名者写了《喜剧论纲》，套用亚里士多德关于悲剧的定义拟定了喜剧的定义，强调"喜剧是对于一个可笑的、有缺点的、有相当长度的行动的模仿"，其模仿的方式是"人物的动作"，"借引起快感与笑来宣泄这些情感"。[7]它明确提出喜剧来自笑这一结论，概括了喜剧最主要的特征，并被后世的理论家普遍接受。鲁迅先生就曾说，悲剧就是把有价值的东西毁灭给人看，喜剧就是把无价值的东西表现给人看。还有人将喜剧称为"春天的神话"，而将悲剧称为"秋天的神话"。正是在这一点上，喜剧似乎是以与悲剧相对立的形式而存在的。喜剧没有被看作一个独立的整体被重视，而是作为悲剧的对立面被关注，喜剧本质特征只是悲剧特征的反义词就够了。

普罗普坚持将喜剧只是作为喜剧来理解，只是在悲剧和喜剧想遇见的情况下将二者对立起来进行比较研究可能会提供有助于思考的依据，而在其他时候将喜剧作为悲剧或者崇高的对立面只是浪漫主义唯心理论的盲目自信，此前别林斯基也提出过类似的意见。十九世纪德国实证主义美学研究者福尔克特也曾在著作中写道，"喜剧性在审美领域中占有突出地位，其视角与悲剧

---

6 亚里士多德著，罗念生等译，《诗学》，人民文学出版社，2002，第19页。

7 罗念生全集（第1卷）：亚里斯多德《诗学》·《修辞学》（佚名《喜剧论纲》），2004年。

性是完全不同的"；"喜剧性无论如何也不是悲剧性的对立环节，一般来说也不能把它同悲剧性相提并论……如果说有同喜剧性对立的东西，那是非喜剧性，或者严肃"。[8]正是有这样的反对意见为前提，普罗普认为之前研究中对于"喜剧"的定义是非常宽泛的。

当然还存在另外一种错误，就是将喜剧分为高级的典雅的喜剧和低级的粗俗的喜剧。基尔希曼就曾认为滑稽始终都产生于缺乏理性、荒唐的行为，而"假如这种荒唐程度高……那就是粗俗的喜剧性；假如荒唐性比较隐蔽……那就是典雅的喜剧性。"[9]普罗普认为这是完全不符合逻辑和经不起推敲的划分，因为我们不能判定是将喜剧作品中的脏话还是将口水、打嗝，狂欢作为粗俗的喜剧性。而且阿里斯多芬的喜剧的极强的政治性，在基尔希曼的划分中也只能归入粗俗的行列了。因此，以荒唐的程度高低判断喜剧性的价值对我们的认识没有帮助。

在他看来，任何的喜剧性都是来自民间的，民间口头文学的创作是喜剧的源泉。所以典雅的喜剧不是有教养和出身的人的专属，而粗俗的滑稽也不可能是平民百姓的领地。他借用普希金的话申明自己的观点"喜剧诞生在广场之上，是一种民间娱乐活动。"车尔尼雪夫斯基也认为"真正的滑稽剧的王国是平民的表演，像我们乡间集市上的滑稽戏，而伟大的作家不蔑视滑稽剧，比如滑稽剧在拉伯雷的作品里占多数，塞万提斯的作品里也不时遇见"。[10]普罗普认为将喜剧作为悲剧的对立面进行研究是错误的，而对喜剧性进行程度划分更是没有必要，不如将其统定为"滑稽"，对其进行民俗学和人类学的研究更为客观。在这里普罗普由简单地对笑这种生命特征的理解，上升到审美的艺术层面，将可笑与喜剧性合二为一进行整体的探讨，正如他所认为的，喜剧也是一种独立的审美范畴。尽管以往研究笑的学者很多，但在普罗普看来却没有一个人从最客观的层面抓住笑的本质和对笑进行清晰的类型划分，这也正是《滑稽与笑的问题》要进行的工作。

8　J.Volkelt,System der Ästhetik(美学体系)，不断 I—IV,München,1905-1914.

9　J.H.Kirchmann,Ästhetik auf realistischer Grundlage（作为意志和表象的世界），BdI—II,Berlin,1868.

10　Н.Г.Чернышевский,Полное собраные сочиней в 15 — ти томах（车尔尼雪夫斯基全集），М.,Гос.изд- во《Художественая литература》，1929-1953，第410页。

第二节 "不笑公主"与生命象征

尽管普罗普明确指出要将可笑与喜剧合称为"滑稽"进行整体性阐释,但是我们还是不能不从笑开始谈起。第一,普罗普在写作《滑稽与笑的问题》之前,首先研究了"不笑公主"的故事,这也许是他研究"滑稽与笑"的问题最初的尝试。所以我们必须先解读这个与历史有关的神奇故事的象征意义。第二,在普罗普看来,喜剧是一种来自民间的创作,而这种民间的创作最早始于神奇故事中关于"笑"的母题。

一、笑与大地丰收

"不笑公主"这类故事的特点是复杂多样的,且与其他情节和类型相互呼应。简单的情节大致是,国王的女儿是一个不会笑的姑娘,国王为了能让女儿笑做出的种种努力都毫无效果,于是国王下令谁要是能逗笑公主将获得奖赏,于是有神秘的年轻人逗笑了公主。结局当然是获得了奖赏,并与公主缔结良缘。在对这类故事研究过程中,普罗普并没有分析公主不笑的原因,而是对年轻人逗笑的方式感兴趣。他认为大致可分为三类。第一种方式是主人公拥有老鼠、虾、甲虫等感恩的动物帮手,当主人公故意摔倒在公主窗前的泥水坑里,曾被主人公救助过的动物们就会用自己的爪子将其清洗干净,并且还快乐地围着他转,由此而引发了公主的笑。第二种方式是动物们因对主人公拥有的金鹅纠缠不休的场面引发了公主的笑。第三种方式是主人公拥有一个带有魔法的笛子,当主人公吹响这个魔笛的时候,三头小猪在公主的窗前跳起舞来,由此引发了公主的笑。

普罗普认为第三种方式中的跳舞小猪对于研究不笑公主的故事有着非常重要的参考价值,因为这个故事中跳舞小猪的母题在"公主的特征"中也曾出现过。公主的身上有着一个不为人知的重要特征,国王许诺"谁要是能找到女儿身上的特征,就将女儿嫁给他",于是主人公在跳舞小猪的帮助下顺利娶到了公主。可见,这两个故事中有关跳舞小猪的情节非常相似。而"笑"与"特征"是什么关系呢?寻找"特征"和逗"笑"都是故事中设定的困难,而"不笑"也可以被看作是一种"特征"。在这里不"笑"是特征,那么"笑"也是特征吗?"不笑公主"和"跳舞小猪"之间的联系是偶然的吗?因此对"笑"本身的一种理解就显得格外重要。

公主之所以愿意嫁给那个能逗笑自己或了解自己特征的未婚夫,起关键作用的并不是主人公的非凡才能，更重要的是主人公的神笛和会跳舞的小猪。在古代农业的祭祀中猪是必不可少的供品，而直到今天的很多民族中都保留着这样的风俗。普罗普认为，之所以选择猪来跳舞而不是猫或者狗或者其他随便什么动物，是因为猪代表了一种肥力，而肥力在农业生产中起着至关重要的作用，给予丰收女神得墨忒尔供奉猪和逗笑公主的小猪，都表现出对农业生产中肥力的期盼和需求。所以，公主不笑的原因，可能是在等待那个能给大地带来肥力的人，只有这个人给予大地肥力的时候，公主才能报还以笑来促使大地万物的复苏和生长。笑作为动物的一种表情（早些时候曾被作为人类独有的生命特征），其出现的原因可能并非这样复杂，或许只是面对客体的一种反应，但是笑出现在神奇故事中，就被赋予了一定的特殊意义。而随着农业生产的需要，笑作为一种外在的强大力量制约着植物的生命，所以对于笑的哲学层面的抽象阐释，已经无法满足对其巨大力量的解释，而必须从历史层面上才能还原笑的本质。

二、农业与女性

在古希腊罗马时代土地被看作是女人的身体，收获被看作是分娩。古希腊神话中的丰收女神得墨忒尔的女儿泊尔塞福涅被冥国之神哈得斯拐走了，得墨忒尔因找不到自己的女儿伤心欲绝，不再有笑容。大地上的草木和庄稼也因为得墨忒尔的悲伤而不再生长，万物凋零。得墨忒尔的女仆为了让女神高兴做了一个猥亵的手势，逗笑了女神，于是随着女神的笑声，春回大地，万物复苏。这个神话故事恰恰反映出了土地收获的喜悦。

这个故事有着和"不笑公主"同样的情节，在"不笑公主"的故事中，鲜花因为公主被逗笑而绽放。普罗普指出，笑有创作生命的神奇力量，这力量曾一度被看作是人类独特的生命特征，但在以上的故事中却发现，植物的生命也需要笑的浇灌，这可能和原始时代以农业为主的生产方式有关。因为植物应该是依靠太阳下的光合作用而向上生长的，而女神和公主的笑却能让遍地花开、庄稼丰腴，这是不是意味着笑就是太阳？笑给予农业作物以生命成长的必要条件，同时也是缔结良缘的条件，笑也就具有了一种生命的象征。阿法纳西耶夫故事集就有这样一个少女，她的笑能使玫瑰花开放，但是这是个少女而不是已婚的少妇。国王要娶能用笑使玫瑰花绽放的少女做妻子，表面上看国王的目的是为了得到这样一个神奇的女子，看到她的笑是如何让玫瑰花绽放；事实上国王作为一个部落或者王国的主宰者,他有义务为农业的丰收做出努力。娶微笑公主更直接的目的很大程度上只是为了农业物产的丰腴。普罗普甚至还指出,"现在婚姻已经获得了显著的祭祀意义,它与传统的笑相接近,并与之组成同一个整体"。[11]在此普罗普将笑在农业生产上的作用延伸到婚姻仪式中,"于是婚姻和笑就成了增产手段",[12]古代的雅库特人就崇拜主管分娩的女神耶赫希特,她总是用笑来帮助女性分娩成功。

当然,我们还应该注意到的是,不笑公主、丰收女神和分娩女神都是同一个性别——女性,这在说明女性能够给予生命的同时,也暴露了氏族部落中对女性生殖的崇拜。但普罗普认为,尽管公主和得墨忒尔具有相同的特征——不笑,但不能直接证明她们与任何直系亲属的关系。而即使不与丰收女神相比,公主固有的农业生产特征也是十分明显的。关于公主的农业特征是一个独特的母题而不仅仅是单独故事的一个情节。例如一位漂亮的公主在地下熟睡,疗伤的水沿着她的四肢缓缓流淌,她的身体供给了大地丰富的水分,因此大地上的植物才会蓬勃生长,"这也许就是关于大地女神特点的最好的历史阐释。"[13]而另外一个关于青蛙公主的故事更是神奇,青蛙公主在婚礼上翩翩起舞,她跳的轻盈而美丽,给参加婚礼的人带来了欢笑,当她挥挥右手就出现了整片的森林和流淌的水,挥挥左手就有各种鸟儿在森林中快乐地飞翔。公主作为森林、湖泊、动物和植物的创造者,她的创造给人们带来了欢娱。而在《黎明仙女》的故事中,主人公的父亲是一位有着奇怪特征的国王,他的右眼总是闪耀着喜悦的神色,而他的左眼却总是流着悲伤的眼泪。虽然大家都奇怪这件事,但却没人敢问,当他的小儿子冒着挨打的危险,一次次问他原因的时候,他的左眼一点点地好了起来。国王最终告诉小儿子眼睛出现这个特征的原因。右眼因为看见儿子们一天天长大,所以闪烁着喜悦;左眼由于害怕儿子们不能平安地治理国家而悲伤。但如果你能拿来黎明仙女的泉水为我冲洗眼睛,我就会彻底的好转。为此,皮特鲁历经千险找到了黎明仙女,并将她娶为妻子。在故事情节发展的过程中,出现当黎明仙女听到连太阳也不能带来不速之客的信息时,她命令仙女们再也不准微笑,花儿不散发芳香,微风不许再吹,流动的泉水必须

---

11 Пропп В.Я.Проблема комизма и смеха. Ритуальный смех в фольклоре. Лабиринт. М., 1999.第 243 页。

12 赵晓彬著,《普罗普民俗学思想研究》,黑龙江人民出版社,2007 年,第 176 页。

13 赵晓彬著,《普罗普民俗学思想研究》,黑龙江人民出版社,2007 年,第 178 页。

停下来。而当黎明仙女了解到皮特鲁是一位勇士的时候，她开始愉快地微笑，空气中重新散发着花香，清泉欢快地流淌，微风也唱起歌来。最后当然是勇士皮特鲁和绝美的黎明仙女在自己王国的土地上举行了婚礼。黎明仙女在这里是一种平安幸福的象征，她能够给予国王喜悦，同时也能制约世间万物的生长和运行。

普罗普认为游牧业衰落之后，笑随着农业的发展被赋予了唤起生命的力量，这里似乎已经不仅仅是植物的生命，甚至包括水、动物和一切自然现象的生命。赵晓彬认为生命的实现形式分为两个方面，第一方面是两性以外的生命创造，主要借助于女神和公主的笑，她们完全不需要伴侣的配合，大地就会复苏，花儿就会开放，鸟儿就会飞翔。另一方面则是将笑、耕种和伴侣结合为一个整体。主人公和公主缔结良缘，青蛙公主在婚礼上跳舞，国王要娶能用笑让玫瑰花盛开的漂亮女孩。但或许还有另外一个方面，即来自于对分娩的崇拜，分娩女神的笑声反映出收获的喜悦。

值得关注的是，在中国图腾中虽然有对母系氏族生殖崇拜的记录，但我们主管农业的神却是蛇首人身的老头——神农氏。难道正像普罗普所认为的亚洲文明是发展程度较高的原因吗？还是普罗普的理论根本就不具有普遍适用性？事实上，在中国的神话中主管生命创造的神——女娲也是女性，而在佛教中以女儿身出现的观音更是给予生命、超脱生命的掌控者。所以，神农氏只是一个种植的神、丰收的神，而真正意义上给予生命的仍然是女性的化身。显然，中国神话中主管农业的神和主管生命的神是分开的，普罗普的理论在这一点上还具有一定的狭隘性。但仅因为这一点就否定了笑对农业的价值显然很草率。

普罗普将"笑"作为一个神奇故事母题放在社会发展中与生命特征的相对应进行研究，在历史上是开先河之举。尽管普罗普一再强调自己的研究是在尽量搜集一切资料基础上的归纳性研究，抛弃了抽象理论的演绎，但通过分析我们依然能看到其研究存在一定的不足之处，而笑是否只能在农业生产中找到生命的表征？在农业生产作为主业之前的狩猎生活中，"笑"是否也有着重要的象征意义？对此，普罗普只是说在捕捉到猎物的时候，氏族成员会用笑进行庆祝，也许这恰恰是普罗普没有涉及的地方。正如他认为哭泣作为和笑同等重要的一种生命特征没有得到足够的重视一样，普罗普对笑的理论研究也只能是一个开始，而完全不是终结。值得肯定的是，这个开始打破了人们一贯坚持的逻辑分析，在另一个层面上拓展开一片丰腴的土地，等待后来人不断去开垦。

第三节 "不笑公主"与宗教观念

普罗普在分析其所搜集的有关"笑"的一切资料后，认为很多资料是从世界各民族的民俗、仪式、文化和神话资源中取得的，而这些宗教和礼仪很可能和那个时代的社会关系有关。因此不得不考虑礼仪、宗教信仰、神话、游戏等因素，而只有这样才能摆脱对笑的哲学抽象意义的空想和猜测。在对神奇故事母题进行探源式研究的过程中，普罗普曾提到过神奇故事的母题主要来自两个方面：一是社会制度，主要体现为社会法规；二是宗教观念，主要体现为宗教仪式。普罗普认为只有在能体现原始初民思维的社会法规和宗教仪式中才能真正获得影响神奇故事起源的那些历史往昔。尽管"不笑公主"的母题在他看来是一个特殊的形式，但是仍然不可能避开历史往昔的影响，因此他也关注了宗教观念与"笑"的母题的关系。

普罗普认为早期的宗教观念是严肃的，"宗教领域与笑的领域是互相排斥的"。[14]其原因在于，宗教的观念和仪式总是具有严肃的性质。宗教作为一种信仰的存在，使人类在现实中承受着巨大的痛苦，这些痛苦来自于孤独和恐惧，但现实生活非但不能消除这些痛苦，作为痛苦的来源会越发增重它的砝码。于是宗教观念的形成在于解除人类现实生活的痛苦，寄希望于未来；或者告诉人们将所受之苦看作是必须的修行，是进入天堂的必经之路，中世纪文学家但丁的《神曲》中就有关于天堂、炼狱、地域的描述。再者，对于真正信仰宗教的人，他们并不把对来世或者死后虚无缥缈认为是可笑的东西，反而是非常认真地假定其真实存在，所以现世的修行就变得尤为重要和严肃。从某种角度上说，宗教观念总是告诫人们要以苦为乐，而宗教信仰也总是被看作是严肃而不容被亵渎的事情。俄罗斯是一个几乎全民信仰东正教的国家，宗教的影响一直制约着文学、艺术发展的方向与步伐，尤其是在白银时代。所以在早期的俄罗斯书面作品中，笑和喜剧的原素是无法找到的，这和东正教对俄罗斯社会的影响有关，因为笑总是和那种巨大的、真正的痛

---

14 ［俄］弗·雅·普罗普，杜书瀛译，《滑稽与笑的问题》，辽宁教育出版社，1998年，第18页。

苦水火不容。

在"不笑公主"的故事中，公主不笑的原因并没有被阐明，但故事中叙述到公主游逛了九天并酣睡了九天。我们没有证据说明不笑公主就是得墨忒尔的女儿，但游逛是否意味着对人间的体验？酣睡是否象征着安静的思考？不笑公主是否就是神在人间的化身？耶稣基督作为神降临在人间的肉身，也是来体验人类的生活，消除人类的痛苦，最后他被钉在了十字架上，用自己的肉身承担了人类的所有苦难，而不笑公主也在十八天后没有了笑容。其次，耶稣基督是圣女玛利亚以处子之身诞下的婴儿，而丰收女神也没有自己的丈夫，不笑公主也是一个未出嫁的女孩，尽管神奇故事中公主和逗笑自己的主人公缔结良缘。再次，耶稣的肉身换回了人类现世生活的平静，公主的笑能让春回大地。在这三点上，神奇故事与宗教观念都有着如此的相似。

普罗普在分析关于主体会笑或者不笑的原因时，曾指出"有一种人是深沉的、严肃的，他们不笑不是因为心肠冷酷，恰恰相反，是由于他们的精神或思想的高度系统所致"[15]。就此，他借用 А·И·伊万诺夫的故事加以证明，有一天 А·И·伊万诺夫受邀阅读一个人给他带来的精彩的漫画，他仔细的翻着每一页的漫画并长久地端详着，之后突然抬头对画漫画的人说："耶稣从来都不笑"，А·И·伊万诺夫说这话的时候，他的画作《耶稣显灵》即将完成。屠格涅夫就这件事认为 А·И·伊万诺夫是一个对与艺术、道德和哲学有关问题之外的文学和政治并不感兴趣的画家。普罗普对屠格涅夫这种评价的阐释是：正是这样一个在道德和哲学等精神领域有着很高追求的画家，才能面对可笑的东西而不笑，因为他们只在乎精神世界的高尚与否。在此，普罗普将精神世界的高尚与严肃相对应，与喜剧性引起的笑相对立，指出在另一个角度上普罗普恰恰赞同了其曾经反对的将悲剧作为喜剧对立面的研究，因为悲剧确实是一种严肃的、反应高尚精神的艺术形式。

但普罗普也举出了相反的例子。他认为，尽管宗教的仪式要求不苟言笑的肃静，尽管基督教是否定一切笑和娱乐的禁欲主义信仰，但人们在欢度宗教的一些仪式中却总是报以欢笑，例如圣诞节、谢肉节等。而对于神话中关于酒神的描述和对酒神的祭祀，也多是带有微笑的。这些相反的例证是否说明宗教也存在不严肃的形式？普罗普的解释是，对有关耶稣的节日的庆祝报以欢笑是

15　[俄] 弗·雅·普罗普，杜书瀛译，《滑稽与笑的问题》，辽宁教育出版社，1998年，第18页。

因为这些节日来自异教。这个解释似乎有些牵强，更为客观的解释是这些节日已经变成了民俗，并在很大程度上已经脱离了宗教的意义。例如中国的端午节，本意是祭奠含恨投江的英雄屈原，应该在这一天保持严肃和恭敬，当今却成了人们组织赛龙舟、登山等的由头。人们祭奠着英雄、保持着道德信仰的同时，也享受着其中的快乐。虽然这个节日并非来自宗教，却和基督教的谢肉节一样来自于对信仰的祭祀。

通过以上对普罗普学术思想的解读，可以试着得出这样的结论：当宗教被作为一种真正信仰的时候总是严肃的，与笑和娱乐活动是不相容的；而当宗教中的重要时日变成一种民俗节日，宗教仪式演变为民间活动，笑也就被宗教所允许。

第四节 "不笑公主"与生死观解读

"不笑公主"的神奇故事母题的确是一个特殊而复杂的问题。它不但和农业生产、宗教观念有关。同时它还与原始初民的生死观念有一定联系，笑被看成是生与死的界限，所以笑总是能够穿越生死，在一些仪式中具有起死回生的作用。

一、笑——生与死的界限

死亡是人在心理上最恐惧的事情，在神学思想中，尽管死后的灵魂一半进入和美温馨的天堂，另一半被打入聚集牛鬼蛇神的地狱，但人在生前并不知道死后能进入天堂还是地域。大多数情况下活着的人面对另一个界的想象总是阴森、恐怖、寒冷、肮脏的景象，在那样的环境中人性被认作是一种扭曲的存在，因此在心理上对活人的暗示就是要尽最大可能地避开死亡。当然，并非所有人都惧怕死亡，而或是惧怕也会有人因好奇而期待在活着的时候感受另外一个世界的状况，但大多愿意前往死者世界体验的是因为对亲朋要友的怀念。

例如当活着的人进入死去的人的世界时，必须是严肃的。在中国的很多传说中总是将处在地狱的冥国世界描写的阴森恐怖，而天堂总是温馨祥和的。布满阴气的原因可能是在那个世界中没有笑声，所以当一些被看作是迷信的仪式中，那些通灵的大师总是告诫活着的人进入死者世界的时候，不管遇见什么或看见什么，都不能发出笑声或恐惧的叫声，否则就会被冥国的人认出，从此不能再返回人间。普罗普对此早有认识，他曾写到"进入死人王国的活人应该隐瞒自己是活人，否则就会作为逾越了被禁止的界限的有罪之人而引起这个王国居民的愤怒。一旦他笑出来就会暴露自己是活人。"[16]由此可见，世界上各民族都将"笑"作为一种生与死的界限。在俄罗斯故事中，捍卫通往另一个王国的老太太雅佳对人说，"小心，老兄！来到木屋时可不要笑"。在科米亚人的故事中也出现过关于这样母题的情节描述，当姐弟俩走到一个小木屋前的时候姐姐和弟弟说，"我们进去吧，但是千万不要笑，否则我们就成了傻瓜，如果想笑，就要坚持着把嘴巴闭紧，一旦笑出声来，老妖婆就会抓住我们。"对笑的禁止直到现在都还一直保留着。葬礼是对死者最重要的追悼和祭祀，参加葬礼的人未必都是因为悲伤而不笑，很多人或许连死者生前的状况一无所知，走出举行仪式的殿堂可能就会欢快地说起有趣的事来，但是在举行仪式的过程中却是非常严肃的。不笑的原因主要在于两点：其一是出于尊重，对死者和死者亲属的尊重；其二是心理上认同在通往死亡的道路上笑是被禁止的。

但在这一点上也有一个例外，就是总是将活人引向死亡世界的魔鬼是笑的，例如《浮士德》中的靡菲斯特。首先对于魔鬼本性的解释有两点值得注意：第一魔鬼是贪图享乐、堕落败坏的天使，既然是享乐的，就是神话中酒神狄奥尼索斯走入极端的形象，而对狄奥尼索斯的祭祀既然是充满快乐的，那么魔鬼本身也一定是笑的，魔鬼总能不断满足和享受自己的欲望。第二，魔鬼是诡诈的，神是值得信任的，所以基督是严肃而被人尊重的，魔鬼是谎言之父，行事诡诈，善于欺骗，也正因为此被贬斥。但是魔鬼会因对手的上当而满足自身的欲望，所以魔鬼是笑的，这也就是为什么住在那个阴暗地狱中的魔鬼反而是笑的原因。而普罗普有着自己的解释，他认为耶稣基督之所以严肃地审视人间、从来不笑的原因是因为基督知道笑声意味着通向了死亡，通向魔鬼所在的地狱。

二、复活仪式中的笑

在"不笑公主"的神奇故事中，万物因公主的不笑生长，得墨忒尔的笑也使春回大地，万物复苏，生命因笑经历了从死到生的过程。实际上，笑具有创

---

16 Пропп В.Я.Проблема комизма и смеха. Ритуальный смех в фольклоре. Лабиринт. М.,1999.第 227 页。

造生命或给生命以创造力的意义还表现在古希腊罗马的早期氏族观念中，出现在某些部落的成年礼受礼仪式上。前面我们说过，成年礼是一个氏族部落接纳新成员最重要的仪式。在这个仪式中，成年的年轻人被关进造型类似野兽的木屋接受考验，年轻人甚至要接受断指、挨打等折磨，这些都是为了赋予年轻人新的生命。通过这个仪式的被考验者被接纳为氏族的成员，享受氏族的各项权利并获得结婚的权利。在原始氏族时期，这个仪式是非常严格的，当年轻人经过了这个考验，氏族的所有成员都必须笑着迎接，这表示年轻人从死亡中获得了新的生命，笑也就具有了复活的意义。这也许就是在复活节的时候，一些信奉天主教的国家为什么教堂中总是传出笑声而不是保持严肃的原因。尽管在古代的很多仪式中笑是被禁止的，在一些成年礼的仪式中也存在禁止笑的规定，这也和生死挂钩。

关于死亡的仪式，普罗普还列举了鲍阿斯在研究关于科瓦基乌特部落的社会组织秘密同盟时提到过被禁止笑。这个部落在其举行仪式的过程中，被献祭的人是禁止笑的，表明尊重和死亡，但是在仪式的最后一个阶段，人们却要努力逗笑年轻人，这是非常有趣的。年轻人一个挨着一个站着，这时一个穿着和举止都仿效成年男人的年轻姑娘出现在他们面前，她手中拿着用鱼骨磨制的尖锐的矛和燃烧着的火把从每一个年轻人面前经过。在经过的时候，如果谁都没有笑，那么她就坚持着走过每一个人，而如果有人忍不住笑出声来，姑娘就不再走下去了，而是高兴离开，而那个笑出声来的年轻人会得不到礼物。这个故事可以做这样的解读，年轻人是活着的人，他们站成排接受女扮男装检验，是在死亡王国中接受考验，倘若谁也没有笑，那么他们就是安全地逃脱了危险，而笑出声来的人就是在死亡王国中被认出的人，他没有经过考验且得不到礼物，也不能被接纳为氏族成员并享有氏族成员的权利。整个献祭的仪式就是模仿死亡的过程，这个仪式再次证明了死亡王国是禁止笑的。而在中国蒙古族和满族信仰的萨满教中，当萨满巫师做法术的时候，他是绝对不会笑的，这代表他和灵界是相通的，而当他突然笑起来，就暴露了他是一个活人。著名哲学直觉主义大师柏格森也曾经认为"笑是附着在活人身上的机械性动作"。

总体而言，死亡世界是禁止笑的，活人的世界却要时刻伴随着笑声。俗语讲"笑一笑，十年少"，因为笑可以延缓通往死亡的时间，婴儿的第一个笑容总是能使母亲感到欣慰和幸福。前面我们也说过成年礼最后环节——笑的意义，这种类似的情节在神奇故事中有很多。例如在愉快的节日里，两个罗马青年的额头被尖利刀子划伤，鲜红的血滴在准备好的绸缎上，象征着他们被打死，然后重新获得生命，在这个时候他们是笑的，因为他们拥有了生命。再如雅库茨克的神话中关于萨满女人唤醒死者灵魂，让死者起死回生的时候会唱诗一般地念叨："如果允许我唤醒死者的生命，如果让我挽回人的活着的灵魂，请穿越三道笑的门槛吧"[17]。萨尔丁尼亚民族的杀翁习俗中有这样的场景，当老人被杀死后，人们会发出大声的笑。在他们看来，杀死老人不是残忍的行为，而是让老人获得了新生，正是这样一种对起死回生的虔诚信仰，让即将被杀的老人乐意赴死。

按照普罗普所认为的神奇故事根源于原始思维的观点，故事中笑的母题也能在原始思维中找到相对应的阐释，氏族部落的成年礼仪式突出表现了笑的生死观念。如果说生死之间是存在界限的，那么笑就是判别生死的重要生命特征。死后的人没有生命所以不能笑，如果活人进入死人的世界并违反规定地笑了起来就会被抓出来，而在活人的世界中如果不笑就是死气沉沉的。在古希腊、罗马的神话中，创造世界的女神总是微笑着的，黎明仙女也总是在温馨的环境中含笑酣睡。故而普罗普写道："这样一来，我们就可以发现，神是笑着创造世界的，或者说，神的笑能创造世界"[18]。

第五节　滑稽与笑的问题

普罗普关于笑的问题的研究始于对神奇故事"不笑公主"母题的关注，但是真正体现其喜剧理论的却是另一本专著《滑稽与笑的问题》。普罗普在这本书开篇就提出了研究的对象和方法论问题，关于此在第三章中已经详细论述过。普罗普指出在这本书中最主要探讨了关于笑的分类问题以及笑与人类的关系。他将这本书定位于文艺学著作，却基本上从人类学角度对喜剧进行了研究，或者说这是"一部以文学创作为主，部分以民间创作和民族志的材料为基础写作的独具特色的文艺学著作"[19]。

---

17 Пропп В.Я.Проблема комизма и смеха. Ритуальный смех в фольклоре.Лабиринт. М.,1999.第 235 页。

18 Пропп В.Я.Проблема комизма и смеха. Ритуальный смех в фольклоре.Лабиринт. М.,1999.第 236 页。

19 赵晓彬著，《普罗普民俗学思想研究》，黑龙江人民出版社，2007 年，第 34 页。

一、滑稽是引起笑的重要原因

在前面章节中已经详细分析了笑作为一种人类独有的生命特征所体现的社会文化特性。尽管如此，我们还是不能准确把握什么笑？笑的类别如何划分？文学作品中的喜剧性和笑有什么关系？笑的主客体分别是谁？诸多对普罗普的喜剧美学理论有着更多的期待。在写作《滑稽与笑的问题》之前，"不笑公主"的故事已经将普罗普的学术研究带入了笑的领域，但仍在很大程度上表现为对神奇故事母题的关注。当其进入《滑稽与笑的问题》这本书的写作时，已经基本上跳离了对神奇故事母题的关注，将"笑"从社会学和历史学层面上转入从经典作家作品中提炼关于滑稽的元素，来论证喜剧作为一种独立创作形式的具体特点。在对笑进行分类的时候，他首先指出，历史上经常将可笑和喜剧性分别论述，以在荒唐的程度上显示出喜剧的高雅与粗俗之分。普罗普十分反对这样的做法，他认为一切能引起笑的文学创作都来自于民间，是根本没有严格界限的。在这种情况下，普罗普干脆将二者合而为一进行论述，统称为"滑稽"。

在《滑稽与笑的问题》中，普罗普基本上完全否定地批判了以往研究者从哲学抽象性基础上对喜剧的定义，但他本人却并没有给出关于笑或者喜剧的定义，如果说有肯定的结论的话，大概是喜剧为来自民间广场上的创作。所以，我们有必要回忆"笑"究竟是什么？为什么在人类的世界中"笑"如此重要？

普罗普在《滑稽与笑的问题》开篇就曾谈到研究的对象，他认为在喜剧性与可笑之间是没有明显界限的，所以要统称为"滑稽"。普罗普在这里用了"可笑"一词而不是笑，字面上理解"可笑"是针对引起主体笑的客体而言的，"笑"则是主体的生命特征。但看到书名是"滑稽与笑"，又不禁想到这是一本关于研究以人类为主体的生命特征为研究对象的著作。确定这个界限似乎有些迫不及待，因此有必要提出一个重要的问题——即滑稽与笑的区别。

所谓笑，很多人给过解释。最简短的一个解释——笑是人类生存的一种能力，已成为衡量身体健康一种正确有效的指示器。比起《大百科全书》，这个解释过于简短，也无法证明其为普适性定义。但它说明了一个问题，即"笑"是主体表现出来的一种生命特征，这种生命特征的表现需要客体的配合，人类无缘无故地傻笑的情况毕竟不多。而滑稽在古书中念"gǔji"，指谓能言善辩、言辞流利的表现形式，现在一般都指言语、动作或事态令人发笑。通过这个简短的定义可以知道，滑稽实际上是作为客体的表现形式，在古代专门指代人的言行，现代社会中还包含有事件或者事物所产生的令人感到好笑从而产生笑的样式。

所以滑稽可以被看作是审美范畴的一种。从审美对象说，它的特征包含某种丑的因素，但丑的分量远还不能构成对主体的威胁或压力，相对而言是无足轻重的，是不屑一顾的；从审美经验角度来说，滑稽引起主体的嘲笑表明主体对这种丑的形式背后有关的客观规律性达到了清醒地认识，自信能够制服丑的冷静理智在态度中占了优势。除了这些共同方面以外，不同类型的滑稽或喜剧性在性质上有很大差异，主体对审美对象的情感态度可以很不相同，甚至绝然相反，可以是仇恨、鄙弃，可以是惋惜、同情，甚至还可以是钦佩、赞赏。滑稽作为一种审美现象是古已有之的，它一直和美学中的喜剧传统相关联。早在我国汉代司马迁的《史记·滑稽列传》中就指出："谈言微中，亦可以解纷。"《索隐》对之解释道："滑，乱也；稽，同也。言辩捷之人言非若是，说是若非，言能乱异同也。"我国古代喜剧正是从俳优、滑稽戏发展起来的，西方最早的喜剧——古希腊的喜剧也是在民间滑稽表演基础上发展起来的，故而历来的美学家多以喜剧为研究滑稽的材料。有的以喜剧包含滑稽，也有的以滑稽来包容喜剧。[20]以上的阐释是对滑稽最为普遍的认识。由此可见，滑稽是对于与"美"相对立的"丑"的表现，这种表现违背了人的认识要求，所以产生"可笑"的结果。滑稽在作为"审美范畴"被研究的情况下，与喜剧和可笑是相关联的，普罗普就是将"滑稽"作为独立审美范畴进行研究的实践者。

但滑稽并不等同于笑，滑稽是引起笑的重要原因，这是如何分配主客体的问题，"可笑"可以等同于"好笑"、"能够引起笑"，但与作为生命特征的"笑"毕竟不一致。普罗普将书名定为《滑稽与笑的问题》，那么从滑稽的角度上讲他关注的是能够引起"笑"的客体的表现形式；而从"笑"的定义上看，这又是一个关于主体生命特征的考察。所以，在我们分析完"滑稽"的定义后，必须同时了解"笑"的含义。当我们对滑稽和笑的定义分别进行研究，以及对《滑稽与笑的问题》进行文本阅读之后，我们无法确定地将普罗普的研究对象同一化为"滑稽"，而这本著作之所以名定为"комизма и смеха"，就不是仅仅对于"滑稽"的研究。但在更多的时候，并不能将"滑稽"与"笑"确切地分开，

---

20 http://baike.baidu.com/view/50574.htm.

因为这本身就是针对一个问题在两个方向上的解释，因此以下研究我们所使用的词汇会在"滑稽"与"笑"之间摆渡。

二、笑的含义

关于笑的含义，不在普罗普喜剧美学理论的探讨范围内，因为他早就说过，哲学的抽象性研究是没有意义的。当带着浓厚兴趣读完这本富有趣味的小册子时，我们可以欣赏普罗普的大胆和创新，却没有理由反对以往研究者的错误。科学研究本来就是在切蛋糕，研究者选择的角度不同，得出的结论也各有所长。

首先进行说明的是对笑产生的客观解释。法国学者让·诺安在《笑的历史》中对笑的产生和发展史有着全面地研究。在国际上几百种研究笑的著作中，这是为数不多被翻译成中文的著作。在这本著作中，让·诺安首先说明霍布斯、斯宾诺莎、康德、叔本华、达尔文、亚历山大·本、斯宾塞、黑格尔都对笑的问题显示出极大的兴趣，也都在各自认识的角度上对"笑"进行了具有真知灼见的研究，但他们的研究却没有任何相同性。让·诺安首先关注的是一位不带有任何个人主义的功利色彩、一丝不苟地对笑的产生进行了外科医生般的解析，即笛卡尔对笑的定义异常精细，"笑是这样发生的：血液从左心室经过动脉血管流出，造成肺部突然膨胀，反复多次地迫使血液中的空气猛烈地从肺部呼出，由此产生一种响亮而含糊不清的嗓音；同时，膨胀的肺部一边排出空气，一边运动了根隔膜、胸部和喉部的全体肌肉，并由此再使与之相联的脸部肌肉发生运动。就是这种脸部动作，再加上前述的响亮而含混的嗓音，便构成了人们所谓的笑。"[21]人生来就会笑，甚至可以说每笑一声，从面部到腹部约有 80 块肌肉参与运动，可见对笑进行生理分析是如此必要的。

人类生理机能的作用是否真如笛卡尔所说的如此运动，这个估计在医学上也不是一个容易解决的问题。又或许医学作为治疗人体机能病变和缺陷的学科，只是对产生不会笑的原因感兴趣，而对怎样产生笑感兴趣。历史传说中或许出现过无论如何也不会笑的人，但至今尚未听说有病人走进外科手术室的原因是自己身体没有笑的功能。法国的一名医生泰奥弗拉斯特·勒诺多却非

---

21 转引自［法］让·诺安，果永毅、钟燕萍译，《笑的历史》，人民日报出版社，2009
　年，第 24 页。

常肯定地说，笑是一种呼吸现象，与打喷嚏极其相似。而另一位医生罗克尔则补充到，"在笑声中，还存在着某种惬意的膨胀作用，如果从生理学和心理学的角度综合分析，笑是一种嬉戏、一种呼吸运动、一种生理与心理上的喜形于色"。让·诺安认为这个解释是如此的精美绝伦地说出了关于笑产生的一切含义，因为在希腊语中笑写作"gelao"，这个词本身是"照耀"的含义，在精神和身体上呈现欢娱和兴奋。或许这就是为什么笑最能感染人，也最能吸引人的原因。

普罗普曾坚决反对哲学家们使用演绎法对"笑"进行抽象性论述，但笛卡尔的论述可以说完全超出了普罗普的思考范围，或者说完全不在他思考的范围内。普罗普研究的是笑作为人类生命特征与社会历史的相关性，而对于笑的产生只是在分析引起笑的客体与主体时做了简单阐述，像笛卡尔这样对笑产生的物理原理进行动力学解剖的做法是他所避免谈到的问题。而这个问题在斯宾诺莎那儿却"使用定理与编码的方法，赋予笛卡尔的分析以极为精确的形式，使之发展到登峰造极的程度。"[22]使用物理动力学研究笑的产生，或者把笑看作人身体一种自然活动的学者还有《物种起源》的作者达尔文。在通过对猴子的笑、孩子的笑、白痴的笑、成年的笑、印度人的笑、马来人的笑等等发生在各类人和类人动物身上的笑进行分析后，得出一个结论——即滑稽的思想可以产生类似肉体呵痒的精神呵痒作用。但随即他就补充到，肉体的呵痒是由于出乎意料的身体碰触，精神呵痒要想产生类似的作用也必须是一件突如其来或者神秘的思想，而这一思想又刚好与一连串的普通思想相连接，于是就产生了一件滑稽的事件，随即引起了人的精神呵痒，产生了笑的现象。[23]达尔文的论述从笛卡尔单纯的物理动力学渗透到人类心理学和精神学层面，在他看来笑不仅仅是身体机理运动的产物，更多是精神上所感受到的思想与认识中的思想突然呈现出鲜明的对比，突然感受的东西是被认识未接纳过的，在这时候两者相遇，出现了认识上的断层，从而导致了精神的再认识，于是出现了可笑的事件。但必须提醒的是，这个断层的再认识不是逐渐产生的，而是一个突如其来的意外，只有突然在精神上给予超越自身认识保持的轨道、但又与自

22　[法]让·诺安，果永毅、钟燕萍译，《笑的历史》，人民日报出版社，2009年，第24页。

23　[法]让·诺安，果永毅、钟燕萍译，《笑的历史》，人民日报出版社，2009年，第27页。

身认识衔接的时候，才能产生所谓的笑。因为在达尔文看来，"精神上的意外呵痒作用引起胸部肌肉和横膈膜的短促收缩和痉挛性颤动"，"同时伴有下颌的抖动，发出一种特殊的、不断重复的声音"[24]。这时人们就会笑得直不起腰来，或许还伴有四肢的动作，比如鼓掌和跺脚。在前面的论述中曾经提到基督是从来不笑的，而且宗教被看成是一件严肃的事情，但《圣经》中也并非完全杜绝了笑，亚伯拉罕90岁的妻子撒拉在得知自己还能再生一个儿子的时候窃笑起来。这个笑是因为觉得这件事情是不可能发生的，因为一切生育条件都不具备的撒拉怎么孕育生命呢？但是神耶和华的能力是无限的。这个"笑"表现出一个最基本的特征，即笑总是伴随着意外发生的。帕格森也认为，笑是一种对与自身不相容事物的反应。但这个定义的精准性值得考察，因为蔑视的表情同样会对这样的事情表示出友好，而蔑视毕竟不能完全等同于嘲笑或者冷笑，蔑视不是在所有时候都伴随着笑的产生。

亚里士多德在解释为什么哭的声音尖锐而笑的声音低沉时，认为喜悦总是促使身体的肌肉放松，在放松的情况下产生的笑没有足够的力量达到声音的高亢。当然，能够呈现自然或者美丽的笑的人，在身体上必须是健康的，否则身体上任何伤痛都只能造成肌肉和身体的紧张而不能得到轻松自然的笑。说到这还只是在生理学和心理学层面上绕圈子，但是笑最准确的定义是怎样的呢？当有人问让·诺安这个阅读过很多关于笑的著作、研究过众多关于笑的现象的学者却说不出唯一的答案。在他看来，给予笑一个确定的答案，就像是要求图书管理员确定哪一本书最好一样，是完全不可能的，因为图书本来就属于不同专业，对笑的定义也出于不同的切入点。正是在这一点上，不能说普罗普没有给笑一个准确的定义而直接研究有关笑的主体与客体、笑的社会起源与现实分类是错误的方法。不得不提出的一个问题是，在普罗普看来，笑的类型可以无限划分，他借用苏联电影喜剧理论家和历史家P·尤列涅夫对笑的划分，指出笑包括"欢乐的和忧伤的，和善的和愤怒的，聪明的和愚蠢的，高傲的和亲切的，宽厚的和谄媚的，鄙夷的和吃惊的，污辱的和赞许的，放肆的和畏怯的，友好的和敌视的，……"[25]等无数类型，这个清单可以无休止添加和延长。普罗普认为在对笑展开全面论述之前就对笑的种类问题进行分析是非

24 ［法］让·诺安，果永毅、钟燕萍译，《笑的历史》，人民日报出版社，2009年，第27页。

25 Р.Юренев,Советская кинокомедия(苏联的电影喜剧), М.,《Наука》, 1964, 第8页。

常必要的，因为"不同的笑是不同类型的电影喜剧情节所固有的，""但某些类型的笑同某些类型的滑稽有无联系"[26]则是一个需要深入探讨的问题。在他看来，喜剧之所以能引起笑是因为其中有不同类型的滑稽情节，而不是所有包含笑的故事都是喜剧性的。所以滑稽与笑是两个不同的范畴。尤列涅夫清单的确非常详细，却还是遗忘了一个和喜剧关系最密切的笑的类型——嘲笑。因为笑总是与各种各样的社会关系和人际关系相映照，喜剧在大多数情况下就是对上述关系的嘲笑，而笑与嘲笑本来就是大相径庭。嘲笑是笑的类型之一，也是喜剧表演中最重要的类型之一，嘲笑的对象就是社会关系或者人物的滑稽语言和行为。嘲笑是笑的一部分，滑稽是引起嘲笑的主要原因，滑稽与笑互为因果关系。

普罗普在论述关于"谁笑，谁不笑"的时候，提到过关于客观事物给予主体的精神或心理上突如其来的影响。在这一点上他阐释的范围更加广泛，他也提到"人的体力的、脑力的和道德的活动都可以成为生活中笑的对象"[27]。综上所述，达尔文的论述更注重笑的主体的精神感受，而普罗普更为关注客体为什么会引起主体的笑。正是在这一点上，决定了两者在研究滑稽的道路上走向了不同的目标。如果说在研究笑的问题上，笛卡尔是一位外科医生的话，那么达尔文就是一位精神学家，而普罗普更像是心理学家和人类学家。

第六节　普罗普与"笑"的哲学历程

滑稽或者说笑这个问题历来就是非常难于把握的，历经几个世纪的发展，至今没有哪个哲学家对于笑的阐释被公认为是正确而唯一的答案，尽管在《大百科全书》中用了长达 1.76 米的纵栏篇幅进行过详细阐释。正如同对"美"的研究一样，我们只能在300余种答案中找出一个或几个自认为贴切的，却不能确定那个答案就是对的。正是抱着各不相同的着眼点和研究方法，对滑稽课题的关注才显得饶有滋味。普罗普回顾了西方哲学史上关于滑稽与笑的理论的学术研究所走过的路，他将其定义为一条哲学的抽象之路。

26　［俄］弗·雅·普罗普，杜书瀛译，《滑稽与笑的问题》，辽宁教育出版社，1998年，第12页。

27　［俄］弗·雅·普罗普，杜书瀛译，《滑稽与笑的问题》，辽宁教育出版社，1998年，第13页。

在反驳列维—斯特劳斯的批评时，普罗普坚定地认为自己不是一个形式主义者，而是一位经验主义者。他主张在对研究的对象进行全面搜集资料后进行归纳性的分类化研究，并将这种研究与其历史生活联系在一起。正是出于这一点，他在研究"滑稽与笑的问题"时，反对以往研究者哲学层面上的抽象性演绎思维。可以说历史上对"笑"和"滑稽"问题的研究由来已久，从古希腊开始直到二十世纪的哲学几乎都没有断了这个话题，只是在中世纪和文艺复兴的初期笑的哲学研究显得有点冷清，但整体而言还是丰满的。因此梳理"笑"的研究哲学是一条艰难而漫长的路，如果将所有关于"笑"的著作和观点都列举完，恐怕是不可能的。鉴于此，将历史上对笑的研究分作两个部分进行解答是比较合理的，第一部分主要梳理十九世纪以前哲学家对笑的理解，第二部分则深入到现代哲学家的思想中，比对普罗普的研究找到各自的特点。

一、普罗普与古代哲学对"笑"的研究

关于引起笑的喜剧性进行研究的哲学家首先就是百科全书式的亚里士多德，他对于喜剧或者喜剧性的认识来自于古希腊喜剧家阿里斯多芬，但对喜剧的研究却始于对悲剧的研究，喜剧被看作是表现崇高和美的悲剧对立面。尽管如此，亚里士多德还是给"滑稽"做出了自己的定义——"滑稽的事物（令人发笑的事物）是某种错误或丑陋，不至于引起痛苦或伤害，现成的例子如滑稽面具，它又丑又怪，但不使人感到痛苦"[28]。通过这个定义可以明显看出亚里士多德把喜剧定义为与丑相联系的行为和事物，这在普罗普看来是抹杀了喜剧作为独立审美范畴的价值，开篇就遭到了否定。事实上，亚里士多德仅仅是将美与滑稽对立，并没有涉及任何关于审美范畴的论述，前面讲到滑稽的定义的时候提到"滑稽"就是一种包含着丑的审美范畴，因此普罗普有将美与审美混淆的嫌疑。众所周知，美是能够使人们感到愉悦的一切事物，它包括客观存在和主观存在两个方面。美之所以对个人的意义和界限不同是因为主体所携带的评判标准不同，这就进入了审美的范畴。所谓审美是人类掌握世界的一种特殊形式，指人与世界（社会和自然）形成一种无功利的、形象的和情感的关系状态。审美是在理智与情感、主观与客观的具体统一上追求真理、追求发展，对一切事物的美丑做出评判的过程。

28　［古希腊］亚里士多德著《诗学》。

1. 文艺复兴之前的"笑"

尽管亚里士多德没有将喜剧作为一个独立而特殊的文体形式展开研究，只是发表对悲剧的崇高和美的认识，但其也并没有将喜剧排斥在审美范畴之外，或者可以说亚里士多德只是将悲剧和喜剧放在同一个审美范畴中进行考察了。因此普罗普还是意识到了这一点，提出将喜剧作为一个独立的审美范畴来考虑。

既亚里士多德之后对"笑"的问题进行研究的是古罗马政治家、雄辩家和哲学家的西塞罗，他在《论演讲家》一书中说到"嘲弄你同伴的错误，借助夸张和讽刺，假装天真，揭露对手的愚蠢，这些都是逗笑的好方法"。[29]他认为最能令人发笑的是那些既不会引起听者强烈反感的对抗，也不会招致强烈同情心的顺从的那些主题。在他之后的一个世纪内只有一位古罗马的演讲家指出能使听众发笑是优秀演讲者的天赋所致。可见在古罗马时期对"笑"的研究已经不局限于对"喜剧性"本身的研究，从审美范畴的论述扩展到影响人的行动上，喜剧性被看作与人沟通的一种特殊交流方式，可以在愉悦的环境中拉近人际交往的距离，显然这是一个建议性的总结概念。古希腊、古罗马是西方哲学和文学艺术的源头，在此时期产生了很多优秀的学者，在他们的思想中闪烁出的智慧光芒是后学者至今无法超越的巅峰。但是对于"笑"这个理论的研究在那个时期却没有得到过多的重视，西塞罗和昆提利安之后的将近 1500 年的时间里对于"笑"的研究没有更为建设性的理论产生，尽管中世纪的哲学和艺术中并不缺少笑，但是对笑的哲学性探讨在这一时期基本绝迹，只是到了文艺复兴盛行的 16 世纪之后才又开始萌生了对"笑"进行研究的好奇心。

对"笑"的研究产生历史性影响的还是 18 世纪一位以研究古希腊哲学著名的学者普安斯纳·德西夫，他在《论笑的精神与生理原因》一书里记下了一场在法兰西学院院士德图什、孟德斯鸠和封特纳尔之间进行的相关争论。这场争论可以说是围绕笑产生的原因开始的，"战争"持续了几年时间，后来伏尔泰也卷了进来，最终并没有一个确定的结果出现，也就是说在这场战中谁也没有被说服，于是有关笑产生的原因仍然是各持己见。

普罗普如果生活在那个年代也一定会参加这个队伍。他曾列举了三个不

29　［古罗马］西塞罗著，王焕生译，《论演讲家》，中国政法大学出版社，2003 年，第 56 页。

同例子来说明笑产生的原因。第一个是演讲者不断用手驱赶落在他鼻尖上的苍蝇时引起了听众大笑；第二个是果戈里塑造的小说人物伊万·尼基福罗维奇由于身体太胖而挤不进想通过的门时引起哄堂大笑；第三个是舞台上表演的小丑从扛着的花园门中通过引起的大笑，这三种情况可以归为不同的原因引起的笑。他认为第一种笑的产生在于苍蝇的围绕作为一种物理因素掩盖了演讲者演讲内容所传递的精神因素，也就是说演讲者演讲的内容很可能因枯燥无味而不被观众喜欢，这时打断这个精神因素，转移听众注意力的情形恰恰暴露了演讲者的这个缺点，所以笑就产生了。普罗普将其定义为"精神的意图被毁灭"[30]。第二种中伊万·尼基福罗维奇肥胖的身体之所以能被卡在法院的大门上而引发笑，是因为其捏造了对好朋友的虚假"罪状"这个隐藏的意图被暴露，使读者看到了一个心胸狭窄、阴暗狡诈的卑鄙恶人。对这样的人本来应该采取痛恨的心理，但当观众看到的只是人物的肉体而不是完整的人时，人物意志的意图被毁灭，所以产生了笑。第三种相对来说是一个特别，花园的门本来是通过篱笆墙的通道，而在舞台上没有篱笆，门起到的作用被缩小，表明有形的生活现象后面隐藏着的是空无。这个现象使观众的认识被毁灭而产生了笑。勃兰克斯也曾说过，凡是完美的东西从来都不会引起笑的出现。

　　普罗普总结这三种笑的产生后得出这样的结论：这三种笑"都是由某些隐藏着的、起初很不明显的缺陷的突然暴露而引起的"，可见"笑是大自然对于人所固有的、隐藏着的、突然暴露出来的缺陷给我们的惩罚"[31]，但是能引起笑的却不是所有的或者非常大的缺陷，因为劣迹和残疾并不能引起笑，而是悲剧。普罗普的研究虽然涉及到对笑产生原因的探讨，却并没有像十八世纪的哲学家们一样用辩论的语言来驱使别人信服，因为他反对的正是这样的定义方式。正是在这一点上，普罗普认为自己是一个能在事实材料中找到共同规律而得出合理结论的经验主义者，而不是一个雄辩家。

　　2. 八位巨匠的"笑"

　　十八世纪之后，历史上对笑的研究就进入了八位巨匠时代，即前面我们提到的笛卡尔、斯宾诺萨、黑格尔、康德、叔本华、达尔文、斯宾塞、亚历山大·本

30　[俄] 弗·雅·普罗普，杜书瀛译，《滑稽与笑的问题》，辽宁教育出版社，1998年，第26页。

31　[俄] 弗·雅·普罗普，杜书瀛译，《滑稽与笑的问题》，辽宁教育出版社，1998年，第27页。

等。前面已经详细探讨过笛卡尔、斯宾诺莎和达尔文的思想，以下主要研究其余几位哲学家玉普罗普的思想对话。

在西方哲学史上，康德永远都是无法绕开的伟大思想者，他的批判性思想总是给人带来对灵魂最深程度上的叩问，对"笑"的研究虽然并不是其重点关注的对象，却依然是他所愿意涉及的领域。他认为笑来自于一种无法得到任何结果的意外期待，这个观点似乎和达尔文的"呵痒"理论极为相似，达尔文也认为笑产生于一件完全不在意料之中的事情。按照时间划分，可以说达尔文在很大程度上同意了康德的观点。但叔本华却对这个观点不以为然，他认为，期待结果的不能实现的确是引起笑的一个条件，但是仅仅是一种意外还是不能引起笑的产生，必须伴随一定的特殊条件，重要的是在康德的理论中没有确定出这些特殊的条件是什么。叔本华在其著作《作为意志和表象的世界》中这样写道，"笑不过是因为人们突然发现，在他所联想到的实际事物与某一概念之间缺乏一致性而导致的现象，笑恰恰是这种鲜明对比的表现"[32]。在他看来，笑是由于抽象的思维和一些对抽象思维可视的、现实的再现之间的不相符而造成的，而且这种不相符合所引起的笑必然是一种悲痛的笑，而不是喜悦的。叔本华的生命哲学是一种悲观主义的，因此他对于喜悦和幸福的看法有时也是消沉的。但对于笑他也曾经表现出矛盾的思想，在他的《生活哲学》中曾建议大家要用诙谐的性格来对待幸福，因为愉快对于人总是有益处的。

普罗普反对哲学家们对"笑"的抽象性解读，认为这是徒劳无功的工作，因为抽象性演绎不是从现实资料中分析得出的，不具有可实践的合理性，最终会指向失败，但他还是在一定程度上同意了叔本华对"笑"的阐释。他认为叔本华的理解只是说对了笑的一个方面而并非全部，而且还表现出一定的矛盾和错误。按照叔本华的理解，现实与抽象思维的不符合注定会产生悲苦的笑，对于这一点可以《安娜·卡列尼娜》中安娜的形象为例进行说明。按照托尔斯泰最初的构思是要写一个出身上流社会的已婚妇女失足的故事，但随着故事情节的展开，小说呈现给观众的安娜变成了一位品格高雅、敢于追求真爱与幸福的叛逆女性形象，安娜也因此成为世界文学中最具反抗精神的女性之一。托尔斯泰所塑造的安娜并不可笑，托尔斯泰的做法也并不好笑，此种例子多多。所以仅仅因抽象和现实的不符合就以为阐述了"笑"的全部本质是有欠考虑的。

32　[德]叔本华著，石冲白译，《作为意志和表象的世界》，商务印书馆，1982 年.

黑格尔曾在其《美学演讲录》中提到过关于"笑"的理论。无从考证黑格尔的观点是否存在对叔本华的批评，但他提出不能混淆滑稽与诙谐的概念。在黑格尔看来，滑稽只是因内容与形式、目的与手段之间对比而出现的，这些对比中产生的行为可能是愚蠢的、荒谬的、引人发笑的，但与诙谐本身毫不相关。普罗普认为在研究"笑"的理论时，形式与内容的问题应该早就被提出来了，但这个结论必须在事实材料之中找到可以依据的例证，而不是凭着黑格尔的凭空想象，对于黑格尔的批评似乎又回到了方法论的选择上。

普罗普之所以反对叔本华和黑格尔的思想，并不完全因为二者对"滑稽"与"笑"的本质和产生原因的界定问题，更为迫切的问题是二者对于喜剧内部归属的划定也存在着主观主义倾向。普罗普认为叔本华和黑格尔对于喜剧的理解缺乏资料的支持，因为他们自己所处的那个阶级——资产阶级美学唯心思想中很难确定喜剧的性质，所以喜剧在他们那被迫成为了高雅和粗俗的。他通过对大量资料的研究后认为，一切的喜剧元素都是来自于民间的口头创作，只是有些被幸运地搬进了剧院，披上了华丽的外衣；有些则流落于市井，仍然被广大的民众传诵。就其根源来说，任何喜剧都起源于粗俗，又何来高雅？普罗普在此又一次嘲笑了演绎法的无知与错误。

二、普罗普与现代哲学对"笑"的研究

古代哲学家在"笑"的研究上做出了自己的努力，但最终对笑及其产生的原因都没有得出明确答案，或许那个固定的答案根本就不存在。进入十九世纪，一些天才型的哲学家对"笑"的问题产生了浓厚兴趣，波德莱尔、柏格森、夏克尔以及精神病医生弗洛伊德都从不同角度展开了对"笑"翻来覆去地研究，也许这些论述并不为大多数人所知，也或许只是他们的一时兴趣，但哲学家思维的缜密性本身就可以将兴趣上升为一种研究，并对后人产生启示性作用。当然，随之而来的还有不断涌现的疑问，也就为普罗普日后被纠缠和批驳留下了依据。

相对于古代哲学家来说，现代哲学家的思考范围更严密而广阔，并由对"笑"的生理解剖转向了心理探究，这其中最有影响的就是柏格森，他在《生活与舞台中的笑》一书中提出了卓有成效的见解。他伟大的论点是将人类认定为唯一拥有笑的权利的主体，而滑稽是人类独有的特性。即使一个奇怪的事物

能够引起笑，那也并非事物本身的功劳，而是因为他的外形是人类赋予的，事物会因为携带着人类的精神而产生滑稽。离开了人性的存在，滑稽也就成了虚无。他指出，"一旦涉及到个人的精神因素的时候，他的每种身体现象都是滑稽的"[33]。普罗普直接继承并引用了柏格森的观点，认为"喜剧性始终直接地或间接地同人联系着"[34]。在他看来，柏格森的思想是卓有成效的，是值得相信的，但是也并不完善，应该做一些必要的补充。普罗普认为尽管柏格森已经将这个问题推进了一步，但仍然只是在生物学层面的探讨，并没有找到笑的历史根基，缺乏对笑的历史秩序的认识。依据柏格森的理解，只要是和人的精神存在必要性联系的事物或者行为就会引起笑，事物与人类精神的联系作为必要条件一定会产生一个规律性的结果。普罗普认为这个观点只认识到了笑的客体而忽视了笑的主体作用，不是每一个人面对戴礼帽的猴子都会笑，如果人的心情是悲伤的，再伟大的小丑都很难逗笑他。人是复杂的动物，他的心情不会一成不变，对于这一点是柏格森的疏忽。所以，为了修正柏格森的理论，普罗普主张对滑稽的客观性和主观性同时进行研究，才能准确地把握滑稽的本质。这就完全需要注意到人具有自然性，同时也具有社会性，而往往在现实生活中社会性总是占据着关键的位置，在社会历史中人对事物的认识是不断发展的，亚里斯多芬喜剧的成功之处就在于它依赖古希腊的社会条件，而不是之后的喜剧条件。另外，笑的主观性还取决于民族或个人性格或者职业的限制，当我看到印第安人涂着五颜六色的脸跳奇怪舞蹈时会笑，但在印第安人看来这是神圣的；当有些人看到萨满巫师装神弄鬼的祈天会笑，但是对虔诚信仰的人来说却是严肃的；老师是不善于笑的，《套中人》中别里科夫从来不笑。总而言之，普罗普肯定地认为柏格森的理论还是抓住了笑的规律，也依然存在着局限和不足，产生的原因就在于没有注重社会历史的分析，而只是针对一种现象的逻辑推理。

当然，他还不赞同将这个观点创始人的桂冠授予柏格森，而是认为在柏格森得出这个结论的五十年前，车尔尼雪夫斯基就说过无机界和植物界没有喜剧的论断。在他看来，谁都知道美丽的景色可能让人心旷神怡、赏心悦目，但

---

33 Пропп В.Я. Природа комического у Гоголя(публикация В.И. Ереминой)//русская литература.No1,1988.163 页.

34 ［俄］弗·雅·普罗普，杜书瀛译，《滑稽与笑的问题》，辽宁教育出版社，1998年，第21页。

绝不可能有笑的产生。普罗普认为这个观点是超前的，无机界与人类确实有着根本的区别，即人的精神因素——理智、意志和情感总是在影响着人的行为和认识。但是动物会引起笑吗？这是车尔尼雪夫斯基没有论述的问题。当我们看到动物园中的熊用厚重的臀部坐在地上、扬起下颌接住游客抛下的食物的时候，我们不是笑了吗？当我看见马戏团的猴子戴上礼帽的时候，我们不是笑了吗？当我们看见一只猴子的画面时，也许并不能感觉出有趣的东西，但是当旁边响起"你的大眼睛，明亮又闪烁"的歌曲时，我们不是笑了吗？但是为什么当我只是看到一只长颈鹿或者一只小猫的时候却不会笑呢？普罗普的结论是，只要是与人的精神相联系的任何事物，都有引起笑的可能，只是不能明确地划定在什么情况下事物与人的精神相联系在一起。而这些完全超出了车尔尼雪夫斯基给定的范围，所以对他的观点也应该做必要的修正。事实上，关于笑是与人类联系起来才具有的生命特征的理论来源还要更早，亚里士多德就已经提出，笑是所有的生物中只有人才具有的本领。

不管是柏格森还是车尔尼雪夫斯基，他们的共同之处在于肯定了笑与人类精神之间的关系。而柏格森更是认为，"笑是附着在活人身上的机械性动作"[35]。其实对于客体来说，引起笑的并非只是精神，主体更多注意的或许是他的肉体，比如当演讲者说到最动人的时候突然抑制不住打了个喷嚏的时候；或者一个身材矮胖、走路像企鹅的人，尽管他具有高尚的品格和无穷的智慧。所以在柏格森看来，"凡与精神有关而结果却把我们的注意力吸引到身体上去的事情都是滑稽的"[36]。这个观点与古代哲学家关于"内容与形式"的矛盾观点和笑产生于突然意外的观点有着直接的血缘关系。普罗普的重点不是要找到这些观点之间血脉相承的关系，重心在于指出他们的不足和错误——缺乏历史性分析。由此可见，普罗普所认为的"笑"既不完全取决于物质因素，也不是精神本身的单一作用，而是两者的结合，他指出"当在我们的仪式中人的行为的外在表现降低了内在思维或这一行为的内涵的时候，就会产生笑"[37]。总而言之，人的身体、精神和道德活动都可能是导致笑产生的原因。

---

35 ［法］让·诺安，果永毅、钟燕萍译，《笑的历史》，人民日报出版社，2009年，第35页。

36 ［法］柏格森著，徐继曾译，《笑》，北京十月文艺出版社2005年，第34页。

37 Пропп В.Я. Природа комического у Гоголя(публикация В.И. Ереминой)//русская литература.No1,1988.第165页.

　　滑稽本身的复杂性给人们提供了一个仁者见仁、智者见智的基础。无论是柏格森、车尔尼雪夫斯基或者普罗普，都不能完全敲定其理论的绝对正确性，尽管这些理论在实践中都有市场。关注更多哲学家对"笑"的研究结论，能更好地证明让·诺安的回答。笑至今没有一个固定的解释，但值得关注的是保尔·瓦莱里的理论具有特殊性，他认为笑与人类的精神似乎没有牵连，它的产生在于头脑对某一事物的拒绝思考，原因在于引起笑的事物超出了思维承受力，人在极力摆脱这种压力的情况下就产生了笑。波德莱尔在《美学管窥》中则认为"笑"是人类优越感的体现。在自然界中最类似于人的猴子从来不笑，是因为他们不认为自己比植物或其他动物高级，精神病院中的疯子总是会笑，因为他们夸大了自身的优越感。库尔达沃认为笑与人类的生理、体质有非常直接的关系。著名的喜剧表演艺术家夏尔利·卓别林认为，自己的表演总是能引起笑声不断的原因是由于一系列怪诞行为的连锁反应。精神分析学大师弗洛伊德认为，小丑之所以能引人发笑是因为他们费尽心机地让自己的举止夸张，这种夸张与实际的目的不相符合，这似乎又与"出乎意料"有所关联。阿尔塞纳·亚历山大曾说："怪诞，是因人发笑的夸张；荒诞，是引起恐惧的夸张"[38]。

　　通过对古代和现代哲学家的梳理，对"笑"的理解可以大致归列为以下几个方面：第一，笑是肌肉作用或呼吸作用的结果，持这一观点的学者以一个外科手术专家的身份对"笑"进行了生理解剖。第二，笑产生于丑陋、缺陷，是与美相对立的审美范畴，这一结论一直被沿用并得到了广泛地肯定。第三，笑产生于不相符合的事物，或者说是突然出现的意外，内容与形式的矛盾可以归为此类。这种观点主要集中在古代哲学思想中，延续到现代哲学中变成了怪诞、夸张。第四，笑产生于与人类精神因素相关联的事物，这种观点将笑定义为人类独有的生命特征，任何与人类无关的事物都不会产生笑。这种观点在现代哲学中比较盛行，属于心理学范畴。

　　普罗普对于以上种种关于"笑"的阐释都不完全赞同只能说他是在引用柏格森观点的同时延伸了自己的思考。也正是在评判以往对"笑"的哲学思考中，普罗普发现这些理论存在缺陷的共同原因，即没有从社会历史的角度观察和研究"笑"。他肯定地指出"笑"是人类特有的生命特征，但是在研究"笑"

---

38 转引自［法］让·诺安，果永毅、钟燕萍译，《笑的历史》，人民日报出版社，2009年，第38页。

的时候哲学家们只是看到了人作为自然体的存在，忽略了人作为社会成员的存在。从这一点上，柏格森只是研究了导致笑的客观原因，而忽略了主观因素。滑稽的效果在很大程度上还取决于主体因自己的传统和情绪而导致看待事物时所秉持的观点，所以当主体"一旦把视线转移到精神要素的外部现象中时，在肯定或否定内在内容或显露它的贫乏时，人们就会发出笑"[39]。

研究普罗普学术思想的学者中有些认为，普罗普是在梳理历代哲学家对"笑"研究的基础上提出了自己的理论观点。普罗普对"笑"的研究尽管走入了一个全新的领域，但依然延续了其故事学思想研究的方法论。他并没有梳理整个"笑"的哲学研究史，而只是重点针对几个哲学家的关键性思想提出了相应的阐释和辨析。以此出发《滑稽与笑的问题》比让·诺安的《笑的历史》更具有美学意义和理论参考价值。

第七节　嘲笑与滑稽的类型

普罗普之所以反对哲学家对滑稽问题的抽象演绎，是为在了解产生笑的原因基础上对笑进行有效分类。通过上述分析，可知普罗普认为笑的产生主要基于两方面原因：其一是客观因素在起作用，即引起笑的客体。但是这个客体又必须与人的精神相关联，无机界、植物界和动物界本身完全没有笑的存在。其二，是主观因素的限定，即人的意志、观念、心情、思想等等。所以滑稽必须是客观因素和主观因素同时作用才能完成。对笑的类型研究也必须将二者分开，混为一谈则不免又落入哲学演绎中，得不到有效的规律性结果。

喜剧作品中所表现的滑稽一般引起的是嘲笑，与礼仪性的笑、狂欢的笑、苦笑、赞美的笑、肯定的笑、甚至恶意的笑都有所不同。嘲笑是喜剧表演的重要目的，任何喜剧作家不管是出于个人生活片段的描写还是对社会制度的讽刺，都是以嘲笑为根基的。当然，喜剧的表现力还依赖于作家制造滑稽的手段以及人物的喜剧性格，普罗普并未忽视对这些的研究，但嘲笑总是喜剧效果最直接的体现，普罗普也刻领会到嘲笑在喜剧描写中的关键性作用，因此在《滑稽与笑的问题》对笑进行类型划分之前首先就将嘲笑与其他的笑区分开来，以下关于笑的类型研究都是基于嘲笑基础上的。

---

39 赵晓彬著，《普罗普民俗学思想研究》，黑龙江人民出版社，2007年，第186页。

一、精神本质掩盖自然本质引起滑稽

滑稽的产生总是和人以及人的精神因素相关，研究滑稽的问题就不可能抛开人。人有两种基本特性——自然属性和社会属性。社会属性往往是人产生笑的个性化因素，是后天形成的传统，主导着人对某个事物或者某件事笑或不笑；而人的自然本质对人类而言是普遍的，是引发笑的重要原因。柏格森也曾提到当人在引起笑的客观因素中起作用时，我们往往忽略精神因素而注重他的身体，所以矮胖的人会经常引起嘲笑。但普罗普认为这种结论并非完全正确，并不是肉体的任何表现在任何时候都是可笑的，有的胖子并不可笑，比如巴尔扎克就是个出奇的大胖子，罗丹雕刻的巴尔扎克像更是大腹便便的裸体，这只是一种展现人体美的艺术，并不引人发笑。他还说出现在肥胖科诊室门口的都是大胖子，人们或许会对此感到惊讶，却并不好笑，而肥胖者自身也只是痛苦，却不是笑的。

所以人的自然本性并不能引发滑稽，"滑稽因素并不在于人的自然本性，也不在于他的精神本性，而在于二者之间的相互关系，即当自然本性揭示精神本性的缺点时的相互关系"[40]，笑才会真的产生。也就是说，"当人们的举动和意向表现的外部自然形态掩盖了它们的内涵和意义，而此种内涵和意义又显得渺小和卑下时，我们就会发笑"[41]。所以，胖人的身体只是在旁人眼中表现出他们品性的实质时，才会引发笑。但是为什么神甫、警察、地主和资本家经常被描写成胖子呢？是因为他们的自命不凡是渺小的和卑鄙的，他们的寄生虫生活是榨取贫苦人民劳动成果所得，他们是被讽刺的对象，肥胖的身材总是让他们貌似高大，实则是被贬斥的对象，这时候肥胖者的行为才是好笑的。在这一点上，果戈里的喜剧手法总是运用的恰到好处，他作品中的乞乞科夫、伊万·尼基福罗维奇、玛尼洛夫和钱季旦无一不是在这一点上被嘲笑的。

当自然因素掩盖了精神因素，身体的另一种情况也是会产生笑的，即裸体。拥有优美曲线的裸体是一种美的艺术，这种情况常出现在绘画、雕塑等无数的艺术作品中，或者曲线并不优美的裸体也并不可笑，比如巴尔扎克的

40　［俄］弗·雅·普罗普，杜书瀛译，《滑稽与笑的问题》，辽宁教育出版社，1998年，第30页。

41　［俄］弗·雅·普罗普，杜书瀛译，《滑稽与笑的问题》，辽宁教育出版社，1998年，第29页。

雕像。但是当一个赤身裸体面前突然出现衣冠楚楚的人时，对比现象就显示出了可笑。（当然关于这一点，还可以认为是反差引起了笑。）当乞乞科夫从水里走上岸，一手在上面遮住刺眼的阳光，一手按着下身，颇有点"出浴的维纳斯"风姿时会引起笑；当一张女人的脸从科罗鲍契卡正在裸睡的房间门缝中探进来又迅速不见的时候，嘲笑就产生了，类似的状况很多。这也就是当我们对着《皇帝新衣》中赤身裸体的皇帝大笑，并非是在嘲笑他身体的不美，而是在嘲笑他将虚无当华裳的白痴行为。普罗普同时指出，淫秽和裸体不同。淫秽是永远不会引发笑声的，而只能是厌恶和反感。在普罗普看来，果戈里是利用身体部位制造嘲笑的喜剧高手，并且还能将这种巧妙运用到对五官的描写中，尤其是鼻子常常成为他把玩的对象，在果戈里那里鼻子简直就是培育滑稽的有效土壤，它任何的细微变化和装饰都让人物彰显出滑稽的元素。比如：少校科瓦廖夫鼻头上的粉刺；尼基洛维奇的鼻子像李子，抓着他走的时候仿佛牵着一条狗。阿尔吉利亚的鼻子下面长着一个瘤，这些刻意的描写都将悲剧与笑对接了起来，最终变成了嘲笑。所以在普罗普看来，嘲笑是首先应该被研究的一种笑，但是却往往被哲学家们忽视掉了。而正是因为嘲笑的存在，才最能表现出人的本质特征和精神因素。莱辛也曾在《汉堡剧评》中指出，笑与讥笑是大相径庭的两种类型。所以，正是因为嘲笑的存在，笑才与喜剧建立了稳定的关系。

二、相似或差别引起滑稽

1. 相似引起滑稽

"掩盖"一词似乎总是和滑稽相关，与人的自然本质掩盖精神本质产生滑稽一样，相似性产生的滑稽也来自于"掩盖"。帕斯卡里曾在《默想录》中提到，相似的两张面孔摆在一起，总是会引起笑？但普罗普指出，为什么我们不会觉得长得连妈妈都分不清的双胞胎姐妹好笑？因为相似产生的滑稽总是有着特殊的原因，即"笑是由于突然发现某种掩盖着的缺陷引起的"[42]。哲学家曾说，世界上没有完全相同的两片树叶，人之所以被作为个体肯定是因为个性、品质和相貌上的迥异。普罗普认为两个相似的人同时出现的时候，总会被下意识地认为他们在精神面貌上也没有个性差别，没有差别在这里变成了一

---

42 ［俄］弗·雅·普罗普，杜书瀛译，《滑稽与笑的问题》，辽宁教育出版社，1998年，第40页。

种缺陷，缺陷突然被发现就产生了笑。比如孪生姐妹弟兄之间就会在自己都没有知觉的情况下重复着那个和他相似的人的行为和个性，当然这需要生理学知识进一步解答，孪生的两个孩子之间的相似行为和个性确实能引起发笑，然而这只是一个特例。

真正在喜剧中因相似性引起的笑则多种多样。柏格森也曾说，古典戏剧中常用的一种表现手法就是"重复"。普罗普十分肯定这个观点，并借用果戈里《钦差大臣》中的描写进行了详细说明。鲍布钦斯基和陀布钦斯基总是有着相似的动作和处事方式。当初这个剧本在舞台上演出的时候，喜剧演员并不理解果戈里的意图，总是借用衣着不整、浑身污垢、丑陋不堪、动作夸张表现他们的滑稽，这令果戈里非常失望。在他看来，这两个人应该是整洁而讲究的，只是因为他们的相似引起了笑，而并非其他原因。正是在这一点上，普罗普认为，果戈里的小说中总是出现类似于米佳依叔叔和米涅依叔叔、基法·莫基耶维奇和莫基·基法耶维奇、令人喜爱的太太和一切方面都令人喜爱的太太、卡尔普神甫和波卡尔普神甫的相似人物，总是因相似引起的嘲笑中对他们记忆深刻。

普罗普指出，果戈里的喜剧描写手法在俄罗斯作家中是少见的，包括对裸露身体的描写引起的喜剧效果几乎是很难见到，因相似而引起滑稽的手法也是很少使用的，但在奥斯特洛夫斯基的作品中还是可以找到一些。《美男子》中的两个懒汉、《诙谐的人们》中两个"时髦的年轻人"、《森林》中的夏斯丽娃和涅夏斯丽娃都是这样的人物。而且有的时候这些人物之间产生的滑稽不完全来自于神奇的相似，还根源于巧妙的对比。例如，两个在本质上完全相同的对手对骂起来总是会引起哄堂大笑，因为他们的相似并不止于表面，还暗含本质中的精神因素。所以普罗普指出"那些有才华的丑角""常常双双出场，他们的相似很有分寸，差别也很适度"，然而他们又不断地起冲突，互相指责和攻击。

当然，将相似的滑稽只局限在两个人物之间的对比实在是狭隘了相似产生滑稽的范围。普罗普认为重复是可以在多个人物之间形成的多个情节之间出现的。他以果戈里小说《婚事》中几个面貌各异却环抱同样意图的求婚者之间的互相较量为例进行了说明。他认为多项重复不仅可以产生滑稽的效果，还具有公式性特征。如果这种重复的次数过多，就会因没有新意而让人厌烦，这就破坏了喜剧的效果。但如果人物是在同时发生的一致性中做出自己的反应，那么滑稽也会出现的。例如当所有人异口同声地叫道："列别季洛夫先生，你这个人，你真行！"的时候，列别季洛夫捂上耳朵。

可以说，对相似性产生滑稽的理解被普罗普剖析的非常透彻，从肉体到精神描写的重复性总是能让他感到这种手法的独特和有效，但是他更为强调的还是精神上的相似，精神总是直接指导着人物的行为和性格，所以在最后他补充强调："任何精神性行为的任何重复，都会使它丧失创造性或全部重要性，降低它的意义，从而使它变得可笑"[43]。这似乎更符合哲学家们所说的由于突然产生的意外超出了人的精神所能承受的负担，从而产生了滑稽，而这样的滑稽依然属于被嘲笑的范畴。

2. 差别引起滑稽

突然产生的意外可能不仅来自于相似的精神，更多地表现为差别的产生。还是回到问题的起点，人总是在与众不同中确认着自己，任何人都不会因为与别人的完全相似而自信，相反会在相同中找寻自身不同的特征，人物的明显相似性恰恰是在与其他人的差别中产生的，"把一个人同周围的环境区分开来的任何特点和古怪之处，都能够使他变得可笑"[44]。为什么相似产生滑稽，差别也能产生滑稽呢？普罗普认为差别产生的滑稽可能是喜剧性最复杂的特征，也是研究喜剧性最不容易分析清楚的状况。

之所以差别引起的滑稽是最复杂的状况，原因在于差别本身就是个体存在的必须，如果所有的差别都能引起滑稽，那么世间将时时包围在笑声中而没有一刻安宁。普罗普认为，差别产生滑稽的主要原因还是在于缺陷，这种缺陷在很大程度上是与丑相关联的。在研究这一类型的时候，他肯定了亚里士多德将喜剧中的丑与美相对立进行研究的思想。他认为，差别产生的滑稽之所以复杂的原因是，差别的缺陷所产生的条件是非常深刻而复杂的，主要集中在两个方面：其一是社会性和社会政治性规范的差别，其二是日常生活中出现的差别。

关于第一方面，他认为，社会规范总是属于不同的团体、不同的时代、不同的民族、不同的社会制度的，它是对群体性行为的约束标准。当某种社会规范的制定被公认为是错误时候就会产生缺陷，缺陷的被破坏伴随着矛盾的产

---

43 ［俄］弗·雅·普罗普，杜书瀛译，《滑稽与笑的问题》，辽宁教育出版社，1998年，第43页。

44 ［俄］弗·雅·普罗普，杜书瀛译，《滑稽与笑的问题》，辽宁教育出版社，1998年，第44页。

生，形成了滑稽。这种破坏突出表现为不同时代社会规范间的较量，往往随着社会的发展，后者总是嘲笑前者。正如波茨卡尔斯基所说："基本的（或阶级的）社会的喜剧矛盾还伴随着这样一种矛盾，即人们的性格和行为同人类尊严的共同理想相矛盾，而人类的这种思想是有社会发展所造成的，是由整个人类社会生活的根本规则所产生的"[45]。例如，当能写出"回"字的四种写法的孔乙己穿着长袍马褂出现在民国时期的时候，就会产生滑稽。

当然，滑稽也并非全部来自宏大的社会规范的差异，同时也存在于日常生活的差别中。这个差异的产生是非常广泛的，它可以是个人的，也可以是民族的，还可以是地域的……。普罗普列举《钦差大臣》中的季勃涅尔被嘲笑的原因是他不是纯正的俄国人，而是俄国人中的德国人，所以他操着一口并不纯正的俄语。还有《死魂灵》中舞会上的妇女们穿着既保留了旧时的风气，又完全是新时期的样式的服装也是引起嘲笑的。当然，仅仅是这些差异并不一定引起嘲笑，引起嘲笑的重要原因在于差异中产生的缺陷。或者是说，这些与众不同的差异中包含的缺陷"并不表现任何内在的个人的毛病"，"它们是自然的畸形，而且违背了我们从一般自然规律看来合目的的和谐和匀称的概念"[46]。与规律相违背的差别中会被认为是一种不能被接受的缺陷，是一种对自然规律的破坏，因此产生了笑。也正是在这一点上，普罗普认为亚里士多德将喜剧性特征解释为与美相对应的丑是非常合理的。

三、喻人引起的滑稽

以上两种滑稽的产生，都是人与人之间比拟或被比拟的同一个人身上所固有的某些内在和外在特征。普罗普认为，就比拟的形式而言，滑稽不仅单一在人身上比拟，还可能出现和人有关的另外一个序列，即"比拟的对象取自周围世界"[47]。这里所指的"周围世界"主要包括两个方面——动物和物的世界，包括以动物喻人和以物喻人两个方面。他认为在"在幽默文学和讽刺文学中，

45　З.Подскальский,О　комедийных　и　выразительныхсредствах　и　комическом преувеличении,（论喜剧手段和表现手段及戏剧性夸张）——《искусство кино》，1954，No8.第 14 页.

46　［俄］弗·雅·普罗普，杜书瀛译，《滑稽与笑的问题》，辽宁教育出版社，1998年，第 49 页。

47　［俄］弗·雅·普罗普，杜书瀛译，《滑稽与笑的问题》，辽宁教育出版社，1998年，第 50 页。

在造型艺术中、多半或者将人比拟为动物，或者将人比拟为物品，这样的比拟便引人发笑"[48]。

1. 以动物喻人引起滑稽

在前面讨论"笑"的含义时已经指出，车尔尼雪夫斯基曾认为无机界和植物界是与喜剧绝缘的，但是他没有谈论到动物界。动物界是可以产生滑稽的，原因在于动物的某些特征可以与人做比拟。车尔尼雪夫斯基甚至认为我们之所以会对着动物发笑，是因为动物的某些动作让我们联想到人，例如企鹅的憨态可掬，熊的笨重与穿戴臃肿的胖子总是能联系在一起，青蛙鼓鼓的眼睛总是能让人们联想到眼睛特别突出的人。正是这样的观察，让普罗普觉得滑稽总是产生于人和动物之间某种相似性的比较，它使人性降低到与某种动物相似的程度，而喜剧创作中也总是利用这样的手法来制造滑稽，引起笑的产生。但并不是所有的动物特征用来比拟人都能制造出滑稽的现象，当小孩子的可爱像一只猫或者小兔子的时候并不能感觉到可笑，即使会引起笑意也是爱抚的微笑，而与滑稽所引起的嘲笑毫无关系。只是当动物的某些特征与人的某些否定性品质相联系时我们才能感觉到可笑，这种情况多产生于骂人的情境中。契诃夫的小说《阿尔比昂的女儿》中出现过一个地主讽刺他的家庭教师"纯粹为了孩子的缘故，我才养着这个田螺"的描写。这种将整个人比拟为动物的形象是众多作品中十分常见的描写方法，尤其在寓言中表现得十分明显，在神奇故事中也常出现这样的描写，而并非喜剧的专属。

普罗普指出果戈理的作品中就从来没有直接把人写成动物的形象，而只是对人的某一外貌、动作、形态、表情或者状态等进行具体比较。在这一点上可以说是很难明确区分的，把人写成动物与用动物来比喻人可以是两种不同的表达方式，但同时又很容易混淆。在普罗普看来，寓言和神奇故事中直接将人和动物等同的方法是不能带来笑的。在寓言和神奇故事中总是能看到动物参与角色，它们有着特殊的重要意义，但是它们并不时时刻刻引人发笑，因为"讽喻本身不一定引人发笑"[49]。在《狼和小羊》寓言中残害无辜小羊的狼是可憎却并不可笑，但是井底之蛙就可笑。这就产生了一个问题，普罗

---

48 ［俄］弗·雅·普罗普，杜书瀛译，《滑稽与笑的问题》，辽宁教育出版社，1998年，第50页。

49 ［俄］弗·雅·普罗普，杜书瀛译，《滑稽与笑的问题》，辽宁教育出版社，1998年，第53页。

普认为当用人的某些被否定的品质与动物的形态比较相似的时候，将人比作动物是可笑的，但是同样是被否定的品质，为什么狼是可憎的，而井底之蛙是可笑的呢？可见，并不是所有被否定的品质都是可笑的，只有那些让人们感觉到愚蠢的行为和品质才是可笑的，而通过某些手段达到目的的肮脏行为却并不可笑。当然，动物的形象与对人的品质否定性无关时，即使完全人化的动物也并不能产生滑稽的效果。在这一点上，中国研究普罗普的学者赵晓彬认为普罗普曾总结果戈理作品中经常将人写成动物或者将动物写成人的理解是存在偏颇的，是对普罗普喜剧理论的曲解，这一曲解直接影响到嘲笑产生的基础问题。

普罗普认为果戈理的喜剧性描写只是以各种不同的形式逼肖动物，使人看上去和动物很像，或者类似某种动物的形象和品质。比如索巴凯维奇的样子非常像一只"大小中等的熊"，他身上的一切都显示出熊的蠢笨，他脚掌向里、东一歪、西一歪的走路姿势，他身上穿着的拖地燕尾服，都在提醒人们这是一只十足的笨熊，连大家对他的称呼"米哈伊尔·谢苗诺维奇"也和熊的单词是一样的。而且他周围的环境也都带有熊的笨重色彩："所有的一切……都与房屋主人有着某种奇怪的相似之处"，"在客厅的一个犄角里摆着一张四只脚做得奇形怪状的、矮胖的、胡桃木的写字台——十足像一头熊"，他的每一件家具仿佛都在向人们昭示"我就是索巴凯维奇！"在《伊凡·费多洛维奇·希邦卡》中的瓦西里莎·卡施波罗夫娜张罗着给自己的外甥娶媳妇，但是她的外甥却梦见自己已经结婚，那个被梦见的媳妇长着一张鹅脸，外甥不知道该怎么向她靠近，也不知道该和他说些什么，然后他还梦见了另外的一个媳妇，同样长着一张鹅脸，这个梦对于外甥来说简直是一个噩耗。在这个作品中引起嘲笑的即是长着鹅脸的媳妇，实在想象不出一个长着鹅脸的姑娘能有多么美丽；另一方面读者也在嘲笑外甥，他对于结婚的噩梦使他也成了嘲笑的对象。对于这样将人的某些具体形态比拟成动物的描写方法，在果戈理的作品中比比皆是。《钦差大臣》中"蠢得像一批灰色的阉马"的市长一穿上燕尾服就像剪去翅膀的苍蝇的赫列斯塔科夫，还有那个像耗子似的文牍员都是以动物喻人产生的滑稽。

但是果戈理还经常使用将动物人化的方法来制造滑稽效果。他像再现一场音乐会一样描写柯罗鲍奇卡的一群狗在扯着嗓子叫；诺兹德廖夫家的狗竖起尾巴和客人亲切地问好，还有一只叫"骂呀"的狗伸出舌头去舔乞乞科夫的嘴唇，有点类似于接吻；《狂人日记》中疯子在报纸上读到两头牛跑到铺子里去买了一磅茶叶；美琪和菲杰尔两只狗之间的通信更是真实可信。但是读者在这里笑的是疯子还是人化的动物？如果笑的是人化的动物，那么《西游记》中孙悟空、猪八戒和白龙马并不好笑。事实上，读者在这里笑的是疯子眼中人化的动物，这些形象是从疯子描述中来的，而不疯的正常人是看不到的，这样嘲笑的产生虽然和动物有关，但嘲笑的对象并非人化的动物。所以在这里普罗普并没有将人化的动物看作滑稽产生的原因，而只是认为"动物的人化有时显得荒诞，荒诞强化了滑稽的印象"。在这里动物的人化只是起到了强化的作用，却并不是嘲笑产生的根本原因。

由此可见，以动物比喻人存在两个方面，即将人比拟为动物和将动物比拟为人，不管哪种描写都不是必然产生滑稽的现象，而是伴随着一定的限制，尤其后者只是起到了加强滑稽的效果，而并非滑稽产生的直接原因。如果从产生的原因入手给滑稽分类的话，后者并不能列入其中。

2. 以物喻人引起滑稽

与以动物喻人相类似，以静态的物来比拟人也是引起滑稽的重要原因，普罗普认为两种比拟在类别和原则上区分并不明显，因为"其滑稽效果产生于同样的原因和条件"[50]。当小说《鼻子》中的理发师老婆骂理发师是"烤得发黄的面包干"时，当《死魂灵》出现一张"茶壶脸"和"小药瓶脸"时，总会让人产生忍俊不止的效果。果戈理总是善于在喜剧作品中通过物品来比拟人，同样也喜欢给物品赋予人的品质，当然这些品质必定是被否定的，否则将与嘲笑无关。柏格森也曾经提出过这样的观点，认为当一个人的某一特征给欣赏者以具体的物的感受的时候，总是能发出笑声来。同时柏格森也承认这样的结论是存在缺陷的，所以紧接着他补充指出，并不是所有的以物喻人都能引起滑稽的效果，而必须是所用来比拟的物与人的某种内在缺陷性特点相似的情况下才能引起笑的产生。普罗普十分同意柏格森的这一观点，但进一步认为，之所以物的比拟能够引起滑稽的效果还因为一旦以物来比拟人，就已经将人的某种品质固定了下来。这样在欣赏者和被欣赏者之间就形成了一个简单的对照式连接，让欣赏者的注意力集中到被欣赏者的某一点上，使这一点扩大化。

---

50 ［俄］弗·雅·普罗普，杜书瀛译，《滑稽与笑的问题》，辽宁教育出版社，1998年，第56页。

普罗普也指出以物喻人的滑稽并不仅仅存在于脸部的描写，完全可以用物来描写整个人体。在《两个伊万吵架》里果戈理这样描写到，"阿加菲亚·费多谢耶夫娜头戴一顶软帽，鼻上有三颗痣，身穿一件咖啡色洒黄花的室内服。他的整个身体就像一个桶，所以要看出她的腰肢是难上加难的，正像不用镜子想看到自己的鼻子一样。他的两条腿短短的，是按照两个枕头的样式制造的。"物品总是不能用来代表一般的人，而是用来代替特殊的人，这样滑稽的效果才能更强烈。

以上所举例子都是以静态物来比拟人静态的相貌和形态，那么人的活动有时候则更像一台运作的机器。对此柏格森曾认为，人的姿态和动作之所以产生滑稽的效果是因为我们总是能将活动的肢体看作一台正在运作的简单机械，这一点被让·诺安认为是柏格森在研究笑的领域中最重要的贡献。普罗普认为只是简单地理解一个机械人其实并没有什么值得可笑的，将一个机械与人的内在本质联系在一起才能产生滑稽，这也正是为什么木偶戏总是能给人们带来笑声的缘故。因为木偶尽管是假的人，但当木偶运动起来时总是能与人的内在精神连接在一起被认识，它总在模仿人的动作时才表现出滑稽可笑的样子。普罗普认为按照这个观点进行推理，木偶戏的表演总是以喜剧形式展现的，与悲剧存在明显界限。造成木偶戏滑稽效果的并不完全是柏格森的机械理论，木偶戏本身的情节安排才是决定滑稽效果的主要原因。因为木偶本身带来的只是欢乐而并不是嘲笑，木偶戏之所以成为喜剧是因为情节本身具有强烈的讽刺性意味，这也是在果戈理的喜剧作品中很少看到的现象。这在描写以物喻人和以动物喻人时，总是能提炼出明显而直接的社会讽刺目的。

四、讽刺与夸张引起滑稽

尽管讽刺并不是果戈理作品中经常使用的方法，但讽刺却是引起滑稽的重要原因之一，而讽刺总是伴随着某种程度的夸张。普罗普注意到了讽刺和夸张在喜剧创作中的重要作用，分列专章进行了阐述，主要涉及的是对职业的讽刺和讽刺性模仿以及喜剧性夸张。

1. 讽刺性模仿引起滑稽

对于职业的讽刺在果戈理的作品中出现了很多次，他对于很多职业都表现出饶有兴趣的关注，比如教师、厨师、理发师。在果戈理笔下并没有认为哪一种职业更容易产生滑稽的效果，而普罗普则在他的作品中总结出一些职业与喜剧的天然关系，而且将喜剧效果与职业的讽刺密切联系，这并非完全符合实际。在喜剧作品中很多对职业的讽刺完全与人物的动作和故事的情节相关。例如当《外套》中的家庭主妇因为熏一条不知什么样的鱼而将厨房弄得烟雾弥漫、连一只蟑螂都看不见的时候，是会产生滑稽的效果的。但现实中，家庭主妇将厨房弄得乌烟瘴气的情况并不引起嘲笑而是怨气。所以对于某些职业的嘲笑在情节作用下产生的。再如，中篇小说《鼻子》中有个理发师伊万·雅可夫列维奇给科瓦廖夫刮胡子的情景，在科瓦廖夫叮嘱不要碰了自己好不容易找回来的鼻子后，理发师非常熟练地绕开了他的鼻子，顺利完成了自己的工作。在现实生活中这样的情节并不会被人注意，但当这个鼻子是在大街上游荡后好不容易被找回来安到主人脸上去的时候便会产生滑稽的效果。原因在于，艺术作品总是比现实更具有表现力，也更容易使用夸张的手法，夸张并非一定和讽刺一起使用来表现同一个事物或者行动，但夸张却总是不离不弃地与讽刺发生着关系。

果戈理的作品对职业描写的讽刺表现在一个人身上，也表现在整个行业或者结构中。当整个行业或者结构都呈现同一个动作的时候，夸张和讽刺的作用就更为强烈。当阿卡基·阿卡基耶维奇·巴施马奇金在抄写文书时根本不管文本的内容和意义，而只是全神贯注地抄写时的动作和表情是引人发笑的，但当整个机关的人都这样用鹅毛笔尖在纸上划出沙沙作响的声音，就像"好几辆载满枝叶的卡车在穿过一座落叶积得有两寸来厚的树林子。"普罗普认为，之所以集体做同样的动作比一个人更为可笑，是因为这样的讽刺和夸张联系得更为紧密，且当注意力不需要集中在活动的内容和意义上，只是"倾注于活动的外在形式时，用喜剧或者讽刺手法表现某种活动就会更容易一些"[51]。

对职业讽刺的滑稽还在于从业者身体的外在形式与其内在精神的相互弥补。普罗普指出，人们总是很少对于在田间从事繁重体力劳动的农民感到好笑，而恰恰是对那些身形矮小、瘦弱，但机智勇敢的从业者表示由衷的笑意。产生滑稽的原因并非因为体力或者脑力本身，而在于机智勇敢弥补了身材瘦弱、矮小的不足。所以普罗普认为"嘲笑职业的方式与嘲笑人类生活其他任何

---

51 [俄] 弗·雅·普罗普，杜书瀛译，《滑稽与笑的问题》，辽宁教育出版社，1998年，第62页。

方面的方式，在原则上没有任何区别"[52]。所以几乎全世界的喜剧创作者都喜欢塑造一个医生的形象，因为病者看到的是医生的姿势和动作，而创作者嘲笑的则是医疗方面的陈规陋习。在这方面，医生这个职业与生活息息相关又相对陌生的环境为喜剧性创造了更为广阔的表现空间。

2. 喜剧性夸张引起滑稽

正因为对职业的讽刺与生活中的任何讽刺在原则上具有同样的效果和作用，因此普罗普对于职业讽刺的描写只是一个导火索似的总结，而非作为一种类型的单独描述，最重要目的在于提炼讽刺和夸张在引起滑稽过程中的重要作用。普罗普认为，讽刺之所以能够引起滑稽，是因为讽刺性模仿的存在。对于什么是讽刺性模仿，普罗普开篇引用了鲍列夫的观点，认为"讽刺性模仿是模仿中的喜剧夸张，是对某种现象的形式所具有的个别特点的夸张讽刺的再现，它揭示出该现象的滑稽，贬低它的内容"[53]。从鲍列夫的定义可以总结出讽刺性模仿包括两个方面的内容，其一是讽刺性模仿作品总喜欢包含对个别特点的夸张，其二是讽刺性模仿总是对社会现象的否定性描述。普罗普认为这个定义只是同义字反复，而且其所申明的内容并非完全准确。首先，尽管讽刺性模仿总是与夸张产生这样那样的联系，但并非所有的讽刺性模仿都始终包含着夸张的手法。在他看来，对个别特点的夸张是漫画最长使用的手法，而不是讽刺性模仿的特性。其次，讽刺性模仿并非否定内容时引起滑稽，而是在否定或者掩盖内在意义的同时表现缺陷的情况下才引起滑稽的效果。普罗普认为，讽刺性模仿的目的在于力图证明"在精神因素现象的外在形态背后"是"空无"，夸张的动作变成了对无意义的模仿，整个模仿就变成了一个对外部特征的不完整重复，由于内在意义和外部特征的不一致差异，从而引起了滑稽。喜剧大师卓别林的作品《摩登时代》中曾有这样一个情景：作为螺丝工工作就是机械性地将开动机器上的每一个螺丝扣拧紧，由于唯利是图的资本家希望提高工作效率，将机器的运行速度不断提升，螺丝工渐渐跟不上机器运作的速度而出现了节奏混乱，这时卓别林扮演的螺丝工只能顺着输送带进入到快速运作的机器里将螺丝拧好，并由于过度重复同样的工作，致使他做任何事情都保持着拧螺丝的节奏和动作，包括吃饭的时候手都是上下翻转的。螺丝工在不工

---

52 ［俄］弗·雅·普罗普，杜书瀛译，《滑稽与笑的问题》，辽宁教育出版社，1998年，第66页。

53 Ю.Борев,О комическом(论戏剧性), М.,《Искуство》，1957，第208页。

作时候的动作完全没有任何意义，只是对工作外部特征的一种模拟，但其最终目的则是为了讽刺资本主义原始积累阶段和工业革命时期资本家的狡猾和奸诈。

小丑对于优雅女士动作的模仿会引起笑，不仅是出于小丑的表演不具有女士动作的内在含义，更多地在于他相对于优雅女士的一种正面品质的缺陷。这样看来，并非否定在讽刺性模仿中起到关键作用，还有可能是缺乏与空无。所以当接受者看到一个身材魁梧的男人穿着女人衣服，惟妙惟肖地模仿女人走路的时候总会哈哈大笑。正因为讽刺性模仿总是在对外部特征夸张化表现的同时掩盖精神的内在弱点，包含讽刺性模仿的作品总是较为有力讽刺社会的重要手段之一。

尽管讽刺或者讽刺性模仿总是伴随着或多或少的夸张，但是讽刺毕竟与夸张不是同一种手法。讽刺中未必都有夸张，也未必所有的讽刺和夸张都制造出滑稽的效果，这是有条件的。讽刺性产生的滑稽在于其表现出对事物或行动的否定和缺乏。З·波德斯卡尔斯基认为"喜剧夸张的问题是具体描写和表现喜剧形象和喜剧情境的关键问题"[54]。鲍列夫的看法与此相似，"讽刺作品中的夸张和极端化是更普遍规律的表现，即对生活素材有意的变形的表现，这种变形有助于揭示那些应受讽刺嘲笑的现象的最本质的弱点。"[55]哈特曼更是决断性地认为滑稽总是与夸张有着必然的联系。对于这些观点，普罗普采取了批判性接受的做法，指出这些观点在一般情况下是正确的，但尚且需要完善，因为夸张和讽刺一样，并非在任何情况下都能产生喜剧的效果，只是在"揭示出缺陷的时候才是滑稽的"。[56]而对于缺陷的夸张的描写主要存在三种基本的形式，即漫画、渲染和怪诞，这三种形式是逐渐升级的，漫画是最基本的夸张，而怪诞是最高形式的喜剧性夸张。

漫画作为一种艺术形式，是用简单而夸张的手法来描绘生活或时事的图画，它一般运用变形、比拟、象征、暗示、影射的方法，构成幽默诙谐的画面或画面组，以取得讽刺或歌颂的效果。是一种具有强烈讽刺性或幽默感的绘

54 З.Подскальский,О комедийных и выразительных средствах и комическом преувеличении(论喜剧手段和表现手段及喜剧性夸张).——《Искусство кино》, 1954, No8, 第 19 页。

55 Ю.Борев,О комическом(论戏剧性), М.,《Искусство》, 1957, 第 363 页。

56 ［俄］弗·雅·普罗普，杜书瀛译，《滑稽与笑的问题》，辽宁教育出版社，1998年，第 72 页。

画。漫画作为独特的艺术门类被称之为没有国界的世界语言，西方艺术评论家们将其誉为"第九艺术"，是与绘画、雕塑、版画、摄影、建筑同等重要的艺术门类，然而还必须是编写故事的高手。漫画家是故事家和画家的综合，两者缺一不可。漫画并非对人或事物整体的夸张，而在于对某个部分或者细节的夸大化描写，例如占着半张脸的眼睛和两米长的鼻子，都是漫画中常出现的情景。在某个部分被夸大的时候，人或者事物其他方面的属性则被忽略，被夸张的部分成为整体的代言。普希金曾认为漫画是对鄙俗之徒的鄙俗人生的凸显，普罗普十分认同普希金对漫画本质的界定，认为这个天才的想法已经预见了后来柏格森对漫画定义的纠正。柏格森曾认为"漫画家的艺术就在于捕捉住还没有被捕捉到的那个特点，把它扩大出来让大家都能看得到"[57]。普罗普不同意柏格森的定义，因其认为漫画是被描绘之物本质的一种歪曲，是对现实生活中真实形象的夸大化描写，这种描写必须具有一定的否定性才能彰显出喜剧性，柏格森对漫画的理解并不一定产生喜剧性效果，而只是一种夸张的运用，可并非所有的夸张都能造成滑稽的效果。夸张在喜剧中的作用是否产生滑稽的效果，完全取决于被描写之物对于真实的歪曲程度。

　　夸张的另一种表现形式是渲染。渲染是比漫画高一级别的夸张，也可以说是"漫画的一个变体"，因为"漫画夸张的是部分，渲染夸张的则是整体"[58]，渲染的形式在民间叙事学中体现的最为突出。在俄罗斯叙事学中，渲染总是被用于对英雄战场厮杀时外貌的描写，普罗普指出用于展示英雄形象等正面人物的超人能力的渲染引起的只能是赞赏的微笑，是善意的而并非嘲笑。渲染只有用于描写反面角色，突出对敌人的否定性时才能引起对滑稽的嘲笑。所以当我们读到英雄"腰围五丈、肩宽六丈，圆圆的大腿只有三丈粗"时只有崇敬之情，而当图加林"胖的几乎走不动路，脑袋像个啤酒锅，在餐桌上他一下子抓住整只天鹅和整个圆面包塞到嘴里"的时候，带有讽刺的嘲笑。所以渲染总是带有两个相反的效果，一种是对正面人物的歌颂，一种则是对敌人的毁灭，这两者在很多时候是同时出现的，与此同时出现的可能还有渲染和讽刺。

57　Г.Бергсон，Смех в жизни и на сцене（生活中和舞台上的笑），Пер.под ред. А. Е. Яновского, Спб,1900,第 28 页。

58　［俄］弗·雅·普罗普，杜书瀛译，《滑稽与笑的问题》，辽宁教育出版社，1998年，第 73 页。

怪诞则是喜剧性夸张中最高级的形式，如果说漫画和渲染是在真实基础上的夸张，那么怪诞则完全将现实发展到了一种几乎荒谬的程度，已经超出了真实的界限，走入了幻想的境界，甚至接近于恐怖。鲍列夫人为怪诞是喜剧性夸张的尖锐化表现，而 A.C 布什明则认为"怪诞是人为幻想地构造各种组合，这种构造在自然和社会中是见不到的"[59]。普罗普人为"怪诞自古以来就是民间滑稽艺术的惯用形式。"[60]这种观点是正确的，怪诞总是和民间文学发生关系，并不绝对地存在喜剧或者滑稽之中，还同时存在于恐怖之中。所以他说，"怪诞亦如一切喜剧性一样，只有当它掩盖了精神因素并且暴露缺陷时，才是滑稽的"[61]。在果戈理的作品《鼻子》中充满怪诞，因为科瓦廖夫的鼻子可以在涅瓦大街上自由自在地漫步而没有任何的不自在，这让我们不仅想起了美国电影《小鬼当街》，影片吸引眼球的地方就在于那个八个月大的可爱男孩在大街上爬了几个小时，恰巧经历了一个行为能够自理的正常人所可以经历的一切。这两个作品最终的结局都是喜剧性的，科瓦廖夫找到鼻子并重新放回了它应该在的位置，当街小鬼也回到了家。如果这个结局不是喜剧性的，那么这些荒诞的行为也许就没有那么滑稽，而是或多或少地充满了恐怖与悲伤的情绪。比如《聊斋志异》中，蒲松龄设计了太多的怪诞人物、事件和行为的产生，但是观众并不认为这些行为有多少滑稽的成分，我们并不会笑，或者不会嘲笑，而是带有强烈的恐惧。还有对于疯人院中病人的行为，我们永远都不会觉得可笑，而是恐怖。

怪诞是最大限度的夸张，但是夸张却不是怪诞的唯一属性。因为怪诞还总是能够使我们轻易地走出现实存在的真实世界，走入另一个不被了解的环境中。所以，现实生活中很少能找到怪诞的例证，相反在艺术中却总是能轻易地看到怪诞的现象。即使我们面临的画面是战场上鲜血淋漓的杀戮，我们恐惧和慌乱，却不会觉得这是怪诞的。对怪诞的理解总是要秉持某种审美态度，对生活现实的审视和分析都不能理解为怪诞。

59 А.С.Бушмин,К вопросу огиперболе и гиротеске в сатире Щедрина(论谢德林讽刺作品中的夸张与怪诞), ——《Вопросы советской литературы》,вып,5,V(s.a.),第 50 页。

60 ［俄］弗·雅·普罗普，杜书瀛译，《滑稽与笑的问题》，辽宁教育出版社，1998年，第 76 页。

61 ［俄］弗·雅·普罗普，杜书瀛译，《滑稽与笑的问题》，辽宁教育出版社，1998年，第 76 页。

五、愚弄与意志受辱引起滑稽

愚弄自古代文学中就已经被作为喜剧的基础，甚至有时候是作为原始宗教仪式被看待的。现代文学中延续了将愚弄作为喜剧手段的观点，现代喜剧作家的作品中总是会出现愚弄以引起滑稽，愚弄也就成为了喜剧最常用的表现手段，果戈理的作品也不例外。《钦差大臣》、《婚事》、《赌徒》、《鼻子》中到处充满了愚弄的场景，这些喜剧中的愚弄总是带有一种深度的社会讽刺目的，"被骗"在正剧和悲剧中产生的是愤恨与同情，在喜剧中则是完全的滑稽和嘲笑。

1. 愚弄引起滑稽

在之前研究的引起滑稽的类型中讽刺也占据了不可忽视的作用，而愚弄是讽刺文学和幽默文学中更为常见的现象，它总是恰如其分地揭露出被愚弄者的某种缺陷，但是如果愚弄的是正面人物，则这种缺陷是针对愚弄者的。愚弄总是和暴露缺陷有关，所以在被愚弄者和愚弄者身上必须具有一定的缺陷，对手才能利用这些缺陷和疏忽将其完全暴露出来成为被嘲笑的对象。这些缺陷主要集中于几个方面，一是被愚弄者缺乏智慧、不够机灵；二是被愚弄者道德败坏、不够善良；三是被愚弄者形貌上存在缺陷、不够完整。有的时候这些缺点是单独起作用的，更多的时候是几个方面的缺陷一起暴露出来被取笑。在《自家人好算账》中那个仪表端庄并自以为聪明的商人萨姆松·西雷奇·鲍尔肖夫为了不将到手的钱拿出来还给自己的债权人，想尽各种方法转移财产以制造无力偿还的假象。他自以为得意地将财产转移到女婿名下以蒙骗过关，结果他的女婿是比他更为狡猾的骗子，不但使鲍尔肖夫锒铛入狱，而且肆意挥霍着岳父的钱财。鲍尔肖夫是一个自以为是的、愚蠢的、缺乏智慧的被愚弄者，他的命运悲惨却被人们嘲笑，原因不仅仅在于其识人不清，还因为他本身也是一个骗子，于是他就成了一个地地道道的反面人物被人嘲笑。这部喜剧的滑稽既在于愚弄也在于讽刺。

但是，并不是所有的骗子都被嘲笑，在一些情况下人们会同情骗子，这就在于被骗者的愚蠢和迟钝让人们无法接受，这是因为被骗是一种活该，欺骗则获得了同情和赞赏。这个时候也会引起笑，有时候也是嘲笑，但是嘲笑的同时伴随着赞赏和肯定的笑，这样的例子经常出现在民间文学或者童话中。普洛普列举了许多西方的动物童话来说明关于对骗子的同情，比如当狐狸劝和自己一起被困在陷阱中的熊吃掉自己的内脏，而自己却面对剖开肚子的熊饱餐了一顿,最后逃出了陷阱。欺骗在这里演变成智慧的象征,成了被肯定的对象,类似的故事还有描写机灵小偷的故事。童话里的小偷机灵而快活,总是能愚弄了老爷,还在深夜里从老爷和他妻子的身下偷走了床单;另一类的小偷则是受冻挨饿的士兵,他们互相配合偷走了女小贩的油;小丑和妻子配合着表演神奇的鞭子能起死回生的戏法,而买走鞭子的人则真杀死了自己的妻子。我们跟随着骗子一起嘲笑被骗的人,观众似乎也成了缺乏道德的人。故事制造的效果就是让观众一点也不怜悯上当受骗的笨蛋,他们愚蠢而且不是让人崇拜和尊敬的人。这类故事就很容易在表现滑稽的同时具有社会讽刺的意义。在民间故事中采用这种描写手法的人表现了故事的讲述者对被愚弄者某种缺陷的否定态度,观众也许并不能深刻理解讲故事的人出于什么原因要否定这些被愚弄的人,却总会站在自己的社会经历中挖掘对被愚弄者的憎恨,从而嘲笑变成了一种发自内心的痛快淋漓,并因此佩服故事的叙述者或愚弄者的智慧。但也并非所有愚弄都伴随着讽刺,有些愚弄和讽刺没有关系,这时愚弄就制造了单纯的嘲笑,没有更为深刻的意义。这正是民间故事的另外一个特点,即故事就是故事,与现实的真实存在着固定的距离,不可能将故事中的情节与真实一一对应。

2. 意志受辱引起滑稽

愚弄之所以能够能引起滑稽的效果,在于其能够使被愚弄者的某种缺陷完全暴露出来,以往被隐藏的精神因素在刹那间成为众目睽睽下的观赏对象,这时被愚弄者的精神意志受到了某种侮辱而或者遭受了挫折,如果被愚弄者是反面人物,往往还会引发观众幸灾乐祸的心理。从以上对愚弄的分析来看,滑稽的产生在于被愚弄者的某些缺陷因完全被暴露出来而遭到意志受辱,使意志受辱有的时候并非存在另外一个人的作弄,还可能出场的只是一个人,即意志受辱完全是主人公自己造成的,或者由于自然界的某些力量造成的,而非其他人有意为之。比如当一阵风吹来帽子飞走了,主人追着帽子不断地跑,这时会引起笑,但是同时也引起关心,有人会走前来帮忙。在这样的情景中,尽管人物遭受了挫折而感到意志受辱,但笑却不带有任何恶意,甚至当这些可笑的场面发生在伟大英雄身上的时候,产生的不是滑稽而是悲剧,只是当挫折发生在日常生活中无关痛痒的小事上,挫折才变成可笑的,而这时的笑是善意的、无意识的笑,不带有任何恶意的讽刺意味。

普罗普在阐明这个问题时列举了卓别林喜剧表演的一个片段，贫穷的主人公和同样穷困的姑娘住在郊外用破木箱和破木板拼接而成的小木屋里面，早晨他要到旁边的一条小溪去洗澡，当毫不犹豫地跳到水里的时候，由于水太浅而将自己碰伤了，他只好带着满身的泥巴一瘸一拐地回到自己的房子里。在这个片段中尽管引起了嘲笑，却没有表现出讽刺和恶意。普罗普认为，只是当滑稽"不单纯是细小的日常琐事，而是利己的、毫无价值的动机和欲望的时候，滑稽就不掺杂任何忧伤"[62]，恰恰相反，这时候总是带着幸灾乐祸的嘲笑，即使这里面不存在被利用和愚弄的成分，而可能完全处于自己的疏忽或者过失。在这种情况下不存在某种明显被愚弄的意图，却能因自身的愚笨具有活该倒霉的看法。《钦差大臣》第二幕中鲍不钦趴在门上偷听市长和赫列斯塔科夫谈话的时候和门一起滚到了舞台上，这些倒霉事情的发生完全在于自身缺乏思考的后果，所以受到惩罚成为必然的。

普罗普认为，意志受辱在很多时候还存在于漫不经心的情况下。瓦西里莎·卡施波罗夫娜想给自己的外甥娶媳妇、以便自己能尽快抱上外孙的想法一直折磨着她，几乎占据了她思想的每一时刻，甚至在做甜酥糕的时候都幻想出外孙站在身旁要糕吃的情景，于是就伸手将糕递给了外孙。这时，吃着甜酥糕的小狗发出的满足的叫声唤回了她飘荡的思绪，于是她追着狗打。现实生活中这样的情景经常发生，人们总是会在出神地想一件事情的时候拿错东西、说错话或者办错事情，于是就出现了类似果戈理喜剧中那个市长将帽盒而不是帽子戴在头上的情景。

在普罗普看来，缺乏思考和漫不经心是意志受辱的重要原因，但有的时候外力作用大过自身力量也会因精神因素受挫而导致滑稽的产生，这是因人的软弱和意志不坚定产生的。奥斯特洛夫斯基的喜剧《狼与羊》中利尼亚耶夫总是宣称自己是一个坚定的独身主义者，但是当贪婪的冒险家安菲莎设下圈套向他献殷勤的时候，他几乎是带着哭腔的承认自己马上就要结婚了。

综上所述，不管是由于被人设计完美的愚弄，还是因自己的无意识和软弱产生的意志受辱，在普罗普看来都是由于人物身上某种缺陷造成的。这些缺陷并非突然产生的，它们一直存在于人物身上，只是被掩盖的很好没有表露。当掩盖的缺陷被暴露时，自然的合理性或一直延续的秩序被打乱了，滑

---

62 ［俄］弗·雅·普罗普，《滑稽与笑的问题》，杜书瀛译，辽宁教育出版社，1998年，第78页。

稽产生于一种意外,不管这意外是不被控制的自然因素还是有意识的人为因素。

可以看出,不管愚弄还是意志受辱引起的滑稽,最根本的原因都是被愚弄者的愚蠢引起的。普罗普认为往往说话和行为的逻辑不通也会引起滑稽,因为这和愚蠢紧密相关。逻辑本身是一个科学而严肃的问题,并不会引起滑稽现象的产生,但是当逻辑被违背时,合理关系断裂,于是出现了逻辑不通的现象,主要表现为说"荒唐话和干愚蠢事"[63],普罗普随即指出,这种划分只是外在形式的不同,其本质都根源于思路或推理的不正确性,可以归为一种情况,甚至可以将这两种情况都看作愚蠢的不同表现。车尔尼雪夫斯基早就指出"愚蠢是我们嘲笑的主要对象,是喜剧性的主要源泉"[64]。在看待嘲笑的问题上,车尔尼雪夫斯基的观点是正确的,那么逻辑不通也就可以被看作是引起嘲笑的最常见现象了。普罗普十分认同车尔尼雪夫斯基的观点,并继续列举了康德、让·保尔、尼古拉耶夫、乌利斯等著名理论家的观点对此进行了阐述。康德认为,只有违背合理性的东西才是能引起高声嘲笑的必要条件;让·保尔不但认为喜剧产生于不合理性,同时这种不合理性是被感性感知的,并且具有强大而无限的力量,也就是说不合理性越是突出,越是能被强烈地感知,喜剧性也就越强,越能引发人们的笑声。杜勃罗留波夫认为喜剧性之所以产生的原因,在于被嘲笑的人心智缺陷所造成的愚蠢,愚蠢是个人化行为。而尼古拉耶夫则在相反的方面批评了这一看法,认为愚蠢并非个人化行为,而是具有社会性质,被嘲笑对象只有在表现出社会的不合理性情况下才是愚蠢而可笑的。普罗普并不同意后者的看法,但是也并非完全地否定,而是指出"愚蠢和社会危害性并不互相排斥,因为愚蠢是揭露危害性的手段"[65]。乌利斯为普罗普的观点提供了重要的佐证,其非常直白地指出,笑本身就是对社会中存在的错误和弊端的纠正,如果在错误和弊端面前感觉不到滑稽,将错误看作是再正常不过的事情的时候,那么绝对是社会的一种灾难,这将意味着社会准则的根本性变化。

---

63 [俄]弗·雅·普罗普,《滑稽与笑的问题》,杜书瀛译,辽宁教育出版社,1998年,第91页。

64 [俄]弗·雅·普罗普,《滑稽与笑的问题》,杜书瀛译,辽宁教育出版社,1998年,第91页。

65 [俄]弗·雅·普罗普,《滑稽与笑的问题》,杜书瀛译,辽宁教育出版社,1998年,第92页。

　　乌利斯的观点还说明了另外一个问题，即虽然规则的不合理性尚且出于被嘲笑而不是被肯定的阶段，但也绝非隐性存在，愚昧成为一目了然的事情，它已经被强烈地感知到。"潜在的、谁也没察觉到的愚昧无知不可能是滑稽的"，只有当潜在的愚昧在愚人的行为和语言中被表现为现实的情况下才产生了滑稽，从而具有喜剧性。然而，并非所有被表现出的错误都是滑稽的。首先，比如一位科学家的实验失败和一位医生对病情诊断错误，都不能引起滑稽。因为这些都不是机械的逻辑不通，也就是说引起滑稽产生的愚蠢必须是没有经过严密思考的。其次，有的时候对愚蠢的事情涉及的人来说，是气愤而非滑稽，滑稽在某种情况下只对和愚蠢事情没有关系的旁观者起作用。比如医生将胆当成肝脏给切除了，或者将手术钳缝在了患者的肚子里，这对于患者和患者家属是一件再气愤不过的事情了，怎么也不能引起滑稽。但如果将这样的事情搬到荧幕上，观众则会对这件事感到好笑。再者，当愚蠢的主人公本身并不认为自己的行为是愚蠢的，并竭尽全力证明愚蠢的行为是无懈可击的正确时，逻辑不通则更为鲜明地体现出来。

　　综上所述，并非所有愚蠢和错误对所有人都是可笑的，逻辑不通的愚蠢产生的滑稽是有一定条件限制的，但这并不影响逻辑不通成为喜剧描写的主要手段，果戈里非常注重逻辑不通在喜剧中的运用。例如在《钦差大臣》中陪审官总是被质问身上带着烧酒味，他的解释是"小时候叫奶妈把他绊了一跤，从此以后身上就老是带着一点点烧酒味儿"。这个解释是无论谁也不会相信的，如果在现实生活中这样的对话可能被人为是幽默，但在艺术中就完全具有了喜剧的效果。逻辑不通是所有喜剧作家常用的手法，不仅存在于果戈里的作品中，奥斯特洛夫斯基也喜欢这样的喜剧创作。《真理好，而幸福更好》中的玛夫拉·塔拉索夫娜是一个固执的女人，当她认定某个人已经死了，但有人告诉她这个人还活着的时候，她说"无论如何他也不会活着，因为我已经为他的灵魂祷告了二十年，难道这个人他能经受得住吗？"这段话毫无逻辑可循，一个人怎么也不会因为别人的祷告而离开这个世界的，却总是用自顾自的诅咒来盼望怨恨的人死去任谁为这样的做法哈哈大笑，而仅仅是嗤之以鼻的嘲笑。可将同样的事情、同样的做法，在艺术和现实中产生的效果确是不同的，这个涉及到从程度上对笑的类型的划分，因为普罗普只关注了嘲笑与其他类型笑的区别，所以在这里也就笼统地考察了嘲笑产生的类型。

逻辑不通之所以被认为是喜剧性表演的重要手法之一，在于愚蠢的语言和动作总是由傻瓜来完成的。人的思维方式决定其语言和行动，愚蠢的人相对于正常人在思维方向上是扭曲的，但有时愚蠢的人也是被同情的对象。当一个人看拉着桌子的马太累，于是认真分析后的结果是应该把桌子从马车上搬下来，让桌子自己回家，原因是马有四条腿，桌子也是四条腿，桌子完全可以完成和马一样的功能。愚蠢的故事之所以能引起滑稽，还与正常人总是在看见愚蠢的人时对照自己，正常的人在行动和语言之前总是进行反复地思考，愚蠢的人行事前则思考很少，他们总是在自以为的思维中打转。萧伯纳接到一个女士的求爱信中这样写道"我是英国最美的女人，你是英国最聪明的男人，我想我们应该有个孩子"。表面上看，这样的说法并非不合理，基因的优良组合是再正常不过的事情，但是萧伯纳的拒绝则产生了幽默，"如果我们的后代继承了我的美貌和您的智慧，结果如何呢？"在这组对话中，愚蠢不是表面上的，而是隐蔽的，嘲笑在看似平常的对话中使效果更强烈。

关于愚蠢和被愚弄总是喜剧的常用手法，嘲笑之所以产生在于其与现实中正常人的语言和行为存在着差别，当然差别还可能引起愤怒、悲伤等等状况，而愚蠢却产生了滑稽。愚蠢有时是自身行为，有时则是对手的有意为之。所以愚蠢不管是被同情的或者不被同情的，总是会不断成为嘲笑的对象。

六、谎言引起滑稽

1. 荒诞的谎言引起滑稽

当研究逻辑不通和愚弄能产生滑稽时，引出了对另一个问题的关注，即谎言。谎言能引起滑稽主要存在两种情况下：第一，说谎者以为自己的话语天衣无缝，当听者知道真实情况却不去揭穿他时滑稽就产生了；第二，当说谎者的谎言被听者肯定地信以为真却存在着明显的漏洞，滑稽就产生了。总而言之，不管是那种情况，被嘲笑的那个人都是愚蠢的。但谎言和恶作剧并不是一回事，恶作剧可以捉弄愚蠢的人，谎言有时却会暴露自己的愚蠢。其实谎言也并非在任何状况下都是可笑的，能带来重大灾难的谎言是可怕的，只有那些在生活中渺小的、不会导致悲剧后果的谎言才是可笑的，并且这些谎言必须在适当的时候被揭穿，隐藏在深处的谎言只是现实，不被认为是虚幻的东西，也不可能带来滑稽的效果。美国影片《真实的谎言》中，当主人公的特工身份没有被妻子知道时谎言就是他的生活，并不引起任何滑稽，当主人公为保护受到伤害的女儿而不得暴露特工的身份时，妻子的不信任和谴责使他的生活走入了悲剧。所以被揭露的谎言只有不产生悲剧结局才是滑稽的。影片结局中主人公得到了妻子的原谅，一家人团聚，因此这只是正剧，不是喜剧，观众获得的是感动，而不是嘲笑。

但《皇帝新衣》中那个一丝不挂的皇帝自以为穿着华丽的衣服招摇过市的时候，皇帝自己完全相信了裁缝的谎话，他大摇大摆、毫无羞耻感可言，围观的人群中有人看出了皇帝的裸体但并没说出来，有些人则认为皇帝就是穿着华丽的盛装，谎言没被揭穿的时候场面是肃穆的，因为皇帝在巡查，这是件非常严肃的事情。当被大人抱在怀里的孩子说出"皇帝什么也没穿"的时候，谎言突然被揭穿了，一切真相大白，场面也就失去了控制，皇帝的羞耻、官员的慌张和围观者的嘲笑构成了喜剧画面。果戈里的小说《婚事》中阿加菲亚·吉洪诺夫娜的一个求婚者被拒绝了，原因在于媒婆说他是个"一开口就撒谎，并且一眼就能看出来"的人。列夫·托尔斯泰写过一个关于小男孩偷吃李子的故事，父亲不能从男孩的口中知道真实的答案，小男孩不承认自己吃掉了李子，于是父亲说"将李子核吃到肚子中的话是会死掉的。"小男孩听到这个害怕了起来，立刻说"可我把核吐出来了。"这时真相大白，大家都笑了起来，小男孩却哭了。通过这些例证可以看出，被嘲笑的往往不是被欺骗的人，更多地是说谎话的人。

《皇帝新衣》中说谎者知道事实的真相，围观的人和官员中的很多人也知道事实的真相，是都不去揭穿谎言，谎言暂时是真实的，不产生滑稽。《婚事》中的求婚者掩盖一切去求婚，但是却被媒婆揭露了真相。小男孩偷吃李子时以为自己的拒不承认可以瞒天过海，但却无意中暴露了真相。从上面的例子可以看到，不管什么原因造成谎言的败露，说谎者总是以为自己是正确的，是可以瞒天过海的，当谎言无法继续隐瞒的时候，滑稽就产生了，而谎言一般情况下总是故事的创作者说给观众的。所以我们也可以这样总结关于谎言引起笑的定义，即表象与想象的不符合引起了滑稽，这是叔本华的观点，但是普罗普并不认同这个观点，因为世界上的事物总是千差万别的，认识与本质也总是存在着差异，不可能所有表像与想象的不相符合都能引起滑稽，比如科学实验结果与预想的差异就并不是可笑的。

那么谎言到底在什么样的情况下才能引起滑稽呢？电视剧《宰相刘罗锅》中有这样的一个片段：才华横溢的刘墉参加科举考试落榜，原因与自身不努力无关，而是当时买爵鬻官严重，为了找回公平，他们借助皇帝的力量对科考中榜的头三名以面试形式进行复试，其中的一个场景就是让状元断案。刘墉和朋友吵上公堂，因为刘墉的鼻子被咬了，刘墉指证是朋友咬伤了自己的鼻子，朋友却说鼻子是刘墉自己咬伤的，一时之间法官无法判定结果。刘墉告诉法官，人是咬不到自己鼻子的，法官信以为然；可是朋友又说咬不到鼻子是因为站的不够高，刘墉是站在凳子上咬到自己鼻子的。法官再一次陷入茫然，在旁边苦笑不得的皇帝让断案官自己来表演咬到鼻子的场景，断案官自然咬不到，然后就让人搬来了椅子和桌子继续向上咬自己的鼻子。观众看到这必然哈哈大笑，滑稽的效果十足。所以，并不是所有的谎言都能产生滑稽，有的谎言产生的不是笑声也许是悲伤，被骗总不是一件好事，能够引起滑稽的谎言必定是荒诞的。在最后的故事中，听者变成了愚蠢的人，而不是说谎者，但是这并不影响对谎言本质的分析。无论是说谎者还是引以为真者被揭穿，谎言要产生滑稽必须是荒诞不合理的，否则就不能成为喜剧。

2. 冒名顶替与无事生非

普罗普认为谎言在喜剧艺术中最突出的表现是"冒名顶替"和"无事生非"两种情况。关于此的总结是在借鉴前人的基础上发展而来的，最主要是对康德关于"笑是一种从紧张的期望突然转化为虚无（而出现的）感情"[66]的观点。康德的观点引起了很大争议，让·保尔认为这个观点存在诸多自相矛盾的地方，叔本华干脆否定了一切，认为两者的观点都是站不住脚的，可惜地是他没有继续说明观点不完善的原因。普罗普认为，康德之后的哲学家对这个观点的批判存在一定的偏差，康德本身的观点是正确无误的，只是需要做进一步的修正和补充。普罗普在《滑稽与笑的问题》这本书中很少对某个哲学家的观点完全否定，他否定的只是研究方法，在一般情况下他比较喜欢使用修正和完善这样的词汇，但随后他还是对康德的观点提出了必要的质疑。在普罗普看来，康德所说的笑产生于"紧张的期待"之后的虚无的论点缩小了滑稽产生的范围，因为之前的哲学家早已达成了某种共识——笑产生于意外。关于这一点与康德似乎形成了某种程度的对立。其次就是康德指出"紧张的期待"落空，期待

---

66 ［俄］弗·雅·普罗普，《滑稽与笑的问题》，杜书瀛译，辽宁教育出版社，1998
年，第132页。

背后的什么也没有引起滑稽。事实上，期待的落空还可能产生沮丧和失望而并非滑稽。比如，一个等待换肾的人被告知找到了肾源，这是一件高兴的事情，但不是滑稽，而当肾源植入体内出现严重的排异反应，造成了更大的折磨。显然，这里产生的期待落空并不能引起滑稽。所以，在普罗普看来，康德的观点并非不正确，而是两点存在漏洞。

那么，"紧张的期待"在怎样的情况下落空才能引起滑稽呢？这要和谎言引起滑稽联系在一起。"紧张的期待"可以被看作是谎言的延伸，谎言会在真相大白的时候引起滑稽，"紧张的期待"会在落空的时候产生滑稽，都是结果的出现，而且这个结果又绝对不至于产生严重或者悲剧性的后果。所以在普罗普看来，康德的观点与自己关于类型的阐述不存在矛盾的地方，因为暴露就是结果的出现，"当我们以为有点什么，而其实什么也没有的时候，我们就会笑"[67]，《钦差大臣》中的情节就很好地说明了这一点。作品中以市长为首的众多官员都认为赫列斯塔科夫是位钦差大臣，是可以和部长无所约束地谈话的政府要人和将军，但是突然人们发现他并不是什么"显贵"，只是一个"懦弱之徒"时仿佛被骗了，市长和官员们非常恼火，但是观众确是哈哈大笑的。《死魂灵》中的财主乞乞科夫欺骗所有的人，不过是要把死魂灵卖个好价钱，但是他最终也没有得逞。

正是这样的以假乱真才产生了滑稽的效果。被冒名顶替的人往往是地位显赫、受到无限关注的人物。冒名顶替还可能表现为乔装打扮，比如男扮女装。谎言的形式总是各式各样，但事物的本质却一成不变，谎言的结果总会制造这样或那样的滑稽，所以冒名顶替和乔装打扮的情节不仅存在于西方的古典喜剧中，而是在每一个国家的喜剧或者童话、寓言故事中都会产生。乔装打扮是特殊形式的冒名顶替，经过乔装打扮的人将不再是自己，随之改变的还有行为和语言，比如一个小姐乔装成村姑，或者女人装扮成男人，总要改变原来的身份和装扮而适应新的。冒名顶替即可以冒充比本来地位更高、身份更显贵的人物，也可以冒充身份低贱、地位低下的人。冒名顶替无一不是为了一定的目的，只是在喜剧中要达到这个目的必然会产生这样或者那样的滑稽。

"冒名顶替"引起的滑稽源于被想象的内容是一种什么也没有的虚无，与

67　[俄]弗·雅·普罗普，《滑稽与笑的问题》，杜书瀛译，辽宁教育出版社，1998年，第133页。

之相近的"无事生非"是在本来就没有的虚无之上建构幻境，这个幻境不一定是美好的期待，但一定是令人"紧张的期待"。普罗普认为生活中很少遇见"由于微不足道的原因而使得大家惊恐万状"[68]的情况，所以在现代喜剧中很少见到这样的状况。契诃夫《三十三颗》中的牙科医生将一个病人比普通人多长了一颗牙的消息宣扬出去后，致使病人顿时名声大噪，很多博士论文以此作为研究对象，博物馆预购了他的颅骨，但是最后发现这只是一个牙根上长了两个叉，他和大家没有任何区别，还是三十二颗牙。一系列的夸张描写制造了滑稽的场面，而最终所有的情节都是一种幻想。

这样的手法确实存在，而且在现代喜剧中也同时适用，普罗普对于现代喜剧中很少使用这一方法的认识是有偏颇的。比如，我们经常看到的喜剧场面是：一个大龄未婚男青年要带朋友吃饭，于是给家里人打了一个电话告诉晚上要带一个朋友回家吃饭。结果在一传十十传百后就变成了他晚上将带一个漂亮的女友回来商量婚事。当家人看到他和他的朋友进门的时候，发现他的朋友是个男士，于是之前的很多准备都具有了喜剧色彩。"无事生非"在大多数情况下不是有意设计的，而是无意识产生的。比如俄罗斯故事《可怜的姑娘》中那个农村女孩再去河边洗墩布的时候看到河对岸住着未婚夫的那个村庄时突然想到，自己以后会嫁到那个村庄去，并和丈夫生了一个可爱的男孩，男孩十二岁时去刚结冰的河上玩耍，结果淹死了。她这样想着想着不禁哭了起来，随后而来的老太太和老大爷听说了此事后以为姑娘的孩子已经死了，于是也跟着嚎啕大哭。于是姑娘的未婚夫在了解了事情缘由之后，就去寻找世间是否还有比自己的未婚妻更愚蠢的人。本来什么也没有，却被幻想成举足轻重的大事。微不足道的原因与夸张结果之间的对照暴露的往往是幻想者的愚蠢。在《可怜的姑娘》故事中愚蠢的不仅是姑娘，还有随后而来的老太太和老大爷，或许还将有更多的人走到河边来一起哭，那他们就都是被嘲笑的对象。

第八节 滑稽的语言手段

以上分析的六种关于滑稽所产生原因实际上都只是一种笑的类型，即与喜剧关系最密切的——嘲笑。普罗普将这本书定义为《滑稽与笑的问题》其重

---

68 ［俄］弗·雅·普罗普，《滑稽与笑的问题》，杜书瀛译，辽宁教育出版社，1998年，第135页。

点就在于关注和喜剧有关的笑是怎样产生的，喜剧中应该制造怎样的滑稽现象才能产生笑的结果从而具有喜剧色彩。当然，喜剧的产生并非只在于内容的可笑，作为一个受形式主义影响的叙事学理论家代表，普罗普总是在论述内容和情节的时候用更为独特的眼光来关注形式和技巧，因此他还择重分析了滑稽的语言手段。在普罗普看来，"作家才能的高低不仅决定于手法，而且也决定于语言"[69]，具有讽刺意味的语言是滑稽手法中极其重要的组成部分。喜剧作家在创作作品的时候，不仅要设定幽默的情节、具有喜剧性的性格、巧妙的冲突和纠葛，还应该具有那个人物应该说出的语言，尽管语言是作家赋予人物的，但却必须和人物本身的性格、思维与行为紧密联系。

在这一点上，他认为果戈里和奥斯特洛夫斯基是卓越的喜剧语言大师。果戈里的语言注重简朴、自然，强烈表现出口语色彩，充分彰显了喜剧来自于民间的特性，但又不苍白无力、平淡无奇，每一个人物的语言不仅充分表现出个体性格与思维，还代表了一个阶层的特征。比如知识分子的语言总是尖酸刻薄，善于讲一些干巴巴的道理，而中产阶级和普通百姓则依靠自己的感觉和视觉生活。果戈里总是能将不同的语言带入到不同身份的人物中，从而使喜剧语言富有强烈的感染力。奥斯特洛夫斯基与果戈里的风格略具不同，他总是能将平民的语言在作品中有声有色地进行展示，甚至总是带着些许调侃和夸张的味道。但普罗普认为两位语言大师的共同点在于，他们注意到喜剧是一种民间创作体裁，它的内容和形式总是取自于民间。

关于滑稽的语言手段，普罗普只是进行了简略的论述，并坚持了惯性的以例证说明问题的方法。也正是在这一点上，杜书瀛先生在"译序"中肯定地赞叹这本书"对于不同文化层次、不同专业、不同年龄的读者来说，都将是一部读来饶有兴趣的理论读物"[70]。在论述滑稽的语言手段中主要涉及的有五个方面，即双关语俏皮话、反语、嘲讽、滑稽名字和运用语言的发音要素使语言失去意义。在这五个方面中，最好理解的是滑稽的名字，果戈里善于用相近的名字表现两个相近的人物形象，比如前面提到的伊万·伊万诺维奇和伊万·尼基福罗维奇。名字也可以由动物或者某些形容词来代替，比如彼得·彼得罗维

---

69 ［俄］弗·雅·普罗普，《滑稽与笑的问题》，杜书瀛译，辽宁教育出版社，1998年，第118页。

70 ［俄］弗·雅·普罗普，《滑稽与笑的问题》，杜书瀛译，辽宁教育出版社，1998年，译序。

奇·彼杜赫的意思是"公鸡"（Петух）、索巴凯维奇的意思接近于"狗"（Собака），玛尼洛夫的意思借用了"引诱"（Приманка）的音节。

普罗普认为"语言是滑稽和讥笑手段的最丰富的武库"[71]，滑稽的语言总是引起观众的经久回味。关于滑稽的语言有多种形式，俏皮话、悖论、嘲讽、逻辑不通、答非所问等等都是产生滑稽的语言手段，关于语言风格应该被作为一个重要问题进行专门研究的问题，普罗普没有进行过多阐述，即使指出了几个引起滑稽的重要语言形式，也大多都是从西方语音文字角度展开论述的，重点是对德语和俄语中的双关语俏皮话进行了较为深入地研究，对于中国的象形文字及东方文字基本未涉及。但正如普罗普对于喜剧的一贯理解一样，区别的只是形式，本质并没有变化。

俏皮话作为一种在民间成长起来的语言形式，是语言的特殊表现，世界各国的民间文学中都喜欢将俏皮话作为一个有趣的议题进行研究。中国的俏皮话还被称为歇后语，这一称呼早在唐朝就已经出现，《旧唐书·郑綮列传》是对歇后语的最早记载。普罗普所讲的俏皮话和中国的歇后语完全是两回事，中国的歇后语一般由两个部分构成，前一部分是形象的比喻，类似于谜语的谜面，后半部分是解释、说明，类似于谜语的谜底。从这个角度上讲，歇后语是中国民间特有的语言形式，在其他国家的文学中不曾出现。按照这个定义来讲，普罗普的研究是无中生有、没有任何意义，可是为什么他论述的那么津津有味？

所谓"双关语"是指在特定的语言环境中，利用词的多义和同音性质有意识地使语句具有双重意义，是一种言在此而意在彼的修辞方式。双关语的使用可以致使语言表达得含蓄、幽默，并且能加深语言的含义，使听者印象深刻。文学作品中经常使用双关语来增强文学色彩，喜剧中使用双关语可以制造滑稽的效果。对双关语的研究在之前的著作中已经相当丰富，伊别尔果尔斯特曾在其论述喜剧性的相关著作中援引过双关语的八种定义，此后的库诺·费肖尔、弗洛伊德、约列斯、鲍列夫都曾阐述过双关语概念含义，甚至出现了论述俏皮话和双关语的专门著作，但并不能说明俏皮话和双关语是包含与被包含的两种语言表现形式，只能说在不同的表现形式下存在某些共同的目的性因素。

71　[俄] 弗·雅·普罗普，《滑稽与笑的问题》，杜书瀛译，辽宁教育出版社，1998年，第103页。

尽管历史上有着丰富的著述和研究，但普罗普并不认为这些足以将"双关语"的含义讲解一清二楚，尤其在喜剧性应用中缺乏最为直接和深刻地说明。他认为包括《俄语词典》和《外来语词典》中对于"双关语"的定义基本上是针对"同音异义"展开论述，这只不过在说明双关语是"改用转义却用了直义"[72]，实际上转义与直义之间的界限并非始终固定不变，且有的时候一个词语可能拥有几个不同的意义，一些意义是宽泛的、抽象的内在含义，一些意义则是非常确切而具体的字面含义。在这样的情况下，说话者和听话者可能一个着重关注了宽泛而抽象的内在意义，另一个则对确切而具体的字面意义产生了浓厚的兴趣，听与说的两个人在理解词语含义上出现了偏差，从而产生滑稽，所以在中国的俗语中有"说者无心，听者有意"的说法。当然并不是所有的理解偏差都能产生滑稽，一般情况下将说者所说的内在含义理解为表象化的字面意义的时候，滑稽效果更为明显。所以"善于迅速地寻找和运用词的狭窄的、具体的、直接的意义，并且用它指代交谈者所指的那种更一般或更宽泛的意义，这也是一种诙谐"[73]。在很多情况下双关语并没有之前所论述的那些可以引起嘲笑的滑稽类型，并不在于暴露某些缺陷和愚蠢的谎言，而只是单纯地开玩笑。在这里普罗普举了马雅可夫斯基在公开朗诵诗歌时出现的一个小意外，当他正激情澎湃朗诵的时候，一名观众表示了抗议并起身从椅子上走了出去，马雅可夫斯基立刻停了下来，并说"Это что за из ряда вон выходящий личность？"，这里面"из ряда вон выходящий"[74]的意思是"非凡的"、"最优秀的"，但从字面上理解就是"从一个序列中走出来的"，当时那个人坐在观众席上，可以表述为"从椅子里走出来的"，整句话的意思就是"有什么从椅子里滚了出来？"。马雅可夫斯基使用的双关语让观众以为他因"愤怒"而失去了判断力，并带着些讽刺的意味，实际上玛雅科夫斯基消除对蔑视的愤怒，从而暴露了退场的那个观众内心的空虚和渺小。

双关语被运用到喜剧描写中是一种将词语的字面含义作为讽刺目的的文字游戏，有时候双关语的运用可以缓解紧张的气氛，使得"紧张的期待"

---

72 ［俄］弗·雅·普罗普，《滑稽与笑的问题》，杜书瀛译，辽宁教育出版社，1998年，第104页。

73 ［俄］弗·雅·普罗普，《滑稽与笑的问题》，杜书瀛译，辽宁教育出版社，1998年，第106页。

74 Русский.Пропп.В.Я. Проблема комизма и смеха. Лабиринт. М.,2002.第97页.

化解为零从而引起滑稽，但这时的滑稽未必与嘲笑有关。与双关语相近的滑稽语言描写手段还有"悖论"即"парадоксы"，杜书瀛先生将该词翻译为"反语"。这里面的"反语"与鲁迅先生善用的修辞格并不相同，不是一种修辞手法，而是一种语言形式。作为修辞格的"反语"，总是喜欢用相反的词汇来表达本意，含有否定、嘲弄和讽刺的意味，比如面对一个夸奖自己身材好的胖子说"您可苗条啊！"这里明显是用了反语的修辞格。但是杜书瀛先生所翻译的此处"反语"具有另外的含义，即"谓语与主语相矛盾，或形容词与被形容词汇相矛盾"，比如"聪明人都是傻瓜，只有傻瓜才聪明"[75]。这里翻译成"反语"也未尝不可，只是不能从修辞上进行理解，其事实上说明的是互相矛盾的表达，在一句话中同时出现的两个词互为反义词，故称"反语"。从字面理解就是悖论，因为聪明就是聪明，聪明怎么会成为傻瓜呢？傻瓜又怎么能成为聪明呢？生活中太多的道理都是悖论的，只是没有将矛盾的两个方面整合到一起，常常不被发现和认可罢了。例如《红楼梦》中关于王熙凤的评价就是"机关算尽太聪明，反误了卿卿性命"，再比如"把拳头收起才是最好的反击"等等。"悖论"在很多时候阐明的是深刻道理，尽管表面上看来毫无意义可言。悖论并不时时都能引起滑稽，一般要在夸张的情况下才能引起滑稽。在契诃夫的短篇小说《傻娘们和退役上尉》中，退役上尉拜托媒婆给他找一个没有钱、不漂亮、不聪明，甚至是个傻娘们都可以的未婚妻。他的理论是只有这样的人才会好好爱他，而媒婆却说"傻娘们倒是有很多，不过……都有自己的头脑。……你是要傻到家的吗？"[76]类似的悖论在喜剧作家的笔下常常可以看到。

可以说，不管使用什么样的语言手段都必须带有嘲讽的意味才和喜剧性发生关系，"嘲讽"（ирония）理所当然被作为一个重要的滑稽语言手段而研究。嘲讽的语言与"悖论"有着相似性，只是表现形式上略有出入。"悖论"是将两个互相矛盾的词汇连接在一起，出现在同一个句子中，组成一个整体。嘲讽则是"口头上说的是一个意思，指的却是与之相反的另一个意思（但不明确说出来）"。这个概念接近于中国语言修辞中的"反语"。"嘲讽"的重要作用就是

75　[俄]弗·雅·普罗普，《滑稽与笑的问题》，杜书瀛译，辽宁教育出版社，1998年，第108页。

76　[俄]弗·雅·普罗普，《滑稽与笑的问题》，杜书瀛译，辽宁教育出版社，1998年，第109页。

要隐晦而曲折地揭露某些缺点，主要作用是嘲笑，字面上却是某种形式的夸奖。

以上所论述的关于滑稽的语言手段是普罗普列举出来重点论证的，但并非包含了喜剧中所有使用过的语言手段，只是这些手段比较常用罢了。其实，有些时候语言并非要明确或者隐晦地表达某些意义才是滑稽的，当语言的表达致使内容失去意义的时候，也存在产生滑稽的可能。一般表现为语词含混不清、多用虚词等，有的时候类似于"没话找话"。当然，仅仅是这些也不能表现出滑稽，只有在一些特定环境中与其他的表现手法相结合时，用于个别角色的描写会产生滑稽的效果。

小结

作为著名的叙事学文艺理论家，显然在《滑稽与笑的问题》中并没有看到普罗普大篇幅进行语言结构研究的段落，只是简单地在一章中草草论述了滑稽的语言手段。他很清楚滑稽的语言手段是一个复杂而多样化的问题，对其展开专门论述可能会成就一本专著，甚至对其中某一种手段的详细研究都需要长时间的搜集资料，他甚至对于这种一笔带过似的描述表示歉意。所以在这本小册子的最后突然拿出这样一章论述滑稽的语言手段，其重要的目的并非要将所有语言手段一一列举并深入探讨，而在于让读者认识到语言的表现力需要作为滑稽产生的重要因素之一进行广泛而深刻地研究，否则对"滑稽与笑的问题"展开任何方面的研究都是存在缺陷的。

事实上，普罗普对"滑稽与笑的问题"的研究在某种意义上说是单调的，其重点主要在于论述嘲笑产生的各种原因上，而对于其他方面的论述则多有忽略。在这本书的后半部分，他还对嘲笑以外的另外一些笑的类型产生了兴趣。比如善意的笑、恶意的笑、厚颜无耻的笑、欢乐的笑、礼仪性的笑和纵情的笑。这些笑的类型与喜剧中强调的"嘲笑"似乎关系不大，比如礼仪性的笑，在喜剧中完全不被需要。笑的类型总是可以不断被增加，对笑的论述是一个不可能休止的课题。以上六种笑的类型都是从心理学角度的分析，如果换成社会学角度或者生理学角度等等，笑的类型可以划分出成千上万种可能。正是在这一基础上，普罗普《滑稽与笑的问题》并不是对"滑稽"的最终总结。恰恰相反，从民间文学角度展开对"喜剧"或者"滑稽"的系统性研究，他是奠基者。

　　遗憾的是，这本书无论在俄罗斯学界还是在国际学界都没有得到应有的关注，杜书瀛先生的中译本自翻译后或许被无数兴趣浓厚者反复阅读过，但对其的系统研究和总结性评论只有一篇文章。这是一个非常残酷的现实，也许是因为学界的关注点在于成就其一生地位的"故事学"研究上，而认为这本小册子只是普罗普兴趣的随笔；或者因为文中的大量事例缺乏理论的逻辑性而不值得研究；更或者是因为笑本身被认为是再简单不过的一种本能生理现象而没有研究的价值。总而言之，这本写作和翻译或许并非一时兴致所致，它与普罗普一生的学术思想存在相当大的关联性，其中译本的出现也与当时国际学界和中国学界对于普罗普的关注程度有着密切关系。

第三章　普罗普思想的传入与研究

　　普罗普一生学术思想与二十世纪西方文论的百花齐放是分不开的，相继兴起的历史诗学、形式主义、语言学、符号学、结构主义以及叙事学中的任何一种理论都是当代学界高度关注并深入研究的，而每一种又都与普罗普的名字有着或多或少的联系，无论提到其中任何文学理论思想都无法跳过他。尽管结构主义大师斯特劳斯毫不客气地将普罗普划为了形式主义者，但他被中国学界接受却与形式主义的传入关系不大，相反是通过国内学界对法国结构主义的介绍而受到了更多关注，他的主要思想也是因为结构主义者对其研究的英译本而被国内学界转译。当然，无论如何也不能将普罗普看作是完全的结构主义者，他只对故事感兴趣的研究取向将其从结构主义先师的冠冕下解救出来，但对故事类型的划分和整体结构研究的方法使其恰好符合了结构主义叙事学理论的规则，当代叙事学文学理论奠基人的称号再次落在了这个宁愿称自己是民俗学家的文学理论家头上。

　　自二十世纪西方文论陆续传入中国以来，普罗普的名字越来越多地见诸于国内学界众多文论家笔下，对他学术思想的研究和译介成为中国学界趋之若鹜的目标。有趣的是，曾引起国际学界震惊的俄罗斯文学理论家普罗普的相关著作一开始并不是通过俄语原文被直接解读，尽管中俄文学之间的交流曾如此丰富，他的思想被中国学界认识却是一条百转千折之路。所以，研究普罗普学术思想在中国的研究和译介情况，必须首先认识当代西方文论是如何传入中国的，尤其是与其思想密切相关的结构主义和叙事学理论的传入情况。

第一节　结构主义与叙事学传入中国

　　改革开放成就中国经济蓬勃发展的同时，在文化领域也掀起了一次翻天覆地的变革，当代西方文学理论忽如一夜春风席卷了整个中国文论界的研究，学者们纷纷放下早已了熟于胸的古代文学理论，竭尽全力地呼吸新鲜空气。一时间当代西方文学理论各学派、各种思想观点充斥文坛，介绍、翻译、研究、应用成为文论界应接不暇的时尚，其中诸多对传统研究的颠覆性观点更如惊雷一般炸开了国内学者的视野，由此盲目崇拜不仅造成了对当代文学理论的很多误读，并且完全摒弃了中国本土文论思维方式，几乎所有学者在一时之间倾倒于西方文学理论的魅力，唾弃古代文论的陈腐和散乱。只有少数学者在对当代西方文学理论细读之后，开始反思其与中国本土文学创作之间的联系，提出中国文论的"失语"状况。

　　但是，"重建当代中国文论"成为当今中国文论界最具响的口号却要归功于 70 年代末以来当代西方文学理论的传入。在这一时期传入的文论思想中，结构主义占据着主流地位，普罗普的学术思想在中国学界的接受与研究情况是一直伴随着结构主义和结构主义叙事学在中国的发展而发展的。

一、结构主义的主流地位

　　结构主义文论出现于 20 世纪 50-60 年代的法国，在整个 20 世纪西方文论中处于关键地位，甚至整个 60 年代的欧洲都处于结构主义笼罩之下，它的思想影响着人类学、语言学、社会学、历史学、心理学、文学、新闻学等众多人文学科的发展和建设。这是一个富有魅力的方法论，它辉煌的生命非常短暂，在 20-30 年后就迅速被解构主义的熊熊烈焰淹没，但它确立的文学批评思想渗入西方人文学科和文化研究的骨髓。它是在索绪尔语言学理论革命之后兴起的重要学派，上承于俄国形式主义和英美新批评理论重视对文本进行客观科学分析的特征，此后又为颠覆传统的解构主义思潮启发了思路，因此风靡整个欧洲并不断影响着国际学界的研究取向。结构主义方法论将艺术文本看作一个符号系统进行研究，强调对系统整体模式的研究，关注系统中各类现象之间的关系，而对现象本身的性质却没有太多思考。让·皮亚杰总结结构主义的特性包括"整体性功能、转换功能和自我调节功能"[1]，列维—斯特劳斯在《结

1　［瑞士］让·皮亚杰，倪连生、王琳译《结构主义》，商务印书馆，1984，第 6 章。

构人类学》中从四个方面更为详细地阐述了结构主义的特性，但总体而言还是强调文本结构的整体性和各成分之间的关系。除此之外，结构主义还强调对文本深层模式的研究，他们认为文本由"表层模式"和"深层模式"组成，由于"表层模式"比较容易感知，没有必要进行过多研究，而"深层模式"不能被直观理解，必须凭借抽象的思维将其挖掘出并建构起来。

法国结构主义文论是语言学研究影响下作品文本系统研究的重要支柱，这一学派在当代西方文论中影响颇大、硕果累累，出现了众多享誉国际学界的文论家和思想家，最著名的是前后"四子"，前"四子"包括人类学结构主义大师列维—斯特劳斯、精神分析学家雅克·拉康、历史哲学家米歇尔·福柯和结构主义马克思主义的奠基人路易斯·阿尔都塞。结构主义文论发展到上世纪70年代，出现了以罗兰·巴尔特为代表的一批文论家批判结构主义对形而上学传统的依附，否定文本内在相对稳定的内涵，希望从理性和逻辑出发总结出非客观、非逻辑的结果，以此来揭示语言的规律。后结构主义的代表人物大多是前期结构主义方法的倡导者，只是前后期的思想发生了变化，比如罗兰·巴尔特后期的思想就是对其前期思想的大逆反。在后结构主义文论中取得巨大成就的是结构主义后"四子"，即罗兰·巴尔特、杰·热奈特、茨维坦·托多罗夫和 A·J·格雷马斯。

结构主义文论在国际学界的影响有目共睹，在中国文学理论研究中也占据着不可忽视的地位。但是由于当时中国大环境影响，当代西方文论并未在产生的第一时间与中国学界进行互动，而都是在上世纪70年代中期改革开放大环境的影响下，才不断走入国内文论家的视野。一时间，百花齐放的当代西方文学理论让国内学界眼花缭乱，加之西方重逻辑分析的思维模式与中国古代文论"立象尽意"思维模式的差异犹如新鲜血液一般注入骨髓，国内学界瞬间掀起西方文论研究热潮，中国传统文论失去主导地位，以至于产生了后来的"失语"状态。结构主义和叙事学理论正是在这一时期被引进，尤其是结构主义文论几乎成为那个时代文论研究的宠儿，引来各界对其的高度关注，大量著作和文章被翻译、介绍和解读，其理论应用不仅体现在文学艺术中，而且在电影电视研究、历史研究、新闻研究等众多行业都以结构主义阐释为时尚。最早将结构主义介绍并应用到中国文学研究中的是台港学者张汉良、郑树森、周英雄、大陆学者袁可嘉、李幼蒸、张裕禾、张隆溪、倪连生、董学文、王逢振等人。

尽管结构主义是一次颠覆性的革命，但在中国的传播和接受并非一帆风顺。陈太胜曾在《社会科学研究》上发表文章《结构主义批评在中国》，文中指出，结构主义在中国的传播过程大致可分为三个阶段，即 1975 年至 1983 年的大初始阶段、1983 年至 1989 年的发展阶段和 1990 年至今的深入阶段。早在 70 年代刚传入中国时，中国学者对结构主义的研究并没有掀起大的波澜，只是零星地几篇介绍性文章被发表，其中比较有代表性的是 1975 年发表在《哲学社会科学动态》第 4 期上题为《近年来欧洲结构主义思潮》的论文，文章在介绍的同时表达出作者对于结构主义的否定态度，认为结构主义方法论对于当代文论研究产生了不可忽视的负面影响，可见结构主义传入之初在中国学界并不被看好。与此同时，台北比较文学研究所的张汉良先生则将结构主义方法论应用于唐代传奇研究，对唐代传奇进行了一次全新视角的解读。1978 年，《哲学译丛》上发表了几篇介绍结构主义的文章，虽不再对其全盘否定，但也没有造成太大声势。1979 年袁可嘉在《世界文学》第 2 期发表了题为《结构主义文学述评》的文章，他在文中不仅考察了结构主义文论的历史背景和发展渊源，还详细介绍了其理论内涵的基本特征，并指出其在批评实践中体现的三个特点。其一，结构主义主要依赖于语言学方法分析文本的语法结构；其二，结构主义以人类学和精神分析理论的假设为基础，致力于挖掘神话和童话故事中无意识的深层结构现象，以此阐述其理论研究方法；其三，结构主义研究的根本目的在于通过文学体裁内部模式演化的论述搜寻一般性规律，以此作为文学批评的新方法。袁可嘉对内部特征的总结性研究打开了国内学界对结构主义认识的新视野，但同时他也不能确定其方法论的科学性，认为这是一种脱离了社会历史和作者世界观的僵化的、机械性系统。同年，李幼蒸发表专门性文章对结构主义展开了更为全面的解读，并指出这一方法论本身包含着反主体、反中心、反历史虚无主义的特征。正是这篇题为《法国结构主义哲学的初步分析》的文章，将国内学界的关注点从结构主义的负面影响转移到内在特征的全面解读上，逐渐挖掘出这一文学批评方法的重要价值。

进入八十年代，国内学界对结构主义方法论的研究和实践逐渐增强，1980 年，《文艺理论研究》2 期上发表了袁可嘉翻译的罗兰·巴尔特《结构主义——一种活动》一文。同年李幼蒸翻译了布洛克曼的著作《结构主义》，该书由商务印书馆出版，是国内翻译的第一本专门论述结构主义理论的专著，它的出版代表结构主义文论在中国的传播呈现出大好态势。紧接着，李幼蒸在 1981

年撰写了题为《关于结构主义和符号学的辨析（1980-1984）》的文章，以探究符号学和结构主义两大流派之间错综复杂而密切的关系。可以说，结构主义在中国传播过程中，李幼蒸既是先行者也是扭转态势的关键。随着李幼蒸、袁可嘉等人对结构主义的翻译和介绍，国内学界不断涌现出对这一理论方法进行阐释的文章，其中邓丽丹和张裕禾在《外国文学报道》1981 年第 1 期与第 3 期上分别发表了题为《文学作品的结构分析》和《新批评——法国文学批评中的结构主义流派》的文章。同年，王泰来在《外国文学研究》第 2 期上发表《关于结构主义文艺批评》一文。此后，中国学界对结构主义文论的研究逐渐进入成熟阶段，从 1983 年第 4 期开始，张隆溪在《读书》杂志上间断性发表了 4 篇研究结构主义的文章。与前面学者不同的是，他将中国古典文学中的诗性语言与结构主义文论结合起来互为证明，结构主义批评实践在学者的理论结合中展开丰富的研究并取得了丰硕的成果。同年，周英雄的《结构主义与中国文学》一书出版发行，全书在介绍结构主义理论系统的同时，将其应用于分析中国作品的实践之中，成为中国学界较早将结构主义应用于实践的专著。

以此为契机，1984 年成为结构主义在中国之行的关键年，在国内掀起了一股结构主义方法论研究和应用的热潮，结构主义研究进入到白热化时期。此后的几年时间，《当代文艺思潮》、《文学评论》《外国文学评论》、《法国研究》、《文艺研究》、《外国文学研究》等国内知名的综合性文学评论刊物争相设置专栏和发表文章探讨结构主义文论的背景、特征和实践问题，成为国内结构主义文论研究的前沿阵地。与此同时，全国各地举办的文艺理论研讨会均喜欢将结构主义研究作为中心议题，其在中国学界出现了第一个高潮时期。但国内学界的研究和介绍毕竟落后于国际学界的脚步，实际上从 70 年代后半期开始法国结构主义研究已经进入颠覆传统的后结构主义时期，国内学界却刚刚开始对结构主义的译介和研究展开兴趣，在实践中的应用才不断进入状态。尤其值得一提的是季红真的文章《文学批评中的系统方法和结构原则》，该文发表在《文学理论研究》上，指出结构主义虽然是一种新型的方法论，但要将其运用到中国文学的实践还需要进行一定改革并最终达到"为我所用"的目的。这篇文章的发表，表明中国学界对于以结构主义为代表的当代西方文学理论的接受已经抱有冷静而客观的态度，这也是中国文学批评界面对"失语"境地后不断成熟的表现。这一时期，还在全国出现了几十本结构主义文论家著作的译本，其中包括倪连生等翻译的皮亚杰的《结构主义》、董学文等翻译的罗兰·巴尔特的《符号学美学》和《写作的零度》、李幼蒸翻译的列维—斯特劳斯的《野性的思维》、瞿铁鹏翻译的特伦斯·霍克斯的《结构主义和符号学》、刘豫翻译的罗伯特·休斯的《文学结构主义》、尹大贻翻译的伊·库兹韦尔的《结构主义时代》、王逢振翻译的伊格尔顿的《当代西方文学理论》、林书武翻译的佛克玛、易布思的《二十世纪文学理论》，这些译著基本上都由商务印书馆、上海译文出版社、三联书店等知名出版社出版发行。以上刊物专栏和译本对法国结构主义文论的历史渊源、理论内涵、批评实践和代表人物展开了系统而详细的评介，推动了国内学界结构主义研究的迅猛势头，同时也促进了国内文学批评工作者对结构主义的清醒认识和中西结合实践研究的创新与改革，国内的结构主义研究彻底从批判其负面影响转向了理论实践的应用阶段，开启了对其研究的新局面，同时也整整影响了一个时代文学批评的方向。

在八十年代翻译的结构主义文论家专著基础上，国内学界还在编著中将结构主义作为一个重要文学理论进行系统解读，重要的有陆梅林、程代熙编的《美学文艺学方法论续集》和胡经之、张首映主编的《西方二十世纪文论选》。后者尤其给予后结构主义代表人物罗兰·巴尔特、杰·热奈特、茨维坦·托多罗夫和 A·J·格雷马斯的代表性著作进行了更多关注，这些编著与译著同样在为中国学界的结构主义研究提供了大量可靠而全面的原始研究资料的同时，也表明中国学界对于结构主义的认识正逐渐与国际学界接轨，但要达到同步发展尚且需要文学批评家继续对第一手资料进行大量翻译和研究工作，可喜的是这些工作在九十年代得到了不断完善。整个八十年代可以说是结构主义研究在中国传播和接受发展迅速的时期，甚至在介绍和研究结构主义的影响下，中国学界对整个西方文学理论的方法论问题产生了从未有过的浓厚兴趣，出现了"方法论热"。

八十年代中国的改革开放迎来新鲜空气，对于中国学界来说既是一次营养的有益吸收也是一次考验。曾以反存在主义思想姿态激情登场的结构主义在西方渐趋被颠覆的同时，中国学界则将所有的西方文论采用了兼收并蓄的态度，存在主义、结构主义、形式主义、现象学、阐释学等当代西方文学理论在中国文学批评界共时存在，出现了前所未有的纠结和交错。普罗普的学术思想严格意义上应属于叙事学范畴，但其在中国的传播却与结构主义的译介关系甚为密切，主要源于列维—斯特劳斯对于这位民俗学家的种种批评。所以中国学界对于普罗普的真正认识，正是结构主义从中国盛行的 80 年代开始的。

　　中国对于结构主义的研究与国际学界总是脱节的，当巴尔特、格雷马斯、德里达等结构主义大师的名字逐渐在国际学术论坛上被解构主义和后现代文论家所取代时，国内文学批评界却对这些曾经的风云人物展开最强有力的研究和追逐。90 年代的中国彻底遭遇了一次当代西方文学理论的洗礼，后现代主义、女权主义、新历史主义、后殖民主义、解构主义、大众文化研究等几乎所有的理论思想同时争相涌入中国学界，曾在中国红极一时的形式主义、英美新批评等文学理论遭受了不同程度的冷遇，但这种冷遇却迟迟没有降临在结构主义批评的身上，主要原因在于相继登陆的西方文学理论思想中仍能或多或少地追踪到结构主义的影子，尤其是后结构主义在这一时期反而得到了繁盛的发展和应用。但中国学界也并非如 80 年代初期对结构主义的狂热，而是同形式主义、英美新批评一样发生了"语言学转向"。在这一时期最主要的成就是一些后结构主义大师的专著不断被翻译出版，热奈特的《叙事话语　新叙事话语》、列维—斯特劳斯的《结构人类学》等重量级结构学专著的中译本问世，为国内理论界全面认识结构主义提供了不可或缺的资料。与此同时，中国学界对于结构主义文论不再盲目接受，进入了与其他文学理论对照研究和应用于中国各行业实践的理论运用和反思时期，尤其在教育界出现了大量利用结构主义方法论解读中国教育的文章。1990 年周英雄的《比较文学与小说诠释》由北京大学出版社出版，书中出现的《结构、语言与文学》和《结构主义是否适合中国文学研究》两篇文章在回顾结构主义在中国传播和接受过程的同时，以审视的目光再次反思了结构主义与中国文学评论的适合程度。他认为，对于结构主义与中国文学相结合的评论道路如何更具有合理性的问题上不能妄下结论，应该根据具体的个案进行特别关照。可以说在某种程度上，周英雄的这些观点对于国内学界接受结构主义文论的态度具有启发意义。

　　在译介和接受继续前行基础上的反思，对于中国学界研究结构主义文论来说是一次飞跃式前进，而将其更为有效地施行到各行业理论和实际应用中，则是对结构主义与中国文论结合更为有效的阐释。1997 年，《思想战线》第 4 期上发表了田汝康的文章《结构主义与中国古字的人类学研究》，2000 年《社会学研究》第 3 期上发表了周怡的文章《社会结构：由"形构"到"解构"——结构功能主义、结构主义和后结构主义理论之走向》。类似的文章正帮助中国学者更好地反思结构主义在中国传播的路程。

　　普罗普在 60 年代被国际学界认识，首先被奉为结构主义先师。也正是在这个基础上，列维—斯特劳斯以一个结构主义人类学家的视角审视着这个只对神话结构形态感兴趣的民俗学家。他的批评在某种程度上将普罗普卷入了结构主义理论家的行列，中国学界就首先是把普罗普当作结构主义先师来进行介绍和评论的。这也许是国际学界对普罗普最大的误读，但很快人们发现他的理论与斯特劳斯越走越远。因为他不关心除神话故事以外的任何一种体裁的形态学研究，而是沉迷于故事的结构和历史母题。因此，后来的国际学界更喜欢将他奉为结构主义叙事学的创始人。

二、当代西方叙事学的风靡

　　叙事学研究是非常古老的方法，早在古希腊的柏拉图就提出过模仿、叙事的二分说，亚里士多德的《诗学》中谈到过对文学作品情节的研究，认为所谓情节就是叙事之事，二者可以看作叙事学发展的源头。当代西方文论中叙事学的名称是在 1969 年由托多罗夫正是提出的，它的基本理论与结构主义文论息息相关，但同时融合了俄国形式主义文论的特点，以"研究所有形式叙事中的共同叙事特征和个体差异特征，旨在描述控制叙事（及叙事过程）中与叙事相关的规则系统"[2] 为重要目标，所以当代叙事学也被称为"结构主义叙事学"。尽管现代叙事学研究是在法国结构主义大背景下产生的，但是其理论渊源却可以追溯到俄国形式主义，学界一般认为是普罗普在上世纪二十年代开创了当代叙事学研究的先河。其实普罗普之前的形式主义者已经展开了对"故事"和"情节"的区分，但普罗普认为这些区分既不科学也不谨慎，于是他在对故事形态进行研究之前，首先对"故事"和"情节"进行了重新界定。由于当时国际环境的影响，普罗普的研究在几乎三十年后才被国际学界所认识并引起了震惊，结构主义者正在苦心琢磨的理论，已经在这个俄罗斯文论家的著作中被成体系展示过了。但是文学叙事学与结构主义并不相同，也不可以划归为一类，不使用结构主义的方法也照样可以完成对叙事作品的形态分析。可是当代的叙事学与结构主义文论却有着不可分割的联系，结构主义文论也为当代叙事学研究贡献了最多的力量。所以，结构主义和叙事学虽然是两个相互独立的方法论，存在着错综复杂的联系，学界在总

2　Prince,G.A Dictionary of Narratology[.Nebraska:University of Nebraska Press,1987.p3.

结二十世纪西方文论时也总喜欢将两者以及符号学绑定在一起进行整体研究。

尽管叙事学理论渊源可以追溯到古希腊时期，但当代叙事学理论在国际学界被当作一个独立学科进行研究却并不在结构主义之前。尽管后来习惯将普罗普奉为当代叙事学的创始人，但在当代叙事学研究中最多被关注的却是巴尔特的语言作品"层次分级"法、托多罗夫的叙事作品"句法结构"研究和巴赫金的"复调小说理论"与"狂欢化诗学"。其中的主要原因有两点：第一，普罗普的主要思想产生于20世纪20年代到40年代之间，与叙事学成为专门学科理论被重视之间相差几十年，普罗普的思想与结构主义叙事学的成熟具有时间差；第二，普罗普的学术研究集中于神话故事学的形态分析上，相对于整个叙事学研究过于单一，不具有对叙事作品的整体概括性。基于这两点，普罗普的故事形态学研究是叙事学的开先河之作，却不是叙事理论的代表著作。

由于当代叙事学与结构主义文论千丝万缕的联系，且叙事学思想的提出者几乎都是结构主义文论研究的代表人物，因此中国学界对当代叙事学最初的接受总是与结构主义研究并行的。1983起，张隆溪在《读书》杂志上发表的4篇论述结构主义的文章中就有《故事下面的故事——论结构主义叙事学》一文和1987年胡亚敏在《外国文学研究》第1期上发表题为《结构主义叙事学探讨》的文章，这两篇文章可以算作中国早期研究叙事学的代表。而真正引起中国学界对叙事学重视的是1985年当代理论家杰姆逊在北京大学的一次关于西方文学理论研究的演讲，在演讲中杰姆逊运用格雷马斯语义矩阵理论对《聊斋志异》中的《鸲鹆》一文展开了叙事学的示范分析。这一分析引起了中国学界对叙事学理论研究的兴趣，日后这次演讲一直被奉为经典，直至数载之后胡经之、王岳川在编写《文艺学美学方法论》时还引用了这个分析。尽管1985年之后的中国学界对结构主义叙事学理论产生了浓厚的兴趣，但真正受到整个学界关注的叙事学研究是在1989年之后而1985-1989年间的只有陈平原的博士论文《中国小说叙事模式的转变》可以称为中国学界对叙事学研究的重头戏。文章借助托多罗夫的句法结构理论从叙事时间、叙事角度和叙事结构三个方面"把纯形式的叙事学研究与主题文化背景的小说社会学研究结合起来"[3]，对中国晚清和五四小说展开了细致入微地解读。该书首次将结构主义叙事学理论在小说中应用，成为大陆学者实践叙事学理论开先河之作。

3　陈平原，《中国小说叙事模式的转变》，上海人民出版社，1988年，序。

1989 年中国学界对于叙事学理论的研究和译介是极为重要的一年。王泰来在这一年首先组织选取英、法、德三国的叙事学论文进行翻译，编辑出版了《叙事美学》一书，成为早期中国学界了解叙事学理论的重要资料。紧接着，张寅德在搜集法国 60-70 年代最有影响的叙事学成果基础上编选的《叙述学研究》中指出，叙事学的名称始于巴黎一本名为《交际》的杂志 1966 年第 8 期设立的名为"符号学研究——叙事作品结构分析"专号，从此叙事学作为一个专门学科引起了国际学界的关注，而法国的叙事学理论也理所当然地被看作结构主义叙事学成就最高代表。对当代叙事学理论背景的考察和内涵特征的介绍，使得这本编著成为学界研究叙事学的必读之作。随着俄语原文编著的渐趋传入，学界开始将目光转为对其重要著作的翻译，仅在 1989 年就有布斯的《小说修辞学》、里蒙—凯南的《叙事虚构作品》和《当代叙事学》、《结构主义诗学》、《叙述学：叙事理论导论》、《叙事话语新叙事话语》等代表著作陆续被翻译出版。编著和译著的出现激发了国内学者对叙事学研究的浓厚兴趣，介绍和研究性的著作也相继出炉，但反响并不很大。

进入 90 年代，国内学界掀起了叙事学研究的热潮。自 90 年开始，《历史与叙事》（孟悦 1991 年）、《小说叙事学》（徐岱 1992 年）、《讲故事的奥秘文学叙述论》（傅修延 1993 年）、《苦恼的叙述者》（赵毅衡 1994 年）、《叙事学导论》（罗钢 1994 年）、《中国当代文学的叙事与性别》（陈顺馨 1995 年）、《中国叙事学》（浦安迪 1996）、《红楼梦叙事》（王彬 1998 年）、《当说者被说的时候：比较叙述学导论》（赵毅衡 1998）、《叙述学与小说文体学研究》（申丹 1998）、《文学的维度》（南帆 1998）等研究型专著纷纷面世，这些著作在介绍基础上更侧重对中国文学作品进行理论与实践相结合的研究。其中值得重点关注的是《中国叙事学》和《文学的维度》，这两本书都是在介绍和分析西方叙事学文论的基础上，主张与中国文学批评有效结合的重要著作。前者为汉学家浦安迪在其《明代小说四大奇书》基础上继续完善的杰作，该书完成之时正是中国学界大量评介西方叙事学文论的狂热时期，但本书却没有得到应有的关注，说明当时的中国学界虽然对西方叙事学充满热情，但对本土的叙事学研究却多有忽略，这种状况其实不仅仅存在叙事学研究中，中国本土成长起来的文学批评理论都出现了被忽视和否定的情况。与之相比，1998 年由三联出版社出版的南帆的《文学的维度》则取得了较大的成功。该书从文学真实、叙事话语、修辞和文类四个角度出发，对中国新时期以来文学创作模式的嬗变展开技术性分析，其广阔视野和严密逻辑都表现出中国叙事学研究的成熟特性。更为重要的是这本书脱离了对西方叙事学机械介绍和研究的框架，而是将其置放于汉语言文化的大背景中，糅合西方现代和后现代语言学成果，提出了话语权问题，并在历史文化的维度中展开了语言文化功能的论述，改变了以往单纯介绍和生搬硬套的方法，将理论与实践、文学与文化密切结合，建构了以中为主、借鉴西方、中西合璧的研究模式，这本书也因此成为了运用西方叙事学理论研究中国文学作品中具有突破性成就的专著。这两本书的出版充分说明了中国学界对于叙事学等西方文学理论的借鉴逐步走向成熟，同时西方文学理论在与中国文学作品解读相结合时必须灵活运用，不能盲目以西释中，更不能脱离中国本土的文化背景。

除去以上出版的专著作品，在 90 年代还有众多文章发表，重要的有发表在《小说评论》1990 年第 2 期上徐岱的《小说的叙事研究》，文章从写作学角度对小说的题材处置、结构安排、主题提炼和语言的润色等进行了细致考察和分析。转年张毅的《当代叙事学的得失及其影响》在《中国人民大学学报》1991 年第 2 期上发表，作者肯定叙事学文论在为现代文学理论注入新鲜血液的同时，也带来了不可忽视的负面影响；同年，张一的《电影叙事学及其批评》在《当代电影》1991 年第 5 期上发表，紧接着 1992 年《红楼梦学刊》第 4 期上发表了胡邦伟的《神话的世界与现实的世界——从叙事学的角度论〈红楼梦〉》、《当代文坛》1993 年第 5 期上发表了陈旭光的《视角区分与心态转换——王朔小说叙事学批评》、以及发表在《中国文学研究》1998 年第 1 期上陈果安的《明清小说评点与叙事学研究》和郑铁生在同年的《南开学报》第 1 期上发表的题为《明清小说评点对中国叙事学的意义》。这些文章作为叙事学批评方法在应用上的成功例证，充分说明叙事学理论在中国的实践取得了巨大进步。整体来说，90 年代是叙事学在中国蓬勃发展的阶段，也是中国学界对叙事学由简单介绍、解读、研究到理性反思和成熟运用的演变阶段。在这一阶段中成就最突出的要数杨义先生。

在整个 90 年代杨义先生对于中国叙事学的理论内涵和发展状况进行了实时把脉。《中国社会科学》1994 年第 1 期上发表的文章《中国叙事学：逻辑起点和操作程式》中指出，中国的叙事学和西方叙事学在观念、结构、表现方式等诸多方面迥然不同，其根源在于中西深层文化心理结构的差异所致，圆形结构和阴阳互动的中国思维模式决定中国的叙事学的研究必定表现出一种流动的视角，这篇文章在 1996 年被翻译成英文《Chinese Narratology: Its Logical Starting Point and Form of Operation》在《中国社会科学》上再次发表。在此基础上，1997 年杨义先生的专著《中国叙事学》由人民出版社出版，该书充实和完善了《中国叙事学：逻辑起点和操作程式》的观点，抓住中西思维方式与叙事手法的不同，认为西方叙事学的语言学倾向并不适合中国叙事作品的研究，反对对西方叙事学理论的生搬硬套，主张应本着"道"与"技"相结合的方法，构造中国本土叙事学理论。书中还强调将叙事作品的分析与中国文化传统相结合，"从史学文化的角度切入叙事分析"[4]，并沿着"还原——参照——贯通——融合"的思路，力图建构具有中国特色、符合现代化要求的叙事学理论，以此与"现代世界进行充实的、有深度的对话"[5]。这本书倾注了杨义先生的大量心血，同时也为中国叙事学研究开辟了一条新的道路，其中的很多篇目在西方经典叙事学和当代叙事学中都无从找到。这本书刚出版就引来学界的众多关注，盛鸣、钱满素、张铁生等人纷纷发表文章进行评论。但当时的中国文论界依然处于西方话语权的控制之下，仅仅一本《中国叙事学》形单影只，但这本书的出版却为当时对西方文学理论狂热崇拜的中国文论研究打了一支镇定剂。

90 年代中国学界对叙事学的关注基本由翻译转为研究和应用的成熟阶段，以上著作的出版及其更多学者的关注掀起了叙事学研究的热浪，这一时期也正是西方文学理论各学派在中国传播和介绍的高峰。当代西方叙事学受到学界关注，符合当时中国对西方文学理论求知若渴的大环境要求，同时也与结构主义和符号学理论在国际学界拥有的丰硕成果有很大关系。如果说结构主义文论在国际学界的影响是短暂的辉煌，那么叙事学在中国学界的传播是则是骤热之后的冰冻。

进入新世纪后中国学界渐趋感到了中国文论"失语"状态的严峻形势，对西方文论的反思不断强化，在主张西方文学理论与中国文学批评研究相结合的情况下改造西方文学理论，使其更能适应中国文学的批评，并在中西结合的基础上建立中国当代文学理论体系成为整个学界渐趋思考的核心。在这种思想的指导下，中国学界对于包括结构主义和叙事学在内的整个西方文学理论

4　杨义，《中国叙事学》，人民出版社，1997 年，第 6 页。
5　杨义，《中国叙事学》，人民出版社，1997 年，第 33 页。

都进行了重新的审视和反思,普罗普的故事学思想也不例外。但有所不同的是,普罗普的重要著作《故事形态学》和《神奇故事的历史根源》中译本在 2006 年才被贾放翻译后由商务印书馆出版,而最早应用第一手材料对普罗普思想进行研究的也只能追溯到 2002 年贾放的博士论文。由于译介的推后,使得近年来学界重新掀起了对普罗普学术思想的关注也在情理之中。所以本书不对中国新世纪以来结构主义和叙事学的传播与接受进行详细解读,主要有两方面原因。其一,中国学界对于西方文学理论的狂热期是在 80、90 年代时期,进入新时期基本上走入反思和改造阶段;其二,中国学界认为普罗普故事形态学属于结构主义的论断,随着对结构主义和叙事学的反思已经给予纠正,新世纪以来中国学界不再坚持在结构主义的背景下研究普罗普,而是逐渐还原其本来面貌。

第二节　90 年代以前普罗普学术思想研究

随着结构主义对普罗普故事学理论的发现和解读,以及《故事形态学》和《神奇故事的历史根源》英译本的出现,尤其是法国结构主义大师列维—斯特劳斯发表文章认为普罗普的思想相对于结构主义者正在摸索探究的问题具有绝对的超前性,同时也因未将对神话故事题材的研究放在历史文化背景下考察从而带上了形式主义的帽子,由此二者展开了一场足以引起整个学术界关注的激烈论战。

一、结构主义文论研究中出现的普罗普

在法国结构主义文论成为国际学界的宠儿之时,中国受大环境的影响对当代西方文学理论几乎没有任何关注,而这个只是对神话故事的结构感兴趣的俄罗斯文论家的思想在中国学者眼中更没有太多的价值。自普罗普的《故事形态学》在 1928 年出版之后近半个世纪的时间,中国学界对其思想的介绍寥寥无几,最早的接受始于 1956 年,当时在《民间文学》第 1、2 月号上发表了王智量翻译的《英雄叙事诗研究中的一些方法论问题》。该文的发表在少部分人中被传看,几乎没有产生任何影响,只是让中国学者知道了普罗普的存在。随后由于中俄关系的紧张状态,这篇文章渐趋被学界遗忘,普罗普的名字也随之在中国学界消失了 20 余年。直到 80 年代后,中国学界对西方文学理论开始了狂热崇拜之时,普罗普的名字才又出现在中国某些知名刊物上,但这个时候

对于普罗普的认识并没有随着中俄关系的解冻而增多，相反只是在一些二手或者三手的英文、意大利文资料中才能找到普罗普的思想，而且主要集中在对《故事形态学》一书上，这种现象一直持续到90年代之后。所以整个90年代之前、或者准确地说是在80-90年代之间，中国学界对普罗普的认识是介绍性的、肤浅的、单一的，并且是不够准确和客观的，耿海英将这十年称为"雾里看花"[6]时期，认为这一时期对普罗普的研究始终在结构主义浓雾的笼罩之下，完全没有对其思想的独立思考，而是将其归入结构主义的"功能论"中考察，损害了其思想的整体性价值。但这一时期的中国学界对普罗普的认识却是第一个高潮时期，正是这些非俄文的外文著作和文章，让中国学者第一次认识了西方当代叙事学起源时的思想内涵，同时也为中国学界了解结构主义提供了巨大的参考价值。

事实上，我国对普罗普学术思想的介绍较早始于上世纪70年代末，1979年袁可嘉在《世界文学》第2期上发表题为《结构主义文学理论》的文章，文章在介绍整个结构主义文论的发展状况时提到了普罗普的《故事形态学》，这是中国学界在新时期第一次认识普罗普，但由于这篇文章的主要内容不是以普罗普为主，所以对其及《故事形态学》只是点到为止，并没有深入解剖。同年3月，袁可嘉在华中师范学院讲学时曾发表了关于"欧美现代派的创作及理论"的演讲，在介绍和分析欧美现代派文学及其代表作时，提到了普罗普及其《故事形态学》。1980年《文艺理论研究》发表罗兰·巴尔特的《结构主义——一种活动》；1981年《外国文学研究》第2期上发表王泰来的文章《关于结构主义文艺批评》，在1983年张隆溪在《读书》杂志第11期上发表了《故事下面的故事——论结构主义叙事学》。1986年袁可嘉的文章《西方结构主义文论的成就与局限》在《文艺研究》第4期上发表。总之，在这期间很多关于结构主义和叙事学研究的文章中经常会提到普罗普的名字，但对于其深入研究并不多见，主要是在提到结构主义叙事学起源的时候将其作为创始人论述，或者简单介绍其《故事形态学》的理论内涵和在文论研究中的地位和影响。

这一时期最主要的成就还集中在一些专著的翻译和写作上。1980年，李幼蒸翻译布洛克曼的《结构主义：莫斯科—布拉格—巴黎》一书由商务印书馆出版，该书中虽然仍将普罗普作为结构主义的先驱进行研究，但对中国学界深

---

6 耿海英，《新时期普罗普的故事学在中国的接受与研究》，《广州大学学报》（社会科学版），2006年第2期，第63页。

入认识普罗普学术思想提供了更为可靠的资料。1985 年荷兰学者福克马的《法国结构主义》被翻译出版；1986 年李敏儒等翻译赖安的《当代西方文学理论导论》由四川文艺出版社出版，同年唐小兵翻译了弗雷德里克·杰姆逊的《后现代主义与文化理论》和伍小明翻译的英国人伊格尔顿的《当代西方文学理论》均由陕西师范大学出版社出版，其中后者是在后现代语境下反思当代文学思潮中诸学派的主要思想，代表了伊格尔顿在 70 年代对西方文学理论的主要批评观点，普罗普的思想依然被归类于结构主义旗下。也就是说在 20 世纪的 80 年代之前，普罗普的思想在国际学界也是笼罩在结构主义的阴影之下，而在中国这样的情况还要延续一段时间。这一时期除了翻译作品还有几本编著中提到了普罗普的名字，即 1985 年由江西师范大学中文系等编撰发行的《外国现代文学批评方法论》，1986 年由傅修延、夏汉宁编著的《文学批评方法论基础》，赖干编著的《西方文学批评方法的评介》，文化部教育局主编的《西方现代哲学与文艺思潮》和马克思主义文艺理论研究编辑部选编的《美学文艺学方法论》（续集）。总而言之，以上的文章和译著、编著中无论是将叙事学作为独立学科进行研究，还是对普罗普及其《故事形态学》的解读，介绍多于研究。但在确定其理论在结构主义叙事学研究的中地位，以及与法国结构主义和叙事学之间的学理关系上为此后的研究者提供了重要依据。稍有深入者还将普罗普的思想——主要是《故事形态学》放置于"功能论"、"情节"和"角色类型化"的关系中进行解析，细致分析了这些理论的基本内涵特征和方法论体系，而对于其思想的整体面貌尚缺乏介绍和解读，甚至对于"故事学"都不能给出更为客观的阐释，只是针对列维—斯特劳斯的质疑中对普罗普学术思想的局限性稍作掌握，这在日后又被确认为是一种文化误读。所以这一时期的介绍和研究对于普罗普一生的整体思想来说只能是冰山一角，20 世纪 80 年代中期钟敬文在谈到民间故事研究的各种思想和方法论时，曾论及到普罗普"故事形态学"与结构主义文论之间的关系。

二、新的转机

对普罗普的认识在 1987 年开始慢慢出现了一定的转机。在这一年胡亚敏在《外国文学研究》第 1 期上发表的文章《结构主义叙事学探讨》中指出，结构主义叙事学作为结构主义文论的重要组成部分和当代叙事学的基础，其力图挖掘出隐藏在叙事事件之中不变的深层结构及其各要素之间的关系，而

其重要的先驱就是俄罗斯文论家普罗普及其处女作《故事形态学》。这篇文章
确切指出，普罗普不是结构主义者而是结构主义叙事学的先驱，而且他的《故
事形态学》的英译本大大刺激了结构主义对叙事文体的兴趣与思考。这篇文
章对与普罗普的认识虽然还是集中于《故事形态学》，但却还原了普罗普民俗
学家的身份，并在一定程度上摆脱了结构主义的阴影，是中国学界对于普罗
普及其思想认识的一大进步。但是这篇文章的发表并没有改变中国学界将普
罗普归为结构主义者进行研究的命运，随后出版的很多著作还是延续了以前
的观点。这一年还有在《外国文学评论》上发表的蔡鸿滨翻译的雅各布森的
《诗歌语言理论研究与诗学科学探索》和托多罗夫的《关于形式主义理论的
历史说明》。而在辽宁大学出版社出版的《结构主义文学批评论》中，张秉真、
黄晋凯以《"无信息的规则"——结构主义叙事学》为题，既对照研究了普罗
普与巴尔特叙事研究思想的差别，又以爱伦·坡、福楼拜等著名作家的作品
为实例进行了详细阐释，时隔近二十年后刘积源以同样的题目在《甘肃联合
大学学报》发表文章，也对普罗普与巴尔特的思想进行了比较论证，所不同
的是后者以马塞尔·普鲁斯特的著名小说《追忆似水年华》为实例展开分析
的，并且也提到了叙事学相关的众多学者的理论，但从研究方法上两者大同
小异。1987年瞿铁鹏翻译特伦斯·霍克斯的《结构主义和符号学》由上海译
文出版社。以上列举的译著中，伊格尔顿和杰姆逊的著作对中国学界的影响
较大，也成为普罗普的研究者在当时主要参考的资料，为后来普罗普逐渐被
中国学者重视和研究奠定了基础。

1988年是中国学界研究普罗普故事学思想成果丰硕的一年。叶舒宪编著
的《结构主义神话学》中第一篇便选取了普罗普的《〈民间故事形态学〉的定
义与方法》，随后的几篇都是列维—斯特劳斯关于神话学研究的文章。该书的
有意设计使读者在对比中深入了解了二者在神话结构研究中的差异。而叶舒
宪与俞建章合著的《符号：语言与艺术》一书则从符号学研究的角度指出，普
罗普从俄罗斯神话故事基础上找到叙事深层结构和转换原则的做法，为后期
结构主义叙事学大师格雷马斯"结构矩阵"研究提供了重要参考。值得一提的
是胡经之和张首映编著的《西方二十世纪文论史》的出版，这本书和以往研究
者均不同，索性将普罗普从结构主义的大军中拉出，直接归入了形式主义者的
行列，而且作者认为这样的处理是更为合适的。但是这只能代表中国学者早期
对俄罗斯民俗学家普罗普的定位，而就普罗普本身来讲是非常反感将其思想

和形式主义扯上关系的，他曾在反驳列维—斯特劳斯时明确指出自己是一个民俗学家，无论如何也不能同意将自己划入形式主义者的行列。

除了上述基本以中文写成的著作外，在这一年还有几本提到普罗普学术思想的外文专著的中译本陆续出版。其中最先关注的就是福克马和易布斯共同创作的《二十世纪文学理论》。事实上该书的中译本早在 1985 年已经由袁鹤翔等翻译并经香港中文出版社出版，但大陆接触到的中译本是 1988 年三联书店出版的，该书中关注了普罗普故事学对维谢洛夫斯基故事"母题"观点与什克洛夫斯基存在着很多差异。这本书的观点第一次将中国学界对普罗普的关注由《故事形态学》引向了故事"母题"的研究，在研究普罗普故事学思想的道路上前进了一步。同年罗斯特·休斯的专著《文学结构主义》由三联书店翻译出版，这本书中详细列出了普罗普关于神话故事形态研究的"四条原则"和故事情节中包含的角色的"三十一种功能"、以及人物的"七个行动圈"，这是我国学者第一次详细了解了普罗普故事形态学最完整的体系。但是由于译者是从英译本翻译过来的，书中的很多概念不是很准确，但系统的完整性丝毫不错，为后来普罗普故事学研究提供了非常必要的宝贵资料。书中还充分探讨了普罗普和斯特劳斯两位研究者关于神话结构研究中的学理关系以及二者的差异，也是读者了解普罗普及神话学的重要参考。刘守华的《故事学纲要》也在这一年出版，虽然书中没有对普罗普的思想进行过于细致的介绍和研究，但是其研究故事学的分类方法和对于不同题材故事的处理情况都借鉴了普罗普《故事形态学》中的观点。这一年《文艺研究》第四期上发表两篇比较重要的文章，一篇是徐贲的《小说叙述学研究概观》，着重于托马舍夫斯基"表层情节"与普罗普故事"深层结构"意义间的比较研究，从而突显出"故事形态学"在叙事结构探索方面的重要价值。另外一篇是徐剑艺的《文学形态层次论》，文章认为任何形态学研究都是在描述对象是怎么的问题，而不是研究是什么的问题，所以形态学不对故事的外在特征感兴趣，而总是盯着内部的深层结构。这篇文章从普罗普的神话故事视角扩到整个形态学的研究，具有强烈的概括性和总结性，能够站在高度审视形态学的特征和价值。

尽管在 1988 年的一年间，中国学界对于普罗普学术思想的研究性文章及著作的数量和质量都有了较大幅度提升，成果非常丰富，也出现了一些新的观点和看法，但中国学界对于普罗普的研究仍然集中在其第一本专著《故事形态学》的解读上，而对于其他的著作和文章基本上没有任何介绍，这大大限制了对普罗普学术思想认识的视域，也并不能对其整体的思想面貌进行客观而科学的评价，往往出现人云亦云的状况，甚至对列维—斯特劳斯的误读也不能够很好认识，只是跟着结构主义和西方学者的节奏亦步亦趋，整体上尚缺乏独立的判断和处理能力。尽管在福克马和易布斯共同创作的《二十世纪文学理论》中提到了关于故事"母题"的问题，但是并没有引起当时学界的过多注意。1989 年是中国学者打开视域进行普罗普研究的开篇之年，这一年托多罗夫编选的《俄苏形式主义文论选》经蔡鸿滨翻译由中国社会科学出版社出版，这本书中收录了普罗普 1928 年发表的《神奇故事的转化》一文在总结故事形态学的基本原则和功能项基础上研究方向的转变，认为普罗普在对故事进行深层模式分析之后，指出对角色功能项的基本形式和派生形式的罗列需要根据一定的原则和标准，这些原则与标准的确定和故事本身的情节并没有太多的联系，而是要在故事之外的周边环境中进行考察。也就是说要确定故事中角色的功能项，"必须联系故事所处的背景、它得以产生和存在的周围环境"，而与"故事起源有联系的形式成为基本形式"[7]。正是这篇文章的发表使得普罗普在完成《故事形态学》研究之后转而对故事情节的"母题"发生了兴趣，从而创作了《神奇故事的历史根源》。以列维—斯特劳斯为主的法国结构主义文论家没有注意到这篇文章和随后出版的《神奇故事的历史根源》，从而质疑了普罗普的故事学思想，并将其划入形式主义的行列。中国学界对于普罗普的研究始于《故事形态学》无可厚非，但是一直单一地关注这本书，而忽视对其他著作的翻译和研究，就犯了与列维—斯特劳斯同样的错误，所以曾认为将普罗普的思想放在形式主义的文论中进行总结性论述和研究也是有情可原的。

  1989 年虽然没有如上年一样出现众多研究普罗普的译著、专著、编著和文章与读者见面，但是在这一年出现的文章和著作都是极具参考价值的。除去《神奇故事的转化》一文被翻译，标志中国学界对普罗普的研究打开更为广阔的视野之外，法国神话结构主义大师列维—斯特劳斯的著名论著《结构人类学——巫术·宗教·艺术·神话》经陆晓乔等人翻译由文化艺术出版社出版，在这本书中收录了斯特劳斯的文章《结构与形式——关于弗拉基米尔·普罗普一

---

7 ［法］茨维坦·托多罗夫编选，蔡鸿滨译，《俄苏形式主义文论选》，中国社会科学出版社，1989 年，第 211 页。

书的思考》。在这篇文章中，斯特劳斯既对普罗普的故事形态学思想感到了极度的惊讶和赞叹，同时也提出了几乎动摇其研究基础的质疑，也就是这篇文章引起了学术界的关注，从此引发了西方文论界对普罗普故事形态学的关注和研究。列维—斯特劳斯这篇带有批判意味的文章不仅引起了结构主义文论家对叙事结构更多的思考，同时也引发了与普罗普之间就其形态学是否具有完全可靠性的论战。可以说普罗普及其思想受到国际学界关注，并成就其快速成为享誉世界的文论大家，在某种程度上受益于斯特劳斯和他的这篇文章。之所以这么说并不是指没有斯特劳斯的批评，普罗普的故事学研究就没有价值，而是它的价值可能不会短时间内在国际学界引起如此大的轰动，以至于结构主义和结构主义叙事学的研究者们一致地将其奉为先驱。当然，对于中国学界，这篇文章也具有同样的重要地位，收录于《结构人类学》的这篇文章同样也是我国学界第一次以普罗普为题进行专门研究的文章。从此，中国学界不仅开始格外关照这位俄罗斯文论家及其思想，对其展开了专门研究，而且也从斯特劳斯的质疑中，开始更为客观和科学地审视故事形态学，而不是一味地肯定或视其为结构主义文论的组成部分。

　　从以上列举我国学界对普罗普及其思想的研究资料来看，在十余年时间里中国学界对普罗普及其思想的关注主要集中于《故事形态学》一本专著的研究上，对于其他的专著或者文章——哪怕是有关"故事形态学"方面的文章都极少论及，只是在 80 年代末出现了关于历史"母题"研究的相关翻译和简单论述，表现出研究视角的一定转向和拓宽。而且由于对国内学界一直使用二手或者三手资料，对普罗普的了解缺乏一定的真实性和客观性，甚至不能确定其所选择的素材到底是神话还是民间故事？或者是其他什么文体？也正因为此，对于《Морфология сказки》的书名翻译也出现互不同一的情况，存在《民间故事的形态研究》、《俄罗斯民间故事形态研究》、《俄罗斯民间故事形态》、《民间故事形态》、《童话形态学》、《童话故事形态学》、《俄国神话故事研究》等诸多版本，但无论哪一种都没有真正触及普罗普学术思想的核心，因此对普罗普的理解存在或多或少的误读，在这一时期是再正常不过的事情。

　　总体来讲，在这一时期对普罗普学术思想的介绍总是将其置于结构主义思想笼罩之下，并且飘忽不定。有些学者从"故事形态学"的内涵特征入手，抓住"功能论"、"角色"和"情节"、"母题"等重要概念进行具体分析，考察"深层结构"与"表层意义"之间的比较，肯定了故事形态学在叙事研究中的重要价值和意义；另一些学者则更关心"故事形态学"思想的重要意义和影响，认为其只不过是结构主义及其叙事学的发起者而已，而其思想系统过于复杂，对文学研究没有过多意义。不管任何一种结论，对于普罗普学术思想的关注越发成熟和广阔确是事实。

第三节　90年代至新世纪前普罗普学术思想研究

　　90年代的中国文论界对于当代西方文学理论的整体接受进入细致考察和深入研究阶段，对普罗普的思想在新世纪到来之前的十年间进行了较为具体的细化式解读，但是仍没有摆脱英译、法译等二手或三手资料的困扰，即使是从俄文中得来的资料，也是经过其他刊物或文论家著作的转述，很少见到在阅读普罗普自身文章和著作基础上进行客观地解读和分析，即使有细读的作品仍大部分圈固在"故事学"范畴内。所以说对于普罗普学术思想研究的深化，与结构主义和叙事学等当代西方文学理论的接受及研究状况有着密切关系。

　　总体来讲，这一时期国内学界对普罗普及其思想的研究上了一个台阶，主要体现在以下几个方面：首先，对普罗普学术身份归属问题的研究进一步深化，与前期有学界将其归为形式主义者，另一些学者将其归为结构主义者的说法不同，在分析其思想理论内涵和特征基础上进行了客观和科学的说明；其次，在系统而详细地阐释其《故事形态学》机理与观点的情况下，开始对故事的历史"母题"给予了较多关注，普罗普故事学的整体面貌在中国文论家的面前渐趋呈现；第三，出现了第一本普罗普专著的中译本，即1998年经杜书瀛先生翻译的《滑稽与笑的问题》一书由辽宁教育出版社出版，尽管这本书在中国几乎没有得到任何关注，但是这本书的出版代表中国学者对普罗普的关注有了更为广阔的视野，也为日后揭开普罗普一生学术思想的整个面纱提供了宝贵的资料。总之，随着对西方文论的深入解析，并且以普罗普及其思想为主要研究对象的文章逐渐增多，国内文论家的研究与普罗普学术思想的真实面貌越发接近，但是仍然没有直面的机会，也没有系统整理普罗普生平和学术思想的专门性著作出现，因此在这一时期仍被称作"亦真亦幻的艰难探索"[8]时期，可以说这十年国内学界对普罗普的研究尚且存在大

8　耿海英，《新时期普罗普的故事学在中国的接受与研究》，《广州大学学报》（社会科学版），2006年第2期，第66页。

量的不足和遗憾。

在 90 年代出现最多的关于普罗普学术思想进行研究的文章基本上首先源于对其《故事形态学》的具体分析，研究者们抓住"故事形态学"中的基本概念和原则进行详细解读，主要从"语义纵聚合结构"和"叙事横结合结构"、情节与类型划分的关系，包括叙事形态结构和情节历史"母题"之间的关系等多个维度上展开论述并提出自己的观点。其中怀宇在 1990 年《当代电影》第一期上发表文章《普罗普及其以后的叙事结构研究》，指出普罗普关于"缺乏与对缺乏的补救、禁止与对禁止的违反"等"大多数功能的二元特征揭示具有特殊的重要性"[9]。文章还详细论述了普罗普"故事形态学"理论与列维—斯特劳斯神话结构分析即格雷马斯的叙事"矩阵"之间的联系与不同。这篇文章在论述普罗普学术思想重要贡献的同时，比较研究了列维—斯特劳斯和格雷马斯的叙事学理论，后两者的思想是对普罗普学术思想的完善与充实，使读者在对神话结构研究的整体把握中重观普罗普的"故事形态学"，是客观把握其思想意义和学术价值重要参考资料。同年，申丹在《外国文学评论》第 3 期上发表题为《论西方叙述理论中的情节观》的文章，就"情节观"问题专门区分了普罗普与什克洛夫斯基学术思想之间的本质差异。以上的两篇文章，对于普罗普故事学思想与其他文论家思想的本质不同进行了非常细致地考察，在认识上更为具体和客观。类似这样的文章是我国学界在叙事学研究方面的一大进步，也表明中国学者能够更为冷静和客观地看待西方文学理论家各自的优缺点而进入成熟的阶段。

对于普罗普故事学理论的关注除了以上的对比研究之外，更多地是从细节部分具体地分析其故事学的概念与体系特征。上海社会科学院的马驰在《文艺研究》1991 年第 1 期上发表文章《普洛普叙事理论》，该文在具体解读《故事形态学》中对神话分析的整个过程之后，认为普罗普搜集的基本研究资料仅仅局限一百个俄国神话故事之中，而且其方法论的选择上倾向于归纳性和经验性，是造成其理论迟迟没有被国际学界发现价值的关键。在普罗普的《故事形态学》研究中确实存在这样的问题，但并不是普罗普的视域狭窄所致。普罗普并未有意忽略这个问题的存在，在他看来尽管仅仅对一百个俄罗斯神话故事进行研究的基础上就总结出"故事形态学"的结论确实有些仓促，但是如果我们在更多的故事中找不到其他的具有代表性的功能项，那

---

9 怀宇，《普罗普及其以后的叙事结构研究》，《当代电影》，1990 年第 1 期，第 74 页。

么再多的故事也是多余，而世界上任何国家的神话故事其实具有相同的结构。普罗普的思想在没有穷尽对所有故事搜集并进行总结性研究的基础上得出，并不能否定其思想的普遍适用性。普罗普的思想在某种意义上只是传递了一种故事结构研究的方法，他只是充当了总结者，并没有完成实践者的工作，实践工作是在日后各国叙事作品的研究中完成的。而普罗普学术思想没有引起国际学界重视，可能存在马驰指出的原因，但并非如此简单，这和当时的国际政治环境和语言障碍也存在不可忽视的关系。1992 年，刘亚丁的《中俄民间故事比较二题》在《外国文学研究》第 4 期上发表，文章选取中俄民间故事中具有代表性的作品进行比较分析，指出由阿尔奈创立、并经汤普森完善的故事类型 AT 法是沟通中俄民间故事比较研究的桥梁，因为丁乃通教授的《中国民间故事类型索引》和普罗普编选阿法纳西耶夫《俄罗斯民间故事》时附在后面的《情节目录》中都采用了 AT 法的序号，这并不是偶然的巧合，而因两国的民间故事创作中具有同样的规律可循。这篇文章是我国学界运用比较文学理论对中俄民间故事进行规律性阐释中为数不多的重要文章之一，它在一个新的角度上为国内学者研究普罗普学术思想与中国民间故事的结合提供了重要参考。

随后，《湖北师范学院学报》（哲学社会科学版）分别在 1996 年和 1998 年发表了张开炎的文章《角色结构与范畴再描述》和《论叙事的文本语法与文化语法》，这两篇文章虽然不是专门研究普罗普学术思想，但是其中论述又不能离开这个叙事学的大师。尤其在后者中指出，普罗普和托多罗夫都是在寻找人类叙事作品中的一种"普遍语法"，并且在找到之后应用到了结构主义和叙事学研究中并取得了成功。到了 90 年代末，许子东分别在《文学理论研究》1999年第 4 期和《读书》1999 年第 9 期上发表题为《契合大众审美趣味与宣泄需求的"灾难故事"——"文革小说"叙事研究之一》和《叙事文革》的文章，这两篇文章是作者对当代小说叙事结构关注的专著《为了忘却的集体记忆》一书中的组成部分，该书在 2000 年由三联书店出版。这两篇文章对于文革小说的结构分析，借用了普罗普神话故事结构分析的理论，但作者只是受到"故事形态学"方法论的启发，并不是为模仿而模仿。在走入新世纪前的最后一站，中国学界对于普罗普故事学研究方法不但进行了具体而微地解读，而且进入了灵活应用的阶段。

在这十年间，虽然能够找到的有价值文章数量并不很多，但其观点的深刻与新颖却时时给人以惊喜，众多翻译和出版的作品也体现了这方面的特征。1990 年，梅列金斯基《神话的诗学》经魏庆征翻译由商务印书馆出版，该书分三编对神话诗学进行了多侧面、多角度的研究，其中关于"纵聚合"与"横组合"关系问题的研究中提到了普罗普的思想，并指出普罗普的故事学研究对维谢洛夫斯基"历史诗学"的继承关系。这部巨著最大的贡献还在于作者在论述神奇故事与成年礼之间的联系时，将读者的视线引向了普罗普对英雄叙事诗和故事情节的"历史母题"认识，尽管书中并没有就展开对《俄罗斯英雄史诗》和《神奇故事的历史根源》的介绍，但这毕竟将中国学者对普罗普的研究目光转向了《故事形态学》之外的专著。遗憾的是，中国学界在此后的很多年还一直认为代表普罗普学术思想的只有《故事形态学》，而完全忽略了对《神奇故事的历史根源》的研究和思考，造成了客观解读的很大障碍。同年，陈建宪、彭海滨翻译了美国学者阿兰·邓迪斯编著的民俗学论文集《世界民俗学》，书中收录了包括他自己在内的全世界研究神话学著名学者的文章，其中在他自己的文章《北美印第安民间故事的结构形态学》中认为 20 世纪 30 年代之后的很长一段时间内，民俗领域几乎没有提出任何有突出价值的理论，但普罗普的《故事形态学》是个例外。而在分析北美印第安民间故事的过程中，邓迪斯直言他"将普罗普的类型学框架"[10]应用其中。邓迪斯很清楚，仅仅是故事形态学的理论对于研究神奇故事是有所欠缺的，他认为将普罗普的故事形态学在全世界范围内应用时，必须结合其"母题"研究的方法，才不至于在研究中显得枯燥。当然，邓迪斯并不是对普罗普学术思想的照搬，而且他也并不认为普罗普的思想具有无可挑剔的完整。他在对北美印第安民间故事进行分析时还加入了肯尼斯·L·派克的理论，认为两者的结合才能在研究中"识别出大量清晰的结构模式"[11]。以上两本译著最突出的价值在于，使中国学界的文论家们研究《故事形态学》内部机理和价值意义的同时，开始不断地了解关于普罗普的另外一本重要著作——《神奇故事的历史根源》。由此，中国学界对于普罗普的认识从宏观到微观、从单一到复合，在理性探索的基础上逐渐建立了多侧面、广角度研究的视域。

---

10 ［美］阿兰·邓迪斯编，陈建宪、彭海滨译，《世界民俗学》，上海文艺出版社，1990 年，第 294 页。

11 ［美］阿兰·邓迪斯编，陈建宪、彭海滨译，《世界民俗学》，上海文艺出版社，1990 年，第 294 页。

随着对当代西方文学理论译介的增多和研究的深入，中国学界在接受西方文学理论时早已退去了盲目信仰，开始将西方文学理论思想进行整体性把握和化入自身学术研究的系统之中多方面的比较和全方位考察后，进行准确而客观的定位。对普罗普学术思想的接受也在这方面做了大量工作，其中 1995 年刘守华的《比较故事学》由上海文艺出版社出版，该书在第一章的《民间故事形态的结构主义剖析》一节中详细分析了普罗普的《故事形态学》一书的基本理论，将其三十一种功能和四条原则全部列举出来，并按照情节需要将三十一种功能分列成六个部分，这是国内学界对普罗普《故事形态学》一书较早完成全面解读的著作之一。书中在同一章节中还概述了列维—斯特劳斯的神话结构主义理论和故事学研究的成就，以及邓迪斯对北美印第安民间故事研究的成果。这本书最主要的成就也就在于将三者放在同一部分进行了分别论述，对于三者理论的异同采取客观呈现的方法，以有利于读者自我评判，这在比较故事学研究的领域具有极大资料价值。1998 年申丹的《叙述学与小说文体学研究》也是对普罗普故事形态学理论应用较为得当的作品之一。在这本书中作者不但站在宏观角度对叙事学的"情节观"进行了整体把握，并在这个视角下对普罗普的思想给予了一次重新定位，认为《故事形态学》及其"母题"研究理论在某种程度上是沟通俄国形式主义文论与法国结构主义叙事学之间的重要桥梁，它在二者之间起到了过度作用，有学者认为这种中立的态度是比较妥当的处理方法，总比简单地归为一方旗下来得好。虽然这在普罗普及其学术思想归属问题上不无新颖之处，不知用如此不偏不倚的中立态度解决问题，是否能消除普罗普和斯特劳斯之间的论战。

在几位学者通过翻译著作更加深入了解普罗普学术思想的同时，国内的一些学者的著作中对其的关注也随之深化。1992 年徐岱的《小说叙事学》由商务印书馆出版，作者认为普罗普的《故事形态学》研究取得了前所未有的成功，以至于帮助其成为了既什克洛夫斯基之后俄国形式主义理论研究的另一位代表性人物。尽管作者还是错误地将其划入了形式主义者的行列，但这也是我国学界对于普罗普学术思想地位的最高肯定。在此阶段，中国学者除通过译介了解叙事学和普罗普的思想外，自身也有了对西方文学理论系统而深刻的把握和认识，创作出与本土文学特征相符合的理论著作，出现了很多改造当代西方叙事学理论以"为我所用"的典范，其中比较重要的有胡亚敏的《叙事学》和傅修延的《叙事与策略》。1994 年胡亚敏的《叙事学》由华中师范大学出版社出版，在书中并没有单列一章对普罗普学术思想进行整体概述，而是将其理论分列成若干部分散放于不同的章节中，用以来建构起自己对叙事作品研究的理论系统，在这一点上与杨义的《中国叙事学》有着同样的理念，都是改造西方叙事理论以"为我所用"的成功典范。这本书出版之后在学界引起了一定的反响，说明中国学者对普罗普学术思想的接受和应用日臻成熟。同年张开炎的《神话叙事学》和《文化与叙事》经三峡出版社出版发行，尤其《神话叙事学》是国内第一部结合人类学、文化学、语言学和神话学进行综合与比较研究的叙事作品，该书不但标志着中国民间故事学研究已经具有较高理论水准，同时也给予普罗普故事形态学以较高评价，将其与托多罗夫的叙事分析同归为对具体作品深层结构的研究，但学界认为这部作品严格意义上还有很多理论存有争鸣。

　　另外一本在 1994 年出版的重要著作是罗纲的《叙事学导论》，由云南人民出版社出版，该书按照叙事文本、叙事功能、叙事语法、叙事时间、叙事情境、叙述声音以及叙事作品的接受对当代西方叙事学理论进行了整体把脉，同时结合中国文学创作对叙事学理论的应用提出了自己的见解。作者在列出普罗普《故事形态学》三十一种角色功能及其普氏对俄国神奇故事叙事结构的分析之后指出，对于角色功能的总结为现代叙事学理论的建构以及中国叙事学研究提供了三点启发。其一，对叙事作品的研究应把握具体内容和抽象结构两个层面，也就是结构主义和叙事学理论家们通常所说的表层结构和深层结构；其二，可以将叙事作品的深层结构分离出来进行单独研究；其三，角色的功能是叙事作品中最基本的要素，而叙事功能之间的相互关系则是决定叙事作品结构类型的主要原因。[12]本书另外的一成就在于作者在分析了三十一种叙事功能后，将其应用于中国民间故事中的一些著名篇目如《灰丸子》、《贪心的姐姐》、《吃槟榔芋》等的结构分析之中，找出了在故事中存在的三十一种功能项，甚至将"故事形态学"的分析方法应用于冯梦龙《醒世恒言》中小说《钱秀才错占凤凰俦》的结构分析中。作者在对众多作品进行分析后认为，普罗普故事形态学的分析方法简单实用，"但也比较粗陋，它适合于分析形态比较简单的民间文学，而对更富有独创性的文人创作便显得有些心长力拙，难以应付"[13]。所以罗纲还针对中国民间叙事作品展开了更

---

12 罗纲，《叙事学导论》，云南人民出版社，1994 年，第 28 页。
13 罗纲，《叙事学导论》，云南人民出版社，1994 年，第 73 页。

为详尽而独特的分析，得出了比普罗普更适合中国本土特色的叙事学理论。事实上，这种对普罗普故事形态学理论质疑的观点并不是罗纲首先提出的，主张建构更适合本土叙事作品研究的理论也不是罗纲初尝试，之前的浦安迪、杨义等人都系统提出过自己的理论，但并没有受到太多重视，而且由于之前学者所处的话语环境不同，以及其主要针对一个时期或一种文学作品进行论述的狭隘，在选材范围上的限制也是造成其理论遭到忽视的原因。而罗纲的《叙事学导论》不但使用普罗普的方法分析了中国民间故事结构，指出了其在一定范围的适用性，而且针对不同的中国民间叙事作品进行了独特研究，完善了普罗普形态学理论，是对其的有益补充。事实上，普罗普早已经指出，形态学思想、包括历史母题的研究是在 100 个俄罗斯民间故事的基础上总结出来的，由于俄罗斯文学与文化有倾向于欧美文学的特点，因此对于东方文学、尤其是中国文学的复杂性和独特性不能完全顾及，这也是后来格雷马斯叙事"矩阵"理论得以推进叙事学研究的重要原因。

同样对普罗普形态学方法论感兴趣的还有香港大学李扬博士，其博士毕业论文《中国民间故事形态研究》于 1996 年由汕头大学出版社出版，该书也是使用普罗普形态学分析中国民间故事深层结构的又一尝试性研究。这部作品是当时对民间故事形态学进行系统研究的典范之作，在论述普罗普故事形态学基础上结合当代西方叙事学理论对中国民间叙事作品进行了分析，主要以"功能论"、"序列论"、"角色论"三个方面为中心，对中国民间故事的叙事结构进行了详细阐述，挖掘出叙事结构中的共同规律和特征，并为跨文化环境中叙事结构的比较研究提供了最初的学术范例，是一部以较为成熟的眼光关照中国民间故事作品。但李扬的这本书依然不是从普罗普俄文原著基础上翻译出来的，因此在概念术语的使用上仍存在一些问题。总而言之，这是一部研究和实践普罗普故事学理论比较成熟的著作，为中国的普罗普及叙事学研究确立了崭新的视角，但正如作者在其最后结语中所说，"本书的'描述'层次研究，严格说来只是迈出了结构分析的第一步。中国民间故事形态结构的深层是否隐伏着特定的文化传统，体现着传播的文化心理和世界观，从故事叙事中是否可以发现远古人类叙事的某种元语言等等，这些问题有待于我们做更加详尽和深入的研讨。"[14]同期，伍晓明翻译华莱士.马丁的《当代叙事学》由北京大学出版社出版，这本书的重要信息在于马丁区分了美、法两国结构主义批

---

14 李扬，《中国民间故事形态研究》，汕头大学出版社，1996 年，第 280 页。

评的不同方法，而普罗普正是被作为法国结构主义的代表用来对比弗莱和坎贝尔学术观点的。

在这一时期对普罗普学术思想及叙事学理论应用比较特殊的作品是 1999年江西高校出版社出版的傅修延的《叙事：意义与策略》一书。该书将普罗普的叙事功能理论应用到解读电子游戏的隐性叙事结构上。作者认为，尽管电子游戏是荧幕文本而非文学文本，但其游戏本身具有故事色彩，其操作者也沉浸于叙事情节之中，对于非文学文本叙事结构的分析既是对叙事结构研究和应用的深入，同时也打开了一个新的研究领域。同年，广东人民出版社出版了《变化中的恒定：中国当代文学的结构主义透视》，作者王利芬主要借助西方当代文学理论结合中国当代文学叙事作品，对中国工农兵文学和先锋小说进行了细致入微地描述和阐释，该书在谈到人物结构模式时对普罗普的角色功能理论进行了比较全面而具体的分析，并将其研究方法与中国当代著名作家的叙事散文《毛主席对着黄河笑》相结合，从中找到了三组对立角色。虽然文章篇幅不长，但将普氏理论应用于中国叙事散文的分析，还是可见到文章中较早的尝试。

1996 年，在当时举办的"中国民间文化研讨班"上，时任《民族文学研究》主编的刘魁立先生做了题为《历史比较研究法和历史类型学研究》的学术报告，这份至今在民间文学研究领域中极其具有理论深度的学术报告中多处提及了普罗普的"故事形态学"思想及其重要价值。作者认为普罗普的学术思想作为"荦荦大者"之一，奠定了普罗普"进行民间文学作品结构分析的卓有成效的先行者"地位[15]。这份报告被收录在后来出版的《刘魁立民俗学论文集中》。

然而，在这一阶段不得不提的一个重要事件是普罗普六本专著之一《滑稽与笑的问题》经杜书瀛翻译由辽宁教育出版社在 1998 年出版。这本只有 16 万字的小册子，被翻译之前在俄罗斯文艺界并没有得到多少关注，其被翻译成中文后也几乎没有得到任何关注，国际学界几乎都忘记了普罗普还曾经写过这样一本书。也许是这本书与其主体思想关联性不大，也许关于喜剧美学的研究并不是普氏的强项，更或许学界只是将其当作普罗普研究之外的一种兴趣对待，但无论这样俄罗斯研究普罗普的专家 A·H·玛尔迪诺娃曾非常遗憾地指

---

15 刘魁立，《刘魁立民俗学论集》，上海文艺出版社，1988 年，第 107 页。

出"该书没有得到应有的评价"[16]。这本书的出版虽然并没有给普罗普带来任何更多的荣誉，但中译本的出版则表明当时中国学界对普罗普的关注已经走入全方面的解读阶段。

除上述专门或大篇幅明显提到普罗普及其《故事形态学》的著作和文章外，在新世纪即将到来前的十年间，中国学界对普罗普及其思想的提及成为一种比较常见的现象，由于这些研究中多有重复阐释，因此未在本书中一一列举，但是并不代表这些论著和文章在研究普罗普的道路上没有任何可取的价值，它们的存在对于普罗普在那个时代的影响给予了充分的说明，在此的十年间中国学界的叙事学研究、尤其是民俗学研究领域中，很少有不提到普罗普的名字及其"故事学"研究理论的，这也许是对他理论成就的最好肯定。

第四节　新世纪以来普罗普学术思想研究

经过二十余年的译介、解读、研究和探索性应用，国内学界对普罗普学术思想及其叙事学的认识逐步进入理性成熟阶段，既摒弃了对西方当代文学理论的盲目崇拜，并在反思这些理论内涵与价值的基础上与中国本土文化特点相结合，总结出适合本土文学创作的叙事理论。总而言之，在评介和实践之后，新世纪的普罗普研究明显具有了突破性进展，其成就体现在几个方面。其一，新世纪的普罗普学术思想研究开始从俄文原著的第一手资料入手，摆脱了长期在二手、三手资料基础上研究和阐述的状况；其二，普罗普的主要著作被翻译成中文，国内学者对普罗普的思想有了更为直观的解读，并将对普罗普的研究扩充到《故事形态学》之外的著作和文章；其三，出现了专门研究普罗普的著作；其四，将普罗普的学术思想及其叙事学理论应用到文学文本之外其他领域分析隐藏其中的深层结构。总而言之，进入新世纪之后的十年间，对普罗普及其思想的研究并没有随着国内学界对当代西方文学理论的反思而冷却，反而持续升温。

一、新世纪的翻译情况

刚刚进入新世纪的第一年，国内学界的几个重要刊物上纷纷发表了体现

---

16 Пропп В · Я. Поэтика фольклора (Собрание трудов В · Я Проппа). Лабиринт. · M.1998 年，第15页。

普罗普重要学术思想的文章的译文。其中包括发表在《民族文学研究》2000年第2期上李连荣翻译的《英雄史诗的一般定义》和发表在《俄罗斯文艺》2000年第2期上的由贾放翻译、索尼娅节选的《在1965年春天纪念会上的讲话》。这两篇文章都是普罗普自己的文章，其中前者是普罗普对英雄史诗体裁和文本要素的界定，在文中作者强调指出了英雄史诗与勇士歌之间的区别，这篇文章是中国学界第一次翻译普罗普另外一本著作《俄罗斯英雄史诗》中阐述的观点。这篇文章的发表并没有引起国内学界的广泛关注，表明当时国内对普罗普学术思想研究的目光仍没有从其"故事形态学"理论上移开，而这种状况一直持续到今天都还普遍存在。后者则是纪念普罗普70寿辰研讨会上的讲话稿，而中译本则是作者逝世30周年的纪念，文中普罗普总结自己进行"故事形态学"研究过程中受到了很多学者的启发和关注，也谈到了很多俄罗斯著名的文论家曾给予他的启发和肯定性帮助，这对于作者来说是非常宝贵的财富，这篇文章也是国际学界了解普罗普生平的重要参考资料。

除了普罗普本人的文章被翻译外，还有一些著名文学理论家研究和回忆普罗普的文章被翻译发表。其中来自俄罗斯的普罗普学术思想研究者之一的玛尔登诺娃的《回忆弗·雅·普罗普》被首先发表，这篇文章原本很长，发表在2000年《俄罗斯文艺》第2期上的是由译者贾放节选过的。文章并没有提到关于普罗普任何重要思想的研究情况，作者只是以讲故事的口吻再次回忆了普罗普的为人和对学术研究的执着，但却不失为一篇整体把握普罗普的重要资料。2002年杨树喆翻译了戴维·佩斯的《超越形态学：列维—斯特劳斯与民间故事分析》并在《民俗研究》上发表（事实上这篇文章早在2001年已经在《乌鲁木齐职业大学学报》上发表），这篇文章以世界各民族家喻户晓的灰姑娘与王子的故事为例，分别使用了列维—斯特劳斯和普罗普的叙事结构分析方法进行阐析，得出二者的理论方法有着明显的差异，斯特劳斯喜欢将故事文本放在生成它的那个特定的社会环境中进行考察，而普罗普则更愿意对故事本身进行深层结构的抽象性分析。文章明确指出，"从普罗普那里，我们获得了相对封闭的和阐释性的研究方法；而从列维—斯特劳斯那里，我们则懂得一种将民间故事向外部世界开放的分析方法。"[17]文章对于斯特劳斯和普罗普所选择道路的不同有着清醒认识，但对于普罗普专著《神奇故事的历史根

17　［美］戴维·佩斯，《超越形态学——列维—斯特劳斯与民间故事分析》，杨树喆译，《民俗研究》，2002年第3期。

源》一书中所体现思想的忽略却是显而易见的。同年《民俗研究》上还发表了贾放翻译的普罗普的论文《神奇故事的结构研究与历史研究》，这篇文章是作者给《故事形态学》意大利本出版时写的序言，同时也是对于列维—斯特劳斯质疑的反驳和回击，文章中普罗普尽量详细地谈论了关于神奇故事的结构分析与历史母题研究之间的关系，并幽默地指出引起国际学界误读的原因是因为编辑有意删除了《神奇故事形态学》中的"神奇"一词，显然这个回答并不能说服斯特劳斯，但是却明显告知自己的研究是集中于神奇故事之上而非其他体裁。这篇文章的原文被收录在普及洛夫整理的普罗普论文集《民间文学与现实》中。时隔几年之后，2007年《俄罗斯文艺》第2期上刊登了 М·Г·乌斯宾斯基的文章《马舒申科带到另一个国度》，文章由纪薇、赵晓彬翻译，作者通过运用普罗普的形态学理论对自己熟悉的一篇童话故事的分析，引出了对普罗普整体学术思想的解读和思考，认为普罗普是一位著名的语言学家，如果在阿拉伯还可能是"童话之父"。文章对于普罗普的高度评价，可以见知普罗普在俄罗斯学界的地位。

在新世纪的十年间，以上提到的译文确实引起了学界的足够关注，为文论家们的进一步研究提供了相当多的第一手资料，但真正引起学界关注的却是普罗普最重要的两本著作《故事形态学》和《神奇故事的历史根源》中译本的翻译出版，这两本书几乎凝结了普罗普一生的重要思想，也是成就其成为享誉国际学界著名文论家的重要支撑。两本书的中译本均经贾放翻译，在2006年11月由中华书局出版发行，两本书一经发行瞬间售罄，可见当时中国学者对普罗普学术思想的关注程度。可以说，《故事形态学》和《神奇故事的历史根源》中译本的发行，使中国学界跨越了对普罗普学术思想的认知长期处于英语和法语资料转译的盲区，跳出了对其思想似是而非的揣度式研究和评判，揭开了掩盖其上的面纱而窥见到其中任何一个细枝末节的组成部分，对于国内学界真实而客观、具体而科学地解读普罗普的故事形态学提供了最重要的基础资料。

事实上，早在2002年贾放的博士论文《普罗普故事学思想研究》已经通过答辩，这是中国学者在评介普罗普学术思想20余年后第一次通过第一手资料了解普罗普学术思想的原貌，尽管在论文中只是框架式的列举和概括式的阐述，已经让对普罗普学术思想感兴趣的中国民众兴奋不已。贾放的论文中除了对上述两本书进行研究之外，还对普罗普的另一本和故事学思想有关的专著《俄罗斯故事论》进行了详细解读。这本依靠普罗普 60 年代在大学中给学生授课的讲稿整理的著作，在普罗普生前并没有发表，而是其遗孀根据档案馆提供的资料进行整理后在 1984 年发表的，这本书最主要的特点在于扩充了普罗普研究资料的范围。学界一直质疑普罗普故事形态学理论的普适性，因为他只对神奇故事感兴趣，但是在这本书中第一次涉及了现实故事和动物故事的专门性论述。除此之外，本书还对故事的本质和传承问题进行了分析。贾放的论文中专列一章对该书进行分解式阐述，使长期集中精力对普罗普的《故事形态学》进行研究的国内学者重新呼吸到了新鲜空气。论文的最后提及了普罗普在世界文坛和中国学界的研究与接受情况，在论及中国的接受与译介时主要提到了一些术语与普罗普生平中的错误，或许正是这些错误促使贾放愿意下大功夫对普罗普的重要著作进行翻译。2006 年出版的这两本书中的很多术语和句法的分析都沿用了这本论文的翻译，翻译并不是尽善尽美，但足以为中国学界提供一份极其重要的研究资料。这一时期被翻译出版的作品中提到普罗普学术思想的还有罗杰·法约尔的专著《批评：方法与历史》，这本书在 2002 年经怀宇翻译由百花文艺出版社出版。该书仍然将普罗普的学术思想放在法国结构主义文论的系统中进行解读，对普罗普的思想所属学术派别的定位不能代表当时中国学界的一般看法，只是其中对普罗普学术思想框架和内涵特征的评介观点具有一定参考价值。2005 年由爱沙尼亚人扎娜·明茨和伊·切尔诺夫编选、王薇生编译的《俄国形式主义文论选》由郑州大学出版社出版，书中收录了普罗普《神话故事的变化》（即《神奇故事的转化》）一文，将这篇文章编辑在《俄国形式主义文论选》中表明在很多国际学者的眼中，普罗普并未因其对故事情节母题的研究而摆脱形式主义者称号的困扰。

二、新世纪的研究情况

进入新世纪，对普罗普及其学术思想的解读在翻译领域中取得了重大突破。而随着其专著中译本的出现，国内学界对普罗普学术思想的阐释性研究在数量和质量上都超过了以往二十年，且大部分的研究性文章都能直接抓住普罗普学术思想的本质特征，以更为客观地态度一分为二地评介这些思想的重要价值和理论不足，耿海英曾将这十年的研究定义为"云开雾散的新拓展阶段"[18]。刚刚进入新世纪，王钰纯、李扬在《青岛海洋大学学报》2000 年第 2 期上发表文章《略论邓迪斯源于语言学的"母题素"说》，作者在文中指出邓迪斯的"母题素"研究是对普罗普故事形态学思想某种程度上正确地修正。几乎同时，2000 年第 2 期的《俄罗斯文艺》上刊登出贾放的论文《普罗普：传说与真实》，这篇文章不仅再现了普罗普学术思想研究和创作的过程，且在肯定《故事形态学》价值意义的基础上分析了《神奇故事的历史根源》和《俄罗斯农事节日》等其他专著与《在 1965 年春天纪念会上的讲话》与《神奇故事的结构研究与历史研究》等文章，这是国内学界少见的对普罗普学术思想整体全貌的概括性介绍论文。在同一期上，这篇文章之后就是那篇不断被转引的著名文章《在 1965 年春天纪念会上的讲话》。随后贾放还在《民间文化》2000 年第 7 期上发表了题为《普罗普〈神奇故事的历史根源〉与故事的历史比较研究》的重要文章，这篇文章以普罗普的第二本著作《神奇故事的历史根源》为研究对象，对"历史往昔"等重要概念进行了细致入微地解读，认为普罗普的第二本书不但是其成名作《故事形态学》研究的继续，同时也是其在完成形态学研究任务后的一个新目标转向。文章分解了普罗普对故事母题与仪式和成年礼之间的多样关系，这是中国学界对普罗普《故事形态学》之外的理论第一次详细解读，并从最深刻意义上反驳了列维—斯特劳斯对普罗普学术思想的误读。这两篇文章的先后发表说明在当时的中国学界一些学者对与普罗普的认识并不全面，部分学者还在将《故事形态学》作为普罗普学术思想的唯一代表，然而这样的观点并没有持续太长时间。

学界对于普罗普学术思想中历史分析的认识越发深刻，不再局限于《故事形态学》中所体现的思想，对斯特劳斯的误读进行清醒地认识还能在夏忠宪对俄罗斯汉学家李福清的采访稿中找到很好的答案，这篇采访稿刊登在《俄罗斯文艺》2003 年第 3 期上。李福清教授在接受采访的过程中谈到，《故事形态学》一书在世界范围内引起了广泛地反响，在很多国家都被翻译出版，美国有两种译本、法国有两种译本、韩国有四种译本、日本有一种译本，但是唯独没有中译本出版，这是研究普罗普学术思想的一大缺憾。另外，李福清教授还提到了《神奇故事的历史根源》一书是对斯特劳斯质疑的有力回击，而且这本书早在《故事形态学》英译本发行之前已经在俄罗斯出版，只是当时由于战争和意识

---

18 耿海英，《新时期普罗普的故事学在中国的接受与研究》，《广州大学学报》（社会科学版），2006 年第 2 期，第 66 页。

形态原因，没有在包括俄罗斯在内的国际学界引起重视。这篇采访稿的刊登，再次澄清了列维—斯特劳斯对普罗普学术思想的误读，而且引来国内很多学者对二者之间的辩论进行深入的思考和辨析，如周福岩的《普罗普的故事形态学及列维—斯特劳斯的批评》。

在所有研究者中，贾放对于普罗普学术思想和生平的研究总是走在国内学者的前面，其发表在 2000 年《北京师范大学学报》（人文社会科学版）上的重要文章《普罗普的故事学思想与维谢洛夫斯基的"历史诗学"》是中国学界第一次系统挖掘普罗普学术思想和方法论来源的研究。贾放的这篇文章从维谢洛夫斯基"历史诗学"思想中"情节诗学"和"历史起源"的观点出发，阐述了其归纳方法论对普罗普故事学思想研究的根本性影响。普罗普曾在自己的两本故事学专著中不止一次的提到，自己的思想受到了维谢洛夫斯基"历史诗学"的重要启发，在此基础上形成的故事学研究方法既是对神奇故事深层结构和历史母题的深度探索，也是对"历史诗学"的补充。普罗普对维谢洛夫斯基思想的继承和发展体现在其众多的著作和文章中，但并没有学者对其进行系统的整合性研究，贾放这篇文章的发表深刻地挖掘了普罗普学术思想形成的理论基础，为国内学界对其的进一步解读提供了更为有力的理论支撑。

新世纪的第一年也是国学界有对普罗研究取得成果最突出的一年，2000年发表的每一篇关于普罗普的文章几乎都对国内学界造成了深刻而持久的影响，随后而来的几年间也有不少文章在重要刊物刊登，但都是在循着前人的足迹顺势发展。2001 年发表的重要文章有四篇，分别是《上海师范大学学报》第 4 期上发表了吴文艳的《童话里的原始思维质态》、《社会科学辑刊》第 3 期上发表了周福岩的《民间故事研究的方法论》、《湖北民族学院学报》第 3 期上发表了金荣华的《"情节单元"释义——兼论俄国李福清教授之"母题"说》、《北京师范大学学报》第 6 期上发表贾放的《俄罗斯民间故事研究的"双重风貌"》。这些文章的共同特点多涉及对普罗普故事学中的"历史母题"研究，其中《童话里的原始思维质态》在分析弗莱的原型理论和普罗普的母题研究思想基础上指出，童话等当代艺术包含的思维模式总是可以在原始思维中找到原型。周福岩的《民间故事研究的方法论》指出普罗普的故事学分类方法糅合了历史、地理因素，超越了以往故事类型分类的方法，是当代故事学研究中突破性的进步。而金荣华的《"情节单元"释义——兼论俄国李福清教授之"母题"说》更是从汉学家李福清教授的思想中提炼出其老师普罗普"历史母题"研究的重要意义,二者之间也存在着一种发展与完善的关系。四篇文章中只有贾放的文章不是完全围绕历史因素展开研究,文章是在介绍俄罗斯民间故事研究基础上,提出普罗普学术思想是在俄罗斯讲述人研究理论盛行时代的一个特例。他研究的是故事本身的深层结构和原始思维模式的问题,所以对于故事的社会学研究占主体地位的那个年代来说,普罗普的故事学思想很难被完全接受,但是他的理论确实解决了民间故事学研究中不同的"哥德巴赫猜想"。所以讲述人研究和文本深层结构研究的方法在 30-40 年代成为了俄罗斯故事学研究中两座相互对峙的高峰,也就构成了俄罗斯民间故事研究的"双重风貌"。这一时期出版的研究和运用普罗普学术思想的专著并不多见,但是许子东《为了忘却的集体记忆》的出版确实让学界感受到了一种尝试,作者在书中选取了50 篇 80 年代具有代表性的家喻户晓的文革小说进行形态学分析,认为虽然这些小说中表现的内容和情节形形色色、各不相同,但在叙述模式上却具有某种不可忽视的相似性,小说深层结构的相似和想通充分证实这些小说中具有"文革时代"的"集体记忆"。这种在有限的故事中归纳叙事作品一般结构的方法与普罗普的故事形态学如出一辙。普罗普在 100 个俄罗斯神话故事中概括出31 种基本功能项,7 个行动圈和 6 个发展阶段;许子东则是在 50 篇文革小说中排列出 29 个具有特定秩序的基本情节功能,5 个角色人物行动圈和 4 个基本叙事阶段,这种不着痕迹的模仿性应用,在以往对普罗普学术思想的实践中还不曾遇到。

2001 年国内学者对普罗普学术思想研究取得的重要成果还包括三本专著的翻译和出版。尤瑟夫·库尔泰的《叙述与话语符号学:方法与实践》经张智庭翻译、由天津社会科学出版社出版,这本书的前面有法国结构主义叙事学大师 A.J.格雷玛斯所写的序言《成果与设想》。文章主要在肯定《故事形态学》对叙事学研究的重要贡献,尽管格雷玛斯肯定了斯特劳斯的研究成果,对普罗普的思想进行了批评式阐释,但作者也不得不承认"对于叙事学本质的思考,是从急促地研究普罗普的《故事形态学》开始的"[19]。文章还就对符号学理论和普罗普学术思想的接受进行了反思,指出了接受和研究普罗普学术思想二十余年间的得失情况,这是一个外国学者对于国内接受普罗普学术思想进行反思的第一篇文章,在某种程度上起到了"他山之石"的作用。

---

19 [法]A.J.格雷玛斯,《叙述与话语符号学,方法与实践·序》,尤瑟夫·库尔泰著、张智庭译,天津社会科学出版社,2001 年,第 5 页。

另外一本重要的著作就是俄罗斯汉学家李福清的《神话与鬼话——台湾原住民神话故事比较研究》一书由社会科学文献出版社发行，该书的导言中涉及到了在普罗普的两本重要专著之前起着桥梁作用的《神奇故事的转化》一文的论述，这是当时国内学界接触到对这篇文章最系统地阐述，而整本书的论述中也不断能找到普罗普学术思想的影子，正如李福清在接受刘亚丁采访时曾说，"给我带来学术思想和方法启迪的，还有一位大学者，这就是弗·亚·普罗普"[20]。

从上可见，进入新世纪的头两年，国内学者对于普罗普的接受进入了高度膨胀状态。随后的几年间虽在利用这些资料的基础上也有著作和文章论述与运用普罗普的学术思想，却少有之前的狂热，而进入较为平和与缓慢的消化时期。2002年除了贾放的博士论文《普罗普故事学思想研究》顺利通过了答辩，为学界通过第一手资料直观了解普罗普学术思想提供了珍贵的参考资料外，很多学者也纷纷发表文章对普罗普的思想展开研究，但相对于前两年则平静很多。发表在重要刊物上的文章寥寥几篇，而且多是在研究叙事理论和童话文学的过程中提到了普罗普，真正以普罗普学术思想为重点的只有前面提到的贾放翻译的《神奇故事的结构研究与历史研究》和刘守华的《神奇母题的历史根源》后者发表于《西北民族研究》2002年第2期上，作者在研究中借鉴了《神奇故事的历史根源》中的理论资源和阐述方法，具有真知灼见地对中国神奇幻想故事的历史母题进行了透彻地分析，找到了中国神奇故事的母题原型，既强化了此前学界对普罗普学术思想接受的薄弱之处，也弥补了中国学者寻找故事历史母题工作的欠缺。2003年刘守华的《比较故事学论考》由黑龙江人民出版社出版，书中设专章对普罗普的故事学思想进行了系统而详实的论述，这本书是《比较故事学》基础上的完善，两本书对普罗普学术思想的阐述基本没有过多变化，并不能代表这一时期的主要成就。

在2003年、2004年和2005年的三年间，国内依然有学者从各自相异的视角对普罗普的思想展开详细解读，但是对理论的实践多于对理论的阐释，而这些实践尽管涉及了不同领域的叙事作品，却没有成熟的大环境出现。可以说，这三年是中国学界对普罗普理论应用实践进行多领域实验性摸索的相当重要但又相对缓慢的时期。比较重要的文章有2004年穆馨、张凤安在《俄罗

---

20 刘亚丁，《"我钟爱中国民间故事"——俄罗斯汉学家李福清通讯院士访谈录（上）》，《文艺研究》2006年第7期。

斯文艺》第 2 期上发表的文章，再次系统介绍了普罗普学术研究的重要成果，文章提供了一些在国内学界不曾被认识到的文章和学术报告等，其中对于俄罗斯英雄史诗论题的研究，虽然没有更为深入地详细解读，但指出普罗普学术思想中总结出来的规律性结论看似轻率，实则是在研究所有可以找到的资料基础上得出来的，在一般情况下具有适用性。而且这篇文章是在阅读俄文资料的基础上将《故事形态学》和《神奇故事的历史根源》与其对民间文学创作的研究相结合进行系统分析的又一全面考察资料。《西南民族大学》2005 年第 1 期上发表了谢周的文章《"小人物"叙事》，文章借助于普罗普的故事形态学理论，通过对《驿站长》、《被侮辱与被损害的》和《外套》三个脍炙人口的代表性作品进行结构之间的比较和归纳分析，指出十九世纪俄罗斯文学创作中出现的重要现象——"小人物"叙事作品中存在同一叙事模式，并探讨了同一叙事模式在不同文学作品中的不同体现。这是我国学者将普罗普的形态学理论应用于现代俄罗斯叙事文学作品研究中极为成功的典范，这篇文章给予读者的重要启示在于，普罗普的思想不仅适用于神奇故事的研究，还对任何时期的任何叙事作品中结构模式分析有着指导性意义。与此同时，《民族文学研究》2005 年第 1 期上刊登了乌日古木勒的论文《蒙古史诗英雄死而复生母题与萨满入巫仪式》，该文将普罗普对"故事母题与成年礼仪式关系"的理解应用于蒙古史诗的解读，认为蒙古史诗中的英雄复生与萨满入巫仪式体现了普罗普《神奇故事的历史根源》一书中的重要思想。其实普罗普在其著作中曾多处提到对萨满巫师的仪式进行思考的问题，因此这篇文章也是我国学者将历史母题研究理论应用于本土文学创作最切合的一次。

这一时期还有《绍兴文理学院学报》2003 年第 1 期上发表了陈浩的《论西方现代小说理论的形态》、《中国海洋大学学报》2003 年第 6 期上发表了李扬、王钰纯的《〈人工智能〉叙事形态略析》、《济南大学学报》2004 年第 4 期上发表了刘登阁的《小说人物形象的文化透视》，这些文章分别对普罗普的思想做了相关阐释和应用，其中陈浩的文章还提到了关于普罗普的学术定位问题。除以上比较有建设意见的文章外，还有一些学者在专著中对普罗普的思想进行了再阐释。其中 2003 年安徽大学出版社出版了祖国颂的《叙事的诗学》，作者在第四章《故事的存在形态》中列举了普罗普《故事形态学》所列的三十一种人物角色基本功能，认为三十一种情节因素无非是使叙事作品从不稳定到稳定的"平衡过程变得更复杂、更曲折而已"，但同时指出这些因素

"可以以原型的形态，在不同民族文学中得以重现"[21]。另外，张德明的《批评的视野》和赵宪章的《文体与形式》在 2004 年分别由上海社会科学院出版社与人民文学出版社出版。前者将普罗普的故事学思想融会贯通于全书、内化于自身的研究之中，并在文化研究的大背景下，提出融合西方文学理论、重建中国批评话语模式的建议。后者则再次对普罗普的学术定位进行了考证式研究。

综上可见，新世纪国内学界对普罗普学术思想的研究并非持续升温，而是在不断呈现新惊喜的同时，不断被融会、消化，逐渐建构起为我所用的批评方法。这种内化的接受随着 2006 年普罗普重要专著《故事形态学》和《神奇故事的历史根源》的中译本出版又掀起了新一轮的高潮。2006 年，《民俗文化论坛》第 5 期发表了漆凌云的《中国天鹅处女型故事的形态学研究——以基本功能、序列及其变化为中心》，作者在运用普罗普故事形态学理论中的角色功能和序列，对中国民间故事中天鹅处女型叙事作品情节结构进行分析时，发现虽然这类故事中角色的功能顺序与普罗普所列并不完全符合，功能位置和序列组合常常出现省略、重复与偏离等现象，但在同一序列中核心功能项的序列与普罗普所列保持一致。紧接着，在第 6 期上又发表了李幼田的《普罗普功能人物理论的电影应用》，则认为普罗普在神奇故事中总结出来的 7 个人物行动圈理论，在电影中恰巧有此方面的人物与其对应，但又不是简单的一一对应，而是有所变化、必须进一步解释、找出其中的异同。尽管在电影叙事作品的结构分析中可以找到与普罗普故事形态学观点相融通的地方，但并不能说明普氏思想中所有结论都是正确的，尤其是其认为"童话都属于同一类型"的结论基本可以认定是错误的，因为"他把功能混同于结构，认为有同一的功能群就会有同一结构的故事类型"[22]。该文是国内学界第一篇将普罗普形态学理论应用于电影研究，并具体而微地通过电影叙事作品审视其得失的文章。与此同时，《北京电视学院学报》2006 年第 5 期上刊登出王文杰的文章《动画电影的叙事结构〈灰姑娘〉的形态学分析》，作者运用形态学方法论展开系统分析，发现《灰姑娘》故事结构中出现了普罗普 31 个角色功能项中的 21 项。文章采用表格描述形式分解故事中的角色功

---

[21] 祖国颂，《叙事的诗学》，安徽大学出版社，2003 年，第 272 页。

[22] 李幼田，《普罗普功能人物理论的电影应用》，《民族文化研究》，2006 年第 6 期，第 34 页。

能项,使读者对故事的深层结构一目了然是非常可取的方法,有利于研究者直观感受深奥的理论。

在 2006 年,最引人瞩目的文章应该是《广州大学学报》(社会科学版)第 2 期发表的耿海英的《新时期普罗普的故事学在中国的接受与研究》,文章总结了自国内对普罗普研究的第一篇文章开始到 2004 年之间,所有介绍、研究、翻译、应用普罗普学术思想最重要的文章和著作,其中将 80 年代以来学界对普罗普的研究归纳为三个阶段,第一次全面地概括了中国接受和研究普氏思想的基本状况以及取得的成就,较为客观地评判了研究中的得失,在展示国内普罗普研究重要成果的同时,为日后的研究和实践提供了重要的参考资料。另外还有刘积源的《"无信息的规则"——结构主义叙事学》和孙媛、刘晓华的《〈达·芬奇密码〉的叙事学解读》也在这一时期发表。在这一年,出版的专著中参考和引用普罗普形态学理论的还有刘万勇著、昆明出版社出版的《西方形式主义溯源》,刘守华著、华中师范大学出版社出版的《故事学纲要》和南志刚著、华夏出版社出版的《叙述的狂欢与审美的变异:叙事学与中国当代先锋小说》在这些出版的专著中虽然没有单列专章对普罗普的思想进行重复性研究,基本上都是融入作者对叙事学的思考之中,将其作为自身研究的基础理论之一,显示出中国学界对于普罗普学术思想在接受上已经从单一的阐释转入内部的沟通,具有了适合中国文学创作研究的独特魅力。

载着 2006 年的辉煌成就,2007 年在普罗普两本专著中译本在国内倾销一空的情况下,学者对普罗普学术思想的关注并未持续升温。主要成就是《民间文化论坛》第 1 期上发表了一组四篇讨论吕微《神话何为》的文章,其中卢晓辉的《内容与形式:再读汤普森和普罗普——"一个馒头引发的血案":对吕微自我批评的阅读笔记》和吕微的《母题:他者的言说方式——〈神话何为〉的自我批评》的两篇文章,系统地论述了关于普罗普"神话母题"研究的思想。吕微的论文集《神话何为》在 2001 年出版后引起了一些学者的关注与批评,但并没有在读书界引起过于广泛的讨论,《民间文化论坛》在五年后重新对这本书组稿进行讨论,与普罗普两本专著的中译本的出版不无关系。其中吕微自评的文章以"母题与情节的关系"为侧重点,对汤普森和普罗普关于"母题"的理解进行了比较研究,指出与汤普森相比,"普罗普的功能具有一定的主观性"[23]。卢晓辉的文章是对吕微自评的回应，文章分别而系统地阐释了汤普森的母题研究和普罗普的功能叙事理论，并认为普罗普的思想确实在民俗学研究中给予了很多启示，并借用普罗普的话指出"任何人都可以通过'本质直观'的方法'看到'民间叙事或神奇故事的'本质'"[24]。这组讨论中其他两篇文章分别是高丙中和朝戈金与吕微的信函，篇幅不长、但也涉及了母题问题的讨论。几乎同时，贾放在《民族艺术》第1期上发表文章《钟敬文先生对外国民俗学理论译介之贡献谈片》中提到其研究普罗普学术思想取得的巨大成就多来自于其恩师、民俗学家钟敬文先生的帮助和鼓励，而且在钟敬文先生看来，普罗普的第二本书比第一专著更有价值。2007年的《长江大学学报》上刊登了刘为钦、杨家英的《几种探讨情节结构的维度和方法》，文章在对比研究什克洛夫斯基、普罗普、列维—斯特劳斯、托多罗夫和布雷蒙叙事作品情节结构研究的理论和方法基础上，指出这些理论家的研究都是对作品内在形式的探索，而忽视了社会历史文化背景的考察，这样的观点在新世纪叙事研究中仍能存在是一个例外，但也充分提醒了国内学界的研究需要不断更新资料和反思，而不应该局限在作者自以为的思维中进行封闭式分析。董晓萍发表在《民族文学研究》2007年第2期上的文章《故事遗产学的分类理论——兼评普罗普的〈故事形态学〉和〈神奇故事的历史根源〉》则指出，故事学是故事遗产学的基础，而普罗普的思想恰恰充任了两者之间沟通的桥梁，当今的故事学和故事遗产学的研究必须对普罗普故事学思想的内涵特征和方法原则进行反思和借鉴。发表在《民间文化论坛》2007年第2期上的《民间故事的语法研究——为了现在民间故事的传承》中，指出普罗普的叙事理论是民间故事学研究的重要组成部分。

在2007年，有两位学者的研究是不能被忽略掉的。其一，赵晓彬的专著《普罗普民俗学思想研究》由黑龙江人民出版社出版，该书与贾放的《普罗普故事学思想研究》可谓是遥相呼应，两者具有很多的共同点。首先，二者的研究都是在获得第一手俄文资料的基础上进行研究和阐释的，因此具有客观而详实的资料价值；第二，二者都对普罗普的三本故事学研究专著《故事形态

---

23 吕微，《母题：他者的言说方式——〈神话何为〉的自我批评》，《民间文化论坛》，2007年第1期，第3页。

24 吕微，《母题：他者的言说方式——〈神话何为〉的自我批评》，《民间文化论坛》，2007年第1期，第21页。

学》、《神奇故事的历史根源》和《俄罗斯故事论》展开了细致入微地解读和全面系统地分析；第三，二者都对普罗普的生平与学术研究活动做了认真考证，为国内学者进一步了解普罗普提供了可参考的珍贵资料。但两者的研究又不是重复的，在很多地方存在差异。第一，贾放博士论文通过答辩的时候，普罗普的思想尚没有中译本的出版，因此文中对三本书的介绍多是翻译性质，而赵晓彬的专著既根源于俄文资料，也借鉴了中译本的资料，在论述上更系统、概括性更强，语言描述也更贴近于理论研究性。第二贾放的著作只对涉及普罗普故事学研究的三本著作进行了解读，赵晓彬的专著则包含了喜剧美学理论的介绍和阐释，对《俄罗斯英雄史诗》和《俄罗斯的农事节日》两本书的内容和写作情况也进行了简单介绍，因此该书是在故事学基础上的民俗学研究，内容更广泛、视野更开阔。第三，贾放的博士论文中不仅对普罗普本身的思想进行了翻译式解读，同时也对普氏思想在国际学界和中国的传播与接受情况进行了选择性接受，而赵晓彬的专著只涉及对思想本身的解读，对其传播情况没有涉及。总而言之，两本著作是国内学界研究普罗普学术思想的专门性著作，可以说它们为学界的研究提供了非常宝贵的参考资料，也代表了不同时期对普罗普研究的情况。而这两本专著都出现于新世纪到来之后，代表了我国学界新世纪普罗普研究的重要成就。另一个值得关注的研究则是何芳在《民族论坛》第 6 期上发表了题为《普罗普的喜剧理论初探》的文章，这是国内学界对普罗普喜剧美学进行研究的唯一一篇文章，文章简略地回忆了普罗普专著《滑稽与笑的问题》中关于以往哲学家对笑的研究的抽象性弊病和对嘲笑及其他类型的笑进行阐释的情况，作者在文章中指出"普罗普对于喜剧问题的研究，从某种程度上……延续了传统的方法和视角，但另一方面他对喜剧理论的研究有自己独特之处"[25]。但这篇文章和杜书瀛翻译的《滑稽与笑的问题》遭受到了同样待遇，依然没有引起学者对普罗普喜剧美学的太多关注。

从以上国内学界接受和研究普罗普学术思想的情况来看，2006、2007 两年间无论是译介、研究还是应用都成就了一个新的高峰。2008 年以后尽管很少再有这样大部头的专门性著作出现，但对普罗普学术思想的研究却没有停止，而是不断有学者将其应用到各部相同的领域，取得了不错的成绩，也是普罗普研究持续升温的阶段。这一时期还是从研究和应用两方面着手，但多偏重于理论的实践性应用。比较有代表性的文章有发表在《俄罗斯文艺》2008 年

---

25 何芳，《普罗普的喜剧理论初探》，《民族论坛》，2007 年第 6 期，第 53 页。

第 3 期上刊登程正民的文章《俄罗斯文艺学结构研究和历史研究的结合》，文章通过对普罗普、洛特曼和巴赫金三个理论家的对比研究，指出结构研究与历史研究相结合的方法为纠正西方结构主义文论研究的偏颇、开拓文艺学发展的新空间提供了必要的理论指导。同年，顾军的《英雄神话的现代复现——论典型人物报道的叙事结构》在《成都大学学报》第 3 期上发表，作者在研究过程中运用普罗普故事学思想对典型人物的新闻报道进行了故事情节类型的剥离和归类，认为中国古代英雄叙事原型为当代新闻稿中关于典型人物报道的叙事结构奠定了基础。文章研究过程中不仅运用了普罗普的故事学思想，同时对其"英雄史诗"的研究理论也有一定借鉴，显示出我国学界运用普罗普学术思想的灵活与成熟。发表在《戏剧文学》2008 年第 4 期上彭砚森的《传统藏戏情节的故事形态学分析》则运用普罗普学术思想分析了《诺桑法王》、《卓娃桑姆》、《苏吉尼玛》和《文成公主》等藏族经典戏目，找去了这些剧目的深层结构。作者认为，运用普罗普的形态学理论分析藏族戏剧，显示出藏戏比中国其他地方戏更接近戏剧的原始面貌，具有更为巨大的研究价值。《沈阳大学学报》2008 年第 4 期上发表的《汉代民间爱情故事的"韩朋模式"研究》则借助普罗普和格雷马斯的叙事学理论对汉代民间故事中情节较为完整的《焦仲卿妻》和"韩朋故事"的深层结构进行比较研究，发现汉代诸多类似情节的故事的深层结构模式具有同源性。李峰则用普罗普的叙事学理论分析了体育电影《一球成名》获得成功，该文发表在《电影评介》2008 年第 22 期上，题为《用普罗普功能人物理论分析体育电影〈一球成名〉的美》。这一时期，最重要的文章要数刘涵之、马丹在《俄罗斯文艺》2009 年第 2 期上发表的文章《〈故事形态学〉的问题意识——兼谈列维—斯特劳斯对普罗普的批评》，该文借对普罗普《故事形态学》一书中具体观点和《天鹅》故事结构的深入分析，有理有据地反驳了斯特劳斯对普罗普形态学理论几点质疑。从八十年代认同斯特劳斯的观点将普罗普定位为形式主义者到新世纪批评斯特劳斯对普罗普的误读，学者通过二十年来对普罗普学术思想的深入解读，表明中国学者的普罗普研究已经逐渐深入到其内在本质之中，能够清醒而不盲从地认识到其故事学理论的基本内涵，也是中国学者逐渐能以冷静思维审视当代西方文学理论的体现。这一时期比较有代表性的文章还有发表在《学术月刊》2010 年第 3 期上王钟陵的《法国叙述学的叙事结构研究及建立叙述学的新思路》。除此之外，2008 年高等教育出版社出版了谭君强的《叙事学导论：从经典叙事学到后经典叙事学》，该书将普罗普的故事形态学理论作为叙事学的经典理论进行了系统介绍。

小结

普罗普是当代西方叙事学理论的领跑者，也是沟通形式主义、结构主义和叙事学的桥梁，对其理论的介绍和研究有助于国内学者深入而系统地了解当代西方理论中语言学发展的整体状况。当然，国内学者对于普罗普学术思想的研究文章和著作并不局限于以上所列，本书只是关注了其中对普罗普学术思想评介和议论较多且较有见解性的研究，而对其重复性研究则选择了省略。

通过梳理可见，这位享誉国际学界的俄罗斯民俗学文论家的思想不仅拥有非常严密的逻辑系统，而且应用于文学创作具有极强的实践性价值。当然任何理论都是有待发展和完善的，普罗普的故事学研究方法论不仅在刚刚被结构主义发现时遭到了列维—斯特劳斯的质疑，在日后的研究中也不断有学者对其提出批评，尤其对其学术定位问题更是褒贬不一——形式主义的代表、结构主义的先师、当代叙事学的创始者，这些称号对于普罗普来说也许并不是一道道光环，而是一次次考验，比如普罗普一直都在为将自己的学术研究与形式主义者撇清关系。但从根本上讲，对于这位因对神奇故事的深层结构模式研究而被国际学界接受和赞叹的著名理论家，除了能肯定地代表当代叙事学研究的方向，对于其他理论学派的思想也并非毫无瓜葛。他的恩师和好友中很多都是当时享誉世界的俄罗斯形式主义者，而其故事形态学理论基础则来源于维谢洛夫斯基的"历史诗学"，而当《故事形态学》的英译本呈现在结构主义者案头的时候，他们赫然发现自己尚在模糊不清中探索的理论，早在四分之一个世纪前已经在一个俄国民俗学文艺理论家的专著中形成了严密的体系。对普罗普学术定位的不确定性，恰恰说明其理论具有综合应用价值以及对当代西方文学理论中各学派的研究极具参考价值，并在某些地方具有指导性意义。

中国对普罗普的接受不过三十余年，从 70 年代末的初识、经过八十年代的转译、再到九十年代的深入，最终迎来了新世纪对其研究的一系列丰硕成果。在中国学界接受与研究的过程中，因为种种原因曾产生过这样那样的误读，也出现过盲目地引用，如今在拥有其三本专著的中译本和两本专门性研究著作的情况下，中国学界对普罗普学术思想的研究从亦真亦幻走入了理性的反思和融会贯通的应用阶段。贾放在从俄罗斯带回普罗普的另一本故事学专著《俄罗斯故事论》的时候，曾迫不及待地与钟敬文先生商量翻译此书，而钟敬文更是托人找到日译本并仔细阅读后非常支持贾放的想法，国内学界在期待普罗普更多专著的中译本逐渐与读者见面。但是这里却不无遗憾地指出，尽管普罗普一生的最大成就在于故事学研究，尽管他自己始终称自己是一位地道的民俗学者，但当我们阅读过他一生的学术研究情况后，了解到这是一个在很多领域都能熟练运用自己的民俗学知识进行理论思考并取得优异成绩的文艺理论家，他的《滑稽与笑的问题》、《俄罗斯英雄史诗》和《俄罗斯的农事节日》中同样闪烁着思想的光芒。我们期待有更多的学者对故事学之外的普罗普学术思想进行多角度、宽视野的关注，由此将更有利于全面了解普罗普真正的学术思想面貌。

第四章 普罗普思想的译介与接受

当代西方文学理论为各国学者所热衷，更在某一时期取代了中国古代文论研究在国内读书界的地位，掌握了文论界的话语权。普罗普的学术思想并非二十世纪西方文学理论中自始至终都是备受关注的对象，但他的学术思想和研究方法却在文论研究的语言学转向中起着关键性作用。尽管他不是各学派争先邀请的宠儿，但他的思想却与形式主义、历史诗学、结构主义、叙事学等众多文艺理论学派有着千丝万缕的联系，甚至被奉为某些学派的创始者。

对于这样一位俄罗斯民俗学文论家，国内学界的介绍与研究显然既不及时也不完整。更为遗憾的是，前后近三十余年的时间对其的研究均来自二手、三手资料，而几乎没有在直接阅读俄文资料基础上的系统阐释。在其主要著作被翻译成汉语之前，普罗普的思想在中国学界一直"犹抱琵琶半遮面"，笼罩在层层薄雾之中。2002 年之后对于普罗普的研究是一个飞跃性的转变，对其思想进行研究的第一本汉语专著呈现在读者面前。可以说，对普罗普故事学思想最客观、最全面的解读是在国内学界反对当代西方文学理论侵占中国文论话语权的新世纪之后这个早熟却被晚知的叙事学思想的创始者在中国遭到了怠慢。在前面所总结的中国学界对普罗普学术思想的介绍和研究中不难看到，学者们对普罗普学术思想褒贬不一，而且对于其理论的理解和学术定位上也多出现各不相同的观点，这些都与其专著没有中译本发行有关。随着中译本的出现和被认可，中国学界对普罗普学术思想中表述的概念、使用的术语以及对其学术的定位都将趋于统一。

然而对任何一种理论的研究与翻译，其最终目的都是为了更好应用于实践，国内学界在对普罗普的译介和研究过程中也不断将其与中国本土的文学创作相结合，以求能用故事学理论指导中国叙事作品的结构研究，也在对国内叙事作品的分析过程中检验其理论的客观正确性、普遍适用性与指导性意义和价值。中国学界虽然对其理论的译介脚步迟缓，但是对其实践性应用却一直伴随着对其的介绍和研究而不断发展。可以说相对于译介来说，国内学界对其理论的应用更为成熟。尤其在民间文学研究、叙事学研究、荧幕文学研究和非文本文学研究领域中显现出其理论的重要指导性价值。对其译介和实践性应用进行描述和解读，在肯定其价值的基础上指出取得的成就，反思其中存在的问题和不足，对此后的研究中如何应用普罗普学术思想具有一定的指导性意义。

第一节　普罗普学术著作在中国的译介研究

普罗普一生有六本专著、四本论文集、近百个种类的学术研究成果在俄罗斯出版，其《故事形态学》、《神奇故事的历史根源》、《俄罗斯故事论》等在意大利、俄罗斯、法国、德国、日本均有不同的版本。但是，相对于中国对普罗普学术思想研究的迟到来说，普罗普专著在中国的译介绝对是个不愿来到这个世界上的晚产儿。普罗普学术思想在 70 年代末的再次出现，引起了学界更多关注和研究，却迟迟没有一篇文章被翻译，有的只是对其思想的转述式介绍。目前，见到较早的翻译文章是叶舒宪 1988 年编选的《结构主义神话学》中收录的《〈民间故事形态学〉的定义与方法》，这篇文章是其处女作《故事形态学》中节选的片段，并且是根据 1958 年出版的《故事形态学》英译本《The Morphology of the Folktale》中前言和第二章选编而成的，这篇文章体现出英译本对普罗普学术思想的误读情况。除此之外，国内学界在 30 年内翻译的普罗普的文章还有四篇，即《神奇故事的转化》、《俄罗斯民间创作的体裁划分原则》、《在 1965 年春天纪念会上的讲话》和《神奇故事的结构研究与历史研究》，翻译专著有三本《滑稽与笑的问题》（1998 年）、《故事形态学》（2006 年）和《神奇故事的历史根源》（2006 年）。

通过对普罗普学术思想在中国的接受研究情况梳理来看，国内学者对普罗普的著作和文章的翻译大致有三条途径。第一，通过其专著的英译本中节选后转译；叶舒宪翻译的《〈民间故事形态学〉的定义与方法》属于此列；第二，通过俄文直接翻译，杜书瀛、贾放、赵晓彬翻译的作品均属此列；第三，通过翻译"俄苏文论选"呈现的文章，这主要是《神奇故事的转化》，虽然也是在俄文基础上翻译出版的，但不是从普罗普的作品中直接找到这些文章，而是转了一个弯。在所有的翻译中，成就最突出的是贾放，被翻译的三本著作中两本是贾放所译，而且是最主要的两本著作，而被翻译的五篇文章中有三篇附在了《故事形态学》中译本的附录中，这些成就足可以称贾放为中国研究普罗普的专家。在此之后，贾放又带回了普罗普的《俄罗斯故事论》准备翻译，我们期待遮盖在普罗普学术思想之上的面纱被层层揭开。

国内学界对普罗普的专著和文章翻译数量有限，且没有任何关于这些译本和译文的评论性文章，既是因为当今学界能够细致阅读俄文学术作品的学者数量不多，也因为普罗普的思想在结构主义、叙事学等传统理论被解构主义等颠覆性文学理论代替后，在国际学界的影响逐渐减弱造成的。2006年其主要专著的中译本在中国出版时，确实在一定范围之内引起了学者们的高度关注。遗憾的是，1998年杜书瀛先生翻译的《滑稽与笑的问题》的中译本几乎没有激起一点波澜。但不管怎样，还是愿意将三本专著放在一起进行研究，因这些专著中既保留了译者各自的特点，也出现了同样的一些问题。

一、杜书瀛与《滑稽与笑的问题》

杜书瀛翻译的《滑稽与笑的问题》在1998年由辽宁教育出版社出版。翻译后的中译本保持了普罗普写作的风格，而且基本忠于原书语言，且翻译并不刻板，语言的整合性比较强。这本书是对喜剧美学理论进行阐述的一本文学理论著作，但普罗普在写作这本书时没有使用较为生涩的理论术语，而是在轻松、有趣的氛围内传递了理智、逻辑的思想，这与普罗普一直反对以往哲学家用思辨的演绎来分析"笑"这个生命特征的观点有着直接关系。杜书瀛的翻译遵从了普罗普的写作风格，抛弃了文学理论的艰涩语言，而是将其作为一本趣味幽默的理论读物进行翻译的。所以在翻译基调的定位上，译者把握得非常好，正如其在译序《"笑"的学问》中提到的，"本书对于不同层次、不同专业、不同年龄的读者来说，都将是一部读来饶有趣味的理论读物"[1]。这是译者对

1　［俄］弗·雅·普罗普，杜书瀛译，《滑稽与笑的问题》，辽宁教育出版社，1998年，译序。

这本书最直观也是最客观的定位。正是在这样的基础上，我们看到的《滑稽与笑的问题》的中译本才是一本独特的理论著作。很难想象这本书是写给任何一位文学理论家进行研究的，或许所有普及理论知识的读物能够保持这样的风格，就不会让人望而却步了。

可以说，这本书的翻译在整体上是非常成功的，尤其放在前面的译序，这篇译序本身就是对普罗普《Проблемы комизма и смеха》及其本人研究状况的整体评介，不进入书本正文，单单是阅读译本前面的序，就能够对一位著名的文学理论家及其在书中要表达的主要思想和使用的主要研究方法做一个充分了解。在译序中译者借用了作者在书中所使用的经典例证，融会在自己的评论中，不但给予了原著准确的定位，而且成为读者阅读的向导。某种意义上说，这篇译序统领了全书，尽管书中的思想价值远远不能在译序中表述完整和清晰。

杜书瀛翻译这本书的另外一个特点，就是译者虽然忠于原文的主要思想观点和语言风格，但并不完全一字一句的直译原著，在讲述理论部分译者参考了西方众多论述喜剧和笑的理论性著作，尤其对于作者在书中提到并批判的黑格尔、柏格森等关于笑的哲学观点，力图在翻译中更为严谨和切合作者本意，这也和普罗普的治学态度甚为一致。当然还有很多在细节上的处理非常具有特点，在此不全面描述。总而言之，这本书翻译出版后没有在国内学界引起影响是非常遗憾的事情，这和学界一直以来只对普罗普的故事学感兴趣有着很大的关系。

尽管这本书的翻译饱含诸多优点，但也并非尽善尽美。在翻译过程中有些术语的翻译还是出现了不准确的情况，比如在论述"滑稽的语言手段"一章中关于"双关语俏皮话"的翻译。普罗普的原文为"К ним относяся каламбуры, парадоксы и всяческие связанныес ними остроты. Сюда можно отнести также некоторыеформы иронии"[2]，在这句话中成为关键词的是"каламбуры"，在汉语中对这个词的表述是"双关语"。在普罗普接下来的论述中可以得知，他认为这种在喜剧中起到重要作用的语言特殊形式，在德国文学中经常用"Witz"一词来表示，这个词翻译成汉语的意思非常简单——笑话。紧接着，他指出，德语中的"Witz"意义比法语"Calembour"和俄

2　Русский.Пропп.В.Я. Проблема комизма и смеха. Лабиринт. М.,2002. 第 93 页.

语"каламбур"的意义都要广泛，但是法语中的"Calembour"和俄语中的"каламбур"有着一个共同的意义，即"双关语"，但是并没有"俏皮话"的任何意义，俏皮话在俄语中有专门的词"Салли"，日语写作"サリー"、德语表述为"Sally"。不仅语言表述形式不同，在语义上也没有任何关联，俏皮话一般指能够逗人发笑的语言形式在中国还有一种特别的语言形式——歇后语，歇后语是前半句作比喻，后半句作解释的说话方式。而"双关语"的含义则是在特定语言环境中，利用词的多义和同音条件，有意识地造成语句具有双重意义，一语双关、言在此而意在彼的修辞方式。显然这是两种不同的修辞方式，在任何情况下的任何文学表述中都不可能出现将两者放在一起的情况。在这里可能存在的问题是，杜书瀛先生为了能够表述"双关语"所带来的幽默效果而在翻译"каламбур"一词时主观地加上了"俏皮话"的含义。翻译工作是非常繁复而辛苦的，译者的翻译不必时时遵循原文的每一个词，但是其术语使用的严密性必须能够经受住不断的推敲，否则歪曲了作者的原义也会造成阅读中的障碍。鉴于此，本文在论述的过程中使用了"双关语"的翻译，而省略掉了"俏皮话"。

二、贾放的翻译

贾放是最早在俄文原文基础上对普罗普故事学展开研究的学者之一，《故事形态学》和《神奇故事的历史根源》的唯一中译本也是经其翻译出版的，并且国内学界现能找到被翻译的六篇文章中有三篇是贾放翻译的。可以说贾放是第一位将普罗普学术思想的原貌介绍到中国的学者，其翻译两本书中的核心思想和基本体系在其 2002 年完成的博士论文《普罗普故事学思想研究》中已经基本体现，其论文中对普氏思想的介绍在大部分上是对以上两本书和《俄罗斯故事论》的直接翻译，尤其关于三十一种功能项、七个人物行动圈等。但毕竟经过了一段时间的沉淀，在 2006 年出版的中译本中可以看出在很多方面更为精准和详实。总体来讲，贾放翻译的作品主要体现出以下几个特点。

第一，贾放的翻译中对一些专门性术语进行了推敲使用，以保证了基本概念的准确，并更符合普罗普原文中所要表达的含义，也更有利于中国学者的理解。比如，对"действующее лицо"的翻译就是这样的情况，李扬的博士毕业论文《中国民间故事形态研究》1996 年出版的时候，书中对"действующее лицо"（角色）和"персонаж"（人物）两个词混在一起翻译，在文中主要采用了"人物"的译法，造成这个错误的主要人物不是李扬，而是 1958 年出版的英译本，这本书对于中国学界的影响不仅仅在李扬一个学者身上，叶舒宪编选翻译的《结构主义神话学中》也采用了这种译法，可以说在整整二十年间，对这个词的翻译都不曾提出过任何异议。

实际上，действующее лицо"的中文直译为"演戏的脸"，可以理解为"戏中的人物"——角色，而"персонаж"的汉语意思是"性格"，是角色塑造的人物形象才具备的，可以用来指代"人物形象"，这两个词在普罗普的理论体系中是不可混淆的。对于"角色"和"人物"的划分在历史上早已有之，可以溯源至亚里士多德，但李扬先生却将其相互替换，没有严格区分二者的差别。继而叶舒宪先生在其编选的《结构主义神话学》中则省略了对"действующее лицо"一词的翻译，直接将"角色的功能"翻译为"功能"，似乎又更宽泛了。我们可以看一下，普罗普的原文是："Постояными, устойчивыми элементами сказки служатдействующих лиц, независимо от того, кем и как они выполняются. Они образуют основиные составные части сказки"[3]. 翻译成中文应该是"角色的功能充当了故事的稳定不变因素，他们不依赖于由谁来完成以及怎样完成。它们构成了故事的基本组成部分。"[4]这个错误在之后贾放翻译的两本书中已经被更改过来，我们在普罗普《故事形态学》的原文中很容易发现，用"角色"一词来阐释"действующее лицо"还是更忠于原文的。

另外一个产生歧义的词也出现在上面这段话中，即"функции"，这个词在普罗普使用的时候并没有认为有任何不妥，他将故事之中的不变项称为"角色的功能"，他一直坚持在自己的理论体系中使用"функции"，觉得一切都是非常的简单清晰，但他"没料到'功能'一词在世界各种语言中能有如此之多不同的意义。它被运用在数学、力学、医学和哲学中"[5]，这样一个在普罗普看来容易理解的词，在被翻译成不同版本时却出现了差异极大的解

---

3 Русский.В.Я.Пропп. Морфология сказки.2-е изд.,М.,1969，第 21 页。

4 ［俄］弗·雅·普罗普，《故事形态学》，贾放译，中华书局，2006 年，第 18 页。

5 ［俄］弗·雅·普罗普，《故事形态学》，贾放译，中华书局，2006 年，第 188 页。

释，在中国"功能"有"作用"的含义，但是贾放又认为二者"无法联系在一起"[6]，其恩师钟敬文建议贾放在翻译时将"функции"一词改为"机能"，而不用"功能"，以便不引起歧义，但是"机能"依然包括作用和能力的含义，歧义仍然存在。刘魁立先生认为要将"функции"一词翻译准确，应该对该词进行语源学的探究。他指出"在英语里，'function（功能）'一词可用以表示特定的主项所具有的作用、活动或目的之类的意义。一般来说，相互联系的因素、互为对方的'function（功能）'，功能的研究正是强调在事物的相互联系和相互作用的过程中来认识事物。"通过刘魁立的分析，普罗普使用"функции"一词的基本想法显得非常合理，所以，在翻译过程中，贾放仍采用了"功能"一词。当然，在所有的中译本中并没有出现第二种翻译，这和大多来自于英译本的研究有关，但对"функции"一词做出仔细辨析的仍只有贾放一人。

还有就是对"Трансформация"一词的翻译，这个词出现在普罗普的《故事形态学》出版之后，《神奇故事的历史根源》这个名字在此书写作之前已经出现在一篇非常重要的文章一篇重要文章《Трансформация волшебных сказок》中。这篇文章在中国被翻译过多次，对题目的翻译各不相同。1989年蔡鸿滨在《俄苏形式主义文论选》将其翻译成《神奇故事的转化》，2005年王薇生编译的《俄国形式主义文论选》中写作《神话故事的变化》，贾放附在《故事形态学》后面的文章翻译成《神奇故事的衍化》。在汉语中，"Трансформация"一词的表述是"转型"，但所有译者都没有采用这样的译法，显然并不是译者故意的高深，而是"转型"一词无法表达普罗普所要传递的思想。普罗普的文章主要想不同故事之间存在着相似的深层结构，这是有着历史性原因的，这个原因几乎与自然界生物的衍生有着共同的起源论阐释。另外，他还提出，在研究神奇故事历史起源的相似性时，首先要区分出故事的基本形式和派生形式，这需要确定相应的原则和标准。共有两条，其一故事的情节是宗教文献的派生；其二日常生活是宗教形式的变体。通过这两个基本原则可以见得，在普罗普的思想体系中故事来源于宗教和生活，但对于宗教来讲，故事和日常生活都是派生的、被繁衍的形式。因此，对于"Трансформация"一词的翻译，"衍化"的翻译更能全面而清晰地表示出普

6　贾放，《普罗普故事学思想研究》，博士论文，北京师范大学，2002年，第46页。

罗普的本意。本文采用了蔡鸿滨的译法，并不是认为这样的译法更合乎文意，而是因为其是最早对这篇文章翻译时使用的译法，而且也比较符合汉语直译的解释。

第二，贾放在翻译普罗普的两本专著之外，最重要的贡献之一还在于加在《故事形态学》后面的五个附录和三篇文章。三篇文章中都是研究普罗普学术思想非常重要的文章，关于三篇文章的重要性及其相关内容在前文中已经有所阐释。而书中的所有附录既是解读普罗普学术思想的重要参考资料，也是在实践上对普罗普学术思想的补充。附录一《用于故事符号记录的材料》是对普罗普《故事形态学》第三章中所分析的角色功能项的一次全面补充，尽管仍然没有列出故事中的所有情境，但是将故事发生、发展的过程分为七个不同情境，包括初始情境、铺垫部分、开场、赠与者、从相助者进入到第一回合结束、第二回合开始和第二回合继续七个主要部分。以此为横向轴，以每一个情境中所包含的情况材料为纵向轴，互相交叉，尽可能地展现出故事中所有成分。开列这份清单对于研究普罗普故事形态学中所表述的三十一种角色功能项是一次非常必要的补充和说明，两个表格互相参照，可以更好地把握功能项在构成故事深层结构中的重要作用。而随后的附录二则是对三十一个角色功能项的实践性应用。这部分附录既以归总的形式对普罗普所列故事进行了整体性分析，也对某些具体故事进行了结构分解与整合。可以说，普罗普的《故事形态学》搭建起了故事深层结构研究的重要框架，而贾放所做的附录则为这个框架填充了必要的血肉，从而形成了完整的躯体。

当我们看到普罗普的《故事形态学》并进行深入研究时发现，普罗普为了能够清晰地说明故事的深层结构具有相似性的观点，将其对深层结构的分析中获得的三十一个角色功能项分别以代码表示，并在分解后进行必要的组合，用所有代码组成的公式代表神奇故事的一个完整结构。但是代码的选择有什么含义？普罗普为什么选择代码"e"表示"外出"，而不是其他的字母？俄语中本来就具有三十一个字母，为什么在功能项代码中还出现了拉丁字母？而包括"↑"等在内的标点符号又代表了什么意思？为什么有的功能项选择了小写字母表示，而有的功能项选择了大写的字母？所有的一切对于普罗普学术思想的研究者来说都是带有疑问的。当然，这些问题在国际学界的研究过程中已经解决，但是在国内的研究著作方面尚且没有学者对此进行考证和解释。贾放附在《故事形态学》后面的附录三和附录四则是对这些问题的明确解答,这两个附录的建立有利于研究者站在普罗普学术思想产生的起点对其进行研究和分析,以便能够在最基本的层面上了解普罗普研究的思维路线。

附录五是基于对普罗普《故事形态学》解读基础上对《阿法纳耶夫故事集》不同版本的故事编号的解读。《阿法纳耶夫故事集》在 1936 年以前的版本对故事的编号中对异文的表示用 1a、1b、1c 等等。而在 1936 年-1940 年间《阿法纳耶夫故事集》再版的时候,则将对异文的标记改变为单纯的 1、2、3 等阿拉伯数字,以便更为连贯和简略。在普罗普故事形态学 1928 年版本中采用了 50—151 编号的故事标记方式,而当 1969 年此书再版的时候,已经将其中的编号改变了。很多学者在读到这本书时不明白为何书中的编号不一,而且普罗普曾说自己的研究是对《阿法纳耶夫故事集》第 50—151 个故事的研究,但文中却出现了 240 号故事。贾放的博士论文开始写作的时候参考的是 1928 年版本,但翻译时已经改成使用《阿法纳耶夫故事集》革命后版本里的编号。贾放在此列出革命前后《阿法纳耶夫故事集》故事编号的对照表,为普罗普《故事形态学》的研究者提供了必要的参照资料。

贾放翻译的《故事形态学》和《神奇故事的历史根源》中译本是中国首次出项普罗普学术专著的翻译,为中国学界清楚地掌握普罗普学术思想全貌提供了重要的参考资料,而且贾放的翻译对术语、概念的考证性分析更有利于学者们在日后的研究中避免出现一词多译、混乱不清的现象。但贾放的翻译也并非完全没有缺点,尽善尽美。比如关于《故事形态学》一书的书名,普罗普曾在《神奇故事的结构研究与历史研究》一文中指出,自己的思想之所以引起了列维—斯特劳斯等学者的质疑,其中的一个原因就是他的书名本身应该为《神奇故事形态学》,英译本在出版时将"神奇"二字去掉。当然这个理由不足以反驳斯特劳斯的诘问,但也说明普罗普对这本专著的书名有着明确的规划,而对翻译中的省略多有不满。贾放之所以在翻译中省去了"神奇"二字,可能是依据俄文原文的直译,原文就为《Морфология сказки》。另外,在翻译过程中,贾放只注重了术语的规范和结构的正确,而忽视了语言描述的效果。在这一点上,赵晓彬的翻译更具有表现力,描述性更强。

第二节　普罗普学术思想与中国民间文学研究

普罗普对国际学界给予其的任何学术定位都不抱有好感，且十分反对将其划入形式主义者的行列。他认为，如果非要有一个学术定位，那么宁可承认自己是一个始终致力于民俗学研究的人。普罗普对自身的定位不是随便想象的，他任何一种理论的产生都与民俗学研究关系密切，无论是故事学研究还是喜剧美学或者民俗节日、英雄史诗的研究，都伴随着对俄罗斯民俗的解读。所以将普罗普的思想用于中国民俗学研究更为适合尽管在中国古代和近现代没有相应的、成系统的民间叙事学理论的产生，也没有对包括中国在内的东方神话进行深层结构阐释的民间神话故事的形态分析，但悠久的历史中创造了丰富而多样的民间叙事文学作品。将普罗普的故事形态学理论及其历史母题的研究用于分析中国传统民间叙事作品，是目前中国学界最常采用的形式，其中刘守华和刘魁立是在接受普罗普故事学思想的学者中比较具有代表性的，在一定程度上吸收了普罗普的思想，也更能结合本土文学创作的特点，展现中国叙事学研究中的独特方法。

一、刘守华的民俗学研究

中国民间故事是一座艺术宝库，不仅历史悠久而且内容丰富，但是对民间故事的搜集和研究则相对起步较晚。直到五四以后，中国民间故事研究才出现成体系的著作，而在现代中国民间故事研究，尤其是将普罗普故事学思想融汇到中国民间文学作品的解读和研究中，刘守华是无法绕开的一位文学理论家。他从事民间文学研究的四十余年间出版专著十余本，不仅涉及民俗学研究，重要的是其将叙事学理论与中国民间文学创作相结合的方法为中国民间文学研究提供了极有价值的参考。在刘守华出版的众多著作中，对普罗普的故事学思想进行专门性研究或融汇应用的著作有《比较故事学》、《比较故事学论考》、《故事学纲要》、《中国民间故事类型研究》等，其中将普氏理论应用于中国民间文学研究最具代表性的是《中国民间故事类型研究》。

刘守华虽然不是对俄文原著的翻译和研究，但是在《比较故事学论考》和《比较故事学》两本书中对普罗普故事学进行了深入而细致的解读，尤其对《故事形态学》中普罗普所分析的六个阶段的三十一项基本功能进行了逐一地列举和分析，但在叙事学研究的书中，刘守华只是客观地归纳和再现了普罗普的故事形态学分析方法，指出了邓迪斯和斯特劳斯对普罗普的质疑，却并没有评判这种质疑的科学性，也没有对《故事形态学》做更多评论，然而在《中国民间故事类型研究》中呈现的是对普罗普学术思想极大肯定的观点。

《中国民间故事类型研究》是以母题为前提，在分析艾伯华的《民间故事类型索引》和《中国民间故事类型索引》的基础上，对中国民间故事类型解析的专门性著作。在书的开篇，刘守华就提出民间故事研究中极为重要的两个概念——类型和母题，界定了二者在故事学研究中所涵盖的范畴，在申明联系的同时区分了两者之间的区别。在此基础上，刘守华通过"对阿尔奈——汤普森体系"的分析指出，中国关于民间故事类型的划分重点使用了"AT分类法"，尤其是美籍华人丁乃通编辑的《中国民间故事类型索引》。而这种分类法与普罗普重新编辑的《阿法纳耶夫故事集》中所采用的分类法是一致的，相同观点在刘亚丁的文章中也曾出现过。但是刘守华进一步指出"故事类型是由单一或复合母题构成的。类型研究的重点是解读或剖析贯穿于同一类型众多异文中的母题，由母题及其组合情况来考察故事的文化内涵与叙事美学特色"[7]。并将这一点作为指导全书研究的宗旨。普罗普的《故事形态学》对故事类型进行划分时指出，以情节为基本单元来做这项工作会使很多故事的类型划分不清晰，所以采取深层结构分析的方式对其划分，但分析结构划分类型只是普罗普的第一个任务，随后在《神奇故事的结构研究与历史研究》和《神奇故事的转化》中他强调了故事的形式与内容相结合的问题，其关键是内容必须在形式之上产生，形态学的研究是历史母题研究的前提和基础。

在谈到"母题"问题时，刘守华直接借用了普罗普第二本专著《神奇故事的历史根源》的名称，以"神奇母题的历史根源"为题总结指出普罗普对神奇故事历史母题与古代原始习俗、信仰之间存在三种关联性情况，即直接对应、重新解读、从相反的意义上转化，并用中国民间故事中的具体案例对其进行了详细阐述。比如在阐述"直接对应"关系时，他使用了《蛇郎》的故事进行说明，认为很多民族都有崇拜蛙蛇的习俗，姑娘嫁"蛇郎"不是现实中的蛇，而是现实生活中男性的象征。于是对《蛇郎》的"重新解读"附上了人类文明的痕迹，"蛇郎"不再是原始崇拜中具有象征意义的动物，而变成了被巫师施法的男子，最终会在少女纯真的爱情中恢复原貌。而至于说到"从相反的意义上转化"，他列举了《李寄斩蛇》的故事，并认为"这种

---

7 刘守华，《中国民间故事类型研究》，华中师范大学出版社，2002年，第23页。

状况在中国近现代民间故事中十分普遍"[8]。在此基础上,刘守华总结中国幻想故事母题根源于两个方面:一方面是中国各民族的原始崇拜和道教信仰;另一方面是生活和笑话。这样的论述与《神奇故事的转化》中普罗普列出的基本原则是一致的。更为可贵的是,普罗普是在分析神奇故事的历史母题基础上对"笑"的问题产生了兴趣,而刘守华认为"笑话"也是神奇故事母题类型之一。

刘守华对中民间故事的形态与母题的分析不仅体现在《中国民间故事类型研究》中,在《中国民间叙事文学的道教色彩》、《道教信仰和中国民间叙事文学》、《民间童话的特征和魅力》等文章中都表现出对故事母题的关注,而关于宗教与故事母题根源之间的关系问题,则受到了普罗普学术思想的启发。

二、刘魁立的民俗学研究

在国内学者中对普罗普学术思想研究较为深入的还有民俗文艺理论家刘魁立先生。刘魁立一生致力于民间文学和少数民族文学、文化研究,其涉猎的范围包括神话、音乐、美术、年画、舞蹈、民间工艺和宗教信仰等各领域,并因其曾有在俄罗斯留学的经历,对俄罗斯文学理论和民间文学研究较为熟悉。在众多的专著中,其《民俗学论文集》探讨了普罗普故事学思想与中国民间文学创作之间的联系,这本书也是刘魁立一生思想观点的精华所在。由于这是一本以论文集形式出版的专著,故而论述的范围较广,但对神话的类型分析是全书的重中之重。

在谈到"神话是什么"问题时,刘魁立指出,"神话是原始人的自然观、世界观的反映,是对客观世界的一种不自觉的艺术加工"[9],神话与其他的文学作品、其他的艺术作品是来源生活之上并掺入作家有意识的艺术加工。神话是原始初民的集体创作,反映了原始初民的思维方式,有的时候就是对原始初民生活现实的一种艺术记载。而对于神话的研究,不能同其他的文学研究相一致,如果用系统论的方法对神话进行解读,就必须掌握好整体性原则、综合性原则和动态性原则。也就是说神话的创作受到多种因素的制约,对神话的分析就要综合考虑这些因素,并在社会历史的发展中对这些因素进行考察。在刘魁立看来,这些因素包括神话中反应的客观现实、人的意识活动方式和水平、物

8 刘守华,《中国民间故事类型研究》,华中师范大学出版社,2002年,第45页。
9 刘魁立,《刘魁立民俗学论文集》,上海文艺出版社,1998,第39页。

质资料生产方式、时代的历史文化和意识形态等等，这些都是制约神话产生的因素，是决定神话之为神话的主要因素是其内部结构。这种观点显然与普罗普故事形态学以结构划分故事类型的观点有着极强的相似性。

事实上，刘魁立对于普罗普学术思想的继承和发展始终贯穿于整部书。在《历史比较研究法和历史类型学研究》一书中，他曾坦言"普罗普是进行民间文学作品结构分析的卓有成效的先行者"[10]。就此展开了对普罗普《故事形态学》中基本观点和主体框架的描述，并在对中国蛇郎故事类型进行具体研究时融合了故事形态学思想。刘魁立对我国各地区、各民族间流传的上百种不同情节描述的蛇郎故事进行总结，发现包括众多异文在内的蛇郎故事大致由五部分组成，分别是开头交代故事的准备阶段、婚配——男女主人公结合、谋害——谋害者谋害正面主人公、争斗——谋害者与正面主人公多次较量、结局——谋害者受到惩罚。五个部分中的每一部分又包括若干变异可能，比如开头部分对主人公的描述，就至少有三种可能，1）蛇变成美少年；2）相当多的异文中没有蛇的痕迹，蛇郎只是一个名字；3）男主人公变成种花人、秀才、放牛郎等与蛇郎完全没有关系的人。普罗普曾在论述故事的三十一项基本功能时指出，一个功能项可能具备双重形态意义的几种情形，对这样的情形可以进行必要的统一[11]。而在论述情节构成和情节变体时普氏还指出，一个成分的变化只不过是一个旧的情节的变体，而不是一个新的情节[12]。更为重要的是在普罗普的故事学理论中，故事的角色是可以随意变化的，而功能是基本不变的，所以我们能看到千姿百态的民间故事，却只能找到三十一个角色的功能项，这也是普罗普认为用情节区分故事类型不可取的重要原因之一。所有这些都为刘魁立对蛇郎类型故事的划分提供了理论上的支持，而刘魁立本人也说"普罗普的整个理论是为其结构主义的形态分析服务的"[13]。

非常巧合的是，在分析中国民间故事的类型研究时，刘魁立与刘守华都采用了蛇郎的故事类型。但刘守华只是用来说明普罗普故事学思想中研究历史母题与原始习俗、信仰之间的关联度时提到，而刘魁立则用普罗普的形态学和

10　刘魁立，《刘魁立民俗学论文集》，上海文艺出版社，1998，第107页。

11　［俄］弗·雅·普罗普著，贾放译，《故事形态学》，中华书局，2006年，第60页。

12　［俄］弗·雅·普罗普著，贾放译，《故事形态学》，中华书局，2006年，第111页。

13　刘魁立，《刘魁立民俗学论文集》，上海文艺出版社，1998年，第140页。

历史母题研究相结合的方法对蛇郎类型的故事展开了从结构到历史的全面解读。虽然他们对中国民间文学的论述与研究虽各有侧重，但对普罗普学术思想接受应用中的相同点更多：第一，他们都认为原始宗教、习俗、信仰影响了故事的产生；第二，他们都认为"AT 分类法"适合中国民将故事类型研究，《刘魁立民俗学论文集》的最后论述了中国民间故事索引是按照 AT 分类法进行编纂，并肯定了其中取得的重要成就；第三，他们都强调普罗普故事形态学对中国民间故事分析具有适用性，都用其具体分析了中国民间故事；第四，他们都谈到了口头流传文学中笑话与神奇故事之间的关系。

三、关于民俗学的其他研究

普罗普学术思想在中国接受的三十余年间，还有一些论文也是这方面的典范之作，这些文章主要体现为运用普罗普的故事学思想对中国传统叙事文学作品进行深层结构的形态学分析和历史母题探讨。刘守华与刘魁立是在融合对普罗普以及其他各国著名民俗文艺理论家的思想进行探讨、研究的同时，指出普罗普学术思想的合理性及对中国民间文学故事研究的适用性，并结合形态学和母题研究思想对中国民间神奇故事进行了类型分析和结构分析。而在以上所列文章中主要呈现为两种情况，一是对少数民族的一些文化现象和文学作品进行分析，二是对中国古代叙事文学作品进行结构形态分析。

运用普罗普的故事形态学理论分析中国传统民间文学作品的学者中较早的还有陈玉平，他在 1993 年《广西民族研究》第 2 期上发表题为《浅论盘古的角色》的文章，对比了普罗普和顾颉刚对角色划分的方法，认为普罗普的方法是在同一时间层面上分析不同人物角色的共同特征，而顾颉刚则是在不同时间层面上分析不同角色之间的差异。1997 年澳大利亚华人钟勇在《民族文学研究》第 1 期上发表了题为《道可道，道常道：从〈格萨尔王传〉的结构探讨艺人"神授"现象》的文章，文章首先用普罗普的故事形态学分析了藏族史诗《格萨尔王传》的结构，指出其中包含着普罗普所列三十一个基本功能项的大部分，并具体列举了第五阶段"英雄出征"的功能项加以说明。文章最终认为，对于在历史发展和人们传唱中不断增添新的内容的《格萨尔王传》，如果排除"神受"的特例，那么了解其中的结构是能够进行说唱的捷径。

普罗普的学术理论尽管在一些方面存在不足,需要随着历史文化的进步而不断进行补充和完善,但在中国民俗学研究中仍然具有重要指导意义,为中国民间文学和民族文学作品的研究和解读提供了理论参考。2010 年陈金发在《民族文学研究》第 4 期上发表了题为《壮族民间故事〈一幅壮锦〉与成年礼》的文章,文章通过对萧甘牛搜集、整理的壮族民间故事《一幅壮锦》的表层结构和历史母题展开详细解读,认为在"织壮锦——失壮锦——寻壮锦——找回壮锦"[14]的表层结构中对比了三兄弟为人处世的方式,肯定了主人公勇敢坚毅、执着不悔的高尚品格,彰显出壮族人民的伦理道德观。但在对其深层结构进行解读后,会发现故事中出现给主人公指出通往另一个世界通道的老奶奶与俄罗斯故事中常常出现的老妖婆具有同样的作用。普罗普曾认为这一情节与原始初民实行外婚制成年礼的主持方式有着必然的联系[15]。除此之外,主人公敲掉两颗牙齿放入石马口中,以便石马吃了杨梅果后驮自己去找偷壮锦的仙女所居住的"太阳山"、会飞的石马住在仙女的太阳国以及与美丽姑娘的婚礼等处处体现着普罗普关于神奇故事历史母题研究的思想,作者认为在成年礼中可以找到的这些故事原型就是《一幅壮锦》故事的"前故事"。

除了被用于分析传统神话、章回小说、少数民族英雄史诗之外,还有一些学者将普罗普的故事形态学方法论及历史母题研究应用于传统戏剧文学、小说文学之中,这些文章包括漆凌云发表在《民间文化论坛》2006 年第 5 期上的《中国天鹅处女型故事的形态学研究——以基本功能、序列及其变化为中心》;刘亚丁发表在 1992 年《外国文学研究》第四期上的《中俄民间故事比较二题》;陈玉平发表在《民族文学研究》1998 年第 1 期上的《"灰姑娘"角色的成年礼内涵——对"灰姑娘型"故事的一种解读》;以及乌日古木勒发表在《民族文学研究》2005 年第 1 期上的文章《蒙古史诗英雄死而复生母题与萨满入巫仪式》等等。这些文章既注意到普罗普学术思想的闪光点,也指出了其理论在对中国传统叙事文学作品进行分析过程中体现出来的缺陷与不足,也有学者将普罗普的学术思想认为是叙事学分析的传统理论,应该在实践中不断更新和补充。

14　陈金发,《壮族民间故事〈一幅壮锦〉与成年礼》,2010 年第 4 期,第 117 页。

15　[俄] 弗·雅·普罗普,贾放译,《神奇故事的历史根源》, 2006 年,第 125 页。

第三节　普罗普学术思想与小说叙事学研究

将普罗普故事学思想应用于分析中国文学作品的实践,体现在一些学者对传统民间文学深层结构和历史母题研究中,还体现在对传统叙事文体——小说的研究和解读中。小说是中国传统文学体裁之一,产生于远古时期的神话与传说可以看作小说的起源,鲁迅先生的《中国小说史略》认为汉代《艺文志》中的作品已经具有了中国小说的雏形,直至明清小说成为社会文学的主要体裁。可以说小说是中国文学体裁中历史较为悠久、发展较为完整的文学体裁之一,而在近代的叙事作品中小说更是成为主要文学体裁。运用普罗普的故事学思想对中国小说作品进行结构和历史母题的分析,也是中国学界实践普罗普方法论的重要工作之一。研究过程中学者们不但融汇中西地分析了中国小说的叙事原则、叙事方法、叙事时间、叙事人称等理论性问题,同时也将普罗普的主要思想应用于小说的类型研究和深层结构解读之中,对中国某一时代或者某些文学作品进行了形态学阐释与历史母题分析,指出了西方文学理论在中国小说叙事学研究中的重要价值和指导意义,也阐明了中国小说本身所具有的特点和魅力。在这项研究中,比较突出的是许子东、陈平原等一些学者。

一、许子东与叙述文革

许子东的重要作品《为了忘却的集体记忆:解读 50 篇文革小说》在 2000年出版问世,这部拣选 50 篇中国文化革命时期创作和广为流传的小说作品并对其进行叙事学分析的专著,整体上采用了普罗普故事形态学分析的方法,对故事的人物角色、事件进行了归纳、整合,从中列举出相应功能项,进行深层结构模式解读,是中国叙事学研究中运用普罗普学术思想对中国某一时代多篇具体作品进行详细解读最为深刻的专著。这部作品从方法到形式、从观点到结论都与普罗普的故事学思想仅仅相扣,是中国学者解读普罗普学术思想不可忽略的参考资料。

可以说,许子东对文革小说的叙事学解读是普罗普对俄罗斯神话故事形态学分析的一个中国式翻版。首先开门见山地列出了《故事形态学》开端所列出的四个俄罗斯民间故事中具有的常见情节:帮助者给了主人公一个宝物,宝物将主人公带到了另外一个国度。普罗普的故事形态学研究认为具有不同情节的四个俄罗斯民间故事的结构是完全一致的,这就说明应该按照故事的深层结构模式而不是情节对故事进行重新分类。许子东认为文革小说中显然地存在一些在不同背景之下、发生在不同人物身上、遭受不同境遇、使用不同道具，获得不同结局的小说，但是这些小说的叙事结构和人物功能却表现出极大的相似性。许子东在说明这个问题时列举了《蝴蝶》、《绿化树》、《金牧场》和《这是一篇神奇的土地》四部作品，这些作品的基本结构都是主人公在外出遇难时获得帮助者相救并爱上了帮助者，但最终主人公却因为种种原因而不能和帮助者在一起。许子东认为这样的情节结构不只存在于这四部作品中，对这些结构的分析与普罗普形态学研究方法是极为一致的，也充分证明了普罗普关于故事总是具有双重特性，情节多样的故事在结构上可能具有统一的样态的观点[16]。许子东也说在不同情节的文革小说中总结相同的角色功能项是自己研究的出发点，尽管他"没有现成的结论"，但是却努力与普罗普的故事形态学"保持方法的一贯与统一"[17]。

在坚持形态学方法论的基础上，许子东对文革时期的 50 篇小说文本进行结构形态分析，认为这些作品虽然艺术方法各异，对时代观念的理解和阐释也不尽相同，但故事的叙事模式却极为相近和相通，并且这些故事的产生具有同一个背景——文化大革命。所以作者认为这是一些生成于共同历史文化背景之下、具有集体意识的作家的作品。就其文本结构模式进行分析大致可以归纳为初始情景、情景转移、意外发现和结局四个阶段，共可划分出 29 个基本功能项。作者提出设定 29 个功能项应遵循两项基本原则，第一是这些功能项都是作品结构中比较重要的功能，与主人公的命运息息相关；第二是这些功能项在 50 部作品中重复出现。[18]普罗普认为《故事形态学》从选取的 100 个俄罗斯民间故事结构中划分出 31 个角色功能项必须遵循四个原则。可以普罗普设定的四个原则是许子东文革小说功能项划分的理论指导，许子东将这四项基本原则进行整合，并与文革小说的形态分析相结合，总结出上面的两个功能项。尽管在设定的原则上存在着很大差异：一是二者选择的对象不同，普罗普面对的是 100 篇俄罗斯民间故事，是原始初民的集体创作，具有原始初民的集体思维方式，并且是一种对客观现实无意识的艺术加

16　［俄］弗·雅·普罗普，《神奇故事的历史根源》，贾放译，2006 年，第 18 页。

17　许子东，《为了忘却的集体记忆，解读 50 篇文革小说》，三联书店，2000 年，第 3 页。

18　许子东，《为了忘却的集体记忆，解读 50 篇文革小说》，三联书店，2000 年，第 6 页。

工，许子东抽样选取的 50 部文革小说尽管也具有共同的时代文化背景，但文学作品毕竟是作家个人的创作，自觉的艺术加工色彩相对增多；二是小说的体裁必定不同于童话，对于文革小说的形态学解析可以运用普罗普的方法论，却不可能完全等同于普罗普对神奇故事的分析内容。许子东也指出，在研究和讨论过程中他将力图证明即使在让读者眼花缭乱的文革小说中也能找到与普罗普故事形态学中概括的事件的顺序。且先不说这项研究的价值与意义，仅仅是做完这项工作也是十分难得的。何况作者并不是在普罗普所论述的历史母题中对故事进行形态学分析，而仅仅是对一个国家的一个时代的主体文学展开论述。

在这部关于文革小说形态学分析的著作中，作者分四章对其所总结出来的 29 个功能项逐一进行了详细分析后，在最后还对文革小说中的叙事模式做了归纳性总结。认为根据"事序结构"（Fabula）与"叙述结构"（sjuzet）间的对应关系，可以归纳出文革小说的四个基本类型，即契合大众审美趣味与宣泄需求的"灾难故事"，"少数坏人迫害好人"；体现"知识分子—干部"忧国情怀的"历史反省"，"坏事最终变成好事"；先锋派小说对文革的"荒诞叙述"，"很多好人合做坏事"；"红卫兵—知青"视角的"文革记忆"，"我也许错了，但决不忏悔"。[19]对故事结构中的功能逐项分析后，再对 50 部文革小说进行整体结构模式的分类，也符合普罗普分解之后将故事作为一个整体进行考察的方法。

在整部书中，作者将文革小说作为历史文本进行考察，在运用普罗普的形态学方法论进行深层结构解析的过程中实现了作者研究的目的，作者并不是将文革小说作为当代叙事文学的一部分，对作品中反映的那个时代的价值观和世界观进行研究，其重在阐述文革这个历史时期是如何在当代小说中被叙述的。普罗普也曾明确指出，在研究故事是从哪里来的问题之前，必须解决好故事是怎样的这个问题。从这个角度讲，许子东的《为了忘却的集体记忆：解读 50 篇文革小说》是对普罗普故事形态学及其相关思想最完整的实践。

二、小说类型研究

普罗普的故事学思想中最主要的是将神奇故事的深层结构模式作为研

---

19 许子东，《为了忘却的集体记忆，解读 50 篇文革小说》，生活·读书·新知三联书店，2000 年，第 167 页。

究对象，并将故事结构作为基点划分故事类型。普罗普的故事形态学为叙事学研究提供了两点启示：深层结构模式分析方法和以结构划分叙事类型的方法。中国学者在借鉴普罗普学术思想并将其应用于叙事作品的类型学研究中取得了卓越的成就，尤其是在民间文学故事的类型划分中，将通过结构对故事类型划分的方法应用于小说叙事学是国内学者叙事学研究的另一成就。其中陈平原的《小说的类型研究》、王长国的《小说类型学：从普罗普再出发》和张永禄的《"叙事语法"：小说类型学研究的一个重要概念》都是重要的研究成果。

陈平原在《小说的类型研究——兼谈作为一种小说类型的武侠小说》中指出，尽管研究某一小说类型比对单个作家的地位和价值评价更有意义，但学者们却还是很少能在对小说类型进行研究中指出其缺陷和价值，这也是当代小说研究论述不能一矢中的的原因。普罗普按照故事的深层结构为俄罗斯神奇故事划分类型的方法可以为此项研究提供必要的启示。也有学者按照普罗普的形态学思想中提到的三十一个功能项、七个人物行动圈对武侠小说进行一一对应的归纳。但是作者认为这样的归纳的实际意义并不明显，因为类型学的首要任务并不是按照某一结构模式进行套用，而是要通过千变万化的情节寻找到隐藏其后的基本叙事语法并描述这种语法在历史文化发展中的演变趋势。普罗普形态学研究的重要贡献就在于"为某种叙事体裁制定一部语法和句法"[20]。而作者并不认为普罗普的叙事类型划分方法适合所有叙事文本的分类，原因在于神奇故事集体意识的不自觉艺术加工与文人独立创作之间存在的差异直接加大了对小说类型划分的难度。所以普罗普或者托马舍夫斯基等人只是为研究者们提供了一种较为客观、科学的方法论，而没有制定一套适合于所有叙事学类型研究的理论框架。所以简单地将普罗普的故事学思想直接挪用于小说类型的研究是没有重要学术价值的，必须根据不同的文学体裁、不同的时代特色等各种特定条件重新制定标准和原则，才能进行叙事类型的分析。在陈平原看来，在运用叙事学理论对小说的类型进行划分的过程中，首先要确定小说结构中的"恒定因素"、小说叙事的"主要方法"和事件情节的"核心场面"，并在此基础上挖掘作品叙事语法的历史文化意义。因为即便是找到了这些叙事语法，也不能确定其始终一成不变，普罗普

---

20 ［美］罗伯特·休斯著，刘豫译，《文学结构主义》，生活·读书·新知三联书店，1988年，第105-106页。

的故事理论中强调功能项中存在着基本的恒定因素和可变因素,同一因素在不同的文学作品中可能会发生不同情况的变形,这些都是影响小说类型分析的重要原因。

可以说,陈平原通过以往学者对武侠小说的类型分析而观察到中国当代小说类型分析中存在着直接套用西方文学理论的现象,甚至将其应用于不同的文学体裁,这种不考虑体裁内部结构和外在文化因素影响的套用,既不产生学术价值,同时会造成更多的错误。关于此观点,王长国发表在 2008 年《时代论坛》第 9 期上题为《小说类型学:从普罗普再出发》的文章给予了充分的支持。指出在对普罗普的方法论和故事学思想接受过程中,必须既能领会到其中的精髓,也要注意其使用范围的有限性。尽管普罗普故事形态学思想中所提供的方法论可以作为小说类型划分的基础,但是将其应用于小说类型学研究中必须做相应的理论转化。随后王长国从五个方面解析了转化中应注意的问题:第一,普罗普的形态学研究是针对人文科学在叙事作品解读过程中感性成分过重而借助自然科学的精准来分析作品结构的方法;第二,形态学提供的以结构划分类型的方法只适用于叙事学研究;第三,必须对研究对象做科学的分类后方能进行形态学研究;第四,类型学的研究必须兼顾结构模式和历史分析两个方面;第五,运用普罗普故事形态学研究方法必须根据不同的研究对象调整其中的原则和标准,不能一概而论。事实上,王长国提出的建议是对陈平原观点的细化。

三、关于小说的其他研究

肯定一种学术理论的价值和意义,并能认识其不足和有限性,从而在实践中调整以更为切合对作品的解读和分析,是国内学者运用普罗普学术思想最为正确的路。除许子东的《为了忘却的集体记忆:解读 50 篇文革小说》按照这样的原则和标准展开结构的分析外,还有学者对中国文学史上各类型小说进行了形态学分析,较有代表性的是傅修延对章回体小说《西游记》的分析以及朱红对军旅小说的分析。

傅修延发表在《北京社会科学》1991 年第 2 期上的《〈西游记〉叙述语法:从事件到表层叙述结构》从微观序列和宏观序列两个方面审视了中国古典小说《西游记》的内部结构,认为取经只是整部作品的表层叙事结构,其中包含相当数量的事件,这些事件具有共同的因素。傅修延列举第 17 回、

21 回、26 回、31 回进行说明，这些故事都表现了一种结构，即徒弟护送师傅唐僧西行取经，路上遇到妖怪制造困难，徒弟请来相助者，解除困难继续西行。这四个故事的情节内容不同，但是表现出相似的结构形态：每个事件的主人公都是一个"英雄"，他们都在取经的过程中遇到"对手"，对手的目的在于阻遏"英雄"继续西行，这时总有一个"帮助人"解救"英雄"继续达到目的，而"英雄"与"对手"之间总是会发生一场战争，并最终以"英雄"的胜利结束。这样的情节在《西游记》的故事中不仅只有四个，而用普罗普的故事形态学方法分析《西游记》，能显示出秩序井然的内在组织结构，以便清晰观察故事形态，理解作者叙事意图。但是傅修延也认为其取材范围的狭窄和按照时间顺序研究故事的结构，都是对其理论普遍适用性的艰难考验。

朱红发表在《解放军艺术学院学报》2002 年第 3 期上的文章《寻找似曾相识的身影——军旅短篇小说叙事功能考察》则从普罗普形态学理论出发，择取 40 个军旅短篇小说进行形态学解读。尽管这些小说属于不同年代，并展现了不同的情节内容，却具有一个共同的特质——在结构上符合普罗普关于多样情节具有相同结构的形态学特征。比如在《七根火柴》中把火柴奉献给集体的卢进勇、《将军的眼泪》中为了集体利益一次次将救命恩人活埋的张自忠将军、《敬礼，妈妈》中失去儿女后依然擦干眼泪继续前进的陆妈妈。这些故事中的人物形象各自不一，但他们的行为都是为了集体利益而牺牲自己珍贵的物品或亲人。在这里变化的是人物角色，不变的是角色的功能。以此为出发点，以事件的逻辑顺序为依据，在 40 篇军旅小说中总结出四大叙事阶段的 12 个叙事功能项，并通过 12 个功能项的不同排列，找出隐藏在故事深层结构之中相似的源头。朱红认为，普罗普在对神奇故事进行形态学分析之前，已经申明神奇故事是作为一个特殊的文体被研究，在神奇故事中出现的功能项总是有限的。而军旅小说在人物角色的设定上也具有同样的性质，出场人物角色的简单和有限性制约着功能项的数量，而且对立思维常常成为设定人物角色之间关系的基本规则。其中怯懦者与勇敢者、自私者与无私者、敌与我、正确者与错误者是人物角色之间对立关系的几种常见形式。通过以上分析，军旅小说尽管不像文革小说一样生成于同一时代，也不类似于神奇故事有着不自觉的集体艺术加工痕迹，而是由作家个人完成的，但是这些小说因为同属一个类型——军旅小说，从而在结构上拥有想通的功能项和功能项排列方式。对这些功能项和功能项之间的关系进行深入解析，能够更为明确地了解到隐藏在小说结构之中的作家集体意识。这篇文章与许子东的研究都是借鉴了普罗普故事形态学研究的方法，而不是完全遵循普罗普学术思想中所列出的结构框架，与陈平原在研究小说类型时提出的观点暗香吻合。

综上可见，普罗普的故事形态学思想从根本上说是一种借助于自然科学的实证性研究形成的方法论体系，在引进的同时对其进行必要的改造后可以适合中国本土小说创作中各类型的研究与阐释，只要能够按照作品的类型不断增添新的标准和原则即可。相关的文章还有很多，比如安国梁发表在《中州大学学报》1993 年第 3 期上的文章《〈灰阑记〉和〈太原狱〉异同论》；杨劼发表在《中州学刊》1993 年第 2 期上的文章《论小说的内部研究：文体和逻辑》；1996 郭树竞发表在《中国现代文学研究丛刊》第 4 期上关于鲁迅先生著名小说《药》的结构分析，题为《论〈药〉的叙事结构》；李广仓发表在《名作欣赏》2002 年第 4 期上的文章《〈杜十娘怒沉百宝箱〉的一种解读》；田明刚发表在《成都大学学报》（社会科学版）2005 年第 4 期上的文章《〈黑暗的心脏〉的叙事者与叙事结构》；《西南民族大学学报》（人文社科版）2005 年第 1 期上发表谢周的文章《"小人物"叙事》；郭铁娜发表在《沈阳大学学报》2008 年第 4 期上的《汉代民间爱情故事的"韩朋模式"研究》；付洁发表在《贵州工业大学学报》（社会科学版）2008 年第 4 期上的文章《变形的洪水神话——〈佛洛斯河上的磨房〉的原型解读》；以及祁晓冰、齐雪艳发表在《名作欣赏》2010 年第 24 期上的文章《神奇故事——对〈大师与马格丽特〉的故事形态学分析》等等，均属此类。

第四节　普罗普学术思想与多类型叙事文学研究

整体来说，普罗普的故事形态学在民间故事和小说体裁的研究中应用比较得心应手。然而作为叙事文学理论研究的先师，他的学术思想和方法论不仅在其直接关联的学科具有指导性意义，同时还可以借鉴用于对其他叙事文体进行结构分析和历史母题研究，比如戏剧、新闻、影视、动漫和电子游戏等各种叙事文体。只是在这些文体中，除戏剧尚处于传统文学体裁外，其他叙事文体均是现当代逐渐兴盛和发达起来的，而且都属于荧幕文学，尤其是网络和电子游戏中叙事学研究，已经进入超文本研究的行列。普罗普的故事形态学从产生时间和内涵特征上来说，仍属于传统叙事学经典理论，以此作为对荧幕文学和超文本文学的方法论基础，其研究过程中即是创新，也是挑战。

一、戏剧叙事形态学研究

尽管戏剧文学与小说文学在中国文学史中均属于传统叙事文学体裁，但是将普罗普的叙事学思想应用于小说类型研究和小说结构形态分析的专著和文章远远多于戏剧，大概是因为普罗普的形态学研究是针对于神奇故事这一特殊类型产生的，在结构上与小说更为相似，应用起来也较为容易看出结构上的相似性，而对于以对话为主、较适合舞台直接表演的戏剧文学，与故事形态学方法论的联系看上去并非那么直接。然而戏剧文学做为叙事文学的一种，同样具备叙事学应有的各类要素，事件、情节、人物、结构都可依据小说的标准和原则进行划分，运用普罗普的故事形态学思想对戏剧文学进行深层结构模式分析同样具有学术价值，只要不是对理论的套用。在对中国文学作品研究中，比较突出地表现出将故事形态学理论应用于戏剧文学研究的主要有詹庆生发表在《中国比较文学》2003 年第二期上的《〈西厢记〉的结构主义解读》和彭砚淼发表在《戏剧文学》2008 年第 4 期上的《传统藏戏情节的故事形态学分析》。

尽管中国学界在当代叙事学研究中也有《戏剧叙事学》等专著出版，但多体现于对巴尔特、格雷马斯等理论家思想的借鉴与应用，尽管众多理论观点和概念早已在普罗普的学术著作中提出，然而仍然没有引起戏剧叙事学研究的特别关注，因而在戏剧叙事学研究领域对普罗普形态学思想的应用比较突出的只有几篇文章，没有发现如许子东对文革小说研究同等分量的戏剧叙事学研究专著。再者，这些戏剧叙事学研究的文章均出自新世纪之后，而在之前对普罗普学术思想进行研究的二十余年间均没有重要的研究性文章和著作产生，不仅说明将其应用于戏剧文学研究相对于民间文学和小说文体研究存在一定的难度，更主要的是在新世纪前更注重对普氏思想的解读和研究，而以其方法论为基础的具体应用还并不成熟。

詹庆生的《〈西厢记〉的结构主义解读》以王实甫的元杂剧《西厢记》为起点，追溯其自唐代元稹的《莺莺传》开始以来的"崔张"故事中所隐藏的深层结构，并通过对故事结构和人物变化的分析，总结了整个中国古典言情叙事作品中的结构模式，并依据普罗普的故事形态学理论、列维—斯特劳斯的神话结构主义思想和格雷马斯的"符号矩阵"分别对中国古典言情戏剧展开相关的结构分析讨论,展现了三者在结构分析中各自的侧重点。在文中,詹庆生首先从"崔张"故事的历史发展脉络,找出了从唐至元的所有具有相似人物和结构的文学作品。其中包括唐传奇《莺莺传》、杨巨源的《崔娘诗》、王涣的《惆怅诗》、李绅的《莺莺歌》,秦观、毛滂及赵令的优美诗句,宋话本《莺莺传》、《莺莺六幺》、《张珙西厢记》,南戏中的《张珙西厢记》和宋金董解元的《西厢记诸宫调》。在这些作品中出场的人物、人物的作用、故事的事件、故事的结局都有所不同,甚至走过了从"始乱终弃"到"才子佳人"再到"有情人终成眷属"的发展过程,但这些作品的主体结构却有很多相似之处。作者认为如果将"崔张"故事产生以来的不同讲说版本和具有言情性质的所有相关古典戏剧作为一个类型进行研究,在结构上就可以找到共同的语法。按照普罗普故事形态学的深层结构模式分析理论,这些古典言情戏剧可以分为初始状态、受阻状态和圆满状态三个阶段的十三个主要功能项。当然功能项的数量还可能根据作品的增加而有更多,但相对于情节和人物的不断变化来说,功能项的数量总是有限的。有限的功能项搭配无限的情节和人物,就生成了多姿多彩的中国古典言情戏剧作品。在此,作者主要抓住了普罗普形态学分析中关于人物与情节无限与角色功能有限之间关系的观点,由此展开对"才子佳人"类型的中国传统戏剧作品的结构分析。以此类推,这样的方法应该适合中国戏剧作品中各种类型的研究,也可以说这项工作的空间是非常广阔的。

彭砚淼的《传统藏戏情节的故事形态学分析》则是根据流传于四川、青海、西藏地区的藏戏中广为传唱的主要剧目进行分析,对藏戏中占据主体地位的、以宣传佛教教义为目的、以演唱方式表述神奇故事为基本情节的剧目展开形态学分析。在分析过程中,作者完全采用普罗普《故事形态学》中所列举的三十一个角色功能项对《诺桑法王》、《卓娃桑姆》、《苏吉尼玛》、《文成公主》四个剧目中的结构进行解析,并按照普罗普所编写的代码将情节丰富的藏戏故事变成了一组组公式,在对这些公式进行归纳分析的基础上,得出藏戏剧目在故事进程,新角色出场和角色的历史根源与标志方面具有相似性。这些相似性表明藏戏在表演方式、创作目的和取材范围上较其他地方戏更接近戏剧的历史原貌。这篇文章是我国较少使用普氏原书中代码分析中国本土叙事文学作品中的典型研究,证明普氏思想中提供的具体论证不仅适用于分析各国民间故事，而且对地方戏剧研究也同样具有一定的适用性。

二、新闻叙事学研究

将普氏思想和方法论应用于戏剧文学所带来的相关问题，在当代较为兴盛的新闻叙事学和影视叙事学研究中也有所反应，在这两个方面的研究性文章也几乎出自于新世纪，而且由于国际新闻学界已经研究出比较成熟的理论，因此中国学者的新闻叙事学研究中直接提到对普罗普学术思想借鉴并应用的较为少见，但是不能排除在这些著作中隐含着对普罗普学术思想的肯定和改造。将普氏理论应用于新闻叙事学作品研究的文章多实践于对典型人物的报道中。某种程度上讲，这些研究不仅与形态学分析相关，更与《俄罗斯英雄史诗》中的研究有着一定联系。包括赵虹发表在《修辞学习》2007 年第 4 期上的《关于"新闻素"的设想与构建——中英新闻报道的叙事结构研究》；顾军发表在《成都大学学报》2008 年第 3 期上的《英雄神话的现代复现——论典型人物报道的叙事结构》；刘琦婧、赵鑫在《新闻世界》2010 年第 5 期上发表的《浅析〈新闻联播〉"抗震救灾英雄谱"的叙事模式新闻世界》。这些文章并非出自知名学者笔下，尤其后两篇论文是将曾庆香专著《新闻叙事学》基本理论与普罗普学术思想相结合进行阐发的，但是在此还是愿意将这些论文列举出来，为的是能够借助这些文章的研究为普罗普故事形态学思想在新闻叙事学研究中的应用提供一定的参照。

事实上，赵虹的文章只是将普罗普的学术思想与斯特劳斯的神话结构主义相结合作为研究的理论基础，而具体解析过程则主要依赖于罗兰·巴特和梵·迪克的新闻学研究思想。作者指出梵·迪克的研究在某些方面肯定并借鉴了普罗普的形态学观点，并通过《人民日报》和《纽约时报》对各类国际重大事件报道的异同，找出隐藏新闻报道背后的深层结构。总体来讲，尽管报道表面的效果不尽相同，但在结构上却有着相似性，并且提出新闻文本结构中的最小单位为"新闻素"[21]。"新闻素"不仅是新闻文本结构中的最小单位，而且在同类新闻的不同报道文本中的数量是有限的，由此可以找寻到新闻文本中潜在的"普遍语法"。尽管作者只是将普罗普的思想作为一种基础理论，而没有展开论述，更没有完全按照普氏方法论对其套用，但是其提出的"新闻素"概

---

21 赵虹，《关于"新闻素"的设想与构建——中英新闻报道的叙事结构研究》，《修辞学习》，2007 年第 4 期，第 29 页。

念及其找寻新闻结构中"普遍语法"的理论，都直接继承于普罗普的形态学思想。可以说，相对于将普氏思想运用到传统文学体裁的研究中，新闻文本的形态学分析是故事形态学理论现代转型的成功。

与赵虹的对新闻叙事事件背后潜藏结构的理解不同，其余的两篇文章主要是对以典型人物或者英雄人物为中心的新闻报道进行了分析。顾军的《英雄神话的现代复现——论典型人物报道的叙事结构》完成了对中国新闻中对典型人物报道的多篇文本结构中功能项的提取工作。与上篇文章不同的是，作者将典型人物报道文本中的基本功能项增加至十四项，并对部分功能项进行了细化和分解。其基本功能项分别为：主人公接到命令、任务的艰巨、执行任务、工具的匮乏、对头的破坏、主人公反击对头、主人公思想的变化、对"家"和亲人的疏离、个人身体危机、得到帮助、任务完成、主人公个人状况恶化或死亡、未知的秘密、奖励。应该肯定的是作者能够具有这样的眼光，对新闻中英雄人物事迹的报道文本进行分析，总结出新闻叙事文本相似的结构特征，掌握新闻叙事文本中呈现出的深层结构规律，而非从新闻学本文写作的表层结构着手，是叙事学研究方法论在新闻文本实践中的一种尝试。

相比较而言，关于"抗震救灾英雄谱"报道的研究在细节和科学性上欠缺可推敲性。文章作者通过中央电视台《新闻联播》对5·12地震中英雄人物的报道搜集、整理基础上，与普氏形态学方法论相结合分解出这些英雄人物报道中大致呈现出八个基本功能项，按照事件排序分别为：介绍人物身份、任务来临、任务危险艰巨、人物的心理、执行任务、结局、不为人知的秘密、奖励。当然，对于这些功能项的总结尚有可探讨之处，比如"结局"的功能项，普罗普的思想中"结局"是故事发展六个主要阶段之一而非一个功能项，在这篇文章中却将其作为一个叙事基本元素，如果将其改为"完成任务"似乎更为合理。对两篇文章的比较研究可见出后者在分析上缺乏细腻打磨和客观论证。以此说明对于普罗普故事形态学思想和方法论的借鉴，虽然全盘照搬和套用缺少学术上的研究和创新价值，然而对其研究原则和标准的随意改造也是无法给予肯定的。无论将普氏理论应用于任何文学体裁作品的研究，既要斟酌研究对象特征，也要顾及其理论本身的基本要求，否则无规则的随意改动只是在形式上与其相似，无法作为对其理论实践的参照。

三、影视叙事学研究

相对于戏剧作品和新闻报道等叙事文学中运用普罗普形态学方法论和历史母题思想的单一与初尝，将其应用于影视叙事学研究的文章要更为成熟和多样。其研究不仅涉及理论上的融合与推进，在作品研究中也涵盖城市、农村、体育、动画、科幻等各种题材的国内外知名影视剧叙事结构的分析。当然，通过具体的研究和实践证明了普罗普故事形态学理论在影视叙事作品分析中的成熟，也找到了其在荧屏文学和超文本文学探讨中的局限。学者们见仁见智的观点证明我国学者能够对普氏思想在不同侧面进行思考和实践检验。其中比较具有代表性的有：魏薇、江月英发表在《西南民族大学学报》2009 年第 5 期上的《中国当代农村题材电影的类型倾向与叙事模式初探》；李扬、王钰纯发表在《中国海洋大学学报》2003 年第 6 期上的《〈人工智能〉叙事形态略析》；李峰发表在《电影评介》2008 年第 22 期上的《用普罗普功能人物理论分析体育电影〈一球成名〉的美》；李稚田发表在《民间文化论坛》2006 年第 6 期上的《普罗普功能人物理论的电影应用》。这些文章从理论到具体影片、从都市到乡村、从体育到文艺等对普罗普的故事学思想进行了分析和实践性应用。而其中不能忽略的是黄昌林的专著《电视叙事学》。

黄昌林的《电视叙事学》2003 年由成都电子科技大学出版社出版，该书分为两编，第一编借用结构主义和符号学原理对电视叙事作品中的符号、声音、画面以及声音与符号之间的关系进行了系统的说明，第二编则借助于叙事学理论对电视叙事模式给予详细阐述。在这一部分中对电视叙事结构模式探讨时，作者借用普罗普故事形态学理论中关于角色功能项划分标准和组成故事内容的基本单位——功能项之间关系的探讨，认为普氏理论的意义和影响远远超出了其所研究的神奇故事范围，他为叙事学研究制定的语法和句法适合于任何叙事性作品的分析。而且他建构的人物角色分类规律不仅适合于戏剧，也同样适合电视叙事文本的分析，使用它的功能列表套用分析各种叙事文本是一件具有吸引力的工作。作者在此不仅指出了普氏理论包含的叙事学规律，同时在对《姐妹》、《票友》的电视叙事作品进行结构分析后指出，普罗普与其他的理论家为阐明形式模式与故事内容之间的联系做出了重要贡献。但是作者从另一个方面抛弃了普氏理论，因为普氏理论按照时间序列划分出的功能项及排列组成的结构，对不依靠程式、序列和表层结构表意的现代叙事作品没有作用。作者认为普氏的形态学理论中的功能模式只在分析按照时间序列排列功能项的传统叙事作品中才能找到用武之地。关于这一观点，马广发表在《美与时代》（下）2010 年第 10 期上的文章《周星驰喜剧电影的另类叙事分析》中得到了进一步的说明。周星驰作为现代喜剧表演者中最"无厘头"的演员，他的喜剧作品曾被认为是完全颠覆传统的后现代表演，但作者认为在其所主演的所有电影中都隐藏着传统叙事结构，而其作品的核心内涵无一例外地指向"励志"。以此为根基，作者从励志和平衡两组叙事模式出发，对广受大众喜爱的周星驰电影进行了一次无厘头之下的传统叙事结构解剖。这篇文章的发表再次证明普罗普形态学方法论是建立在对传统叙事作品进行解读之上的理论，同时也指明即使在现代、后现代等颠覆传统和看似无厘头的叙事作品中依然可能含有传统的叙事模式，完全可以运用故事形态学方法论解析。魏薇、江月英的《中国当代农村题材电影的类型倾向与叙事模式初探》认为，无论是七十年代之前的《地雷战》等塑造英雄人物的电影，还是八十年代的《菊豆》等表现不断寻梦的悲情小人物电影，或是九十年代的《美丽新世纪》等关注城市和农村经济文化碰撞中边缘人群的电影，也或是新世纪的《天下无贼》、《鬼子来了》等描写农民善良、质朴的电影，都具有同一个核心——主人公的"一根筋"。正是主人公独有的特色，使作者得出反映农村题材的电影具有相似的叙事模式。

我国学者将普罗普故事形态学理论应用于影视研究时主要体现为两个方面：一方面是对具体影片或者具体题材进行叙事模式解析；一方面则上升到理论高度，对影视叙事中关于人物、角色和结构以及形式与内容之间的具体关系展开深入研究，最终用以指导对中国影视作品的分析和创作。其中李稚田的《普罗普功能人物理论的电影应用》是比较有代表性的，关于这篇文章在第三章已经解读过，在此不重复论述。

影视作品中有一个特殊的种类需要单独列出进行分析，即动画叙事作。近年来，国产动画影视作品在数量和质量上都实现了飞速增长，关于动画影视作品解读和分析的文章和著作也在不断增多，能用普罗普的故事形态学方法论展开对动画影视作品的分析也是符合时宜的。目前我国学界能找到的将普氏理论与动画影视作品相结合的研究与评论并不多见，其中较具代表性的是《北京电影学院学报》2006 年第 5 期上刊登了王杰文的《动画电影的叙事结构〈灰姑娘〉的形态学分析》和《中国电视》2009 年第 6 期上发表了李炜《国产动画如何"牛气冲天"——〈喜羊羊与灰太郎〉动画系列片评议》。前者几乎是普罗普《故事形态学》中的理论在《灰姑娘》故事中的一次再现，作者不仅指出《灰姑娘》故事中含有普罗普列出的 31 个基本功能项中的 21 个，而且完全符合 7 个人物行动圈的要求。在文章的最后，作者也将故事作为一个整体进行总结。可以说，整篇文章就是完全按照普罗普的故事形态学理论对《灰姑娘》故事的一次详细而全面地解剖。后者则通过对 2009 年以来在全国热播的影视动画片《喜洋洋与灰太狼》的结构进行分析后指出，按照普氏思想可以将这一类电影化为同一种结构模式，即不约而同地表现为真善美战胜假丑恶的主题，它不仅具有主人公、帮助者、受阻者等普罗普列出的人物行动圈，而且在情节上也与中国古代童话故事相呼应。相对于其他的影视叙事作品而言，动画影视作品能够更为直观地体现普罗普故事形态学思想研究的结构。也可以说，动画影视叙事作品是更贴近于神奇故事和童话的文学创作。

以上所列文章与著作是关于影视作品创作中运用普氏理论和方法比较具有代表性的研究。通过分析可知，国内学者在影视叙事学研究中取得的成绩明显强于对新闻和戏剧等其他荧幕文学的研究。关于这方面的研究作品还有黄燕梅发表在《海南广播电视大学学报》2008 年第 2 期上的《家庭温情弥漫着的和谐世界——韩国家庭伦理电视剧〈人鱼小姐〉的主题意蕴》；马欣在《长江大学学报》2008 年第 3 期上发表的文章《运用普洛普叙事理论阐释电影〈蝎子王〉》。

小结

普罗普的故事形态学理论和情节母题的分析方法虽然只是对神奇故事一种类型叙事作品的解析，但将其剥离出来应用于其他任何传统叙事文体中，都具有一定的适用性。以上所总结出国内学界运用普罗普故事学思想及其方法论对各种叙事文体进行结构分析的文章，是国内学者比较成熟而有建设性观点的研究，虽不能对其中的方法和成果完全给予肯定，但绝大多数的分析和阐释是较为客观而科学的，尤其对于民间文学和小说叙事学研究的成果，在国内叙事学研究的整体历程中亦是独具魅力的。

但是，以上我们只是针对国内学者重点关注的领域和作品进行搜集、归纳基础上完成的分析，而普罗普故事形态学还在或将在更多的领域中为叙事作品的分析提供有力参照和理论指导，比如儿童文学、散文、演讲等。事实上，在这些领域已经取得了一些成绩，如朱春发在《牡丹江大学学报》2010年第3期上发表的《奥巴马演讲中的叙事之分析》，是在解析美国总统奥巴马最具代表性的三篇演讲稿基础之上，指出其演讲中不但使用了叙事学的语言策略，而且其中不断讲述自身家庭背景和奋斗史的情节，具有同一个原型——美国梦。奥巴马与美国众多成功人物一样，与美国这个国家的成长经历是完全相同的，他们在某种程度上符合古代英雄的成长过程，比如西方的普罗米修斯和东方的夸父。普罗普曾指出，英雄的故事通过结构分析后大致可以分为两类：受难者英雄和寻找者英雄，奥巴马对自己的论述和美国梦的折射兼具两种英雄的原型，他承受苦难同时又为世人的幸福而寻找出路。尽管这篇文章不长，但是通过对奥巴马三篇演讲稿的结构解读，为中国的叙事学研究转换了一个新的视点。

任何一种引起重大反响的文学理论，都是在对丰富的文学作品进行充分解读和阐释的基础上总结形成的，而理论建设的最终目的也必将付诸于对文学创作和文学研究等实践的指导。普罗普的故事形态学思想作为一种传统叙事学研究方法中的开始，是建立在二十世纪语言学和历史诗学基础之上的、以结构分析来划分情节内容类型、以功能项的选择来归类叙事模式的独具特色的方法论。虽然其只是对神奇故事一种类型的叙事学作品进行分析的成果，但其中提供的方法和原则却适合任何一部具有传统叙事结构的作品的分析。只是在应用过程中需要根据不同问题重新划定适合的标准和原则，而这原则和标准的划分也并不是随意而为的，它必须遵从一定的叙事程式、时间序列和表层情节结构来制定。

总而言之，普罗普的故事形态学思想适合于对任何一种具有传统叙事结构的叙事作品进行深层模式的解读，但是国内学者的研究毕竟单薄而青涩，应该做出更多的努力。

结　语

　　十九世纪和二十世纪为哲学思想和文艺理论的遍地开花、百家争鸣提供
了机遇和舞台，象征主义，表现主义，俄国形式主义、精神分析批评、语义学
与新批评学派、现象学、阐释学、存在主义、结构主义、解构主义、女权批评、
新历史主义、后现代批评此起彼伏，令人我们的眼前始终闪现着卓越的思想。
而其中语言学研究成为了最有影响的一种哲学思想，它的出现引起了广泛而
波澜壮阔的连锁反应。可以说，俄国形式主义、结构主义、解构主义等学派的
思想都来自于对以索绪尔为主的基础语言学的不断重新解读。普罗普正是在
此时成长起来的伟大的俄罗斯文学理论家和民俗学家。他的一生都和学术研
究紧密相关，并始终忠于将自己的研究与民俗学连接在一起，正如他认为自己
一直都是一个民俗学者一样，他的任何一本专著和任何一篇文章都始终闪现
着民俗学的光芒。以至于现在的任何一位民俗学研究者在开始自己的研究时，
都无法绕开对普罗普学术思想的研读。
　　本书正文部分通过对《故事形态学》、《神奇故事的历史根源》和《滑稽与
笑的问题》三本专著、及其相关的文章、报告等进行了介绍和分析，对普罗普
搭建在民俗学之上的故事学和喜剧美学理论研究方法进行了评述，重在说明
这个饱经意识形态和各种政治考验、却执着于自己学术思想的谨慎而天才的
学者对于国际学界的贡献。从学术探索角度来说，普罗普是平凡的，忠于并坚
持着所有学术研究者最简单的轨迹；然而从所处的时代来讲，他是如此的不平
凡，在战争中、在意识形态的束缚和打压下，他完成一项伟大的研究，以至于
在三十年后他的思想被传送到祖国之外的土地上时产生了国际性震惊，让众

多国际知名学者感受到惊喜和赞叹，因为自己尚在摸索的道路，在四分之一个世纪之前就已经形成了如此完整而严密的逻辑体系。

之所以能够引起国际效应，是因为普罗普首先将对文本结构的共时性研究与人类社会生产的历时性研究结合在一起，将民俗学与文艺学结合在一起，打破了历来以情节或主题确定故事分类的手法，创建了新的方法论。任何思想的产生都不是突兀的，普罗普的形态学方法论和历史探源式研究更不是凭空想象的结果。他主要受到了俄国形式主义和历史诗学的启发，尽管我们一再提到他否认自己是一个形式主义者，而定义为经验主义者，但他毕竟处在俄国形式主义巅峰发展的时代，他的老师和密友很多都是当时名噪一时的形式主义文论大师，如日尔蒙斯基、泽列宁等。但我们确实不能完全将其归入形式主义者的行列，尽管列维—斯特劳斯的批评如此尖锐。如果说普罗普的思想是对历史的一种发展的话，那么他的基础在于维谢洛夫斯基的"历史诗学"。换个角度说，他几乎完全肯定了维谢洛夫斯基的各种思想，只是认为维氏并没有详细地展开，而他一生的工作就是在展开这些思想的过程中，不断充实自己的认识和创新的过程。也就是说，他的学术思想既是与十九世纪、二十世纪盛行的思想一脉相承的，同时又是历史上独一无二的，在民俗学研究领域，他的学术观点已经超出了前辈学者的思想框架，形成了一整套规模宏大、建构严密的方法论体系。

普罗普的故事学研究首先打破了以情节分类的框架，首次以文本结构分析为切入点和基础，对民间神奇故事进行角色的功能性切割，确定三十一个功能项，为各功能项标示代码，并用这些代码组成的图示理解整个故事。从而确定符合这个基本图示的故事是神奇故事，相反不符合的就是其他故事。尽管这个方法论在后来的学术发展中曾遭到过质疑、误读和改进，但在《故事形态学》成书和被翻译成不同文字的版本并在世界各地广泛传播之时，这种方法可谓是令人大开眼界并尽善尽美的。因为对故事的形态学分析符合神奇故事这种以民间口头文学为基础的文学创作的内在规律，并能够表现出此类文体的基本特征。

但普罗普认为只是提炼神奇故事结构中角色的功能项还不能满足对这类文学创作的整体性研究。或者说，对故事的形态学分析只是其神奇故事研究的第一步，在他看来要先确定"故事是什么"？然后再进一步解决故事是"从何而来"的问题。他曾不无坚定地指出，"什么是具体的研究故事，研究又从何入手呢？如果我们局限于故事的相互对比，那么我们会停留在历史比较的范围之内。必须扩展研究范围并找到使神奇故事得以产生的历史根基。"[1]也正是在这一点上，国际学界对普罗普的思想产生了误读。在误读不断被澄清之后，人们突然发现，对神奇故事母题的历史性探究根本就是其故事形态学研究的继续，并且早就在他的计划之内，或者说《神奇故事的历史根源》与《故事形态学》本身就是一部巨型著作的两个组成部分。

在对神奇故事母题的历史性探索中，普罗普向世人展开的是一幅描绘着原始初民生产方式、宗教观念、思维模式和社会制度的全景图。随着这张画卷的舒展，似乎在一时间回到了人类最初的状态。普罗普将此中状态定义为"历史往昔"，而历史往昔与历史事件不同。或者说，他进行的不是历史学家对历史事件的梳理工作，而是考古学家对神奇故事母题的认证工作。正是在此基础上展开的研究，才能将神奇故事与其他故事划分开，单独以一个体裁作为研究对象。但是否造成了研究对象的狭窄？日尔蒙斯基对此提出了异议。

在对神奇故事母题进行探源式研究的过程中，普罗普发现有一类关于"不笑公主"的神奇故事母题极为特殊，这类故事的特点是复杂多样的，且与其他情节和类型相互呼应。深入研究后发现"笑"不仅作为人类的一种生命特征存在，且伴随着多种象征意义的产生。基于对这个母题的兴趣，最终扩展到对"滑稽与笑"本身性质和特征、类型的研究，以至于出版了一本专著《滑稽与笑的问题》。这本专著主要说明的问题是，导致笑产生的原因何在？在此基础上应该怎样对笑进行合理化分类？以往历史上对笑哲学性研究的缺陷何在？采用怎样的方法论进行研究才能改进这些缺陷？在一本薄册中，普罗普对以上问题纷纷进行了解答。这是一本丰富有趣的文艺学著作，但遗憾的是，这本书在他的生前没有出版。而尽管其去世后由其遗孀整理出版，却没有得到哪怕是俄罗斯学界在内的任何关注。

本书之所以将这本没有得到任何关注的小册子作为重点研究对象之一，主要原因在于：第一，这本书对喜剧美学和喜剧创作的发展有着指导性价值，学界应该给予足够的重视。第二，这本书改变了历史上哲学家研究滑稽与笑时只注重哲学分析，而忽略材料归纳的方法所造成对笑的研究的片面性和狭隘性。第三，普罗普对笑的类型划分坚持从客体和主体两个方面进行，这是对以

1　［俄］弗·雅·普罗普，《神奇故事的历史根源》，贾放译，中华书局，2006年，第1页。

往研究的补充，具有重要价值。

对于这样一位享誉国际文论界的学者，中国读书界对其最初的介绍虽然与国界学界几乎同步，但是对于其思想理论真正展开学术性的评介和研究则远在 80 年代之后，其中有本土环境和国际关系的影响，也有普氏思想本身被国际学界误读的原因，因此在最初的接受中对其理论的意义和价值认识不足。尤其在没有直观性的一手俄文资料情况下对其的解读多有偏差，这种状况直到新世纪到来前，随着对普罗普学术思想的译文的不断出现才慢慢减少。对于普罗普的接受是中国学界研究当代西方文学理论中的一个特例。其一，对承载其主要思想的文章和专著的翻译没有随着对其的研究而出现，而是迟缓了二十几年才得以看到在第一手资料基础翻译出来的译文和译本；第二，对其学术定位始终摇摆不定，直到新世纪初还有学者将其认定为形式主义者，对于普罗普本人来说，这是早在 60 年代就已澄清的问题。这些问题一直伴随着国内学界对普罗普学术思想的接受和解读，也许在普罗普的学术专著陆续被翻译成汉语的基础上，中国学界对这个既在国际学界享有盛名、其理论又经受诸多学者误读、不同意识形态打压的伟大民俗学文论家会做出更为公正和客观的阐释。

对于普罗普学术思想的研究，在很多方面还欠缺大量的工作。首先，对其的翻译仍然处于一个初级阶段，尽管贾放翻译的《故事形态学》和《神奇故事的历史根源》已经出版，《滑稽与笑的问题》也早拥有了中译本，但是普罗普一生有六本专著、多本论文集，这些重要的文献中包含着普罗普一生的成就，这些思想到目前为止还基本上没有走入中国学者的视野，对于研究普罗普、甚至当代西方文学理论的学者来说，当下的研究都只是冰山一角，与普罗普学术思想本身的丰厚还相差甚远。其次，经翻译出版的中译本无疑为国内学界的普罗普研究铺设了一条最直接的路，但是译本中尚存在一些不完美之处，甚至出现了术语错误的情况，这些都需要不断改进。

本书正是对这样一位获得了极高国际地位和声誉的伟大学者的思想进行解读的文章，力求做到全面、细致和系统。当然，如果穷尽对其思想的解读仅仅阅读他本人的书文是无法实现的，所以本书绕开了以往对其研究比较透彻的方面。仅仅选择了两个方面为切入点：第一是对普罗普最重要的思想进行解读，从中总结出其故事学研究中所坚持的理念和方法论问题；第二是针对其几乎没有得到任何关注的喜剧美学理论进行了详细而全面地解读，或者称为"细读"，以求在阐析之后对普罗普学术思想研究做一个补充；第三，对三十余年来普罗普学术思想在国内学界的接受、研究、译介和实践情况进行了较为细致的整理和归纳，希望能为继续研究者提供一定的方向性资料。

尽管做了大量的准备，本书仍有相当多的不足之处。其一，本书对普罗普故事学的解读主要集中于《故事形态学》、《神奇故事的历史根源》及其相关文章，缺乏对普氏其他相关论述的引证，尤其是《俄罗斯故事论》和《俄罗斯英雄史诗》两本专著的解读和阐释。其二，本书对普罗普故事学和喜剧美学思想的研究恰恰走入了其所反对的研究方法，很多情况下没有像普罗普一样从大量原始故事资料中考证理论的普适性价值。其三，对普罗普学术思想的研究尚缺乏面面俱到的细致，以至于本书仍然是对普罗普学术思想研究的补充，而没有达到完满的结局。这也是日后致力进行的工作。其四，解读普罗普在中国的翻译情况，只是针对重点部分进行了详细说明，还有很多细节部分没有说明，尤其对中译本、日译本、英译本的比较性解读，是之后需要填充的部分。其五，对普罗普学术思想在中国接受过程的梳理虽然尽可能详细而全面，却仍然有所疏漏，有些是确实没有找到的资料，有些是因为重复性过强的研究被有意省略。第六，本书在阐释普罗普故事学思想时，分别使用了"故事学"、"故事形态学"、"叙事学"、"普罗普学术思想"等术语表示，实际上都是在指普罗普的故事形态学思想，只是由于国内学界的翻译不同，或各位普罗普学术思想研究的专家学者使用了不同的表达方式，为了与研究者的论述相一致，故而没能在文中全部使用同一名称。作为对普罗普学术思想全面研究的文章，这些都是需要日后继续完善的部分。当然也许并不是遵循本书的思路，但对普罗普学术思想的研究和实践则是不会停止的。

参考文献

一、研究对象原著及译著

1. ［俄］弗·雅·普罗普,《故事形态学》,贾放译,北京,中华书局,2006。

2. ［俄］弗·雅·普罗普,《神奇故事的历史根源》,贾放译,北京,中华书局,2006。

3. ［俄］弗·雅·普罗普,《滑稽与笑的问题》,杜书瀛译,沈阳,辽宁教育出版社,1998。

4. ［俄］弗·雅·普罗普,《英雄叙事诗研究中的一些方法论问题》,王智量译,载《民间文学》1956年1、2月号。

5. ［俄］弗·雅·普罗普,《神奇故事的转化》,蔡鸿滨译,载《俄苏形式主义文论选》,北京,中国社会科学出版社,1989。

6. ［俄］弗·雅·普罗普,《神奇故事的结构研究与历史研究》贾放译,载《民俗研究》2000年第3期。

7. ［俄］弗·雅·普罗普,《民间故事形态学》(节选)载拉曼·塞尔登编《文学批评理论——从柏拉图到现在》,刘象愚、陈永国等译,北京,北京大学出版社,2000。

8. ［俄］弗·雅·普罗普,《神奇故事的衍化》,贾放译,载《故事形态学》,北京,中华书局,2006。

9. ［俄］弗·雅·普罗普,《在1965年春天纪念会上的讲话》,安·尼·玛尔登诺娃整理,索尼娅节译,《俄罗斯文艺》,2000年2期。

10. ［俄］弗·雅·普罗普,《英雄史诗的一般定义》,李连荣译,《民族文学研究》，2000 年第 2 期。

11. ［俄］弗·雅·普罗普，《神话故事的变化》载［爱沙尼亚］扎娜·明茨、伊·切尔诺夫编选，王薇生编译，《俄国形式主义文论选》，郑州大学出版社，2005 年。

12. Русский.Пропп. В.Я. Русская сказка, Лабиринт-МП.1984.

13. Русский.Пропп.В.Я. Указаталь сюжетов. //А.Н.Афанасьев.Народные русс кие сказки.М.,1957.-т.з.

14. Русский.ПроппВ.Я..русский героический эпос.М.,1955.

15. Русский.Пропп.В.Я. Об историзме русского фольклора и методах его изучения.Ученые записки Ленинградского гос.ун-та, No 339.Серия филологических наук.Вып.72.Л.,1968.

16. Русский.Пропп.В.Я. Морфология сказки.2-е изд.,М.,1969.

17. Русский.Пропп.В.Я. Морфология сказки.лабиринт.М.,2003.

18. Русский.Пропп.В.Я. Природа комического у Гоголя(публикация В. И. Ереминой)//русская литература,No1,1988.

19. Русский.Пропп.В.Я. Русские аграрные праздники:Опыты историко-этнографического исследования.2-е изд.,СПб.,1995.

20. Русский.Пропп.В.Я. Поэтика фольклора (Собрание трудов В.Я.Пропп) Лабиринт. М.,1998.

21. Русский.Пропп.В.Я. Сказка.Эпос.Песня. Лабиринт. М.,2001.

22. Русский.Пропп.В.Я. фольклор.Литература.История. Лабиринт. М.,2002.

23. Русский.Пропп.В.Я. Краткая литература энциклопедия.т.б. М.,1971.

24. Русский.Пропп.В.Я. форьклор и действительность.Избранные статьи.. М.,1976.

25. Русский.Пропп.В.Я. Структурное и историческое изучение волшебной сказки.//Пропп. В.Я. форьклор и действительность.Избранные статьи.. М.,1976.

26. Русский.Пропп.В.Я. Врубель и фольклор.//Из истории русской фольклористики.Л.,1990.-вып.3.

27. Русский.Пропп.В.Я. речь на юбилее весной 1965 года.Публикация А. Н. Мартыновой//Живая старина.1995. No3.

28. Русский.Пропп.В.Я. Дневник старости.1962-196…1995.

29. Русский.Пропп.В.Я. Проблема комизма и смеха. Лабиринт. М.,2002.

30. Русский.Пропп.В.Я. Проблема комизма и смеха.Ритульный смех в фольклоре. Лабиринт. М.,1999.

31. Русский.Пропп. В.Я..Исторические корни волшебной сказки.Лабиринт-МП.1946.

二、中文部分

（一）专著

1. 斑斓、王晓秦，《外国现代批评方法纵览》，广州，花城出版社，1987。

2. 曹顺庆，《跨文化比较诗学论稿》，桂林，广西师范大学出版社，2004。

3. 曹顺庆等，《比较文学论》，成都，四川教育出版社，2002。

4. 陈厚诚、刘宁，《西方当代文学批评在中国》，天津，百花文艺出版社，2000。

5. 陈国恩、庄桂城、雍青等，《俄苏文学在中国的传播与接受》北京，中国社会科学出版社2009。

6. 陈瘦竹、沈蔚德，《论悲剧与喜剧》上海，上海文艺出版社，1983。

7. 陈连山，《结构主义神话学》，北京，外文出版社，1999。

8. 程正明，《巴赫金的文化诗学》，北京，北京师范大学出版社，1999。

9. 董晓英，《超语言学：叙事学的学理及理解的原理》，天津，百花文艺出版社，2007。

10. 董学文，《走向当代形态的文艺学》，北京，高等教育出版社，1989。

11. 傅修延，《叙事，意义与策略》，南昌，江西高校出版社，1999。

12. 郭宏安、章国锋、王逢振，《二十世纪西方文论研究》，北京，中国社会科学出版社，1997。

13. 黄曼君，《中国20世纪文学理论批评史》，北京，中国文联出版社，2002。

14. 黄昌林，《电视叙事学》，成都，电子科学大学出版社，2003。

15. 胡亚敏，《叙事学》，武汉，华中师范大学出版社，1994。

16. 胡端宁，《幽默新闻与新闻幽默》海口，南海出版公司，1991。

17. 何纯，《新闻叙事学》，长沙，岳麓书社出版社，2006。

18. 季羡林，《比较文学与民间文学》，北京，北京大学出版社，1997。

19. 金荣华,《民间故事论集》,台湾,三民书局,1997。

20. 刘魁立,《刘魁立民俗学论集》,上海,上海文艺出版社,1998。

21. 刘宁,《俄国文学批评史》,上海,上海译文出版社,1999。

22. 刘宁,《俄苏文学文艺学与美学》北京,北京师范大学出版社,2007。

23. 刘万勇,《西方形式主义溯源》,北京,昆仑出版社,2006。

24. 刘守华,《口头文学与民间文化》,北京,中国文联出版公司,1989。

25. 刘守华,《比较故事学论考》,哈尔滨,黑龙江人民出版社,2003。

26. 刘守华,《中国民间故事类型研究》,武昌,华中师范大学出版社,2002。

27. 刘守华,《故事学纲要》,武汉,华中师范大学出版社,1988。

28. 刘守华,《中国民间童话概说》,成都,四川民族出版社。1985。

29. 刘守华,《比较故事学》,上海,上海文艺出版社,1995。

30. 刘守华,《中国民间故事史》,武汉,湖北教育出版社,1999。

31. 李扬,《中国民间故事形态研究》,汕头,汕头大学出版社,1996。

32. 李显杰,《电影叙事学:理论和实例》,北京,中国电影出版社,1999。

33. [俄]李福清,《神话与鬼话——台湾原住民深化故事比较研究》(增订本),北京,社会科学文献出版社,2001。

34. 林继富、王丹,《解释民俗学》武汉,华中师范大学出版社,2006。

35. 罗纲,《叙事学导论》,昆明,云南人民出版社,1994。

36. 聂庆璞,《网络叙事学》,北京,中国文联出版社,2004。

37. 南志刚,《叙事的狂欢与审美的变异:叙事学与中国当代先锋小说》,北京,华夏出版社,2006。

38. 彭克巽,《苏联文艺学学派》,北京,北京大学出版社,1999。

39. [美]浦安迪,《中国叙事学》,北京,北京大学出版社,1996。

40. 申丹,《叙事学与小说文体学研究》,北京,北京大学出版社,1998。

41. 万建中,《中国民间散文叙事文学的主题学研究》,北京,北京大学出版社,2009。

42. 王靖宇,《中国早期叙事文论集》,台北,中央研究院中国文哲研究所筹备处,1999。

43. 王阳,《小说艺术形式分析:叙事学研究》,北京,华夏出版社,2002。

44. 王侃,《叙事门与修辞术:中国当代小说的诗学谱系》,桂林,广西师范大学出版社,2009。

45. 王利芬，《变化中的恒定：中国当代文学的结构主义透视》，广州，广东人民出版社，1999。

46. 王增永，《神话学概论》北京，中国社会科学出版社，2007。

47. 徐岱，《小说叙事学》，北京，社会科学出版社，1992。

48. 许钰《口承故事论》，北京，北京师范大学出版社，1999。

49. 许子东，《为了忘却的集体记忆》，北京，三联书店，2000。

50. 杨鹏、陈晓明，《结构主义和后结构主义在中国》，北京，首都师范大学出版社，2003。

51. 杨鹏，《卡通叙事学》，武汉，湖北少年儿童出版社，2003。

52. 杨义，《中国叙事学》，（《杨义文存》第一卷），北京，人民出版社，1997。

53. 俞建章、叶舒宪，《符号，语言与艺术》，上海，上海人民出版社，1988。

54. 张德明，《批评的视野》，上海，上海社会科学院出版社，2004。

55. 张隆溪，《二十世纪西方文论评述》，北京，三联书店，1986。

56. 张秉真、黄晋凯，《结构主义文学批评论》，沈阳，辽宁大学出版社，1987。

57. 张首映，《西方二十世纪文论选》，北京，北京大学出版社，1999。

58. 张杰、汪介之，《20世纪俄罗斯文学批评史》，南京，译林出版社，2000。

59. 赵宪章，《文体与形式》，北京，人民文学出版社，2004。

60. 赵晓彬，《普罗普民俗学思想研究》，哈尔滨，黑龙江人民出版社，2007。

61. 曾庆香，《新闻叙事学》，北京，中国广播电视出版社，2005。

62. 智量、王圣思，《俄国文学与中国》，上海，华东师范大学出版社，1991。

63. 钟敬文，《钟敬文民俗学论集》，上海，上海文艺出版社，1998。

64. 钟敬文，《中国民间文艺学四十年》，敦煌，敦煌文艺出版社，1991。

65. 祖国颂，《叙事的诗学》，合肥，安徽大学出版社，2003。

（二）编著

1. 曹顺庆主编，《比较文学学》，成都，四川大学出版社，2005。

2. 曹顺庆主编，《比较文学新开拓》，重庆，重庆大学出版社，2000。

3. 曹顺庆主编，《比较文学史》，成都，四川人民出版社，1991。

4. 曹顺庆主编，《中外文学跨文化比较》，北京，北京师范大学出版社，2000。

5. 傅修延、夏汉宁编著，《文学批评方法论基础》，南昌，江西人民出版社，1986。

6. 胡经之、张首映主编，《西方二十世纪文论史》，北京，中国社会科学出版社，1988。

7. 胡经之、王岳川主编，《文艺学美学方法论》北京，北京大学出版社，1994。

8. 江西师大中文系等编，《外国现代文学批评方法论》，南昌，江西人民出版社，1985。

9. 李幼蒸选编，《结构主义和符号学》，生活·读书·新知三联书店出版社，1987。

10. 刘守华、黄永林主编，《民俗叙事文学研究》，武昌，华中师范大学出版社，2005。

11. 刘宁主编，《俄罗斯文学批评史》，上海，上海译文出版社，1999。

12. 赖干坚编著，《西方文学批评方法评介》，厦门，厦门大学出版社，1986。

13. 《马克思主义文艺理论研究》编辑部选编，《美学文艺学方法论》（续集），北京，文化艺术出版社，1987。

14. 宋家龄编著，《影视叙事学》，北京，中国传媒大学出版社，2007。

15. 苏永旭主编，《戏剧叙事学研究》，北京，中国戏剧出版社，2004。

16. 文化部教育局编，《西方现代哲学与文艺思潮》，上海，上海文艺出版社，1987。

17. 伍蠡甫、胡经之主编，《西方文艺理论名著选编》（上卷），北京，北京大学出版社，1987。

18. 伍蠡甫、胡经之主编，《西方文艺理论名著选编》（中卷），北京，北京大学出版社，1987。

19. 伍蠡甫、胡经之主编，《西方文艺理论名著选编》（下卷），北京，北京大学出版社，1987。

20. 晓红主编《俄罗斯神话故事》北京，中国言实出版社，2004。

21. 叶舒宪编选《结构主义神话学》西安，陕西师范大学出版社，1988。

22. 钟敬文主编，《民俗学概论》，上海，上海文艺出版社，2006。

23. 朱立元主编，《当代西方文艺理论》，上海，华东师范大学出版社，1999。

（三）译著、译文

1. ［俄］A.H. 玛尔登诺娃著，贾放节译，《回忆弗·雅·普罗普》，《俄罗斯文艺》，2000年第2期。

2. ［俄］托多罗夫编选，蔡鸿滨译，《俄苏形式主义文论选》，北京，中国社会科学出版社，1989。

3. ［俄］维谢洛夫斯基著，刘宁译，《历史诗学》，天津，百花文艺出版社，2003。

4. ［俄］维谢洛夫斯基，刘宁译，《文学史作为一门科学的方法与任务》，载《世界文学》，1997 年第 6 期。

5. ［俄］М. Г. 乌斯宾斯基著，纪微、赵晓彬译，《马把舒申科带到另一个国度》，载《俄罗斯文艺》，2007 年第 2 期。

6. ［俄］叶·莫·梅列金斯基著，魏庆征译，《神话的诗学》北京，商务印书馆，2009。

7. ［俄］米·巴赫金著，佟景韩译，《巴赫金文论选》北京，中国社会科学出版社，1996。

8. ［俄］别林斯基著，满涛译，《别林斯基选集》，上海，上海译文出版社，1980。

9. ［俄］索科洛娃等著，刘锡城、马昌仪译，《苏联民间文艺学四十年》，北京，科学出版社，1959。

10. ［俄］什克洛夫斯基著，刘宗次译，《散文理论》南昌，百花洲文艺出版社，1994。

11. ［俄］尼古拉耶夫等著，刘宝端译，《俄国文艺学史》，北京，三联书店，1987。

12. ［俄］李福清著，马昌仪编，《中国神话故事论集》，北京，中国民间文艺出版社，1998。

13. ［俄］尼·别尔嘉耶夫著，雷永生、邱守娟译，《俄罗斯思想：十九世纪末至二十世纪初俄罗斯思想的主要问题》，北京，三联书店，2004。

14. ［苏联］I·亚历山大洛夫等著，李溪桥译《论电影喜剧》北京，中国电影出版社，1957。

15. ［苏联］普列汉诺夫著，雪峰译，《艺术与社会生活》，上海，上海出版社：水沫书店，1929。

16. ［荷］佛克马著，冯汉津译，《法国结构主义》，载《外国文学报道》，1985 年第 5 期。

17. ［荷］佛克马、易布恩著，林书武等译，《二十世纪文学理论》，北京，三联书店，1988。

18. ［英］特里·伊格尔顿著，伍晓明译，《二十世纪西方文学理论》，西安，陕西师范大学出版社，1986。

19. ［英］特里·伊格尔顿著，王逢振译，《当代西方文学理论》，北京，中国社会科学出版社，1988。

20. ［英］特伦斯·霍克斯著，瞿钱鹏译，《结构主义和符号学》，上海，上海译文出版社，1987。

21. ［英］爱德华·泰勒著，连树胜译《原始文化》，上海，上海文艺出版社，1992。

22. ［英］马林诺夫斯基著，李安宅译，《巫术科学宗教与神话》，北京，中国民间文艺出版社，1986。

23. ［英］弗雷泽著，徐育新等译，《金枝》，北京，大众文艺出版社，1998。

24. ［美］杰姆逊著，唐小兵译，《后现代主义与文化理论》，西安，陕西师范大学出版社，1986。

25. ［美］乔纳森·卡勒著，盛宁译，《结构主义诗学》，北京，中国社会科学出版社，1991。

26. ［美］戴维·佩斯著，杨树喆译，《超越形态学——列维-斯特劳斯与民间故事分析》，载《民俗研究》，2002年第3期。

27. ［美］布鲁范德著，李扬译《美国民俗学》，汕头，汕头大学出版社，1993。

28. ［美］大卫·弗莱著，冯俊等译，《从亚里士多德到奥古斯丁》北京，中国人民大学出版社，2004。

29. ［美］丁乃通著，郑建成等译，《中国民间故事类型索引》，北京，中国民间文艺出版社，1986。

30. ［美］丁乃通著，陈建宪译，《中西叙事文学比较研究》，武昌，华中师范大学出版社，1994。

31. ［美］斯蒂·汤普森，郑海等译，《世界民间故事分类学》，上海，上海文艺出版社，1991。

32. ［美］阿兰·邓迪斯编，陈建宪、彭海滨译，《世界民俗学》，上海，上海文艺出版社，1990年。

33. ［美］阿兰·邓迪斯，吴绵译，《结构主义与民俗学》，载张紫晨编，《民俗学学讲演集》，第544-571页，北京，书目文献出版社，1986。

34. ［美］James Phelan、Peter、J. Rabinowtz 主编，申丹、马海良、宁一中等

译《当代叙事理论指南》，北京，北京大学出版社，2007。

35. ［美］华莱士·马丁著，伍晓明译，《当代叙事学》，北京，北京大学出版社，1990。

36. ［澳］罗伯特·休斯著，刘豫译，《文学结构主义》，北京，三联书店，1988。

37. ［法］列维-斯特劳斯著，陆小乔、黄锡光译，《结构人类学》，北京，文化艺术出版社，1989。

38. ［法］让—伊夫·塔迪安著，史忠义译，《20世纪的文学批评》，天津，百花文艺出版社，1998。

39. ［比］布洛克曼著，李幼蒸译，《结构主义，莫斯科—布拉达—巴黎》，北京，商务印书馆，1980。

40. ［法］尤瑟夫·库尔泰著，怀宇译，《叙述与话语符号学》，天津，天津社会科学院出版社，2001。

41. ［法］罗杰·法约尔著，怀宇译，《批评，方法与历史》，天津，百花文艺出版社，2002。

42. ［法］格雷马斯著，吴弘缈译，《结构语义学》，北京：三联书店，1999。

43. ［法］托多罗夫著，蒋子华、张萍译，《巴赫金、对话理论及其他》，天津，百花文艺出版社，2001。

44. ［法］罗兰·巴尔特，袁可嘉译，《结构主义——一种活动》，载《文学理论研究》，1980年第2期。

45. ［法］罗兰·巴尔特，李幼蒸译，《符号学原理》，生活·读书·新知三联书店出版社，1988。

46. ［法］柏格森著，徐继曾译，《笑》，北京，北京十月文艺出版社，2005。

47. ［法］让·诺安著，果永毅、钟燕萍译，《笑的历史》，北京，人民日报出版社，2009。

48. ［法］格雷马斯著，吴泓渺译，《结构语义学》，北京，三联书店，1999。

49. ［法］列维—布留尔著，丁由译，《原始思维》，北京，商务印书馆，1981。

50. ［加］诺思洛普·弗莱著，孟祥春译，《世俗的经典—传奇故事结构研究》，上海，人民出版社，2010。

51. ［加］诺思洛普·弗莱著，傅正明、程朝翔等译，《喜剧，春天的神话》，北京，中国戏剧出版社，2006。

52. ［德］麦克斯·缪勒著，金泽译，《比较神话学》，上海，上海文艺出版社，

1989。

53. ［德］艾伯华著，王燕生、周祖生译，《中国民间故事类型》，北京，商务印书馆，1999。

54. ［爱沙尼亚］扎那·明茨、伊·切尔诺夫编著，王薇生编译，《俄国形式主义文论选》，郑州，郑州大学出版社，2005。

55. ［瑞士］皮亚杰著，倪连生、王林译，《结构主义》，北京，商务印书馆，1984。

56. ［瑞士］麦克斯·吕蒂，张田英译，《童话的魅力》，北京，社会科学文献出版社，1995。

57. ［日］齐藤君子，陶范译，《从传承人理论看俄罗斯民间文艺学》，载《民俗学论坛》，1992年第5期。

（四）中文单篇论文

1. 曹山柯，《都是为了追寻文本的意义踪迹——结构主义与解构主义文论思想比较研究》，《四川外语学院学报》，2002年01期。

2. 曹山柯、周琳玉，《文本的意义踪迹——结构主义和解构主义文论思想比较研究笔记》，《广东商学院学报》，2001年02期。

3. 陈浩，《论西方现代小说理论的形态》，《绍兴文理学院学报》，2003年第1期。

4. 陈晓伟，《结构主义叙事学：由二元对立到融合》，《郑州航空工业管理学院学报》，2005年第1期。

5. 陈平原，《小说的类型研究——兼谈作为一种小说类型的武侠小说》，《上海文学》，1991年第5期。

6. 程锡麟，《叙事理论概述》，《外语研究》，2002年第3期。

7. 程正民，《俄罗斯文艺学结构研究和历史研究的结合》，《俄罗斯文艺》，2008年第3期。

8. 董晓萍，《故事遗产学的分类理论——兼评普罗普的〈故事形态学〉和〈神奇故事的历史根源〉》，《民族文学研究》，2007年第2期。

9. 高永，《作为历史产物的故事形态学理论——评普罗普的〈故事形态学〉》，《衡水学院学报》，2008年第6期。

10. 耿海英，《新时期普罗普的故事学在中国的接受与研究》，《广州大学学报》（社会科学版），2006年第2期。

11. 何芳，《普罗普的喜剧理论初探》，《民族论坛》，2007 年第 6 期。

12. 徽周，《叙述学概述》，《外国文学评论》，1990 年第 4 期。

13. 胡亚敏，《结构主义叙事学探讨》，《外国文学研究》，1987 年第 1 期。

14. 黄昌林，《叙事结构的语言学模式》，《成都大学学报》，2009 年，第 2 期。

15. 贾放，《普罗普，传说与真实》，《俄罗斯文艺》。2000 年第 2 期。

16. 贾放，《普罗普〈神奇故事的历史根源〉与故事的历史比较研究》，《民间文化》，2000 年第 7 期。

17. 贾放，《普罗普故事学思想与维谢洛夫斯基的"历史诗学"》，《北京师范大学学报》（人文社会科学版），2000 年第 6 期。

18. 贾放，《俄罗斯民间故事研究的"双重风貌"》，《北京师范大学学报》（人文社科版），2001 年第 6 期。

19. 贾放，《钟敬文先生对外国民俗学理论译介之贡献谈片》，《民族文艺》，2007 年第 1 期。

20. 金荣华，《"情节单元"释义——兼论俄国李福清教授之"母题"说》，《湖北民族大学学报》，（哲学社会科学版），2001 年第 3 期。

21. 亢泰，《剑桥大学文学系的一场论战》，《读书》，1981 年 06 期。

22. 李幼蒸，《结构主义与电影美学》，《世界电影》，1980 年 03 期。

23. 李宪如、石倬英，《结构主义概述》，《河北大学学报》（哲学社会科学版），1981 年 03 期。

24. 李稚田，《普罗普功能人物理论的电影应用》，《民间文化论坛》，2006 年第 6 期。

25. 李峰，《用普罗普功能人物理论分析体育电影〈一球成名〉的美》，《电影评介》，2008 年第 22 期。

26. 李扬、王钰艳，《〈人工智能〉叙事形态略析》，《中国海洋大学学报》（社会科学版），2003 年第 6 期。

27. 刘涵之、马丹，《〈故事形态学〉的问题意识——兼谈列维—斯特劳斯对普罗普的批评》，《俄罗斯文艺》，2009 年第 2 期。

28. 刘守华，《世纪之交的中国民间故事学》，《华中师范大学学报》（人文社科版），2000 年第一期》。

29. 刘守华，《神奇母题的历史根源》，《西北民族研究》，2002 年第 2 期。

30. 刘小妍，《格雷马斯的叙事语法简介及应用》，《法国研究》，2003 年第 1 期。

31. 刘积源,《"无信息的规则"——结构主义叙事学》,《甘肃联合大学学报》(社会科学版), 2006 年第 1 期。

32. 刘登阁,《小说人物形象的文化透视》,《济南大学学报》, 2004 年第 4 期。

33. 户晓辉,《内容与形式,再读汤普森和普罗普——"一个馒头引发的血案": 对吕微自我批评的阅读笔记》,《民间文化论坛》, 2007 年第 1 期。

34. 吕薇,《母题和功能,学科经典概念与新的理论概念可能性》,《民间文化论坛》, 2007 年第 1 期。

35. 马欣,《运用普罗普叙事理论阐释电影〈蝎子王〉》,《长江大学学报》(社会科学版), 2008 年第 3 期。

36. 马晓辉,《维谢洛夫斯基历史诗学的建构》,《石家庄经济学院学报》, 2008 年第 1 期。

37. 穆馨、张凤安,《普罗普民间创作问题研究》,《俄罗斯文艺》, 2004 年第 2 期。

38. 彭宣维,《话语、故事和情节——从系统功能语言学看叙事学的相关基本范畴》,《外国语》, 2000 年第 6 期。

39. 彭砚淼,《传统藏戏情节的故事形态学分析》,《戏剧文学》, 2008 年第 4 期。

40. 漆凌云,《中国天鹅处女型故事的形态学研究——以基本功能、序列及其变化为中心》,《民间文化论坛》, 2006 年第 5 期。

41. 申丹,《轮西方叙述理论中的情节观》,《外国文学评论》, 1990 年第 4 期。

42. 孙鹏程,《艺术历史类型学的变异: 俄罗斯历史诗学与巴赫金时空体理论》,《电影评介》, 2009 年第 8 期。

43. 唐伟胜,《范式与层面: 国外叙事学研究综述——兼评国内叙事学研究现状》, 上海外国语大学学报》, 2003 年第 5 期。

44. 谭君强,《文化研究语境下的叙事理论》,《文学评论》2003 年 01 期。

45. 佟兆俊,《结构主义叙事学的兴衰嬗变历程》,《世纪桥》, 2009 年第 17 期。

46. 王杰文,《动画电影的叙事结构 〈灰姑娘〉的形态学分析》,《北京电影学院学报》, 2006 年第 5 期。

47. 王长国,《小说类型学,从普罗普在出发》,《时代文学》, 2008 年第 5 期。

48. 王泰来,《关于结构主义文艺批评》,《外国文学研究》, 1981 年第 2 期。

49. 王林,《论童话的审美内核》,《当代文坛》, 2002 年第 1 期。

50. 王钰纯、李扬，《略论邓迪斯源于语言学的"母题素"说》，《中国海洋大学学报》（社会科学版），2000 年第 2 期。

51. 乌日古木勒，《蒙古史诗英雄死而复生母题与萨满入巫仪式》，《民族文学研究》，2005 年第 1 期。

52. 夏忠宪，《俄罗斯著名汉学家李福清访谈录》，《俄罗斯文艺》，2000 年第 3 期。

53. 徐贲，《小说叙事学研究概观》，《文艺研究》，1988 年第 4 期。

54. 许子东，《契合大众审美趣味与宣泄需求的"灾难故事"——文革小说叙事研究之一》，《文艺理论研究》，1999 年第 4 期。

55. 杨清海，《〈梁祝〉类民间传说的结构主义分析》，《乐山师范学院学报》，2006 年第 10 期。

56. 袁可嘉，《西方结构主义文论的成就与局限》，《文艺研究》，1986 年第 4 期。

57. 袁可嘉《结构主义文学理论》，《世界文学》1979 年第 2 期。

58. 张永禄，《"叙事语法"，小说类型学研究的一个重要概念》，《时代文学》，2008 年第 5 期。

59. 张寅德，《叙事学略论》，《山东外语教学》，1988 年第 Z1 期。

60. 赵毅衡，《诗歌的结构主义研究方法举隅》，《社会科学战线》，1981 年 01 期。

61. 周福岩，《普罗普的故事形态学及列维——斯特劳斯的批评》，《周口师范高等专科学校学报》，2001 年第 1 期。

62. 周福岩，《民间故事研究的方法论》，《社会科学辑刊》，2001 年第 3 期。

63. ［澳］钟勇，《道可道，道常道：从〈格萨尔王传〉的结构探讨艺人"神授"现象》，《民族文学研究》，1997 年第 1 期。

（五）硕、博论文

1. 崔志强，《东北人参姑娘故事类型研究》，广西师范大学硕士论文，2008。

2. 戴岚，《女性创作与童话模式——英国十九世纪女性小说的创作研究》，华东师范大学博士学位论文，2007。

3. 杜艳丽，《普希金童话诗新解——以民间故事学和文化人类学为视角》，湘潭大学硕士论文，2007。

4. 黄扬英，《关联翻译理论与幽默讽刺文本的翻译》，上海外国语大学博士学位论文，2009。

5. 贾放，《普罗普故事学思想研究》，北京师范大学博士学位论文，2002。

6. 李金涛，《〈狄康卡近郊夜话〉与故事形态学》，首都师范大学硕士论文，2009。

7. 林姿如，《钟理合和文学研究》，台湾，高雄师范大学硕士论文，1988。

8. 李姣，《电影叙事中的时间限制模式研究》，河南大学硕士论文，2008。

三、俄文部分

1. Сб. 《Ленин О культуре и искусстве》, М., 《Искусство》, 1956.

2. Маркс. Ки Энгелъс. Сочинения, т.1М., Госполитиздат, 1955.

3. Энгельс.Ф.Немецие на родные книги——К. Маркс и Энгелъс. Сочинен ия,. т. Ⅱ, 1929 [К.Маркс и Энгелъс.Из ранних произведений.М., Госполитиздат, 1956стр.344-352].

4. Абрамович.Г.Л.Введение в литературоведение ´.М.,Учпедгиз.,1961.

5. кимов. Н. А,е только о театре.М., 《Искусство》,1966.

6. Шкловский В.Б.Функция героев волшебной сказки. (О Проппе)// Шклов ский В.Б. О несходстве сходного.М.,1970.

7. М.М.Бахтин.Творчество франсуе Рабле,М.,ИХЛ,1965.

8. Белинекий.В.Г,лное собрание сочнений в 12—ти томах.,М.,Изд-во АН СССР,1953-1956.

9. Бергсон.Г.Смех в жизни и на сценеПер. Под.рад.А.Е.Яновского,Спб,1900.

10. Берков.П.Н.Русская народная драма ⅩⅦ-ⅩⅩ Веков [б.г.]

11. Борев.Ю,Комическое и художественные средства его отражения——сб. 《Проблемы теории литерштуры》,М.,Изд-во АН СССР.

12. Борев.Ю,О Комическомю,М., 《Искусство》.1957.

13. Борев.Ю,Сатира.——Сб. 《Теории литературы》,М., 《Наука》,1964.

14. Бушмин.С.А. К вопросу о гиперболе и гротеске в сатире Щедрина.—— 《Вопросы советской литерштуры》,вып.5, Ⅴ (s.a.)

15. Вулис.А,В лаборатории смеха,М.,ИХП,1956.

16. Ник. Гартман,Эстетика,Издательство иностранной литературы.,1958.

17. Гуральник.У,Смех—оружие сильных,М., 《Знанние》.1961.

18. Добролюбов.Н.А,Собрание сочнений в 9-ти томах.М——П..Изд-во 《Ху дожственная литература》.1961-1964.

19. Юдии Ю.И.Сказка и история//Фольклор и этнография. У этнографически х истков фольклорных сюжетов и образов.Л.,1984.

20. Ершов.П.Ф.Советсквя сатирическая литература,П., 《Знание》,1955.

21. Каган.М.Лекции по маркеистско—ленинской эстетике.ч. Ⅰ-Ⅲ,П.,Изд— ПГУ,1966.

22. Пикок,Юмористические рассказы,М.,—П.,изд-во 《Художественная лите ратура》,1967.

23. Уорнер Э.Э.Пропп В.Я. и русская фольклористика.С.-Путербург. СПбГУ. 2005.

24. Чистов К.В.Пропп В.Я.——исследователь сказки.//Пропп В.Я. Русская сказка.Л.,1984.

25. И.Игин,Сигареты 《Тройка》,М,1965.

26. Аникин.В.П,русская народная сказка.М.,1959.

27. Афанасьев.А.Н,Народные русские сказки.М.,1936.

28. Лимантов.Ф.Об эстетической теории комического,—— 《Ученые записи Ленинградского гос.пед.ин-та им.Герчена》,1959.

29. Луначарский.А.В,Будем смеяться,—— 《Вестник театра》,1920.

30. Мандельштан.И,О характере гоголевского стиля,Гелъеингфорс,1902.

31. Несин.А,Приходите развлекаться,М., 《Прогресс》,1966.

32. Николаев.Д,Смех-орудие сатиры,М., 《Искусство》,1962.

33. Подскальский. З,О комедийных и выразительных средствах и комическом преувеличении,—— 《Искусство кино》,1954.

34. Сретенский.Н,Историчекое введение в поэтику комического,ч.ф,Ростов-на-Дону,1926.

35. Н.Г.Чернышевский,Полной собрание сочинений в 15-ти томах, М., Гос. изд-во 《Художественная литература》,1929.

36. М.П.Чехов,Из далекого прошлого,М.,1960.

37. Шевцов.Н,Покушение на авторитет.Юмористические рассказы,Алма-Ата,1965.

38. Щербина.А.А,СуЩность и искусство словесной остроты (Каламбура), М.,1958.

39. льсберz.Я.Э,Вопросы теории сатиры,М.,《Советский писатель》,1957.

40. Юренев.Р,Механика смешного.——《Искусство кино》,1964.

41. Юренев.Р,Советская кинокомедия,М.,《Наука》,1964.

42. Бахтин.М.М,Творчество Франсуа рабле и народная культура средневековья и ренесанса.М.,Худ-лит.1965.

43. Белинский.В.Г,Статьи о народной поэзии.Полн.Собр.Соч.-т.5.М.,1954.

44. Бернштам.Т.А,Новые перспективы в познонии и изучении традиционной нородной культуры.Киев.1993.

45. Богатырёв П.Г.,Якобсон Р.О.Фольклор как особая форма творчества. //Богатырёв.П.Г.Вопросы теории народного искуства.М.,Искусство.1971.

46. Буслаев Ф.И.Славянские сказки.//Буслаев Ф.И.Русская народная поэзия.-сПб.,1961.

47. Барач Л.Г.и др.Сравнительный указатель сюжетов.восточнославянская сказка.Л.,1979.

48. Веселовский А.Н. Историческая поэтика//ред.,вступ.ст.и примеч. В. М. Жирмунского. Л.,1940.

49. Волков р.М.Сказка.Разыскание по сюжетосложению народной сказки. 1924.// Пропп.В.Я. Морфология сказки.лабиринт.М.,2003.

50. Гинзбург Л.Я.О литературном герое.Л.,1979.

51. Еремина В.И.Книга Пропп В.Я.Исторические корни волшебной сказки.и её значение для свременного исследования сказки.//Типологические исследования по фольклору.М.,1975.

52. Жирмунский В.М.Пропп В.Я.Исторические корни волшебной сказки. (1946)//Советская книга.1974.Т.5.

53. Зуева Т.В.,Кирдан Б.П.Русский фольклор.М.,2001.

54. Иванова А.А. К вопросу о происхождении вымысла в волшебных сказках. //Советская этнография,1979.No3.

55. Мартынова А.Н.Предисловие к изданию трудов Пропп В.Я.//Пропп В. Я. Поэтика фольклора.М.,1998.

56. Мартынова А.Н. Пропп В.Я.:Жизненый путь.Научная деятельость.С.-Петербург.Дмитрий Буланин.2006.

57. Мелетинский Е.М.Структурно-типологическое изучение сказки.//Пропп В.Я. Морфология сказки.Л.,1984.

58. Мелетинский Е.М.Структурно-типологическое изучение сказки.//Пропп В.Я. Морфология сказки.Изд.2-е,М.,1969.

59. Никифоров А.И.Сказка,её бытование и носители.//Пропп В.Я. Русская сказка.Лабиринт.2000.

60. Остолопов Н.Словарь древней и новой поэзии.// Пропп В.Я. Русская сказка.Лабиринт.2000.

61. Померанцева Е.В. Русская народная сказка.М.,1963.

62. Путилов Б.Н.,Пропп В.Я.(к70-летию со дня рождения).//Специфика фольклорных жанров.русский фольклов.т.10.М.,Л.,1996.

63. Путилов Б.Н.Проблема фольклора в трудах Пропп В.Я.//Типологические исследования по фольклору.Сб.ст.памяти Пропп В.Я. (1895-1970). М., 1975.

64. Путилов Б.Н.Методология сравнительно-исторического изучения фолькл ора. Л., 1976.

65. Путилов Б.Н.Предисловие.//Пропп В.Я. Фольклор и действительность. Избранные статьи.М.,1976.

66. Путилов Б.Н.От сказки к эпосу.М.,1995.

67. Соколов Ю.М.Русский фольклор.М.,1938.

68. Тронский И.М.Античный мир и современная сказка.//Пропп В.Я. Русская сказка.М.,2000.